# 炎を越えて

## 大刀洗飛行場秘話

髙山八郎

海鳥社

本文挿入絵・入江千春

目次◉炎を越えて　大刀洗飛行場秘話

# 炎を越えて　大刀洗飛行場秘話

## 大刀洗飛行場

大刀洗飛行場は大正八（一九一九）年の秋、福岡県に完成した。

この飛行場は、福岡県のほぼ中央に位置していて、風向きの安定と広い平地が飛行場を造るのに適していた。朝倉郡三輪村、馬田村、三井郡大刀洗村にまたがる広さ約一・五平方キロの、陸軍の飛行場だった。同年十一月、偵察機二個中隊（十八機）の飛行第四大隊が開隊した。

大正十四年に飛行第四大隊は飛行第四聯隊《れんたい》に昇格した。台湾飛行第八聯隊（昭和二年、台湾屏東に移動）も同居したので、定員千五百名、日本最大の飛行聯隊が駐屯していた。

さらに蘆溝橋《ろこうきょう》事件で日中戦争が始まった昭和十二（一九三七）年、九州関係飛行集団の司令部が設置され、偵察機三個中隊、戦闘機三個中隊が配置された。また、国内で二カ所しかない大本営に直結した無線放送機が配備された。同年、大刀洗航空機製作所が三輪村にできた。

昭和十三年、飛行場の東約四キロの朝倉郡立石村一木に高射砲第四聯隊が創設され、飛行場の防衛に当たった。戦争の足音と共に、この地方がにわかに脚光を浴びることとなった。

昭和十四年になると、飛行機の修理や改造を行う技術兵を養成する第五航空教育隊が、飛行場の西側に設置され、国鉄甘木線が開通した。

昭和十五年には、飛行機の部品や燃料を扱う材料廠《ざいりょうしょう》が大刀洗航空廠に昇格し、大刀洗川西側一帯の原野が整備され、多数の工場が建設され始めた。その工事にたずさわる多くの労務者がこの地域を往来した。この年、日本、ドイツ、イタリアは三国同盟を結んでいる。

兎がたわむれていた草原は急速に軍事基地へと変貌し、エンジンや旋盤の音が終日うなりをあげた。常時約一万人の兵隊や軍属、挺身隊、学徒動員の人たちが働いた。また、軍用機が外地に出撃する場合、必ずこの飛行場に立ち寄り、燃料の補給と機体の整備をして飛び立って行った。

当時、東洋一の飛行場といわれた。

この近くで、洋子は大正十三年、秋山家の長女として産声をあげた。

# 別れ

## 一

昭和十八年六月二十日の昼下がりに、秋山家の玄関を叩く音がする。洋子が足早に顔を出すと、白髪まじりの小柄な男が「電報です」と一通の紙切れを洋子に渡した。

十九歳、身重の洋子は電文に目を落とした。

二〇ヒ　十六ジ　アマギ　エキニテアイタシ　トシオ

牧敏男からだった。敏男は洋子の住居から六キロほど東、立石村に駐屯する高射砲第四聯隊所属である。用事があれば家に来るから、何か特別なことが起きたに違いない。

何が起きて、どこから電報を打ったのだろう。洋子は帰りかけた配達人を呼び止めて、発信局を尋ねた。彼は、三重県宇治山田市から打っていると言った。

自然に洋子の頬がゆるんだ。

（敏男さんの故郷からだ。きっとうちのこつば《（わたしのことを）》……）

二重瞼の大きな目と鼻筋のとおった、敏男の精悍《せいかん》な顔立ちを思い浮かべた。

洋子は紅潮した面差しで、部屋の窓から高射砲第四聯隊の方に目をやったが、遠くて見えなかった。空には九機の飛行機が編隊を組んで南の空に飛び立って行った。

飛行機を眺めていた洋子に、ふとかすめるものがあった。戦死者の遺族や傷ついた軍人の救護をする、大日本婦人会の人がささやいた言葉である。

「外地に行くときゃ、親元に帰さるるげな」

今まで、人ごとのように聞いていたこの一言が洋子を直撃した。敏男は外地に行くのだろうか？　洋子の顔色が変わった。

アリューシャン列島のアッツ島で「部隊長ら全将兵壮絶、夜襲を敢行玉砕《ぎょくさい》」という新聞記事が脳裏に浮かんだ。小さな不安がだんだんと増幅し、洋子はめまいがして机に手をついた。

お腹の胎児がぴくっと動いた。

（こん子がおる）

洋子は気を取り直して居間にもどったが、人影はなく、歩くたびに畳のきしむ音がした。

農家のかたわら、馬車で荷物を運ぶ仕事をしている父・茂は畑に行っていた。洋子に辛くあたる母・フミは、午後になって甘木の伯母・千秋が経営する呉服店に買物に行き、高等女学校四年の妹・志保は、友だちと遊びに行った。家にいるのは、大刀洗航空機製作所に勤める弟の剛《つよし》だけである。

とにかく、剛に知らせよう。洋子は腹を抱えて三和土《たたき》に足を下ろした。

洋子が玄関を出ると、青いあじさいの花が咲いていた。その花は洋子の顔をいっそう青くした。洋子の下駄の音に、通路にいた緑色の小さな蛙たちが驚いて、次々と草むらに飛び込んで行く。蛙を追うようにして洋子は馬小屋へと足を速めた。

眉が濃くどんぐり目で幼顔の残る剛は、頭に手拭いをかぶり、背伸びして、栗毛の馬の背をわらの束で脇目もふらずに洗っている。馬は気持ちよさそうにいななき、足を軽く地面に打ちつけた。洋子の足音を耳にしたのか、剛が動きを止めて洋子を見た。

「どうかしたと?」

剛が心配そうに洋子に近づいた。洋子は黙って剛に電報を渡した。目を通した剛は思わず声をあげた。

「こりゃ大変、時間がなかばい」

剛は頭の手拭いをむしり取り、シャツを脱ぎ捨てた。

「仕事ばしよるとに、悪かね」

「よかよか」

剛はそそくさと自転車を取りに行った。

風が吹いた。

家をおおうように枝を張り出したやまもものたわわな葉が、ざわざわと揺れた。

剛は自転車の荷台に分厚い座布団をゆわいつけ、チェーンに油をさした。

「お父さん、お母さんにゃ、黙っといて」

まわりに誰もいないのに、洋子は声をひそめた。

「俺、姉ちゃんの味方じゃけ」

剛の言葉が力強く響いた。洋子は白い歯を見せて用心深く荷台に身をまかせた。

いつもは無鉄砲に飛ばす剛が、今日はゆっくりとペダルを踏んでいる。洋子は、身体を気づかってくれる弟の気持ちがうれしかった。

草の生えた小道を進むと、飛行機を修理、整備する航技兵を育成する第五航空教育隊のコンクリートの正門が、どっしりと見えた。その前には、歩哨《ほしょう》が小銃を手に立っており、中から十数人の兵士が歩調を合わせて出て来た。
細い道は小郡方面から甘木に至る軍用道路に突き当たった。この道路は最近造られたもので、浅い切り通しに砂利をまいただけである。軍用トラックが行き来する二本のわだちには、砂利が土の中にめり込んで平らになっている。左折した剛は、その白い道を巧みにこいで行った。
間もなく右手に大刀洗飛行場が見える。どこまでも緑色の地面が広がっていて、格納庫付近に飛行機が並んでいる。空には

「赤とんぼ」の愛称を持つ複葉の練習機が、大きな鳥のように舞っていて、吹き流しがかすかに揺れていた。

大刀洗駅は大刀洗飛行場の玄関口で、この駅から大刀洗航空廠と大刀洗航空機製作所に引き込み線があった。甘木線は鹿児島本線基山から甘木までを結ぶもので、飛行機の燃料や部品、兵隊や工員などを運ぶために作られたものだった。駅は兵士や工場で働く人たちでこみ合っていた。

剛は待合室の時刻表を足早に見に行った。

「五分の待ち合わせばい」

と額に汗をにじませてもどって来た。

「いろいろとすまんな」

洋子は背丈が伸び青年らしくなった剛を見上げて言った。

いつ来たのか、鳥が数羽しつこく鳴きながら飛んでいる。

空は雲でおおわれ、丸山公園のあたりにどすぐろい部分があった。洋子は甘木駅の向こうに連なる青黒い稜線を見つめたまま汽車を待った。

広がる農地のなかを、四両の客車と貨車をつないだ汽車が黒い煙を吐きながら走って来る。

大きな汽笛を鳴らし、のどかな田園の静けさを破ってすべり込んだ。

「身体に気つけて行ってこんね」

剛が微笑を浮かべた。

「ありがとう」

洋子は手を振って客車に乗った。見送る剛の姿が小さくなった。

車内は混んでいて洋子の席はなかったが、甘木はすぐである。走り出す車窓に紫がかったあじさいの花がほこりにまみれて咲いていたが、洋子には敏男の面影ばかりが浮かんだ。

## 二

甘木駅の停車場に着くなり洋子は改札口に目をやった。カーキー色の軍服を身にまとった敏男がこちらを見ていた。洋子は顔をほころばせて手を高く振った。駆け出そうとしたが人波に挟まれてやっとの思いで出口についた。

「どうかしましたと?」

顔をこわばらせた敏男を見上げて洋子が言った。敏男の頰がぴりぴりと動いたが、黙って北に歩き始めた。

駅の周辺は、工場の夜勤に行く人や兵士たちで混雑していた。家族や友人の人垣の中に、出征する若者の姿があって、それを祝う大きなのぼりが風に揺れていた。待合室から人の声がいくつかの輪になって飛んできた。

敏男は大通りを足早に黙って歩いた。洋子はたくましい敏男の背中を見つめてついて行った。

駅に向かう老若男女が忙しそうにすれちがった。

丸山公園へ上る石段は、枝を伸ばした青葉でおおわれ、緑の風が汗ばんだ肌をさすった。

登りつめると、ひょうたんの形をした池から来た道に出る。交わったところが少し広く、そこに木の長椅子が置いてあった。二人はその長椅子に腰を下ろした。

甘木の町並みが眼下に広がっている。町のまわりの田は菜種や麦が刈り取られて、あちこちに菜殻火が白い煙を上げている。田舎の風情が静かに時を刻んでいた。

洋子には、敏男の顔が寂しそうに見えて仕方がない。悲しみに耐えているようにさえ見える。

「何かありましたと?」

洋子は始終無言の敏男に尋ねた。敏男は洋子に目を向けると、引き締まった面持ちで口を開いた。

「外出許可が出て伊勢に帰ったけど、みな元気だった。おまえのことも話したし、子どもは牧家の籍に入れると、親父が言うから、大丈夫だ」

やっぱり実家に帰っていたのだ。洋子は、聞こう聞こうと思っていたことを、おずおずと口にした。

「あのう、実家で産んでいいでしょうか?」

洋子はためらいながら言った。

「伊勢までは遠い。それに見知らぬ土地で、流産でもしたら大変だ。迷惑かけるが、自分が

帰って来るまで、里で大事に育ててくれ」

洋子は彼の気づかいがうれしかった。

「おふくろが、巻きずしを作ってくれてな。おまえによろしく、と言っていた」

手に下げていた包みを椅子に広げると、巻きずしがきれいに並べてあった。まだ見ぬ義母に妻として認められた気がして、洋子の心がなごんだ。敏男は食べるように言ったが、洋子はさらに聞いた。

「戦地に行かれるとですか?」

声が震えた。一瞬、敏男は目を見開き、驚いた表情を見せたが、前方に目をすえて静かに口を開いた。

「外出許可が出たから、近い内に出征するだろう。今まで出陣していく同期生や部下を見送ったが、今度は自分の番だ。おまえの両親や祖国のために戦ってくる。だがな、自分は絶対に死なん。必ず帰って来る。だから、元気な赤ん坊を産んでくれ。頼む」

敏男は目をうるませていた。寂しさが洋子の胸を突き上げたが、銃後を守る者として、心とは裏腹なことを口にしていた。

「一人で立派に産んでみせます。私が大事に育てます。だから、どうか安心して下さい。それで、どこに行かれるとですか?」

「それはわからん、機密事項だから。親元に帰されたことは誰にも黙っていてくれ。ただ、どうしてもおまえに逢いたくて」

洋子は敏男を両手で抱きしめたい衝動にかられた。しかし、今励まさねば、敏男を勇敢な兵士として見送らねばならない。洋子は急に立ち上がると不動の姿勢で挙手の礼をした。

「私のことは心配いりません。どうぞお国のために手柄を立てて下さい」

敏男は目に覚悟の色を浮かべて立ち上がった。

「苦労かけるな」

洋子の肩に手を置いて言った。洋子は敏男にすがりついた。湧き出る涙を必死にこらえていた。敏男の温かい両腕が洋子を包んだ。

敏男と出会って、どのくらいになるのだろう。人目を気にして、逢瀬も数えるほどしかなかった。敏男との別れがこんなに早くやってくるとは。

二人は黙って公園を歩いた。ひょうたん池の赤い橋の上から水面を眺めると、群がっていた鯉たちは家族のように見える。二人の足音にぱっと散ったが、また集まって来た。

丘の上を平らにして砂利を敷きつめた広場の前に、戦死した軍人を祀る忠霊塔がある。まわりは木々に囲まれて厳かな雰囲気があった。敏男はその前で、いつもと違い長く手を合わせた。

拝み終えた敏男の顔にうっすらと赤味が差していた。洋子はそのことがとても気がかりだった。広場を南の方に歩くと孟宗竹《もうそうだけ》の柵がしてあった。そこに立って敏男は、大刀洗陸軍病院や自分の聯隊を眺めていた。洋子は寄り添って同じ所を見つめた。

「おだやかな景色だな」

敏男がぽつりと言った。

陽が傾きかけて、丸山公園の石段を下りた。二人は二キロほど離れた高射砲第四聯隊の営門まで連れ立って歩いた。洋子はときどき敏男を盗み見したが、かける言葉を見い出せなかった。

敏男の武運長久と安全を願って千人針を作ろう。千秋おばさんの呉服店から布を買ってきて、その布に千人の女の人に一針ずつ赤い縫玉を作ってもらおう。それも急がなければならない。いま洋子にできるのはそのことだけだった。

「今日はありがとう。お腹は大丈夫かい?」

敏男の明るい声に、洋子はわれに返った。いつものやさしい彼の顔があった。

「どうもありません。巻きずしとてもおいしかったです」

「そりゃよかった。おふくろに言っとくよ」

「千人針、持って来ますからね」

敏男は軽くうなずいた。

「身体には、くれぐれも気をつけて下さいね」

「うん、わかった」

敏男は笑顔で答えた。そして姿勢を正すと、

「おまえも元気でな」

と言った。洋子は敏男の目を真っすぐに見返した。

営門をくぐって敏男は、振り返って洋子を見た。しばらく立ち止まって手を振っていたが、一人の兵士がそばを通りかかった。敏男は「気を付け」をして洋子に挙手の礼をすると、きびすを返して兵舎の中に駆けて行った。

敏男が消えた兵舎を洋子は見つめたが、彼は二度と姿を見せなかった。洋子は兵舎に心を残しながら、足を引きずるようにして営門を後にした。

脇道を北に五百メートルほど進むと、右手に大刀洗陸軍病院が見える。洋子の足はひとりでに病院前の桜並木に向かった。葉は緑を濃くして枝を四方に広げ、木々の間から病院の玄関が見える。

この病院に洋子が勤め始めたのは十六歳の春であった。軍属として国のために尽くせると思うと、夢がふくらんだ。

病院勤務の初日、満開の桜並木の下を洋子は、さっそうと自転車で通り抜けたものである。その日の新入者の歓迎会で、あこがれていた軍人にもてなされ、看護婦としての使命感にときめいたのが、昨日のようである。

洋子は、そんな感傷を振り払うように甘木駅に向かった。帰りが遅くなってしまった。母の険しい横顔が浮かんだ。敏男の出征の話など、とても言い出せないと思った。

駅に着くと、大刀洗飛行場に関わる工場に勤める若者たちが、続々と待合室に集まって来た。汽笛と共に汽車が停車場に着くと、仕事を終えた人々が疲れた足取りで改札口にあふれた。

洋子が大刀洗駅に降りると、厚い雲のせいか薄暗く感じた。

家に近づくと窓から橙色の灯りがもれている。子どものころはその光にほっとしたものだが、今はその灯りさえわびしく見える。洋子は足を速めた。

居間の障子を開けると、母の大きな鋭い目にぶつかった。目鼻立ちのはっきりした顔がゆがんだ。

「遅かったじゃんな。どこに行っちょったと?」

「友だちと買物しよったつ」

「誰と行ったとな? お母さんに言われんごたる人な?」

「甘木の良江さんたい。洋服ば選ぶとに時間がかかって、遅うなってしもた。ごめんなさい」

「いつごろな」

「うーんと、時計がなかけん、はっきりとわからん」

急に母の目の色が変わった。眉間にしわをよせると、突き刺すように言った。

「お母さんは昼過ぎ、甘木ん町で良江さんと会ったつばい。あんたはおらやったけど、どうしよったつな」

「俺が自転車で姉ちゃんば送って行ったつばい。うそじゃないけ」

そばにいた剛が、真剣な眼差しで口をはさんだ。

母は剛の顔をまじまじと見つめていたが、深いため息をついた。

「遅うなって、ごめんなさい。これから、気をつけるけ」

「これから、これからち、いつから改むるとな」

母は洋子に目をすえて、皮肉たっぷりに言った。

「少し、志保ば見習うたらどげん、同じ姉妹でこげん違うもんかね」

妹と比較するいつもの母の口ぐせが始まった。洋子は黙って畳の上に視線を落とした。

(なぜ自分だけが母にきらわれるのか)

洋子は子どものころから考えていた。母の言うことを素直に聞かないからか、それとも、父が洋子ばかりかわいがるその反動なのか。今もってわからない。

洋子が看護婦養成所に通っていた時、甘木の千秋おばさんの店に簡単服を買いに行ったことがある。千秋おばさんは母の姉で、後藤家の二女である。後藤家はかつて庄屋を務めていた家柄であった。

「洋子ちゃんには、これがよくない?」

と千秋おばさんはピンクの布地に大柄な桜の花をあしらったものを出してきた。

「派手なのは、母がきらうので」

と遠慮すると、伯母は意味ありげににやりとして言った。

「フミは派手好みじゃったけど、洋子ちゃんにそげなこつば言うと？」

洋子はまじまじと千秋おばさんの顔をのぞいた。

「フミは末っ子で、甘やかされて、自由奔放じゃったつよ。服装が派手じゃったし、旅回りの役者と仲ようなり、付いて回りよってな。そりが評判になって、いやがるフミを父が連れもどして、親戚筋の秋山家に嫁がせたったい。それで、洋子ちゃんにそげんこつば言うとかな」

この時から、洋子は母に不潔感を抱いた。自分のことは棚に上げて娘につらく当たるなんて。洋子は母に益々反発するようになった。

洋子はしばらく母の棘のある言葉を聞いていたが、「すみません」と頭を下げて部屋に引き上げた。後ろに追いかけて来る人の気配がした。それは剛だった。部屋に入るとふすまを締めた。

「母さんはすぐ忘れるけ、知らん振りしとき」

「……うん」

剛は急いで部屋を出た。きっと母は、腹の虫が治まらずに、志保にぐちをこぼしているに違いない。自分の考えをはっきり言わない志保は、忍耐強く母の小言を聞いているのだろう。自分も母の言うことを聞いてやればいいのだが、同じ話を、がまんして聞くことはとてもできない。母と口論を避けるためには、その場を離れるしかなかった。剛が外に出て行く下駄の音がした。母の気分が落ち着いたのだろう。

洋子が部屋の窓を開けると、雲の切れ間から星が鈍い光を投げていた。敏男はどんな思いでこの夜空を眺めているだろう。自分は家族の中にいる。つらいことがあっても味方になってくれる者がいる。だが、彼は故郷を遠く離れて一人ぼっちなのだ。出征という言葉に気が動転して、やさしい言葉をかけられなかった自分が、悔やまれてならない。洋子は星空を見上げたまま立ち尽くしていた。

# 出会い

## 一

尋常高等小学校尋常科を卒業した洋子は、父・茂の意見に従って女学校にはいかず、同校の高等科に進んだ。高等科は二年間で、小学校から女学校や中学校に進学しなかった者が通った。卒業の日が近づくと、洋子たちは就職の話でもちきりだった。近くに大刀洗飛行場に関わるいろいろな施設が並んでいる。先輩たちのうわさと給料の高低が話題になった。手ごろなのは近くにある大刀洗航空機製作所だった。

早く給料をもらって、きれいな着物を着てみたい。そして、目の大きないとこの慎二に見せたい。慎二は千秋おばさんの二男で三つ年上である。三井郡の甲条《こうじょう》に母と里帰りした時、洋子は慎二と一緒に遊んだ。慎二のやさしさが洋子の心に残っている。父には好きな酒を買ってやろう。志保や剛にも何か買おう。洋子の夢は限りなく広がった。

学校が終わると洋子は、黄色に染まった菜の花畑の横をスキップしながら家路を急いだ。さらさらと流れる小川にめだかやはやが影を写し、水辺には小さなすみれの花が咲いていた。春風がそよそよと吹く。洋子は見慣れた風景を温かく感じるのだった。

玄関を開けると洋子は母を捜した。母は春の陽射しを受けた縁側で針仕事をしている。近所の人に頼まれた結納のお茶着物を縫っているのだ。洋子は座敷を通り抜けて母に近づいた。

「お母さん、卒業したら製作所に勤めてよか？」

母は縫っていた手を止めて口元をゆるめた。

「洋子、お母さんは前から思ちょったばってん、結婚したっちゃ勤めらるるごつ、手に職ばつけた方がよかっちゃなか」

洋子はちょっと不服そうな顔をした。

「咲っちゃんも節っちゃんも行くげな。製作所は家から近いし、うちも行きたか」

母は洋子をなだめるようにゆっくりと続けた。

「あそこに、ずっと勤めるわけじゃなかろ。結婚したら辞めろうが、女は一度辞めたら、なかなか働くとこがなかとばい」

「先んこつはわからん」

洋子は目に陰をやどした。母が温かい眼差しでやさしく言った。

「どげん、看護婦は？　結婚したっちゃ子どもが大きゅうなりゃ、また働けるばい」

洋子は肩を左右に揺らして口をゆがめた。

「製作所に行くくち、みんなに約束したつばい」

「親が反対したち言えば、よかろうもん」

「そげんこつ言えん」

洋子は頬をふくらませて居間を飛び出そうとした。

「待ってんない。だいじな話じゃろが。お父さんに相談せな」

洋子は返事もせずに外に出た。

それからの母は、洋子を見るたびに看護婦になることを勧めた。

「看護婦になるなら、お父さんが自転車ば買うてやるげな」

にこにこして母は言うのだった。

「お母さんば見てんない、着物ば縫いよるばってん、縫い賃は少なかとばい。家んなかで一日中、一人でこつこつ仕事ばするち、わびしかもんばい。看護婦は人様の役に立って、その上お金をもらうとじゃけん、よか仕事じゃろが」

洋子はとうとう母に押し切られて、甘木町菩提寺にある朝倉看護婦養成所に通うことになった。

甘木町二日町の野田医院に一年間見習いとして住み込み、午前中は医院の受付や薬の調合をし、午後看護婦養成所に通った。

養成所で甘木に住む良江と知り合った。良江は熱心にメモを取り、先生によく質問をする。さっぱりした性格で、自分の意見をはっきり主張することが洋子には新鮮だった。

授業が終わると、洋子と良江は連れだって養成所を後にした。大きな石の鳥居を通り抜けるとバス通りに出た。その道に沿って南に歩くと、大きな軍用道路に突き当たる。目の前に麦畑が広がって、ひばりがけたたましい声をあげて空に浮いていた。左に行けば高射砲第四聯隊、右に行けば国鉄甘木駅がある。

右に折れてすぐ良江の家はあった。「寄っていき」と良江が勧めた。狭い間口を通った奥の部屋で、お茶をよばれた洋子は、早目に野田医院に帰った。その後、洋子と良江は競いあって学習に身を入れ、県の看護婦免許試験にそなえた。

そのころ、新聞は満州国ノモンハンで、日ソ両軍がモンゴル国境付近で交戦したことを報じていた。大刀洗飛行場から陸軍の軍用機が次々とノモンハンへと出撃していった。

昭和十四年七月になると、国民徴用令が公布され、国民が軍需産業に動員されるしくみになった。日本は戦争への道を歩き始めた。

父は近くにある池を借りて鯉の養殖をしている。大刀洗航空廠を高官が視察する時、必ず鯉の注文があった。

父は馬方の関係で親しくなった軍人を、家に連れて来て鯉料理を食べさせた。そんな時、洋子が料理を盆に乗せて運んだ。すると軍人たちが、

「あなたの娘さんですか?」

と洋子に目を留めて聞いた。父がうなずくと、

「器量よしだね」

と、口々に言う。洋子はそれが楽しくて母の料理を手伝う。家に来る軍人はほとんどが将校だった。その中にはりりしい若者もいた。そんな雰囲気の中で洋子は、いつしか国のために働きたいと思うようになった。

看護婦養成所を卒業し、県の試験に合格すると、立石村にあった大刀洗陸軍病院に勤めた。父の紹介であった。

洋子は新しく買った洋服を、風になびかせて自転車で通った。今までの自分と違うような気がして、洋子は張り切っていた。

大刀洗陸軍病院は規模としては小さかった。飛行場関係者で結核になったり、マラリアにかかったり、軽いけがをした将兵が収容された。飛行機事故や戦闘で傷ついた将兵は、別の大きな病院に運ばれた。

それから二年があっという間に過ぎた。洋子は仕事にも慣れ、多忙な仕事の合間には摘んできた花を花瓶にさして、傷付いた兵士の心を和ませた。

二

病室の窓から満開のフジの花が見える。紫の房が幾重にも長く垂れてかすかに揺れている。まわりの草花も今を盛りに艶やかさを競いあい、鮮やかな彩りをそえた、のどかな春の午後であった。

大刀洗陸軍病院から五百メートルほど南に位置する高射砲第四聯隊から、二人の軍人が花束を持って病院に見舞いに来た。赤い肩章に一本の金筋と星一つの牧敏男と、星三つの小柄な細い目をした上等兵であった。太く長い眉をした敏男が病室をのぞき、つかつかと入って来て、足を骨折した兵士の病床に立った。

「加藤、元気か」

と、頬をゆるませた。微笑した目が加藤との親密さを語っていた。

「退屈してます。早くここを出たいのですが、看護婦さんの許可が出なくて」

若い加藤は、洋子の方を向いてちょっと舌を出した。それを見た敏男の太い眉が動いた。眉をしかめて真面目な口調になった。

「看護婦さん、厳しくして下さい」

軍人らしい太く強い声だった。

「班長、それはないですよ」

加藤は唇を突き出して、敏男の言葉に抗議した。しかし、それは冗談のようにもとれた。人のよさそうな上等兵が二人の中に入って加藤に近づいた。

「看護婦さんの言うことばよく聞いて、早うよくなれや」

加藤の手を握って上等兵が花束を渡し、耳許で何かささやいた。加藤は白い歯を見せてうなずいた。

敏男は洋子を眺めていたが、不思議そうな顔をして尋ねた。

「看護婦さんはいくつ？」

「十八歳です」

敏男は目を大きく見開いた。

「妹によく似てると思ったが、年まで一緒だ。いやあ、驚いた」

敏男は大仰に笑うと食い入るように洋子を見つめた。

「看護婦さんはとてもやさしいんです」

加藤が真顔で敏男に言うと、ふうむ、と彼はうなった。それから敏男は表情を和らげて、親しげに言った。

「どうです、すぐそこの部隊に遊びに来ませんか？」

「はあ、そのうちに」

洋子は気のない返事をしたが、彼が誰かに似ていることに気がついた。二人はしばらく加藤と話したが、三人の笑い声が部屋を明るくした。

帰る時に、敏男は洋子に「加藤をよろしくお願いします」と挙手の礼をして病室を出て行った。その敏男

の後ろ姿が慎二と似ていることに洋子は気がついた。肩幅のひろさ、ひょうひょうとした感じ、……。

「なかなかいい男でしょう。気っぷがよくて、部下思いですよ。生まれは伊勢神宮の近くだそうで」

加藤は窓越しの兵舎に目をやった。大きな長い建物が洋子の目に写った。

牧敏男が病院を訪れて二週間ほど過ぎたころである。

洋子は夜勤を終えて、朝のすずしい風に吹かれて帰路についた。昨夜の疲れでペダルをゆっくり踏んでいると、後ろから呼びかける声がした。振り向くと、自転車に乗った敏男だった。

敏男は白地に「公用」と黒く書かれた腕章をはめていた。

「加藤はどんなです?」

洋子は加藤の元気な顔を思い浮かべた。

「歩いてあります。もうすぐ退院です」

「それはよかった」

あたりに人影はなく、二人は初めて名乗りあった。

敏男は故郷を懐かしんで父や妹の話をし、洋子は両親、志保、剛の話をした。彼の言葉は柔らかくて、時々方言が混じっていた。

「洋子さんの家はどこですか?」

「大刀洗飛行場の近所です」

「そうですか。自分は中隊の用事で甘木に行きます」

良江の家に近いT字路まで来た。敏男は右の道へ、洋子は左に折れて甘木駅の方に帰る。別れる時、敏男が自転車を止め、小さい声で言った。

「丸山公園を、案内してくれませんか？　今度の日曜日」

洋子の目もとに紅がさした。まわりを気にして小さく答えた。

「父に相談しないと」

洋子は言い終わるとペダルを強く踏んだ。

それからずっと洋子は、行くべきかどうかを一人で悩んでいる。母に聞けば「断りなさい」と言われるのは目にみえている。知り合ったばかりなのに行っていいのだろうか？　人からじろじろ見られるのが恥ずかしい。会話だって、うまくできるだろうか？　初めての経験だけに、洋子はその対応に心を痛めている。


陸軍病院に入院している将兵は、いい人ばかりだった。洋子が養成所を出たばかりだったのに、一人前の看護婦として認めてくれたし、戦地のことを面白く話してくれた。敏男だってきっといい人に違いない。小さいころから一緒に遊んだ慎二に、敏男が似ていることも、洋子の警戒心を薄れさせた。相手は自分を妹とだぶらせているのだ、遠く故郷を離れて寂しいのだろう。

そこまで考えて、ふと、父の口ぐせが浮かんだ。洋子が父の気にそわぬことをしたり、言ったりすると、

「洋子、そんなこつばしよると、嫁さんのもらい手がなかぞ」

大好きな父であるが、この時ばかりはいやな思いがした。もし敏男と町を歩いていたら、父はどんな顔をするだろうか。

約束の日、洋子が汽車で甘木駅に着くと敏男が改札口で待っていた。

「来ないかと心配した」

敏男は笑顔で言った。大通りを北に歩く。両側に並んでいる八百屋、荒物屋、文房具屋、駄菓子屋のことや、すれ違う人の服装や歩き方さえ二人の話題になった。

丸山公園に着くと、緑を濃くした木の葉が風に揺れていた。小道を歩くと、ひょうたんの形をした池が見え始めた。くびれたところに赤い橋がかかっている。その風景を眺めていた敏男が、池のあるこの公園は自分の故郷に似ていると話した。

「故郷って、伊勢のことですか?」

「ええ、どうして知ってるの?」

敏男は目を丸くして問い返した。

「この前病院に来られたでしょう。あの時、加藤さんから聞いたんです」

「なあんだ」

敏男の驚くさまがおかしい。洋子の口元がほころんだ。慎二に似ているしぐさが、洋子の緊張をほぐした。

二人は桜並木を通り抜けて左に折れて赤い橋の上に来た。池では鯉の跳ねる音がした。洋子が水面に目をやると、二人の顔が並んで揺らいだ。洋子がくすんと笑うと、水面の顔も笑った。

「何がおかしい？」

不思議そうに敏男が聞いた。

「私が笑うと、水の中の私も笑いますから」

敏男は反り返って気持ちよさそうに笑った。

なだらかな坂道を南に歩くと、忠霊塔が左手に見えた。忠霊塔の前の広場は砂利が敷きつめられ、南側には孟宗竹の柵がある。そこから見ると、右の方に平たい草原のような大刀洗飛行場が広がっている。

「飛行場の右の方に小さな山があるでしょう。あの山の麓に私の家があるんです」

洋子が指を差して言った。

「うーん、近いんだな」

敏男は洋子の指先に目をやった。洋子の話をよく聞いてくれる気さくな敏男に、洋子の気持ちが安らぐのだった。

二、三日過ぎて、帰宅した洋子は母から居間に呼ばれた。
「兵隊さんと甘木ん町ば歩きよったち、ほんなこつな」

洋子は黙って立っていた。

「洋子、お母さんが聞きよろうが」

洋子は小さく頭を垂れた。

「まあ、あきれた。どうしてな」

母は眉を吊り上げて目をしばたいた。

「丸山公園ば案内してち言われち、断われんじゃろうが。せっかく言いよんなるとに」

「相手によるとじゃろもん。親戚の者ならともかく、男に言われたからち、すぐついて行くと、安っぽな女ち思わるるたい。女はおしとやかにしちょかな」

母の決めつける言い方に洋子はむっとした。

(自分が若か時は、どうじゃったね)

と言いたかったが、ぐっとこらえた。

「嫁にもらい手がなくなるち、言うじゃんね」

「そげなこつば言うて」

洋子は、母のあわてる様子がおかしかった。

父の帰りを待っての夕食は、母のぐちから始まった。

「お父さん、洋子が兵隊さんと、町ん中ば歩きよったげな、わたしゃ、びっくりして、洋子に注意したとですが」

「へえ、洋子がねえ、物好きな兵隊がいたもんだ」

「物好きな兵隊で悪かったね」

洋子は父をにらんだ。

「なあに、われ鍋にとじぶた、ちいうこつもあるけん」

「お父さん、冗談ば言う場合じゃなかでしょうが。洋子の将来のこつですばい。この戦時中に、男と一緒に歩いたら、村中の評判になります。どうしますな」

父は母の言葉を黙って聞いていたが、やおら口を開いた。

「問題は洋子の気持ちたい。一緒に行くちいうこつは、洋子も少し気があるっちゃろ。ばってん、まだ若かけん、早すぎるぞ」

父が何と言うか、ずっと不安な気持ちでいた洋子はほっとした。

三

一月ほど過ぎて、敏男から映画に行かないか、と洋子に手紙が届いた。

彼の手紙に、洋子はまた戸惑ってしまう。敏男と父母の顔が浮かんでは消える。敏男に会いたい気持ちと、反対している両親に気兼ねする心が葛藤した。洋子は何回も手紙を取り出しては読み返した。

目鼻立ちの整った顔立ち、春風のような温かい雰囲気、洋子は敏男と一緒にいるだけで幸せな気分になれた。いつのまにか敏男のことばかり思い出して、会いたい気持ちが支配していった。敏男にひかれているのかもしれない、と洋子は思った。

映画に行くのは日曜日、洋子の夜勤明けの日だった。人気のない病院から外を眺めるとカンナが真っ赤な花びらを開いていた。

洋子は髪に櫛を入れ、鏡で自分の顔を見直すと、早目に病院を出て営門まで歩いて敏男を待った。午後一時になると、彼は足早に兵舎から出て来た。電柱の陰にいた洋子が道路に飛び出した。

「よう」

敏男は顔をほころばせて手を上げた。二人は軍用道路をさけて陸軍病院横の細い道を並んで甘木町へと歩いた。

「家の人に、言って来た?」

敏男は洋子の両親を気にしているようだった。

「話していません」

敏男は不安気な表情をした。

「話した方がいいんじゃないかな?」

「牧さんは言ったんですか？」

一瞬、敏男はたじろいたが、声を落とした。

「自分は男だから、心配せんでいいんだが」

「じゃあ、私だって、心配せんでいいんです」

敏男は苦笑した。

歩きながら敏男が話し始めた。

実家は農業のかたわら、家族と職人で小さなれんが工場を経営している。山麓にある畑の表土をはがして、下にある粘土を掘り出し馬車で工場に運ぶ。それを、すり鉢を大きくしたような釜に入れて、機械でかき回す。粘土を充分にこねたら、木型に入れて形を造る。できたものは天日にしばらく干す。干し上がったら、高い温度の窯で焼くとでき上がる。

れんがは、家庭のかまどや建物の壁に利用されて、結構金になった。戦争が終わったら、また作るつもりだ、と楽しそうに語った。

さらに、二十歳の徴兵検査で甲種合格となり、召集されて高射砲第四聯隊に入隊した。同期生たちは満州や北支に行ったが、自分は残されて、入隊して来た新兵の指導に当たっていると言った。きっと彼は成績優秀な兵隊なのだ、と洋子は思った。

話しているうちに甘木に着き、そこの映画館に入った。館内は薄暗く人の姿さえ見えない。暗闇の中で目をならしていると、敏男が洋子の手を取った。温かい彼の手のぬくもりが洋子に伝わり、鼓動が全身を駆け巡った。暗いけれど、近くの人に見られているようで洋子は顔を赤くした。敏男は人を押し分けて中に入って行き前方の空席に座った。

画面では、戦車隊の兵士たちが沼を横断するかどうかの評議をしていた。隊長が軍刀で沼の深さを測りに行き、深みにはまったのを部下が助ける場面であった。戦地での兵隊たちの苦労話であるが、その中にこっけいな軍隊生活の一面も描かれており、戦意を高揚させる映画だった。

暗い館内から出ると、太陽の光がまぶしかった。少し目を細めて、二人は町の中に踏み出した。

「おもしろかった?」

敏男は気になるのか洋子に尋ねた。

「兵隊さんの苦労がよくわかりました」

敏男は遠くに目をやっていたが、

「自分なんか、身につまされてなあ」

剃りたての青い頰を手でさすりながら言った。

それから敏男の口数が少なくなった。明るい表情が消えうつむいている。それは深く思いつめているようでもあった。洋子はいつもと違う雰囲気を感じていた。何か言いたげな様子なのに、押し黙ったままである。洋子は気まずい二人の沈黙を破って尋ねた。

「今度、また会えますか?」

「うん」

敏男はうつむいたまま答えた。

甘木駅が目の前に来た。敏男は立ち止まると、こめかみをぴくぴく動かした。

「結婚して欲しいんだが」

と口ごもって言った。洋子は答える前に、顔がほてってくるのがわかった。洋子は上気した顔で、敏男の目を伏し目がちに見た。汽車が駅に入って来た。

「両親にも、話してほしい」

と彼は言った。洋子は敏男に心を残したまま改札口に入った。途中で振り返ると、彼はこちらを見ていた。洋子は手を振って車内に入った。窓を開けて顔を出すと、敏男は軽く手を上げた。洋子を見送る彼の姿が、小さくなって消えた。

　敏男の気持ちをもっと聞きたいし、こちらのことも話したいと思っていたのに。二人でいる時間がとても短く感じられた。洋子は二人でもっと歩き続けたい気持ちだったが、敏男の門限を考えると駅で別れねばならなかった。

　初めは敏男のことを何とも思っていなかった。妹として振る舞えばよいと思っていた。ところが、しだいに敏男の映像が洋子の脳裏に刻み込まれてきた。結婚したいという敏男の言葉が洋子にはうれしかったが、両親のことを考えると答える言葉を見い出せなかった。でも、心がおどる気持ちは身体中に広がった。

駅を出ると、路傍にはち切れそうなホウセンカの実があちこちに並んでいた。洋子はその横を気持ちを昂ぶらせながら家路を急いだ。

居間に入ると、母の視線が洋子を射た。

「急に用件がでけて、病院に電話したらおらじゃったが、どこに行っちょったつ？」

「夜勤明けじゃったったい」

「どこか行く時にゃ言うちょきなさいち、こん前言うとっちょろが、どこに行っちょったつな？」

母は目をけわしくして洋子をにらんだ。

「友だちと映画見よったったい」

「友だちってだれ？」

洋子は彼のことを口にすべきかどうかをしばらく考えていた。

「名前が言えんごたる人と行ったつな？」

立て続けに問いただす母に洋子の反抗心が目を覚ました。

「この前の兵隊さん」

洋子はぶっきらぼうに答えた。母が顔色を変えた。

「ええ！　一緒に映画を見に行ったと？」

洋子が首を縦に振ると、母は驚いて口をもぐもぐさせた。

「こん前お父さんが言いなっちょろが、まだ若いち。そんなに急がんでも、お父さんが、良か人ば見つけてやんなるけ、もう少し待っちょきなさいち」

頭ごなしに言われて洋子は、母の若いころを思い出した。旅まわりの役者に、付いて回っていたことを想像した。

「牧さんが、私と結婚したいげな」

母は眉を吊り上げて、声を張り上げた。

「男はみんなそげん言うとたい。洋子には、男を見る目がなかろうが。男が言うたからち、すぐその気になったらいかんとばい」

洋子が素直に話したのに、それを初めから否定する母の言い方が不愉快でならない。

母の大きな声に父が座敷から飛び出して来た。

「お父さん、洋子がこの前の兵隊さんと、映画見に行ったたち、どげんします。それに結婚したいげな」

父は洋子の顔をしげしげと眺めた。

「お前はまだ若い。兵隊ちいうのはいつ戦地に出るかわからん。死なれてみれ、一生一人で暮らさにゃならん。じゃけん、慎重に考えたがええぞ」

いつもの明るさがなく、表情もこわばっていた。横から母が力を込めた。

「とにかく、親としては反対。相手が悪かち言うとじゃなか。あんたが若過ぎるちいうこったい」

「お母さんの言うとおり。洋子の幸せば一番願うちょるとは俺たちじゃけ。そのうち戦争も終わろう。結婚するのは、それからでん遅くはなか。こん前、伊勢の者ち言うたな。お産だ、病気だち言うたっちゃ、おいそれと俺たちが行けんばい。じゃけん、もっと近くに良か人がきっとおるけん、あわてる必要はなか」

父は諄々《じゅんじゅん》と話した。

「もらい手がなかったら、どげんすると。申し込まれた時に返事したほうがよかろうもん」

洋子はこの時とばかり力を込めて父に反撃した。

「おまえの気持ちはようわかる。戦争しようにゃそれでんよか。ばってん、軍人は命令がありゃ、いつでん戦地に行かにゃならん。おまえを、そん若さでみすみす未亡人にしとうなか。そこんとこばよう考えてみろ。洋子、一生の問題ぞ」

「お父さんの言いなるとおりじゃけ、早まっちゃ取り返しがつかんけ、ま、慎重に考えな。考え過ぎることはなかとじゃけ」

両親の激しい口調に洋子は目を伏せて口を閉ざした。

夕食の支度を母がしてくれたが、味もわからない食べ物を飲み込んだ。無性に腹が立って自然と涙が出て来た。

食事が終わると洋子はすぐ部屋に入った。すると、ふすまを少し開けてまばたきしながら剛が顔を出した。

「入ってよか?」

小さな声だった。洋子がうなずくと、素早く部屋に入って来て音がしないようにふすまを閉じた。そして洋子に近づくと耳元で言った。

「姉さんが好きなら、駆け落ちしたら?」

「ありがとう、剛」

洋子は剛に目をやって言った。


雲一つなく澄んだ薄青色の空が広がり、散歩したいようなさわやかな初秋の昼休みであった。洋子が病室をまわっていると、敏男が病院を訪ねて手招きをした。洋子が廊下づたいに桜の木の下まで来ると敏男は足を止めて振り向いた。

「どうだった。ご両親の気持ち?」

「若過ぎると、反対しています」

「自分の親も同じなんだ。若過ぎる」

洋子は敏男の言葉をあわててさえぎった。

「あなたが悪いと言ってるのではありません」

敏男は目を大きく見開いて聞いた。

「自分があなたの家に、頼みに行こうか？」

洋子は両親と敏男を会わせることに不安があった。

「無理と思いますが」

敏男はうつむいたまま黙って小石をけった。

「もう少し考えてみる」

小さな声だった。敏男はうなだれて力なく歩き始めた。洋子は呼び止めようと二、三歩歩いたが、言葉がのどから出なかった。彼の後ろ姿が寂しそうで、大きな身体が小さく見えた。

しばらくして、日本から遠い赤道付近で死闘を繰り返していた日本軍のことが新聞にのった。

「壮絶！　第二次ソロモン海戦」と太い文字が並び艦隊の写真入りで報道された。少し前には、「シドニー強襲の第二次特別攻撃隊が魚雷攻撃を敢行、従容水漬く屍と散る」。これも大きく新聞に出た。

敏男に外出の許可が出たのは、そのころであった。コスモスがあちこちに咲いていた。洋子は目立たないように、グレーのスカートに茶のセーターを着ていた。敏男の後ろを少し離れて歩いた。彼は時々立ち止まって並んで歩きたい素振りをみせた。

丸山公園の入口には長い石段がある。人影がないのを確かめると敏男のさし出す手を握って

「一、二、三」と数えながら上がった。洋子はうきうきした気分になった。結婚してほしいと言った敏男の言葉が頭の中で反響し合っていた。

石段を上がりつめた所で一組の若い兵士と娘が歩いて来た。若い兵士は立ち止まって敏男に挙手の礼をした。洋子が頭を下げながら娘に目をやると、長い髪に細い草の葉がついていた。

忠霊塔の前の柵から眺める甘木のまわりは、見渡す限り黄金色の田が広がっている。青く透き通るような空が洋子の心を解きほぐし、二人を取り巻く松や雑木の姿が洋子の心をいやした。ちらほらと秋の色を染めた木もあった。

「ほら、見て。とてもきれいよ」

洋子が敏男に声をかけたが、彼は景色が目に入らないみたいで、何か言いたげな素振りである。洋子が敏男に顔を向けると、彼はややうつむいて、

「夢に出てきた」

とぽつりと言った。

「え、誰が?」

洋子は身をのり出して聞いたが、敏男は口をつぐんでごしごしと頭をかいた。

「言いかけて、最後まで言わないのは男らしくないです」

洋子は敏男の腰をつついた。男の体に触るなんて、想像さえしなかったことを平気でやれる自分に驚いた。

「参ったなあ」

敏男は顔を赤らめた。

「知りたいんです。あなたのことが」

洋子は恥じらいを目に浮かべた。敏男は目をまばたかせて洋子をしばらく熟視したが、思い切ったように話し始めた。

「自分の方に、洋子さんが走って来るんだ。自分が両手を広げて抱きしめようとすると、するりと体をかわして逃げて行くんだ」

「それで?」

「目が覚めた」

「なあんだ」

敏男は目を伏せて細い声で言った。

「だから言わんと言ったろが」

洋子は敏男の前に一歩進んでつぶやいた。

「私、逃げたりしないわ」

敏男はいきなり洋子の手を取ると、忠霊塔の裏の雑木林の中に連れて行った。細い道を過ぎてやや広い所に出た。そこで敏男は洋子を抱きすくめ唇を合わせた。男の匂いが洋子の気持ちを高揚させた。敏男はなおも強く洋子を抱きしめた。息がつまる思いで洋子は敏男への思いが昂まっていった。

「両親には、責任持ってお願いに行くから。心配せんでいいから」

憂慮する父母の顔が浮かんで気がとがめたが、そんなことはもうどうでもよかった。ただ、敏男と一緒にいるだけで幸せだった。彼の心臓の鼓動を聞きながら、洋子は夢の中をさまよっていた。身体に電流が流れるのを感じながら意識が遠くなった。

さっき会った女性の髪に付いていた草の葉の意味が、今はっきりとわかった。

# 異　変

## 一

大刀洗陸軍病院の桜が咲きそろい、見る人の心をうきうきさせた。それは寒く長い冬が過ぎ去った喜びでもあった。行き交う人々は足を止めて桜の花をしばらく眺めるのだった。だが、洋子の心はずっしりと重い。

近頃身体が変なのだ。食欲がなく、吐き気さえする。これはただごとではない。ひょっとしたら赤ちゃんが？　いやいやそんな事はないだろう。こんな思いが常に頭の中を渦巻いている。

日曜日の午後、気分がうっとおしい洋子は、気晴らしに甘木町に出た。店並みをのぞいていると、エプロン姿の買物籠を下げた、看護婦養成所での親友、良江が通りかかった。

「久しぶりね」

洋子がなつかしそうに声をかけた。良江は立ち止まってこちらに目をやると、足早に近づいてきた。

「少し、やつれたみたいね」

と心配そうに言った。

「それがね、食欲がのうて、むかむかする時があるとよ」

洋子は日頃の様子をそれとなく話した。すると良江は不思議そうな眼差しで聞いた。

「彼氏でもおると？」

良江は洋子の全身をなめまわすようにして言った。

「赤ちゃんができた兆候に似ちょるばい」

やっぱり。

洋子は目の前が真っ暗になり倒れそうになった。父と母に何と言えばいいのだろう。この前だって、あんなに激しく反対されたのに。家におれなくなったらどうしよう。腹を立てた両親の顔がかわるがわる頭に浮かんでは消える。

何とかなる、そんなふてくされた黒い固まりが頭を持ち上げてくる。この子は私と敏男のもので両親とは何の関係もないのだ。それをとやかくいう両親が間違っている。とにかく敏男と一緒に住む家を早く見つけなければ。

「洋子、大丈夫？　医者に診てもろたら」

良江の心配そうな顔に、洋子ははっとわれに返った。

「ありがとう、良江。疲れてめまいがしただけじゃけん」

洋子は体の変調を気づかれないように、つとめて陽気に話して彼女と別れた。

赤ちゃんができる。うれしいことだけど、素直に喜べない。母にいつ言い出そうかと思っているうちに、ついに気づかれる日がきた。

家族が卓袱台《ちゃぶだい》を囲んで夕飯を食べている時だった。吐き気が腹の底から押し上げて来て、がまんできずに洋子は便所に走った。すっぱい胃液が少しずつ絞り出されてきて、やみそうにもない。心配でついて来た母が洋子の後ろから肩を叩きながら聞いた。

「近頃変ね、どうかしたと?」

洋子はあわてて口をぬぐったが、ぜいぜいという音は絶え間なく続いた。

「あんた、つわりじゃなかと?」

洋子は急所をつかれた思いで目を伏せた。

「何とか言ったらどう。赤ちゃんができたと?」

母は声を荒げた。その声に父が飛んで来た。志保と剛も続いて来た。

「どうしたとや?」

黙っている洋子の顔をのぞき込んで父が心配そうに言った。

「洋子! お父さんが聞きよるとがわからんとか?」

父は激しい声でどなった。洋子は父を見た。今まで見たことのない怖い目だった。洋子はその気迫に圧倒されて言葉が出てこない。

「何とか言ったらどうだ」

父は洋子の肩をつかんで引き寄せた。

「すみません」

洋子は思わず言ってしまった。

「何がすまんとか」

洋子はそれ以上何も言えなかった。母が代わって言った。

「子どもができちょるごたるですばい」

「なに！」

父の大きな手の掌が洋子の頬に飛んだ。さらに振り上げた手を母がつかんだ。

「お父さん！　やめて下さい」

「お母さんとあれだけ言ったのに、おまえは」

父は再び手を振り上げたが、母は引きずられても父の右腕を放さない。

「放せ！　放せ！　放さんか」

父は左手で母の手を払いのけようとした。

「洋子！　早うお父さんにあやまらんな」

頬を打たれた洋子は父をにらみつけた。

「その目はなんだ！」

父は真っ赤になり、目をぎらつかせて母に握られた右手を振り上げた。志保の甲高い声がした。

「お父さん、やめて！」

父は、燃えるような鋭い目を志保に向けた。

「親に向かって、な、なんちゅうこつか。もういっぺん言ってみろ」

父は志保につめ寄ったが、志保は胸を反らして一歩も引かずに、大きな目で父をにらみつけた。母は父の両手をつかんでおろおろしていた。

「お客さんだよ！　お父さん」

いつの間にいなくなったのか、剛の声が玄関でした。父は怒りがさめない顔を両手でぬぐうと玄関に向かった。

「どこに来ちゃるとや？」

父の声はまだ大きかった。

「剛！　剛！」

玄関に現れた剛が言った。

「さっき、来ちゃったばってん、どこに行きなったたじゃろか」

「おまえまで、お父さんを馬鹿にするとか？」

父が剛を追いかける下駄の音があわただしく聞こえた。その音はしだいに小さくなり聞こえなくなった。

「こうなったら、牧さんにはっきりしてもらわんといかんな。世間体もあるし」

母は肩を落として弱々しく言った。

洋子は父に腹を立てたが、帰って来ないのが心配だった。あんなに怒った顔を見たことがなかったし、ましてなぐるなんて。洋子には信じられないことだった。洋子は志保の気迫にも驚いた。志保は両親の言うことをよく聞く、気立てのやさしい子だった。父の自慢の娘である。その志保が父に立ち向かうなんて。

洋子はそんなことをぼんやりと考えながら、部屋の中で父の帰りを待った。時計が一時を打ったのは覚えていたが、いつの間にか深い眠りに落ちていった。

## 二

翌日、洋子は高射砲第四聯隊の敏男に面会に行き、ことの次第を報告した。敏男は早く両親に会うべきだったと後悔したが、子どもができたことはとても喜んだ。

「外出の許可がおり次第、すぐにおまえの両親と会い、きちんと話す。伊勢の両親にも手紙を書くから大丈夫だ」

敏男は力強く言って、心配そうな洋子を励ました。あれやこれやと心を悩ませていた洋子は、ともかくほっとした。二人は住む家を探すことにした。

まもなく敏男から次の日曜日に家にうかがいたい、と連絡が入った。洋子は、夕食の時にさりげなく母に言った。あいにく父は会合でいなかった。

「今度の日曜日、牧さんが会いたいち」

「ふうん、そうな」

母は浮かぬ顔を変えずに言った。

「早く来たかったけど、忙しくて遅くなりました、申し訳ありません、ち言いよんなった」

「あたりまえんこつたい」

母はやや表情をゆるめた。

「志保、あんただけはこげんこつばせんとばい。ちゃんと仲人ばたてて、結婚式ばあげて、みんなに祝うてもろうて、そんな結婚ばしてくれんな」

母は気落ちした顔で、整った顔立ちの志保を見て言った。

敏男が来る日は、藤のつぼみがふくらみを増し、庭の草木は一斉に芽を吹いていた。新しい命があちこちで見られる季節である。ところどころに、鯉のぼりが風に揺れていた。

秋山家は朝から忙しい。結婚に反対した父は池から鯉を捕って来て、前掛けを締めると料理を始めた。小言を言っていた母は赤飯の準備をしている。志保は家の柱や畳を拭き、剛は家のまわりを掃いている。洋子は家の中を行ったり来たりしていたが、にこにこして外に出て来た。青い空から柔らかい光が洋子に降り注いでいる。洋子は庭のえびねの花を抜いて花瓶にさした。家族から大事にされている。洋子は浮かれていた。

昼少し前に敏男は来た。父が酒好きと知ってどこで手に入れたのか、市中では見られない酒

を下げていた。敏男は両親の前に両手をつき、

「未熟者ですが、洋子さんと結婚させて下さい」

と、はっきりした声で言った。父が尋ねた。

「そちらのご両親はどんなに言ってあります？」

「はあ、それが、若いということで反対しています。しかし、私が責任持って説得いたしますので、よろしくお願いいいたします」

と頭を深く下げた。

「あなたのご両親と同じように、私たちも洋子が若いので同じ気持ちです。でも、子どもができたようで、世間知らずの娘でございますが、こちらこそよろしくお願いします」

父が丁重に話すと、敏男はかしこまって父に詫びた。

「早く伺うべきでしたが、遅れてしまい、申し訳ありません」

「まあ、まあ、話はそれくらいにして、せっかくお酒をいただいたので飲みましょう。洋子、そこに座ってないで早くつけてこい」

洋子は立ち上がって手土産の酒を台所に持って行った。

鯉のあらいを肴に酒を汲み交わし、父と敏男の顔は赤くなった。父は、五十鈴川がきれいだったと若い時に伊勢神宮に行った話をし、敏男はぜひ私の家にご両親で遊びに来て下さい、私がご案内いたします、と顔をほころばせた。

敏男と父の明るい話し声の中に、洋子はどっぷりとつかっていた。敏男は鯉こくがおいしいとお代わりをした。のどかなひと時がゆったりと流れた。

ほどなく洋子は後任に良江を紹介して陸軍病院を退職した。


やっと両親が認めてくれたのに、もう出征が間近なのか。

結婚式もあげられず、牧の両親とも会えず、これからどうなって行くのだろうか？　洋子は床についても、様々な不安が頭をよぎって、眠れるものではなかった。

翌日、洋子は千秋の衣料品店でさらしを買った。隣組を回ったり大刀洗駅で会う人ごとに頼んで、赤い糸で一針一針縫ってもらった。毎日出かけて針の縫玉を増やしていった。

ところが、七月はじめの朝早く、良江が顔色を変えて洋子の家に飛び込んで来た。

「ゆんべ、家ん前ば、ばさらか兵隊さんが甘木駅に行きよったばい。あんたのご主人も一緒じゃなかと?」

「えっ、本当、いつごろ?」

「夜の九時をまわっちょったばい」

洋子の顔がひきつった。あと少しで千人針ができ上がるのに。渡すはずの主を失った布が洋子の手元に残るのか。洋子はがたがたと震える心を押さえて良江に礼を言った。そして、急いで高射砲第四聯隊に行った。

受付で聞くと、敏男たちは出征したあとだった。静まり返った兵舎だけが横たわっている。来る時の元気は消えてしまい、洋子はその場に突っ立っていた。風が洋子の胸を音をたてて吹き抜けていった。

ほどなく、敏男からはがきが届いた。昭和十八年七月三日の日付で、門司港の消印が押してあった。元気であるか尋ねた後で、南方に行くと書いてあった。その後の二行の文章は処々に墨が塗られていた。

「……必ず…………くるから……頼む……では元気で行ってくる」

# 家族

## 一

敏男が外地に出たことを、洋子は家族に話せずにいる。両親の言葉は聞かなくてもわかっている。

(ほうらみてんない、親の言うこつば聞かんけたい)

非難されても同情されることはない。

ものごとに楽天的な洋子だが、今度ばかりは気が重い。何もする気にならず、洋子はふらふらと部屋に入った。鏡台の上にある敏男の写真や手紙に目をやった。とうとう洋子の手のとどかない所に行ってしまった。今どこで、何をしているのだろう。洋子は遠い南の空に思いをはせた。もう、この部屋だけが洋子を慰める唯一の場所となった。

部屋の東側の窓辺に寄ると、耳納連山に薄い雲がかかっている。その雲がゆっくりと動いて山の色を変えていった。

近くで人の声がする。耳をすますと、隣組で田植えをしているのだった。

戦時中は、非農家も含めた隣組総出でそれぞれの田に苗を植えた。

小学生の男の子が、田の両方のあぜに立って田植え綱を引く。田植え綱にはおよそ二十センチおきに、赤い布が巻きつけてある。子どもたちが一列に並んで赤い印の所に、はみだしそうな左手の苗を、右手で二～三本抜き取って植える。一列を植え終わると、両方のあぜ道にいる二人の子どもが、一辺一メートル余りの木製の直角三角形で間隔を計り、田植え綱を移動させる。その綱にそって子どもたちが苗を植えていく。これを親植えと呼び、親植えと親植えの間に大人が、四本の苗を植える。子どもたちは、大人に追いたてられて、親植えにおおわらわである。

白い帽子から黒髪のはみ出した志保と、ズボンをまくり上げ、麦わら帽子の剛が、大人にまじって植えている。志保の横に姉さんかぶりの圭子がいる。圭子は曲げていた腰を伸ばすと志保に話しかけている。急がなくてもいいから、そう言っているように見える。

圭子は嫁にいくまで近所に住んでいた。洋子より十歳年上で、小さいころよく遊んでくれた。いつも笑顔のはきはきした小柄な娘だった。年頃になると、都会の若者と結婚した。圭子夫婦は都会で失敗したらしく、彼女は実家に帰って来た。夫は兵隊に行ったという。圭子は、秋山家の手伝いによく来た。頭が低く仕事をこまめにするので両親に気に入られた。母に用事があると、洋子たちは、いつも圭子に預けられ、かわいがられた。

洋子は小さい時から農家の仕事が好きではなかった。田植は特にいやだ。水底の泥がぬかるんで足をとられるし、衣服がよごれる。くねくねと泳いでくる四センチほどの黄土色をしたヒルは、両端の吸盤で足にくっついて血を吸う。ヒルの中程を指でつかんで引き離すと、吸いついた所から血がにじんでくる。これもいやだ。洋子は小学校下級生のころは弟の子守をすると言い、上級生になるとおやつや食事の準備をしたいと言って、田の中に入るのをきらった。

洋子が小学校四年生の時だった。母が洋子を田植えに誘った時、洋子は「子守ばしたか」と言った。

「剛も手伝うとばい、志保だって用意しよる。姉ちゃんのあんたが、どうしてできんとな、はよ準備ばせんな」

母は眉間にしわを寄せた。洋子がぐずぐずしていると、さらに大きな母の声が飛んだ。

「咲ちゃんも栄ちゃんも、昨日は来ちょったばい。あんたより小さかとにがんばりよろうが、この無精者が！」

母は口をへの字に曲げて洋子をにらんだ。志保と剛が麦わら帽子をかぶり、つぎを当てた長袖を着てやって来るのが見えた。

「はよ行こ」

妹と弟は洋子を無視するように母の手を引いた。

「すぐ来るとばい、わかったな」

母は洋子に怖い目を向けた。洋子はわずかに頭を下げたが動かなかった。母は気になるのか父に言った。

「お父さん！　洋子ば連れて来て」

母は両手にまつわりついた志保と剛を連れて、あぜ道を足早に歩いて行った。

目の前に父が来た。

「洋子は気が利いて、何でもようできるとに、何で働くとが好かんとじゃろ」

中腰になると、洋子の目を見て不思議そうな顔で言った。

「お父さんが若かころ、仲のよか友だちと、鹿児島の下鍛治屋町に行ったこつがある。この町は江戸時代の終わりごろは家が七十軒ぐらいで、身分の低か武士が住んじょった。ところがこの小さな町から、明治維新をやりとげた西郷隆盛や大久保利通、日露戦争でロシアのバルチック艦隊を日本海で破った東郷平八郎、総理大臣の山本権兵衛、黒田清輝など、日本を代表する人たちが出ちょる。びっくりして聞いたら、『郷中教育』のおかげち言いなった。資料ばもろて読むと『郷中教育』には三つのめあてがあってな。二番目に『負けるな』ち書いちゃる。よく読むと『自分に負けるな』ちいうこつじゃった。そこでお父さんは考えた。田植えをしたくない。怠けたい、遊びたい、そんな心に、そんな自分に打ち克つこつが、だいじなこつち気がついたったい」

父は力強い言葉で言うと、洋子を見つめた。その目は一本筋が通った生き方をしてきた男の自信に輝いていた。

「お父さんは学校に行っちょらんし、身体も小さか。ばってん、働くこつは人に負けんじゃった。怠けたい、遊びたいち思うたこつもあった。そげな時『負けるな』ち自分に言い聞かせた。それでちゃ怠ける時があった。それでな、どんなに苦しくとも、どんなに悲しくとも、己に克ってがんばり抜くことを誓います、ち仏様に祈願しよった。

この家も、馬も、馬車も、働いたおかげで手に入れたったい。洋子も大きゅうなったし、志保や剛に負けてどうする。働けばお天とう様が見よらっしゃるけ、きっとご利益がある。人間で一番大事なこつは、自分の怠け心に負けんこつたい。真剣に知恵ばしぼって働くこつたい。頭を使うて働けばきっと良かこつがある。忘れんごつしちょかな」

意味はよくわからなかったが、怠けることがいけないらしい。大好きな父にこんこんとさとされ、自分が悪いことをしたような気持ちになった。悲しくなり急いで田植えの準備を始めた。

「わかりゃよか、休み休みでよかけん」

父は洋子の頭をなでて笑いかけた。

「洋子は、ものわかりのよか子たい」

と誉めてくれた。

父の真剣な眼差しを、洋子はいつも忘れることはなかった。

洋子が不思議に思うのは志保だ。やせて弱々しい感じがするが、田植えをきらわず子どものころは親植えをした。女学生になると大人と同じように苗を植えている。そして休むことがない。そんな志保を気づかって母が言う。

「休んだらどうな？」

すると、志保は気にも留めないで、

「みんなも頑張りよるけ」

と、手も休めずに言った。そんな志保に近所の人は「両親のよかとこばもろて、別嬪さんでしっかり者たい」とうわさした。洋子は志保がほめられるうれしさと、姉の自分が何も言われない寂しさが入り混じって、複雑な気持ちになるのだった。

洋子が志保に尋ねたことがある。

「志保ちゃん、ヒル、えずな《こわく》いね？」

志保はいぶかしげな顔を洋子に向けた。

「ヒルがえずかったら、田植えできんもん」

と、すまして答えた。

「学校ん宿題、大丈夫？」

洋子が心配そうに聞くと、

「家ん手伝いばしました、ち先生に言うと叱られんもん」

洋子の取りつく島がないのである。

志保はとりたてて勉強はしなかったが成績は良いのである。志保が小学校六年生の時、担任の先生が訪ねて来た。洋子がふすまの陰から見ていると、出されたお茶を一口すすった先生は、恐縮する両親にこう言った。

「志保さんのことですが、成績が良く、よく勉強します。この前、女学校を希望する者の調査をしましたら、志保さんは行かないと言うのです。大変惜しい気がしまして、それでご相談に伺った次第です。どうです、本人の将来のことを考えてですね、女学校の試験を受けさせるわけには参りませんか?」

父は女は学問しないほうがいい、と常々言っていた。尋常高等小学校の教育が終われば、しばらく働かせて、早く結婚させたいと思っている。洋子が「女学校に行きたいか」と言った時もそうだった。父がそう言うので洋子は尋常高等小学校高等科に二年間通った。

ところが、志保の場合は先生が家に来て女学校への進学を勧めたのだ。父は洋子を女学校にやらなかった経緯を話し、姉妹に差をつけるのはかわいそうですので、と言って先生に断った。

「秋山さんが経済的に苦しいとは思いません。志保さんに、どんな素質があるかもわかりません。でも、私は志保さんに進学させたいのです。努力をしますし、責任感や意志が強く、他の子にないものを持っています。だからこうして伺ったのです。本人のためにも、何とかなりませんか」

父はどう言っていいかわからず、母の方をちらっちらっと見た。母は父の顔を見ていたが、

「先生がああおっしゃって下さるのです。、志保のためにも受験させたらどうです?」

「うーん」

父は腕組みをしたまま考え込んだ。

「突然おじゃまして、勝手なことを申しあげましたが、志保さんとよく相談してみて下さいませんか?」

先生はそう言うと、お茶を飲んで帰って行った。

卓袱台を囲んだ夕食は、先生が来たことが話題になった。

「秋山家から女学校にいくのは、名誉なこつばい。志保、がんばり」

母は志保に女学校を受験するように勧めた。

いとこの慎二は、東京の大学に通っている。それをうらやましく思っている母は、「志保、大学でんやってやるばい」と、志保を励ました。

志保は両親の勧めに従い女学校に進学した。

## 二

当時、大刀洗飛行場に駐屯していたのは飛行第四聯隊であった。一日中飛行機が離着陸をくり返していた。普段はかってに入れない飛行場だが、開隊記念日には許されていた。

その日は特殊飛行が公開されるので見に来る人が多い。洋子たちは父に連れられて見物に行ったことがある。広い草原に着くと見学に訪れた人々が大勢集まっていた。

黄色に塗られた複葉機が、横に回転しながら飛んだり、宙返りをしたりしている。と、突然その飛行機がきりきりと舞いながら落ち始めた。

「危ない！」

幼い剛が叫んだ。洋子は目をおおった。

「特殊飛行じゃけ、落ちゃせんが」

父の言葉にこわごわと洋子が目から手を外すと、飛行機はゆうゆうと大空を飛んでいた。

「すごいなあ」

観客は一斉にあらしのような拍手を送った。

飛行場からの帰り道、剛は父の手をつかんでスキップしながら言った。

「お父さん、飛行機乗りになってよか？」

剛はしつこく父にまつわりついて尋ねた。

「試験が難しかぞ」

「勉強するけん」

剛は父の手を引っ張って言う。父は笑って、

「大きくなったらな」

「なってよか？」

父は息子の頭をなでてうなずいた。

それからの剛は、特殊飛行があるたびに父の自転車の荷台に乗って見に行く。飛行機の絵本や記事にも興味を持ち、よく滑空機の模型を作って飛ばした。小学校六年生の時に校内で行われた「模型飛行機大会」では優勝した。飛行兵になることは剛の夢であり希望であった。

剛が尋常高等小学校高等科一年の時、太平洋戦争が始まった。戦争が長引く中で、戦いの主導権は航空機が握ることとなり、飛行兵の養成が国の急務となった。役場や公的機関の掲示板に、飛行兵募集の絵付きの大きな張り紙が出された。教師も飛行兵への応募を生徒に呼びかけ、志願者は年々数を増やした。

昭和十八年の春、剛が、少年飛行兵の志願書を持って洋子のいる部屋に来た。

「俺、少年飛行兵に志願したかばってん、お母さんが反対するじゃろな?」

剛は母を気づかって洋子に聞いた。

「日本が戦いよるとばい。親も大事ばってん、国はもっと大事じゃなかと」

かつて陸軍病院に勤め、下士官牧の子を宿す洋子は言葉に力を込めた。

「俺もそげん思いよる。ばってん、お母さんのこつが気になってな」

「剛はやさしかもんね。どうせ戦争に行くなら、鉄砲担いで行くより、大空を飛んで、アメリカの軍艦や軍需工場ば爆撃したり、空中戦をするほうが格好よかばい」

「姉さんもそげん思う?」

剛は顔をほころばせ、白い歯を見せた。

「あたり前たい。年頃の若か者は、みんなそげん思いよるとじゃろうもん」

「俺がおらんごつなったら、お父さんお母さんのこつ、頼んじょくばい」

「まかせちょき」

剛の不安を断ち切るように、洋子は胸を叩いて明るく言った。剛の顔にぱっと赤味がさした。

「そんなら、頼んじょくけ」

剛はそう言い残すと、いそいそと外に出て行った。

その夜、夕食の時に剛はもじもじしていたが、家族の前で少年飛行兵に志願したいと細い声で言った。母はびっくりして、

「何ごつかち思いよりゃ、飛行兵になりたか？　せっかく製作所に就職が決まったとに」

母は厳しい目を剛に向けた。

「そげん言うたっちゃ、日本はアメリカと戦争しよるとじゃけ」

剛は腹立たしげに母に言った。

「あんたの将来はどげんなるとな、そのへんばよう考えてんない」

母はいらいらして言った。

「若い俺たちん力がいるとたい。国んために俺でちゃ尽くしたかち思いよるとたい」

「年端《としは》もいかんお前が行かんでん、行く者はほかにおる」

母は肩を丸めた剛を見て、声を張り上げた。洋子が口をはさんだ。

「お母さん、剛は国のために戦おうちしよるとばい。私やお母さんの命ば、守ろうち思いよるとたい。剛の気持ちもわかってやらんと」

母は洋子に向かって、突き刺すように言った。

「よくもそげんこつが言えたもんたい、私の年になってんない、母さんの気持ちがわかるけん」

「剛の小さい時からの夢じゃもん」

洋子は母の気持ちを和らげようとした。

「私は反対じゃけ。剛、忘れんごつしとき」

母の声は震えていた。父がその場を取りなすように言った。

「まあ、まあ、母さんの気持ちはようわかる。剛の心意気もわかる。父さんでよけりゃ代わってやりたかばってん、それもできん。剛の昔からの夢じゃし、受けるだけ受けてみりゃどげんじゃろか」

母がすかさず言った。

「もう一日考えたらどうな。今晩ゆっくり寝て、明日また話しあおう。わかった？」

剛はがっくりと肩を落とし、畳の縁を見つめていた。

翌日、剛は仏壇にある父の印鑑を取り出して志願書に押印して投函した。剛は受験勉強を始めた。

剛が大刀洗航空機製作所に勤め始めた四月に、身体検査が行われた。試験を受けて来た剛は、部屋に来て洋子に次のように話した。

三井電車久留米駅の改札口で試験場の「偕行社《かいこうしゃ》」を駅員に聞くと、親切に教えてくれた。駅から南に四百メートルほど歩くと、久留米師団司令部があって、その横に二階建ての試験場があった。

はじめ、身長、体重、視力、聴力などの測定があった。続いて、肺活量、懸垂《けんすい》や背筋力などの測定があり、目をつむって片足で何分立てるかなどの適正検査があった。測定は将校がした。試験終了後、合否の発表があり、合格した。

数日して、身体検査に合格した者に学科試験があった。国語、算数、歴史、地理などの試験だったが、問題はやさしかった。

「俺、合格の自信があるっちゃん」

剛は目を輝かせ、自信たっぷりに語った。

少年飛行兵への身体検査と学科試験に合格した者は、九月中旬に本人宛に通知があると説明されていたが、来る日も来る日も便りは来ない。剛は毎日郵便受けをあきずに眺めていたが、だんだんと無口になった。

十月一日、空は薄青く澄み渡り、遠くの山々がはっきりと写し出された。庭の柿の実が大きくなり、葉の上に姿を現した。稲も頭をたれ始め、実りの秋の到来を告げていた。剛が大刀洗航空機製作所からうつむきかげんに、しょんぼりして帰って来ると、洋子が大きな声で剛を呼んだ。

「東京の陸軍航空本部から、手紙が来ちょるばい」

と、一通の便りを手渡した。剛は縁側に腰を下ろして封を切った。中には一枚の紙が入っていた。じっと見ていた剛は、

「わあい、採用予定通知たい！」

両手を高く突き上げて叫んだ。

「よかったね」

洋子は歩みよって剛の肩を軽く叩いた。

「ありがとう」

目をきらめかせて剛は、その通知書を洋子に見せた。

採用予定通知、秋山剛

仍ッテ昭和十八年十月一日午前九時迄ニ、大津陸軍少年飛行兵学校ニ出頭スベシ、
昭和十八年九月二十一日、東京陸軍航空本部

「こりゃえらいこつ。今日ばい、今日行かにゃならんとたい」

剛はみるみる青くなった。見直すと、九月二十一日の消印がおしてあった。

「ええっ、そげな」

「とにかく役場で相談したら」

洋子の言葉に剛は自転車に飛び乗り、瞬く間に姿が見えなくなった。

剛が疲れたような顔をして帰って来たのは一時間ぐらい過ぎたころだった。

「役場ん人が勧めたけん、大津陸軍少年飛行兵学校に電報ば打って来た」

と洋子に、息を弾ませて言った。

キヨウサイヨウヨテイツウチガ　ツイタガ　オオツリクグ　ンショウネンヒコウヘイガ
ッコウニシュツトウスベ　キヒダ　ッタイカニスベ　キカオシエコウ　アキヤマツヨシ

家族がそろった夕飯の時に父が言った。

「剛が少年飛行兵に合格しおった。誰んでんできるこつじゃなか。頭も身体もよかちいうこ

つじゃけ、俺も鼻が高か」

そこまで言うと母が目をむいた。

「お父さん、喜んどる場合じゃなかでっしょうが、もしもんこつがあったら、どげんすっとですか」

父は一瞬血相をかえた。眉がぴくぴくと動いた。

「縁起の悪かこつば言うな、もしものこつなんか、ありゃせんわい」

と、感情を押さえて言った
「一人息子ですばい。秋山家はどげんなっとですか」

「洋子と志保がおろうが。飛行場の係に聞いたばってん、飛行兵ち言うたっちゃあ、操縦《そうじゅう》、整備、通信の三つがあるち。一番人気があって難しかつが操縦げな。剛が何になるかまだわからん、じゃけん、そげん心配せんでよか」

「そげな呑気なこつば言うて」

母は顔をしかめた。ご飯にお茶をかけて流し込むと、ぷいと外に出て行ってしまった。

「母さんの気持ちもわからんでもなかが、合格して行かんとも何だし、とにかく明日大津に行ってみろ」

うつむいて話を聞いていた剛が顔を上げた。

「志保ね、女学校卒業したら、兵隊さんの役に立つ仕事ばするけん、剛もがんばり」

おとなしい志保が声を大きくした。

「秋山家は、母さんば除いてみんな軍と関係があるったい」

父は笑みを浮かべて剛に言った。

「母さんが心配しよるけ、身体だけは充分に気をつけろ」

剛は頭を下げ「はい」と言った。姉たちに祝福されて、明るい笑い声は外まではじけた。

翌日の秋山家は忙しい日となった。鮎は千里行って千里帰る、という言い伝えを信じる父は、鮎を筑後まで自転車で買いに行った。母は赤飯を作り、志保はしまい込んでいた膳《ぜん》を取り出して並べた。洋子は父と剛の服のつくろいをし、剛は隣近所に挨拶に回った。昼、座敷の正面に剛の膳がすえられ、その横に両親、鉤《かぎ》の手に姉たちが並んだ。

「こんなにご馳走《ちそう》していただいて、ありがとうございます」

剛はややかしこまって挨拶した。

「秋山家のささやかな壮行会たい」

父は口元をゆるめた。

「身体に気をつけてね」

志保が心配そうに言うと、剛はにこりとした。洋子がつけ加えた。

「後んこつは心配いらんけ、安心して行ってき」

母は目を三角にして洋子をにらんだ。壮行会はちぐはぐな雰囲気になった。

家から出ようとする剛を母が呼び止め、剛の両手をしっかり握りしめた。

「剛ちゃん、国にご奉公せにゃならんばってん、この世は二度と来られんところじゃけ、命だけはそまつにしちゃいかん。必ず、帰って来にゃならんばい」

母の目に光るものがあった。剛はうつむいたまま、

「わかっちょる、心配せんでええ」

とせっかちに言うと、急いで外に出た。洋子が剛を追ったが、彼の姿は見えなかった。

午後一時に近所の人たちが集まって来た。剛が顔を出すと、老人が寄って来て聞いた。

「いくつになると?」

「十五歳です」

「十五歳、えらか決心ばしたな」

剛のまわりに大人と子どもの人垣ができた。その中から圭子が剛のところに来て一言二言話しかけ、紙に包んだものを手渡した。剛はうなずいてしきりに頭を下げた。

みんながそろうと、日の丸を結わえた笹竹を先頭に、頭をたれた稲穂の横を進み神社の前に出た。石段を上った拝殿の前で、二礼二拍子一礼をし、武運長久を祈りお神酒をいただいた。その後一行は、所々に草の生えた道を、二列に並んで駅に向かった。

大刀洗駅の停車場でみんなが待っていると、黒い煙を吐いて汽車が入って来た。隣組長が大きな声で音頭を取った。

「秋山剛君の前途を祝して、万歳、万歳、万歳」

みんなは日の丸の小旗を振って声をそろえた。

「みなさん、お見送りありがとうございます。後をよろしくお願いします」

日の丸の小旗に送られて、剛は父と汽車に乗った。母のはれたまぶたが気になるらしく、剛は母の顔をちらっちらっと見た。汽車が動き始めると、剛は窓から身体を乗り出して、何か叫びながらみんなに手を振った。

剛、十五歳三カ月の門出であった。

数日が過ぎて、剛から電報が入った。

ソウジ　ユーブ　ンカニゴ　ウカク八ヒタチアライニムカウ

父の喜びはひとしおだった。しかも、この近くで訓練を受けるのである。

「少年飛行兵の中で一番難しか操縦分科に入りおった。五十人に一人の狭か門ぞ」

父はどこで聞いてきたのか得意になって洋子に話した。その後すぐに隣組の人たちに報告するため家を出た。
数日後、福岡県大刀洗飛行学校から父にあてた手紙が届いた。

拝啓時下益々御清昌御精励ノ段奉賀候陳者今般芽出度少年飛行兵操縦生徒トシテ御入校相成候
御令息剛君ハ確カニ御預リ仕候元気溌剌着隊直チニ魂迄飛行兵ト相成リ軍務ニ精励致シ居候間御休神下被度候扨テ戦局ノ推移ハ直チニ予断ハ許シ難ク實ニ以而現下戦局鍵ヲ握ルハ一ニ航空兵力ニ在ルノ今日然ルガ如キ希望ト鉄石意欲ト旺盛ナル体力ヲ具備サル御令息剛君ノ御入校ニ接シ候事ハ只ニ以而陸軍航空戦力ニ一段ノ威力ヲ付加セルノミナラズ顧ミテハ畏多クモ廣大無辺ナル大御稜威ニ更ニ萬貫ノ重キヲ惓加セラル候モノニシテ邦家ノ為無ニ慶賀ニ耐ザル所ナルト共ニ皆々様ノ御覚悟ノ程モ眞ニ敬服ニ不耐深ク感銘致シ居ル次第ニ御座候就而私共一同皆様方ノ御覚悟御期待ヲ深ク肝ニ銘シ誓ツテ立派ナ飛行兵ヲ作リ上ゲ皇恩ノ萬分ノ一ニ報ユル覚悟ニ御座候間何卒御安心下被度ク御願申シ上ゲ季節不順ノ折柄皆々様モ何卒御健康ニ御留意下被邦家ノ為銃後ヲ邁進下度被願上候
末筆乍御健康御祈申上候
先ハ右御挨拶迄如斯御座候

昭和十八年十月十六日

敬白

福岡県大刀洗飛行学校甘木生徒隊

土屋隊隊長　土屋文雄

秋山茂殿

父は、高射砲第四聯隊跡に開隊された大刀洗飛行学校甘木生徒隊を、時々のぞきに行った。

「運動場に厚い敷物が敷かれちょって、そん上に十人ほどの生徒がうつ伏せに並んじょるとたい。そればい飛び越す練習がありよった。中隊が十あって、二千人による航空体操を見たが、みごとじゃった。みんなようそろちから」

父は母がいない時に、得意になって洋子に話した。

三

尋常高等小学校の子どもたちは、大詔奉戴日《たいしょうほうたいび》（毎月の八日）に、洋子の住む近くの神社に参拝した。東方にある宮城に向かって遙拝《ようはい》し、将兵の武運長久を祈った。戦争の状況を校長が話し、全員で戦意高揚を図る学校行事であった。

洋子は敏男が出征して以来、毎月八日に宮参りをしている。それは、お腹が大きくなっても続けている。鎮守の森のいちょうが真黄色に染まり、朝の日差しを受けてきらきらと光り一幅の絵になった。洋子はその景色にしばらく見とれていた。境内に進み柏手を打って、敏男と剛の無事安泰を祈った。帰り道でお腹の子の動きがひどくなり、下腹が痛くなった。歩くのがつらくなって、休み休み帰ったが、下腹が張った感じがした。

稲刈りが忙しくなってからのお産に、洋子は気まずい思いをしている。何でも自分ですると強気に言ったものの、一人で家にいると不安がつのる。

夕暮れ時になると、その痛さの間隔がだんだん短くなって、今にも産まれそうに思われた。腹と腰が痛い。洋子は畳に手をついてうずくまったが、もうがまんできない。台所ににじりより、柄のついた鍋を力まかせに叩くと、外から母が駆け込んで来た。

「どうした。痛むな」

洋子は顔をしかめた。

「何分ぐらいで痛うなると？」

洋子はうなだれて声も出せない。母が洋子の肩をつかんだ。

「産婆《さんば》さんば呼んでくるけんな、気を確かに持つとばい」

そう言うなり裏口から飛び出して行った。腹と腰の痛さに気が遠くなりそうだったが、敏男の心配そうな顔が浮かんでは、われに返って痛さに耐えた。痛さは周期的に襲ってきて、一人でいるのがとても不安だった。長い時間が過ぎていくように思われた。

外から母の声と共に戸を開ける音がした。

「産婆さんば呼んで来たけん、もう安心ばい」

産婆はゆっくりした歩調で洋子に近づいた。

「ひどう痛むな?」と洋子の大きな腹をさすりながら聞いた。洋子はうなずくのがやっとだった。

母がかまどに火をつけて産湯の準備を始めたらしい。小枝を折る音がして、木が燃えるにおいが流れてきた。痛みはさらに続いたが、二人に囲まれて洋子の不安はうすらいだ。しかし、痛さは激しくなるばかりだった。

しばらくして、赤ん坊が産声をあげた。

(あなた、無事に産みましたよ!)

洋子は敏男に向かって心の中で叫んだ。

「男の赤ちゃんですよ」

産婆の声を聞くと、洋子は深く快い眠りに落ちた。

急ににぎやかになり洋子が目を覚ますと、家族や近所の人がそろっていて、赤ん坊をのぞき込んでいる。

「洋子、目がさめたか、男の赤ちゃんばい」

目を細めた父のえびす顔があった。

「眼と眉が敏男さんにそっくりたい」

父は赤ん坊を見て言った。その横に母の笑顔もあった。自分の横で動く赤ん坊に洋子はほっとするのだった。

「母子共に無事でなによりたい」

あちこちから聞こえてくるささやきに、洋子はみんなに祝福されている幸せを全身で感じた。

数日後、赤ん坊は両親の名を一字ずつもらって敏洋《としひろ》と命名され、その名前が床の間に貼られた。

「今年は縁起がいいぞ」

父は初孫の誕生をことのほか喜んだ。仕事から帰って来た父は、毎日のように赤ん坊の横に座って飽きずに眺める。まだ目が見えないのに、笑いかけたり、ひょっとこの顔をしたりして、好好爺《こうこうや》そのものであった。

# 若人

## 一

寒い北風の中に、さざんかの花が緑の葉の上を赤く染めた。洋子は庭に出てその花を花瓶にさし、居間を明るくした。乳房を吸っては眠り、目を覚ましては乳を飲む敏洋を、洋子は飽きずに眺めている。敏洋は日一日とふくらみを増した。

玄関を開ける音がして、声が部屋中に響いた。

「フミさん、おるな?」

母が急いで出迎えると、甘木の千秋おばさんだった。五十歳にしては華やいだ着物を着ていた。その後ろに学生服の慎二が浅黒い顔で立っていた。

「早うお祝いに来《く》うち思いよったばってん、忙しゅうて遅なってしもた。ややはどこにおると」

千秋おばさんは気忙しそうに座敷をのぞいた。居間に洋子を見つけると、挨拶を抜きにして、赤ん坊の寝ているところに上がって来た。座り込んで赤ん坊を眺めていたが、

「可愛いこつ。小鼻がしっかりしちょる。色男になるばい。洋子ちゃん、よかったな」

と、敏洋の小さな手をもて遊んだ。

「起きんかい」

千秋おばさんが敏洋の身体を揺すったが、赤ん坊は少し身動きしただけで、また寝息を立てた。

お茶を入れて来た母がおばさんを座敷に招き寄せた。

「初孫んできた気持ちはどうな?」

おばさんがうらやましそうに聞いた。

「べつに。おばあちゃんち言わるるとが好かん」

孫のいない姉に気がねしたのか、母は投げやりに答えた。おばさんは茶をすすりながら、

「うちを見てんない、長男は召集令状の来て中国に行っちょる。二男の慎二だけが頼りたい」

おばさんは入口の所に立っている慎二を振り返って言葉を続けた。

「ところが、義兄さんにレントゲンば撮ってもろたら、胸に少し影があるげな。たいしたこつはなかばってん、家で養生するこつになってな、東京から帰って来ちょるとたい。慎二、ぼおっと立っちょらんで、挨拶ばせんな」

おばさんが慎二に催促した。

「知らんとこじゃなし。格式ばらんちゃええが」

母は慎二に温かい視線を向けた。

「ご無沙汰してます。母がお世話になります」

とたんに、おばさんはむっとした顔をした。

「お母さんは、特別にお世話にゃなりよらんばい」

と目に角を立てた。

「挨拶じゃけ。そげなこつに腹立てたら、慎ちゃんにきらわるるばい」

母は、肩を揺らしてきまり悪そうな慎二に笑顔を送った。慎二は座っている洋子に気づいて入口の所から声をかけた。

「洋子ちゃん、おめでとう。どのくらいなると?」

「一カ月たったとこ」

「母から聞いちびっくりした。これからが大変じゃな」

久しぶりに会ってみると、慎二は一段と逞しくなっている。敏男もこうだったと思い出した。慎二の目のあたりが、やっぱり敏男に似ている。

「退屈じゃろうけ、本ば持ってきちゃろ」

慎二は入口に立ったまま言った。

「退屈なもんかい。ここの居候でも何じゃし、仕事ば手伝おうち思ちょる」

「よか心構えたい、少しは大人になったごたるな」

慎二がからかうと、洋子は子どものようにこぶしを振り上げた。

「長居しても悪かろう、慎二、帰るばい」

おばさんはもう立ち上がって下駄をはき始めた。千秋おばさんについて母は玄関に向かった。洋子と慎二は並んで後に続いた。

「剛はどげんしよる？」

「十月から甘木生徒隊でがんばりよる。母が反対したばってん、行ってしもた」

「そん気持ち分かる。俺でちゃ、学徒出陣したかったばってん、おじさんの診断書でおじゃんたい。親友の壮行会で俺は何も言えんじゃった。すまんち言うたら、身体が大事じゃけ後から来いよ、ち言うちくれた。ばってん辛うてな、都落ちたい。『出陣学徒壮行会』の新聞記事が出ちょっちょろ。こん非常時に、国の役にもたたんで、無念でならん」

「病気じゃけ、仕方なかじゃん。余計なこつば考えんで、養生するこつが一番ばい」

慎二は目をくもらせて洋子を見た。彼は頑丈な身体をしていて、顔にはにきびが出ていた。

母と洋子は庭先まで二人を見送った。姿が小さくなると、

「相変わらずばい。先に言うだけ言うたら、さっさと帰ってしもて」

母は不満をもらした。

慎二は、小さいころは洋子の格好の遊び相手だった。ままごとをしたり、れんげ草畑の花を摘んで首飾りを作ったり、六月の終わりにはやまももの実を母に取ってもらって一緒に食べたりした。

慎二の住む甘木町は、七月に祇園祭りの飾り山笠が神社に立つ。洋子は母に連れられて、曳き山笠を慎二の店の前で見たことがある。町が東西に分かれて山笠を曳く競争をするのだ。そろいの法被《はっぴ》、赤いしめ込み、ねじり鉢巻き姿の若者たちが、

「オッショイ、オッショイ」

とかけ声も勇ましく町中を走って来る。幼い洋子と慎二は、店の前で用意された「勢い水」をひしゃくで若者たちにかける。山笠は水を浴びながら、地響きを残して駆け抜けていくのだった。

また、洋子には慎二と特別の思い出がある。あれは確か一年生の夏休みだった。盆近くに洋子の家を訪れた千秋おばさんが、子どもがうるさいのか、

「洋子ちゃんと外で遊んできない《おいで》」

と慎二に言った。二人が家の前の小川をのぞくと、水が少なくなっていて魚が見える。慎二がしょうけ、洋子がバケツを持って魚捕りに行った。慎二が草むらにしょうけを置き足音をたてて魚を追い込むと、しょうけの中でどじょう、ふなの子、はやなどが跳ねる。それを洋子がバケツに入れた。

バケツに半分ぐらい魚がたまるころには、夏の日差しが暑くてたまらない。慎二は大刀洗川に行くと、土手の日陰に洋子を座らせ、自分は水浴びを始めた。キャッキャッという声にさそわれて、洋子も土手をおりて川に入ろうとした。ところが足が滑って川に落ち込んだ。息が苦

しくなって手を無茶苦茶に動かしたが、水に流されていた。口と鼻に水が入り頭がつんと鳴った。慎二が近づき、洋子を土手にひきあげた。

「土手におれち言うたろうが」

慎二は腹立たしい顔をしたが、シャツを脱がせて洗って絞ったり、白い帽子についた泥を落としてくれたりした。衣服がかわくまで川岸の砂で、川や池を作り、めだかやどじょうを入れて遊んだ。帰る時に、

「川に落てたこつは内緒ぜ」

慎二にそう言われて、今でもその出来事は二人だけの秘密である。あのころから慎二はやさしかった。そんなこともあって、洋子は母にいつも言っていたらしい。

「慎ちゃんのお嫁さんになると」

それを聞いた父は、

「それじゃあ、おりこうさんにならなたい」

と言ったそうだ。母は成長した洋子を冷やかして、時々そのことを話したが、洋子は少しも腹がたたなかった。その慎二がさらに逞しくなって、突然洋子の目の前に現れたのである。

## 二

昭和十八年の大晦日、洋子は朝から天井の煤をはらい、障子にはたきをかけ、畳を掃いてい

た。開かれた障子から何気なく外を眺めると、三人の少年飛行兵がこちらに来るのが見えた。瞳をこらすと真ん中にいるのが剛である。

洋子は急いで母に伝えた。

「剛が帰って来よるばい」

洋子と母が外に出ると、近づいた三人はかかとをつけて胸を張った。

「秋山剛、只今帰りました」

と敬礼をした。洋子と母はあわてて姿勢を正し、剛の左右をかわるがわる見た。

「自分の親友で、こちらが山田」と左側を紹介し、

「こっちが桐生です」

と右側の少年兵を引き合わせた。左側の飛行兵が一歩前に出た。

「山田俊一といいます。自分たちは大刀洗陸軍飛行学校第三中隊の者で、秋山とは寝床が隣です。東京から来ました」

「桐生義雄です。群馬県から来ました。山田とは立川の試験場からずっと一緒です。秋山とは同じ班です。今日はお世話になります」

十五歳とは思われないほど堂々とした飛行兵である。

「みなさんのような、立派な方と友だちになれて、剛は幸せ者です。さあ、どうぞどうぞ」

母は玄関に向けて手を差し延べた。

「山田が馬に乗りたいち言うけ、馬小屋に行って来る」

三人は連れだって歩いた。

志保は馬小屋の前で干し物をしていた。

「志保姉ちゃん、ただいま」

志保は驚いて振り向いた。

「まあ、剛、立派になって」

志保は前かけをはずして手を拭いた。

「秋山にお世話になっております。山田と申します」

「おいおい山田、敬語は使わんでいいぞ」

剛が山田を見ていたずらっぽく笑った。

「だって、お姉さんだろ」

「いいから、いいから」

二人の話に、右にいた細身の少年が割って入った。

「自分は桐生といいます。よろしく」

「こいつは、グライダーがうまくてな、二百四人いる三中隊の中で一番うまかったい。自分
と山田はいつも桐生に習いよる」

山田がすぐにあいづちを打った。

「自分のほうがでかいが、滑空ではかなわん」

「つまらんことを言うな」

桐生は恥ずかしそうに下を向いた。

「姉の志保と申します。弟がご迷惑をかけているでしょう。どうぞ、よろしくお願いいたします」

志保があらたまって挨拶をした。すかさず山田が、

「迷惑だなんて、とんでもありません。いい弟さんですよ」

「こらー、お世辞言うな」

剛がにらみつけて笑った。

「山田が馬に乗りたいち言うけ、連れて来たったたい。親父おる？」

「畑に行っちょるけ、呼んで来《く》うか」

「いや、親父がおらんほうがよか、山田、馬は気性が荒いから用心しろ」

「まかしとけって、東京にも馬はいるんぞ」

馬小屋の中に入った山田は、あぶみに足をかけて飛び乗った。

「かもいが低いから気をつけろ」

「いいから早く横木をはずせ」

剛が横木をはずすと、馬はいきなり飛び出した。山田は頭を下げる暇もなかった。大きな音

冷やした。
二人は倒れた山田を座敷に運んだ。志保は井戸水を汲んで来て、額の大きいこぶを手拭いで
「言わんこっちゃねえ。桐生、手を貸せ」
と共にもんどり打って落馬した。

「すみません、たいした事はありませんので起こして下さい」

気がついた山田は起き上がろうとした。それを志保が押しとめて、

「冷やさないと、こぶが引っ込みません。生徒隊に帰られて笑われます」

「そうだそうだ、中隊中の評判になるぞ」

剛の目が笑って言うと、

「内緒に頼むぞ、たいした事はないんだから」

むきになって山田が言った。

「じゃあ、しばらく寝ておけ」

剛と桐生は山田の様子を見ていたが、

「自分たちは馬を捜して来るからな」

と言い残して、馬が駆けていった方向に走りだした。

「自分としたことが、来た早々にご迷惑をかけて、申しわけありません」

「たいしたことではありません。お気になさらないで下さい」

手拭いをかえながら志保が言った。

「自分の家も農家で馬がいます。馬の世話をしていたものですから、つい乗りたくなったのですが、油断大敵でした」

「うちの馬は気性が荒いんです。ごめんなさいね」

「そのことも、秋山から聞いていたんです。だから乗ってみたかったんです」

障子が開いて洋子が顔を出し、山田の額に手を当てた。

「たいした事はないと思いますが、もうすこし冷やした方がいいでしょう」

と言って、母の手伝いに行った。

「姉は大刀洗陸軍病院で看護婦をしてたんです。だから、心配いりませんよ」

志保は座って介抱を続けた。

「田舎っていいですね、空気がおいしくて」

「そうですか、少しも気がつかないんですよ」

笑い声がかすかに聞こえた。志保が障子を開けると、桐生が馬に乗って来るのが見える。座敷に近づくと馬上から声をかけた。

「具合はどうだい」

「もういいんだが、もう少し冷やした方がいいって」

「じゃあ、自分は秋山と昼のご馳走を、池からとって来るからな」

桐生は馬を小屋に入れると、裏の方に回った。

しばらくすると、山田は起き上がり、すっかりよくなったので、池に案内してほしいと頼んだ。志保は連れだって家を出た。なだらかな坂道を上って行くと、道の両側に枯れたすすきがあった。山田が足を止めた。

「大刀洗飛行場が見えるんですね」

志保が振り向くと飛行機が飛び立つところだった。

「ここは飛行機が飛び立つのがよく見えるんです。今から行く池に『赤トンボ』が落ちたことがあるんです。用心して下さいね」

「気をつけて乗りますが、この飛行場で乗りたい。広いし、立派だし、それに志保さんにも会えるし」

山田は少し顔を赤らめて冗談みたいに言った。

「遠慮なく遊びにきて下さい」

志保はまぶしそうに山田を見てにっこりした。

上の方から話し声が聞こえた。二人は草の生えた堤防に上った。

水の上に丸太をくくったいかだを浮かせ、その上で桐生と剛が網を張っている。張り終えると、長い棒で魚を追い始めた。音に驚いた魚が網にかかるという寸法だ。水面に出ている網が大きく揺れた。二人が急いで網をいかだに引き上げると、白く光って跳ねるものがいる。

「おおい、鯉がかかったぞ」

桐生が歓声を挙げた。二人は鯉を押さえつけ、網からはずしてバケツに入れた。鯉が跳ねる音がした。池に張り出した木の枝の下にいかだを隠して、二人はこちらに来た。

桐生は山田にバケツを見せ、身体を伸ばすと右手で二～三度腰を叩いた。剛が笑顔で言った。

「大漁、大漁、鯉二匹だぞ。あらいば作るからな。うまいぞ」

四人は堤防を降りて行った。

昼には父も帰って来てにぎやかになった。鯉のあらい、鯉こく、おはぎ、卵、赤飯が食卓に並べられ、若者たちは舌鼓を打って平らげた。「満腹、満腹」と腹をさすった。

三時過ぎに三人は帰る準備を始めた。新聞紙をぬらして鯉を包んだ。外出を許可した班長への土産だそうだ。

洋子と志保は三人を大刀洗駅まで送った。彼等は、はち切れそうな若さが身体中にあふれていた。

汽車はすぐに来た。

「また、遊びに来て下さいね」

志保が少し頭をかしげて言った。汽車の後尾の手すりにつかまった若者たちは、いつまでも手を振っていた。姉妹も汽車が見えなくなるまで手を振った。

昭和十九年三月の終わりに、山田俊一から父に手紙が届いた。

この前は大変お世話になりました。特に志保様には手厚く介抱して頂き、有難うございました。お陰で自分は元気に過ごしております。久しぶりに家庭に帰ったような温かいおもてなしを受け、おふくろの味がするおいしい料理を頂き、忘れることができません。また、是非お寄りしたいものです。

自分たちは四月から佐賀県の目達原《めたばる》飛行場で操縦桿《そうじゅうかん》を握ります。秋山君と一緒ですので安心しております。

また会える日を楽しみにしております。お元気にてお過ごし下さい。

敬具

## 三

昭和十八年九月、政府は十四歳から二十四歳までの未婚者の女性を挺身隊員として動員する計画をたてた。翌十九年一月、全国一斉に第一次の挺身隊が召集された。

この地域も各町村から二、三人が選ばれ、市・郡単位でその地域の神社に集合して結団式を行った。その後、挺身隊員は大刀洗飛行場に関わる施設や軍需工場などに派遣された。遠方から来た挺身隊員は甘木町の寺や旅館などが宿舎となった。動員された乙女たちは、汽車で大刀洗駅や西大刀洗駅まで行き工場へ通った。彼女らは、空腹を抱えて厳しい仕事に耐えていた。

母は居間でもんぺをつくろっていたが、志保のことが気になるとみえて、そばで敏洋をあやしている洋子に話しかけた。

「ねえ洋子、卒業が近づいたばってん、志保はどうするつもりじゃろか」

洋子は敏洋から目を離さずに言った。

「大晦日には、軍需工場で働きたいち言よったばい」

「成績は良かし、先生か看護婦にならんじゃろか。挺身隊に行かんほうがいいっちゃないかな」

母は首をかしげて考えている。志保を挺身隊に行かせたくないらしい。

「志保にまかせたら?」

母は黙ってもんぺに針を通した。玄関の戸が開いてうわさの志保の声がした。

「ただいま、ああ、くたびれた」

手さげかばんを居間の畳の上に置くと、下駄を持って土間を渡り、手足を洗いに風呂場に行った。しばらくして、下駄の音をたててやって来た志保は、上がりかまちから居間に上がった。

「なあ、志保、卒業したらどげんすると?」

志保は立ったまま母を見下ろした。

「敏男さんや剛、家ん者はみんな軍の仕事ばしよろ。私もそげんする」

「上の学校へ行って、先生になってもよかとばい」

母は勧める口調で言ったが、志保はきつい目をした。

「うちね、少しでん国のためになりたかとたい」

きっぱりと言った。母は目をしばたたかせた。

「学校に行くのも、国のためになるとばい」

と言ったが、志保は心に思うことがあるらしく、自分の考えを変えようとはしなかった。志保の意志が堅いことを知った母は、夕食の時に父に話しかけた。

「志保が軍需工場で働きたかち言よるばってん、どこかいいところはなかでっしょうか」

父はしばらく考えていた。

「ああ、そう言えば、俺が仕事をしよる所ん課長さんが、油に汚れた布をせんたくする利材工場長になるち言いよったけ、相談しとこ。あそこなら仕事も簡単だし、第一知らんとこより、知った人がおる方がええ」

娘が安心できるところに就職することは親としても満足らしく、父と母は顔を見合わせてうなずきあった。

昭和十九年三月になると、高等女学校を卒業する志保たちは、十人、二十人とまとまって軍事施設に動員された。

三月の終わりちかくになると、挺身隊員になる女学生は十数人ずつまとまって、寺や酒屋の土間で金づちの打ち方やスパナややっとこの使い方、縄のしめ方などの指導を受けた。志保はそんな訓練を受けることもなく、二キロ余り離れた利材工場に洋子の自転車で通うことになった。

最初の日、家に帰って来るやいなや、志保は口を開いた。

「新入生は二人じゃった。工場長が『秋山さんはどちらですか』ち聞くったい。私ですち言うたら『お父さんにいろいろお世話になってます。よろしく言って下さい』げな。もう一人の人に悪くて、私、困ったつばい」

聞いていた母はにこにこして言った。

「お父さんのお陰でよかっちょろうが。大刀洗航空機製作所の旋盤工の人は、班長さんにひどう叱られて泣きよんなったげなばい」

「そう」

と志保は声を落としたが、すぐに元気な声を出した。

「私の工場はせんたく屋じゃけ、失敗はないっちゃん」

志保は歌うように言うと、背伸びをして窓の外に目をやった。伸びた麦が風にそよいでいた。

勤め始めて三カ月が過ぎ、志保に友だちが出来たらしい。田植えが一段落すると、志保が母に尋ねた。

「日曜日に、友だちば連れてきてよか?」

志保と一緒に勤めるようになった利材工場の人だと言う。母は、志保に友だちが出来たことを、わがことのように喜んだ。

梅雨だというのに、太陽が顔を出した日曜日の朝である。

「ごめん下さい」

明るい声が玄関でする。志保と洋子が出て行くと、もんぺをはいた娘とおかっぱの少女が立っていた。志保は、

「いらっしゃい」

と言って洋子を紹介した。洋子は挨拶して二人を見た。娘は肩が張って大柄、顔が少し浅黒い。少女は小柄で大きな目がかわいい。志保は土間に下りて下駄をはいた。

「この人は、五月から勤めてあるとよ」

と一人の娘を紹介した。娘はおじぎをして、

「私、成加那《なるかな》と言います。徳之島から来ました」

「徳之島?」

洋子が首をかしげて問い返した。

「鹿児島市から三百五十キロほど南に奄美大島があります。ご存じですか? そこから五十キロほど南の小さな島です。闘牛の盛んな所で、南国の花が咲き乱れています」

加那は故郷を思い出したのか目が輝いていた。

「私は島の中ほどの母間《ぼま》に住んでいますが、海岸通りで海がすぐそばです。青い海がどこまでも続き、遠くに奄美大島が見えます。魚も沢山います。戦争が終わったらぜひ遊びに来て下さい」

「そんなに遠くから来られたのですか、大変だったでしょう」

「いいえ、日本が戦争をしてるんですから、仕方ないです」

「ご両親が心配してあるでしょう」

「私が五年生の時、両親とも亡くなりました。後に残してきた弟と妹は、伯父が世話しています」

加那はうつむいて言った。洋子ははっとした。

「ごめんなさい、思い出させて悪かったね」

「いいえ、もう慣れてますから」

伏し目がちに言ったが、顔には寂しさが漂っていた。洋子は若い身で海を越えて利材工場に来た加那をいとおしく思った。

おかっぱの少女が自分の番と思ったのか、自己紹介を始めた。

「私、棚町チヨノといいます。大刀洗村高樋に住んでいます。よろしくお願いします」

「おいくつ?」

「十五歳です。この三月に大刀洗国民学校の高等科を卒業しました」

「まあ、若いのに感心ねえ」

洋子は剛を思い出した。

「家から近いですし、それに、お金もらってますから」

買物に出ていた母があわただしく帰ってきた。

「ゆっくりして下さいね。昼食を作りますから。志保、上がってもらいなさい」

母の言葉が終わらないうちに志保が言った。

「やまもも食べに行こうか?」

三人と洋子は家の裏に回った。そこには大きなやまももが紫の実をつけていた。志保と洋子がはしごを出して木に立てかけ、洋子が下を押さえて志保が登り、はしごを木に縄で結わえた。

「登って来ていいよ。用心してね」

はしごの上の所で枝が三本に分かれている。三人はそこに座ってやまももを食べ始めた。

「おいしい、今が食べごろね」

チヨノがうれしそうに言った。加那はずんずん上に登っていって南の方に手をかざした。

「ちょっとちょっと、向こうに大刀洗飛行場が見えるわよ、飛行機だってあるわ。その向こうに徳乃島が見えます」

「うそー、見えるはずないもん。早くやまもも食べようよ」

志保が呼ぶと、加那は降りてきた。

「ご飯、できたよう」

母の声に三人は降りて来た。口元がやまももでほんのりと紫色に染まっていた。

食卓には、赤飯、おはぎ、魚の煮つけ、ふきとわらびの煮物、掘りたてのじゃがいものがめ煮が並べられていた。

「わあ、お母さんの匂いがする」

加那がうれしそうに言った。

「お母さんを思い出したら、いつでもおいで。遠慮しなくていいから。志保、連れておいでよ」

「ありがとうございます」

加那たちは勢いよく食べ始めた。

昭和十九年十月になると、神風特別攻撃隊がフィリピン沖で戦果を上げたことが、新聞で報道された。洋子は剛がどこにいて、どうしているか、気になるのだった。

数日後、洋子は用事で利材工場の近くを通った。工場の西側に張られた鉄条網にせんたくものを干す女の子たちがいた。その中に若い三人がいるような気がして、洋子はしばらく眺めた。

昭和二十年二月の中ごろ、秋山の家ではさつまいもの苗床を作った。

苗床はまずわらを竹に挟んで地面を四角形に囲む。わらをわら切りで三つに切って、それを洋子と母が囲いの中に縦に並べる。並べ終わると米糠をまいて長靴で踏み固める。

その上に下肥《しもごえ》をまく。土をまいてまた切ったわらを立てる。同じことを繰り返してその上に土を置く。一週間ほどして苗床の中が暖かくなると、さつまいもを植える。

手伝いをしていた洋子に父は得意になって話した。

「さつまいもは野菜に比べると、同じ面積から沢山採るる。茎ん勢いが出てくると、草ば負かしてしまう力を持っちょる。そりけ、草取りが簡単。それに栄養価も高いけ、沢山植えちょくがええ。収穫したら穴を掘って、その中をわらで囲ち、もみがらば入れて、その上にいもば置くとたい。いもん上にもみがらばかぶせて、竹の筒ば差し込んで、さつまいもが呼吸できるようにして、土ばかぶする。そうすると来年の春まで、おいしゅう食べらるる」

そう言って今年は百個のさつまいもを苗床に植えた。

# 空襲

## 一

当時、航空機の増産は国の至上命令であった。

大刀洗飛行場付近の施設で、動員された多くの人々によって飛行機が作られた。そのため、機体や発動機の整備で使われた布が増えた。利材工場は労働時間が長くなり、志保の帰りが時々遅くなる。そんな時、父が心配して歩いて迎えに行くのが常であった。夕食の時にこんな会話をよくした。

「若い娘ば、遅くまで働かせち、けしからん」

父がこぼすと、志保はすねた目を向ける。

「迎えに来てもらわんちゃよか。一人で帰りきる」

「歳はいくつか。まだ、十七じゃろが」

「うちはもう大人ばい。気にせんでよかとたい」

それなのに、志保の帰りが遅いと、父は必ず利材工場に迎えに行った。

昭和二十年三月二十七日、志保はいつものように朝食をかき込むと、日の丸に「必勝」と書かれた挺身隊の鉢巻きをきりりとしめた。

志保は女性ながらも戦争の一翼がになえる、自分の力が国のために役立つ、と固く信じていた。だから、疲れ果てて帰ってきても、朝になると新しい力がわいてくるのだった。

「行ってきます」

元気な声を残して、志保は早めに家を出た。

朝食がすむと、父、母、洋子は家の前の麦畑に土寄せに行く。敏洋は大きな籠の中におもちゃを与えて遊ばせている。

その日は、雲一つない白っぽい青空がどこまでも続くのどかな春の朝であった。麦畑の横にある桜の花がちらほら咲き始めた。洋子は春を実感して心が和むのだった。

仕事の合間に洋子が籠をのぞくと、敏洋はおもちゃに夢中である。安心した洋子はくわに力を入れた。

十時二十五分、「ウーン」と長く響く警戒警報が大刀洗飛行場の方から流れてきた。その三、四分後、強弱を交え、きれぎれの空襲警報が鳴った。今まで何度も経験した警報だが敵機が来たことはない。

「大刀洗飛行場があるけ、来きらんとばい」

「ここに住んじょる者は、安心しちょらるるな」

そんな会話がいつも聞かれたし、みんなはそう信じていた。

十時四十分、東の空に十機編隊の飛行機が現れた。おもちゃのように小さく、太陽の光を浴びて翼がきらきらと光った。

「ほう、日本にも立派な飛行機があったもんたい」

父は腰を伸ばして空を見上げた。洋子は近づいてくる飛行機を見ていたが、プロペラが四個あるのに気がついた。

「お父さん！　敵機よ！」

洋子が言った直後、飛行機の胴体が割れ黒く細長い塊がばらばらと落ち始めた。

籠の中の敏洋を抱きかかえると、洋子は麦畑のくぼみに倒れ込んだ。敏洋が狂ったように泣いた。ドドドド　ドドン、物凄い音響と共に身体が浮き上がった。腹の底から突き上げて来るような地響きが続き大地が揺れた。

洋子が顔を上げると高射砲が勢いよく弾を発射したが、B29のはるか下の方で白煙をとどろかせただけだった。洋子は唖然とした。飛行場の格納庫から第五航空教育隊にかけてめらめらと火の手が上がり、もくもくと黒い煙が立ち上った。その煙で夕暮れのように薄暗くなった。

第一波の十機のB29が高度四千五百五十メートルから、直径三十六センチ、長さ百十四センチ、二百二十七キロの破壊用爆弾を百三十一発投下した。

「防空壕に入れ！」

父はそう命じて馬小屋に走ったが、第二波の九機がすぐに現れた。四人は必死で家の前の防

空壕に飛び込んだ。爆弾が破裂すると、防空壕の天井や壁から土がばらばらと落ちてくる。母は手を合わせて念仏を唱えた。父は志保のことが気になるらしく、

「志保はどげんしよるじゃろうか」

と壕の中を落ちつかずにあちこちと歩いた。

「利材工場のすぐ近くに、立派な防空壕があるち言よったけ、退避しちょろ」

母が答えた。志保のことが気がかりな父は、破裂音がとだえると防空壕から飛び出したが、すぐに戻って来た。

「また九機来やがったぞ」

父はいらいらしていた。

「利材工場へんで、もくもく煙が上がりよった」

「志保、大丈夫でっしょうか」

父母の話し声が聞きとれないほど、爆弾の破裂音が続けざまに鳴り響いた。壁土がぼろぼろと音を立てる中を父は行ったり来たりした。

「気になってしょうがなか。俺、ちょっと見てくるけ」

「もう少し模様みたらどうですな」

母が止めるのを振り切って、父は防空壕を飛び出し、馬を引き出すと飛び乗った。

「危なかろうが、しばらく待ったほうがよかばい」

母は馬の前に立ちはだかった。

「志保が心配じゃ。用心して行くけ、そこ退け」

父の剣幕に母は後ずさった。その前を馬のひずめの音が通りすぎた。

「用心してな、無理したらいかんばーい」

母は父の背中に向かって叫んだ
後の編隊は来ない。洋子は敏洋を抱いて防空壕を出た。利材工場のあたりに煙が立ち上っている。

十四分後、重苦しい爆音が東の空に響いた。三十数機の爆撃機が一団となって大刀洗飛行場に襲いかかろうとしている。洋子は急いで防空壕に入った。

「編隊ば組んで来よる、ばさらか来たばい」

耳をつんざく爆発音と地響きが連続して起こり、防空壕が大きく揺れ、今にも崩れそうだった。洋子は、敏洋におおいかぶさった。

父や志保のことが気になる。あんなに沢山の飛行機が来たのだ。爆撃されていないだろうか？　血に染まった二人を想像して洋子はおびえた。ただ、父と志保の無事を祈るしかなかった。

静かになると、母はいつもと違って哀願するような声を出した。

「洋子、すまんがお父さんと志保ん様子ば、見て来てやらんな《（ください）》」

「うん。わかった」

洋子は全身を緊張させて言った。

「無茶せんごつな。敵機が来たら、どこかの防空壕に入れちもらうとばい。敏洋がおるっちゃけな」

洋子は片ひざをついて靴ひもをきつくしめた。防空頭巾をかぶり直し、四、五本の手拭いを首に巻きつけて防空壕を出た。

洋子は走った。夢中で駆けた。飛行場格納庫あたりに火の手が見え、黒い煙がもくもくと上っている。夕刻を思わせるほど暗い。軍用道路に出ると、血だらけの人々や靴から血が吹き出している人、手がだらりとぶら下がったまま歩いている人、軍刀を杖にして歩いている人たちが、声もなく陸軍病院大刀洗分院に向かっている。道路沿いの電線に衣服にくるまった手や足がまきついて揺れている。人をさけながら歩いたが、いつのまにか洋子の衣服のあちこちに血が付いていた。

大刀洗川に着くと父の馬が杉の木につながれていた。洋子は父の通った道筋がわかった。川に沿って小道を百メートルほど下りて行くと、見えるはずの利材工場がない。洋子は走り続けた。右手の第五航空教育隊の地面にはいくつもの大きな穴があき、付近に倒れた兵士がいた。隊内の池の回りは黒い煙がくすぶっていて、その先が見えない。

小道の上にも数人が倒れていた。頭から血が流れている人、足が切れた人、胸から血が吹き出している人。洋子は地獄を見て座り込んだ。

「た、助けて下さい」

「水を下さい、水を、水」

と声がする。何とかしてやりたい。だが、今は父を捜さねばならない。

「すみません。父に大事ができちょりますけ」

そう言って洋子は立ち上がった。川に沿った左手の台地の草原に、沢山の人が並べられていた。所々に赤い花のように見えるのは人の血に違いない。爆撃の恐ろしさに足がすくんだ。がくがくしながらもさらに進んだ。すると、「うーん」とうなる声がする。父ではないか。

「お父さん!」

洋子は駆け寄った。父は仰むいて肩で息をしている。ひざとまたが血で赤く染まり、歯を食いしばって顔をゆがめた。洋子は首の手拭いを取った。

「洋子、すまんが、志保ば、捜してくれ。ここまで、来たが、爆弾に、やられた」

とぎれとぎれの細い声だった。

「お父さん、早く手当ばせんと」

「俺はええから、志保を頼む」

洋子はうなずきながら太ももを手拭いできつくしばり、ひざには手拭いを当てて応急処置をした。

「志保が、心配、捜して、くれ」

口を緩慢に動かした苦しそうな言葉に、

「わかった、わかったばい」

洋子は父の目を見て言った。心残りはあったが、

「お父さん、すぐ帰ってくるけ。しばらくの辛抱じゃけ」

と言うと、父は頭をかすかに揺らした。

洋子は泣きながら土手を南に走った。土手は飛行場と航空廠を結ぶ飛行機の誘導路に突き当たった。右に曲がると、誘導路には大きな穴がいくつも口を開けている。百メートルほど行くと菊池橋がある。らんかんの左端に直撃弾を受けて大きな穴があき、そのまわりに縄が張ってあった。ほかにも橋の上に穴があいてい

たがやっと通れた。橋の向こうの道路にも大きなすりばち状の穴が点々と並んでいた。菊池橋の近くにあった利材工場はほとんど吹き飛ばされ、浮き上がったコンクリートの基礎とゆがんだ鉄筋が宙に揺れていた。もり上がった道路の西側の土を十数人の消防団員が取り除いている。

そばに行って洋子は尋ねた。

「利材工場の人を知りませんか?」

「この防空壕の中だと思いますが、爆弾で防空壕が埋まってわからんとです」

「その中に妹がいるんです。救い出して下さい。お願いします」

洋子は狂ったように叫んだ。

消防団員はスコップを握り締め、入口付近を懸命《けんめい》に掘り続ける。だが、なかなか進まない。

洋子はいらいらしてきた。父のことが気になって、洋子は来た道をもどり始めた。

父は目をしかめて、痛みにたえて横たわっていた。

「お父さん、志保、足ばやられて来られんばってん、元気にしちょった。心配せんでよかけ」

父は苦痛にゆがむ顔を無理に笑って洋子を安心させようとした。

「志保が生きちょってよかった。洋子、母さんと志保ば頼んだぞ」

父は安心したのか、頭をだらりと横に垂れた。

「お父さん、大丈夫ばい、洋子がんばるけ、みんな仲良くするけ、お父さん、大丈夫ばい、お父さん! お父さーん」

洋子は父を遠くにやるものかと父の身体を揺すって叫んだ。目をうっすらと開けた父は、

「洋子か、ここはどこだ」

と、うつろな目を向けた。

「今、医者に見てもらうけな。痛くても辛抱してな」

洋子が抱きかかえると、背中にべっとりと血が付いていた。背中もやられていたのだ。

「じーとしていてくれ。このままでいいけん、いいけん」

次第に声が細くなっていく。

「眠ったらいかんよ、眠ったらいかんよ、眠ったら、い、か、ん、よう」

洋子は地面を叩いて泣いた。看護婦というのに、何もしてやれない。洋子は冷たくなる父に取りすがって声を上げて泣いた。

父の顔と手の血を拭き取り、手を胸の上に組ませた。じゃまにならないように小道の横に移し、志保の所に急いだ。

消防団員が防空壕から遺体を掘り出していた。近くの人が遺体は航空廠の医務室に運んでいると教えた。洋子はまた走った。

医務室の前は人だかりで、その前に多くの遺体が並べてあった。人と人とのすきまから順に見ていった。男と女が入り混じって並べられている。手足のない人、はらわたがはみ出した人、顔がつぶれて誰だかわからない人、首がない人、骨がむき出しの人……。洋子は手拭いで口を

おおってゆっくりと進んだ。

洋子の足がぴたりと止まった。小柄な棚町チヨノの変わり果てた姿があった。服は泥にまみれ、開いた口の中にも泥が見えた。まだ十五歳なのだ。その横に朗らかだった成加那の大柄な遺体もあった。見開いた目は故郷を見ているのだろうか。顔は砂だらけで、鼻の中まで砂が入っていた。志保はどこにいるのだろう。洋子はさらに進んだ。

人のすきまから志保の顔がちらりと見えた。洋子は人をかき分けて、すがりついていった。

「志保ちゃん、志保ちゃん」

肩を揺すったが返事がない。志保は普段と同じ姿で横たわっていた。顔が少し青白く、むしろふくよかに見えた。起こそうと抱くと、手足がぐにゃぐにゃと折れ曲がった。

ハンカチを取り出してまだ温かみが残っている顔と手をきれいに拭いた。係の人に言って、遺体を背負うと、志保の腕と足がぶらんぶらんと揺れた。洋子はよろめきながら歯をくいしばって歩いた。

「志保ちゃん」と呼んでみた。あとからあとから涙があふれた。

やっとの思いで家に着くと、母は仏壇の前で一心に手を合わせている。敏洋は母の横で無心に眠っている。ろうそくがゆらゆらと揺れ、春の日差しが窓から差し込んでいた。

人の気配を感じたのか、母が振り返り飛んで来た。洋子の背中から志保を抱きおろして座敷に運ぶと、母は志保に取りすがって泣いた。

それから、母と洋子はリヤカーに父の遺体を乗せ、黙って家まで運んだ。太陽の光が父をやさしく包んだ。

二つの遺体の横に座っていた母がふらふらと立ち上がって、よたよたと座敷を後にした。便所に立ったのだろうと洋子は思ったが、それにしては帰りが遅い。洋子の頭に黒い影がよぎった。洋子は駆け出して便所をのぞいた。居間や台所を捜したが姿がない。急いで納戸の戸を開けた。

「お母さん！」

洋子は踏み台に飛び上がり、母が首に巻こうとしたひもをはずした。勢いがついて、二人はどたりと畳に落ちた。

「死にたかとたい、死なせて」

母は仰むけになってうめいた。

「うちだって、死にたかばい！　ばってん、誰が二人を弔うと、敏洋はどげんなると」

洋子は母の肩を揺すった。涙がぼろぼろと落ちた。「ううう」と嗚咽が聞こえて、親子は重なりあって泣き伏した。

たった四時間前にみんな一緒に食事をしたのに、元気に家を出て行ったのに、もう父と妹はこの世にいない。剛はどこにいるのだろう。南方に行ったというだけで、その後の便りはない。知らせなければと思うが、どうしたらいいのか……。剛はどんなにか悲しむだろう。そう思うといっそう悲しみが襲ってきた。

洋子は米英鬼畜と叫び、慰問袋を作り、何度も飛び立つ飛行兵を飛行場に見送りに行った。ちぎれんばかりに手を振った。だが、戦争は遠くで行われるもの、自分たちには関係ないものと思っていた。ところが、爆撃されてみると、兵隊と関係のない人たちが巻き込まれ、命まで奪われる。洋子は戦争の現実をまざまざとみた。

圭子がすぐに駆けつけてくれた。洋子は圭子に隣組への連絡をしてもらった。近所の人たちも駆けつけてくれた。

「一度に二人も亡くされて」

知人に言われると母は涙ぐんだ。父の仕事仲間や妹の友だちが来るたびに母は涙を流した。洋子は横で涙をこらえて唇をかんだ。

母は勝ち気で子どもたちに辛く当たった。父にだって強い言葉を投げていた。けんかすることだってあった。しかし、心の奥底で二人は深く信じ合っていたのだ。

良江が心配して訪ねて来たが、二人の遺体を見て驚いた。

「元気だすんばい、洋子、うち、何でも手伝うから」

洋子の前掛けを借りると、良江は掃除、お茶、菓子の接待、買物など葬儀の準備を圭子と二人で一手に引き受けた。

夕方、千秋おばさんが夫と慎二を連れてお悔やみに来た。

「茂さん、やさしくて、働き者だったなあ」

千秋おばさんが、声を落として言った。

「大変だと思うが、慎二を手伝いによこすけ、気落とさんごつしてな」

おじさんは母を励ました。母は首をうなだれて涙ぐんだ。

この日の爆撃は、七十四機のB29から投下された千発余りの爆弾で、約六百人が爆死、数え切れないほどの負傷者がでた。

通夜の客に応対していた母は、昼間の衝撃で憔悴《しょうすい》しきっていた。目はうつろでやっと座っている感じだった。父の弟がその様子をみかねて早目に通夜の礼を言った。

「後は親族で通夜をいたしますので、どうぞお引き取り下さいますように」

母は帰る人たちに礼を述べていたが、送り出してしまうと青ざめた顔で洋子に頼んだ。

「ろうそくと線香ば絶やさんごつしてな」

母は気落ちした声で言うと部屋に入った。伯母たちが母の後に続いた。いつも目を光らせ口を尖らせて小言を言った母が、夫と志保の死に心を乱し、気力までなくしてしまったのだろうか？

「線香ばあげて」というおじさんの言葉に、洋子はわれにかえって線香に火をつけた。棺の横に座って二人を見守り、父と志保の顔をかわるがわる眺めた。

母に叱られると、いつも陰でやさしく受け止めてくれたお父さん、洋子の言うことを何でも聞いてくれたお父さん。その大事な父が黙って横たわっている。

気落ちして、人が変わったような母を見るにつけ「母を頼む」と言った父の最後の言葉が耳に浮かぶ。母を何とかしなければ、そのためには自分がしっかりすることだ。洋子は自分に強く言い聞かせるのだった。

父の横には志保がいる。近所の人から好かれ、働き者と言われ、学校の成績が良くて級長をしていた。だけど、たかぶることもなく、姉ちゃん姉ちゃんと慕ってくれた妹のことが、あれこれと思い出されて洋子はまた涙ぐんだ。

十二時を過ぎると、親族は「明日来るから」と言って帰った。千秋おばさんが母を心配して残ってくれた。

深夜、もう二時を過ぎたころであろうか、母のそばにいたおばさんが、座敷に顔を見せ、

「洋子ちゃん疲れちょろ。代わろうか」

と声をかけた。洋子は母のことが心配で、母の枕元に座った。

「ぐあいはどげん?」

「あん時、思い切って止めちょきゃ、こげなこつにゃならじゃったつに」

母はそう言ってまた涙ぐんだ。

「早う元気にならにゃ」

母は目をはらしてうなずくだけだった。毅然《きぜん》とした昔の態度はどこに置き忘れたのだろう。洋子はとまどうばかりだった。

## 二

どんなに悲しくても朝はやって来る。葬儀も終わり、洋子には、やらなければいけない仕事が沢山あった。

数日が過ぎた三月三十一日、朝食を食べると家を出た。ふんわりと暖かい春の風が洋子の肌を通り過ぎる。洋子は手拭いで髪を被い、馬に荷車を取りつけ、倉庫から縄と鉈鎌《なたがま》を持ち出した。

冬の間に雑木林の木を家族で切っていた。その枯れ木を集めるために、洋子は裏山への道を馬を曳いて歩いた。

この三、四日、気持ちが動転して景色など洋子の目に入らなかった。ゆったりと歩き、開き始めた桜の花の美しさや、飛びかう小鳥たちの姿を見ていると気持ちが落ち着いてくる。傷付いた心がいやされるようで、薪取りに母を強く誘えばよかった、と洋子は思った。

勝ち気な母だったが夫と娘を亡くして、人が変わったようにふさぎこんでいる。葬儀も伯父たちに任せたままで、夢遊病者のように動作までもおぼつかなかった。その後もぼんやりとして、仏壇の前に座る時間が多くなった。二人の写真ばかり眺めて、時々ぶつぶつと話しかけている。母の実家がある甲条から祖母のサタが心配して家に来た。

洋子は細い山道に馬車を入れ、馬のひもを木に結わえた。坂道を登り、山林の中で枯れた雑木を集めて縄でしばった。枝を折る音だけが静かな空気を振るわせた。三十束ほど作り、それを馬車に運んだ。


十一時頃だった。空襲警報のサイレンが村の方から聞こえて来た。東の空からかすかな爆音が聞こえる。見晴らしのよい所まで走って手をかざすと、編隊を組んだB29が翼をきらめかせてこちらに向かってくる。

「ちきしょう! また来やがった」

洋子はにらみつけて叫んだ。あの敵機が父と妹の命を奪ったのだ。

「こうしちゃおれん」

洋子は木と木の間をくぐり抜け、坂道をころげるように下りて行った。林を抜けて空を見ると、敵機は洋子をめがけてやって来る。家に近い大刀洗航空機製作所を爆撃するに違いない。家が危ない。洋子の心臓が音を立て始めた。

B29が爆弾を落とし始めた。洋子はあわてて近くの溝に伏せた。親指で耳を押さえその他の指で目をおおった。ざあーと雨が降るような音がしたかと思うと、猛烈な爆発音が続いた。

大地が揺れ、身体が浮き上がった。泥や小石が身体に降ってきた。起き上がって見ると、前

方にあった大刀洗航空機製作所からもくもくと煙が上がった。火の手がめらめらと見える。

何で自分たちだけがこんな目にあわねばならないのか。洋子は悔しさと怒りで身体がわなないた。でも、敏洋、母、サタおばあちゃんのことが気になる。洋子は家に向かって走り続けた。

村の森が見えてきた頃、第二編隊が現れ、爆弾を落とした。黒い煙で空が暗くなり、家が見えなくなった。

敵機は執拗に攻撃を繰り返してくる。洋子はまた溝の中に身を投げた。近くに雷がいくつも落ちたようなもの凄い音がした。身体を竹刀で打たれたような衝撃が走る。息をするのがきつくなる。身体の上に石や土がばらばらと落ちてくる。そっと指を動かしてみる。動く、動く、助かったのだ。洋子は溝をはい登った。

黒い煙が薄くなって洋子は、倒れた家から火の手が上がるのを見た。それも一軒ではない。数件の家がなくなりそこは血の色に染まっている。ただごとではない。洋子は燃えさかる家並みを縫って夢中で駆け抜けて行った。

家に着くと、さっきまであったはずのものが跡形もなくくずれ落ち、大地を火がなめつくしていた。消そうとしたが熱くて近づくことさえできない。納屋も馬小屋も原形がない。庭の木々がぶつりぶつりと切り取られ、大刀洗航空機製作所がすけて見える。やまももの木は根元をえぐられていたが葉をわずかに残して気丈に立っている。

「敏洋！　敏洋！　敏洋！」

洋子は声をかぎりに呼んだが返事がない。敏洋はどこに行ったのか。敏男と一緒に写った写真、敏男からの手紙、部屋、すべてが燃え尽きている。網膜が切れたように何も見えない。鼓膜が破れたように何も聞こえない。洋子は放心したようにへなへなと地面に座り込んだ。

「洋子！　洋子！　しっかりせんな」

どれくらいの時間が過ぎたのか、遠くで誰かが呼んでいる。肩を揺すられて、洋子は魂が抜けたように立ち上がった。

「お母さん、敏洋、敏洋は」

「敏洋はおばあちゃんとせり摘みに行くち言うて……。とにかく捜そう。洋子、行こう」

母は洋子をうながした。洋子は敏洋がサタおばあちゃんと一緒だと知って少しほっとした。が、足がすくんだのか動けない

洋子はなおも燃えさかるわが家を直視し続けた。すると、父、志保、剛の顔が浮き出てきた。

「姉ちゃん、おおごつができたな、俺が居れば助けてやるばってん」。剛の悲しそうな顔。

「こげなこつに泣いてどげんすると。姉ちゃんらしくなかよ」。微笑みかける志保。

「洋子、すぐに敏洋を捜しに行け。働けば家は建つ。お前には気の毒じゃが、がんばっちくれ。母さんばくれぐれも頼んだぞ。なあに、戦争が終われば婿さんが帰ってくる。二人で働けばよか。父さんは洋子を信じちょるけん、何も心配するこつはなか。自分に負けるな。洋子、洋子」

父の声が頭に響いた。洋子は思わず叫んだ。

「お父さん！　ありがとう。洋子がんばるけ、助けてな」

洋子の頬に涙が流れた。涙は次から次へとあふれて落ちた。洋子は両手で頬を何回も強く押した。顔は赤みを帯び、目は燃え続ける火の一点を見据えていた。

（泣いちゃおれん。何とかせにゃ）

洋子はこぶしを火の前で堅く握りしめた。

「敏洋！」

母の声がした。

敏洋の泣き声に洋子は立ち上がった。

敏洋はおばあちゃんに抱かれて泣いていた。敏洋は洋子を見ると伸び上がって手をさし出した。洋子は敏洋を受け取ると強く抱きしめた。

洋子は信じていた。

日本は神の国であって戦争に負けることは絶対にない。天皇陛下のために、命を投げ出すのが国民の務めである。洋子は女性であるが、男性と同じように、国を愛するのだという気概に燃えていた。

陸軍病院の看護婦になったのも、将兵にあこがれたのもそのためである。自分ができないことを、敏男や剛がやってくれる。だから、安心して戦えるように銃後を守るのが女性の義務である。ひとすじにそう思っていた。

ところが、敵機がゆうゆうと飛んで来て、空から爆弾を落とす。そのために老若男女が無差別に殺され、工場や家が焼き尽くされるのだ。

剛が少年飛行兵を志願した時の母の言葉が胸を突く。敏男と剛にもしものことがあったらどうしよう。今まで考えてもみなかった現実が、洋子を襲い始めた。

「とにかく、甲条に行こう。そこで考えよ」

おばあちゃんは母をせき立てた。洋子は山に残した馬車を取りに急いだ。後から母が追いかけて来た。洋子は歩く速度を落として母を待った。母は、ようやく持ちだしたのだろう貴重品袋を首にかけていた。

「何もかも燃えち、すっきりした」

母はせいせいしたように言った。洋子はびっくりしておだやかな母の顔を見た。

「あん家は思い出が多すぎた。柱を見れば背くらべをした志保が目に浮かぶし、卓袱台に座ればお父さんがいる。毎日が辛かった。きれいさっぱりのうなった」

洋子は意外だった。自分がふさぎ込んでいたので、気づかってこんなことを言うのだろうか。

母は黙って洋子の背中を押した。洋子は手持ちぶさたに両手をぶらぶらさせていたが、立ち止まって母に言った。

「燃える火ばじいっと見よったら、お父さんが出て来てな。『どんなに悲しくても、どんなに苦しくても、己に克ってがんばり抜かにゃ。そうすりゃ何だってできる』ち言うてな」

洋子は父の幻影をもう一度思い浮かべた。

「それは、お父さんの好きな言葉じゃった。母さんも何回も聞いたばってん、うるさかけ知らんふりばしちょった。今になっちみりゃ、相づちば打ったり、そげなしぐさばすれば良かったつに。ほんなこつ後悔しちょる。ばってん、もう遅か」

母は目に涙をためて言った。

「そげんこつはなかばい。これから二人で一緒にがんばろう。そうすりゃ、きっとお父さんが喜ぶけ。そうしよう」

洋子は母の両手を取って言った。そして、そうしようとはっきりと決心した。さっきまで打ちひしがれていたが、少し楽になったような気がした。

# 三

「ただいま。綾子さんおるな」

玄関の戸を力を振り絞り開け、おばあちゃんが声をかけた。「はーい」と返事がして、綾子が勝手口から顔を出した。

「秋山ん家が爆撃されち、燃えてしもち、そりで連れち来たとたい」

おばあちゃんは怖さを思い出したのか、早口でそう言うと部屋に上がっていく。綾子は恐ろしい空襲の様子を見ていたらしい。しかし、それが洋子たちの家とは知らなかったようで、驚いている。

「怖かったでっしょ。外に出たら叔母さんがたん方に黒か煙がもくもく上がりよったけ、心配しよったとです。さあ、どうぞ、どうぞ」

綾子は母を部屋へと案内した。

洋子は玄関の横にあるもちの木に馬をつないだ。居間に入ると、母はおばあちゃんの横に座って茶を飲んでいた。おばあちゃんは母の傷心をいやすように言った。

「おこったこつは仕方なかけん、しばらくここに居らにゃたい。綾子さん、よろしゅう頼むばい」

「散らかしちょりますが、自分の家ち思うて、ゆっくりしてつかあさい」

綾子は笑顔で答えた。

「突然のこつですまんですな」

母は申し訳なさそうに頭を下げた。

母の兄・運平が後藤家を継ぎ、その長男の嫁が綾子である。運平は、郷土防衛隊として、甘木の丸山公園付近の山に軍の巨大な防空壕を掘る作業に動員され不在。長男は召集されて中国大陸に行っている。農地が一町余りあり、綾子と伯母が農業を営んでいる。綾子には小学校一年生の隆と四歳の弘子がいる。

庭から子どもの声がした。その声は足音を立てて居間に入ってきた。れんげ草の花を手にした隆と弘子は一瞬足を止めて新しい客人を不思議そうに眺めた。おばあちゃんが手招きして呼び寄せると、二人はおばあちゃんの背中にまわった。おばあちゃんはひい孫の敏洋を両手に抱えて言った。

「おばちゃんの家に爆弾ば落とされて、家が燃えてしもたったい。今日から一緒に暮らすけん、こまか敏洋君と、仲良うせにゃならんばい。あんたたちはお兄ちゃん、お姉ちゃんじゃけ、敏洋君ば、いじめんごつせにゃ。わかった?」

二人のひい孫はめずらしそうに洋子たちを見てゆっくりと頭を下げた。

「おみやげがのうて、ごめんなさい」

洋子がきまり悪そうに子どもたちに言った。

「そんなこつ。隆、弘子、大おばあちゃんの言われたこつ、わかった?」

弘子はきょろきょろしながらうなずいた。


後藤家での最初の仕事は馬草をどうするかということだった。その日は後藤家のものを使ったが好意に甘えてはいられない。

東の空が白むと、洋子は綾子と連れだって土手の草を刈りに行った。綾子は草を刈り込んで、それを縄であんだ直径五十センチほどの畚《ふご》に入れた。自分の畚が一杯になった綾子は、洋子の畚にも刈った草を入れ始めた。草刈りが終わり畚を担いでリヤカーに乗せる頃には、太陽の光が空を赤く染めた。

家にあるわらや採ってきた草をわら切りで切り、蒸した麦やさつまいも、大豆を飼葉桶に入れてかき混ぜ馬に餌をやる。それから朝食である。

食事が終わると畑の草取りを始める。四月は草が伸びる季節である。綾子と伯母、母と洋子が一列に並んで草を取る。しばらくはいいのだが長くなるとひざが痛くなる。中腰になって草を取ると早いが、一列も行くと腰が痛くなる。

洋子が立ち上がって腰を伸ばして綾子を見ると、先頭に進んでいて黙々と草を取っている。洋子は、自分の辛抱なさと仕事に対する集中力の違いを綾子に感じた。洋子はひざを曲げ、両手で草を引き抜いた。

来る日も来る日も草取りが続く。畑が終わると麦の土寄せが待っている。自分の田畑であれば、日を延ばしたり休んだりできるが、よその家でそんな甘えは許されない。疲れ果てて這うようにして家に着くと、おばあちゃんと遊んでいた敏洋が、手を左右に振って駆けてくる。抱くことさえ大儀なのに、幼児にそんなことはわからない。座り込んだ洋子のひざに遠慮なく上がって来て抱きつく。敏洋がずっしりと重たい。

後藤家の仕事が暇になると、洋子は弁当を作り母と一緒に焼け跡に行った。井戸やかまどの跡、敷石などが残っている。燃え残った柱や板は納屋の土台のれんが壁の中に集めた。鉄、銅、ガラスなども一カ所に置いた。

畑に行くと草原が広がり、冬に種をまいたえんどうは草におおわれていた。洋子と母は顔を見合わせて苦笑した。「畑に行ってくる」とだけ言って、家を出て行った父の苦労が身にしみてわかった。父一人で、こつこつと草を取っている姿を思い浮かべた。

えんどうの両端に竹を立て縄で結んだ。その縄に小枝を立てかけ、えんどうのつるを巻きつけた。根元の草も取った。それが終わると、たまねぎの根のまわりの草を取り、後はくわで草をけずり取って、たまねぎの根元に盛り上げた。

ゆったりとした気分で仕事をしたので、能率はあがらなかったが、自分の土地だという愛着があった。草と土の区別がつかないほど暗くなって、二人は後藤家に足を向けた。疲れ果てていたが働いたという充実感があった。じんわりと汗ばんだ肌に吹く風が心地よかった。星が夜空にきらきらと輝いた。

何も植えていなかった土地は、大きな草を引き抜いて馬にすかせた。平らにしてさといもを植え土をかぶせた。

サタおばあちゃんが子守をする敏洋はいたずら盛りである。子どもの小さなたんすを一つひとつ開けて、中の物を畳の上につかみ出す。おばあちゃんが裁縫箱を出して服をつくろっていると、箱の中から糸や毛糸を次々とたぐり寄せる。おばあちゃんが叱っても、翌日はまた同じことをくり返す。おばあちゃんや綾子が敏洋を叱る声を聞くと、洋子は身を切られるようにつらい。

「ちいそうていいけ、自分の家に住みたか」

洋子が母に哀願しても母の答えは決まっていた。「しょうがなかじゃんな」と言うだけだった。洋子は肩身の狭い思いに苦しんだ。

ある日、洋子が昼食に帰ると敏洋がいない。あちこち捜し回ると座敷で寝ていた。近づいてのぞくと、涙の跡が頬に白くついていた。泣きながら眠ったのであろう。今までこんなことは一度もなかった。親戚とはいえ敏洋も気をつかっているのだ。洋子は手拭いで涙の跡をそっと拭き取った。

それから、洋子は時々敏洋の様子を陰から見るようになった。

洋子が壁に隠れてのぞいていると、敏洋は弘子の後についてまわる。遊び友だちと思っているのだろう。弘子がおもちゃで遊んでいると、そのおもちゃに敏洋が触る。すると弘子がその手を払いのけたり、遊ぶ場所を変えたりする。敏洋があきらめて別のおもちゃで遊び出すと、それを見つけた弘子がすぐにやって来る。

「これ、お姉ちゃんの」と取り上げる。取りもどそうとする敏洋は、弘子に押し倒されて泣き出す。おばあちゃんが急いで来る。

「弘子が使わんおもちゃは貸さな」

おばあちゃんが気を配って言うが、弘子はそのことに気づく年頃ではない。毎日がこのくり返しであろう。洋子は敏洋がかわいそうでならない。そんなことを何度も見た。たまりかねた洋子は母に頼んだ。

「お母さん、こまか家でよかけ、建ちゅうか?」

「洋子、先立つもんは金じゃもんな」

母の浮かぬ声が返ってくる。気の弱くなった母に、洋子はそれ以上声をかける勇気はない。畑で草を取っていても、田の中に入っていても、ひょっとしたことがあったらどうしよう。子どもを頼む、と言った敏男の言葉が頭をかすめる。胸騒ぎがして、落ち着いて仕事ができなくなった。

洋子の危惧《きぐ》が現実になったのはその少し後である。

弘子が泣きながら畑に走って来た。一緒に働いていた綾子が駆け寄って理由を聞くと、敏洋が目の近くをけがして医院に行ったという。

洋子は青ざめ、身体が震えた。もしものことがあったら敏男に申し訳が立たない。綾子に医院の場所を聞くと、田の中を一直線に突っ走った。胸が痛くなり、心臓が激しく波打った。

医院につくと、敏洋の左目の横にガーゼが当ててあり、右の額にかけて包帯がしてあった。敏洋は洋子を見るとにわかに泣き始めた。

「どうもない、坊主、泣くな」

先生が笑って言った。洋子は深く頭を下げて礼を述べた。

「危なかったですよ。あと一センチ右を打っていたら、視力の保証はできませんでした。用心して下さい」

先生はゆっくりと話されたが、洋子は動悸《どうき》がやまなかった。弘子とおもちゃの取り合いをして、卓袱台に頬をうったらしい。

母が姉たちにお金の相談に行ったのは次の日だった。家をなんとかしたいと思ったのであろう。夕方になるとにこにこして帰って来た。

「姉ちゃんたちがお金ば貸してくれてな、準備がでけたらおじさんたちと慎二が手伝いに来るげな」

母が喜んでいるので洋子はほっとした。

家を建てる材木は、母の本家の山から杉を切り出してもらった。母と敏洋そして洋子が住める八畳一間の家を建てることにした。家の周りに廊下を作り、ひさしを長く出して風呂場と炊事場、納屋と馬小屋を作る計画である。

大工が入り、小さな家の建築が始まった。鯉のぼりがあちこちで風に泳ぎ、道路で子どもたちの遊ぶ声がした。

伯父たちと慎二が赤い手拭いを首に巻いている。伯父たちは仕事の合間に煙草を吸ったり世間話をしている。慎二は材木を運んだり、かなづちでくぎを打ったりして休むことがない。洋子は慎二の病気のことが気になった。

「ぼちぼちでよかけん」

と耳打ちしたが、気にかける様子はない。仕事が終わった後で、慎二は小さな声でぽつんと言った。

「ドイツが無条件降伏したげな」

「同盟国じゃ、日本だけが戦いよるとかな」

洋子は不安になって聞いた。

「そんうち、神風が吹くっちゃなかか」

慎二は洋子を見て意味ありげににやりとした。

小さな家だから一日で屋根までできた。部屋でささやかな棟上げの祝いをした。

家族三人がやっと住める広さであったが、木の香りがただよって、洋子は安らいだ気分になれた。

母の本家は米や豆類、使い古した農機具、伯母たちは余った炊事道具と食器、父方の親戚は農具やござ、医者の伯父は寂しかろうと中古のラジオを提供した。

ところが、食べ物はすぐに底をついた。洋子は畑からじゃがいもや野菜を採って来た。蛋白質を補うために川の魚を捕ったり、かたつむりを捕ってきて焼いたりした。

「おいしゅうなかばってん、食べて下さい」

「困るこつがあったら、何でん言うてな」

近所の人たちがしばしば穀類や豆類、さつまいも、だんご、お萩、煮物などの差し入れをしてくれた。洋子は親切にして下さる方々に心から礼を言った。そして、相手のことを気づかうことの大切さを、身をもって感じ取った。

貧しく苦しい暮らしが続いたが、小さな家から笑い声が聞こえていた。

# 細腕

## 一

麦の穂が栗色に輝くと、農家は忙しい時期を迎える。

あぜ道の草に露がやどり、ひんやりとした空気が足元から上ってくる。田に落ちた爆弾の大きな穴に青い水がたまった。その中で緑色や褐色に多くの暗褐色・黒色の斑紋のある殿様蛙が、ゆうゆうと泳いでいる。穴の外側の麦は戦争とは無関係に、穂を風に揺らしていた。

母と手伝いにきた圭子と一緒に、洋子は小麦を刈っていた。

「手伝いにきました」

身近に遠慮しがちな子どもの声がした。洋子が顔を上げると、二人の少年があぜ道に立っている。洋子があぜ道に近づくと、年上らしい男の子がもじもじして言った。

「あのう、僕たち出征された方の家を手伝うように、学校で決まっていますので」

子どもはは ずかしいのか、とまどいの色を顔に浮かべて言った。

「そう、そりゃありがとう。けがせんごつしてな」

洋子は麦の刈り方を二人に教えて鎌を渡した。うまく刈れているかな、と洋子が立ち止まってみると、二人は休むことなく麦を刈っている。額に汗が光って見える。

「休み休みでよかとばい」

洋子は、少年と同じ年頃だった自分を思い浮かべて言った。すると、さっきの男の子が、腰を伸ばして、

「戦争中ですから、僕たちががんばらねばならないのです」

と言ってまた麦を刈り始めた。まじめな二人の少年に励まされた洋子は、疲れを忘れて麦を刈った。

昼食の時、草むらに並べられた料理を前に、大きい方の男の子がすっくと立ち上がった。

「僕は秋山先輩を見習って、少年飛行兵になります」

と、剛のことをどこで知ったのか、姿勢を正してきっぱりと言った。

「家ん人は何ち言よんなる?」

母が心配そうな顔で尋ねた。

「まだ言っていませんが、僕は決めています」

少年は澄んだひとみを輝かせた。

「家ん人とよう相談して、決めたがえばい。大事なことやけん」

母は少年に言って、剛を思い出したのかしきりに食事を勧めた。

翌日は、さわやかな青空が広がり、やわらかな光が大地に降り注いでいる。洋子が野良仕事

の準備をしていると、慎二の元気な声がした。

「おばさん、手伝いに来た」

「身体は大丈夫?」

母が気になって聞いたが、慎二は白い歯を見せた。

「無理ばせんごつ、母から言われちょりますけ、手伝いにならんかしらんばってん」

と頭をかしげた。洋子が近づいた。

「少しずつ、休み休みでいいけん。慎ちゃん、刈り方知っちょる?」

「まあ、見よう見まねでな」

慎二は照れくさそうに目線を大地に落とした。

刈るのがなれないとみえて始めは遅かったが、次第に勢いを増して洋子を追いかけてくる。洋子はへとへとになったが、一瞬綾子のたくましさを思い出した。町育ちの慎二に負けるものかと、刈る速度をはやめた。一列を刈り終わり、洋子が肩で息をしていると、慎二はすぐ後ろにいた。

「無理せんでんよかつじゃけ」

洋子は額の汗をぬぐって言ったが、声がうわずっていた。

「無理しよらんばい」

慎二はすずしい顔で言った。それから、洋子と慎二は競争みたいに刈っていった。

翌日、慎二は来なかった。

「昨日働き過ぎてくたびれたっじゃろ」

と母が気の毒そうに言った。

「じゃけん、言わんこつじゃあなか」

二人とも慎二の身体が心配だった。

「洋子、手伝いに来たばい」

麦わら帽子をかぶり、首に手拭いを巻いた良江が立っていた。

「ありがとう、きつかばってん頼むばい」

洋子が刈り方を教えたが、なれないようだった。

「大変な仕事じゃね」

と背を伸ばしてため息をついた。

昼食のために家に帰ると、手伝いに来たサタおばあちゃんが食事を作っていた。小走りで来る敏洋を見た良江は、

「大きくなったたな」

頬を指でちょっと押した。敏洋は一瞬きょとんとしたが、洋子の胸に飛び込むと良江の顔を不思議そうに眺めた。

「子どもち、産んどけば大きゅうなるとね」

良江は妙なことに感心している。

「あんたの方はどげん」

「それがさっぱりでな、今んとこ変化なし」

良江は敏洋に目をやったまま答えた。良江は洋子より早く結婚していたが、まだ子どもはいなかった。

「あんた、こん子がそばにおるだけで幸せたい」

良江はうらやましそうだった。一日の仕事が終わると洋子は、じゃがいもを良江に持たせた。

麦刈りが終わるとそのまま二、三日天日に干して、その後直径十センチほどの太さに束ねる仕事がある。束ねた小麦は納屋に敷かれたむしろの上に運ぶ。納屋の内側に幕を張って脱穀する。むしろの上に臼を横に倒して、その上に小麦を打ちつけて穂を落としたり、腰の高さほどの平均台のようなものに穂を叩きつけて実を落としたりした。

もっとも人手のいる時に、少年たち、慎二、良江、圭子が手伝いに来た。洋子と慎二が脱穀をした。麦の穂が音を立てて飛び散った。母、良江、少年たちが麦の束を運ぶ係になった。圭子は穂を落とした麦わらを外に運びだした。

「勤めがあるっちゃけ、無理せんごつしてな」

母は姉さんかぶりの良江を気づかっている。

穂を落とした麦わらは集めて田で燃やした。その中にじゃがいもを入れて焼き、おやつの代わりにした。みんなは火を囲んでいもの焼けるのを待った。

「洋子のいとこだって？」

良江は驚いた様子で洋子に問い返した。

「母の姉の子ってわけ」

「そう」

良江は慎二を見つめていたが、表情をやや堅くした。

「私、良江といいます。看護婦養成所で洋子と一緒でした。よろしくお願いします」

と頭を下げた。慎二は笑みを浮かべた。

「こちらこそよろしく。洋子は小さいころ甘えん坊だったんで、世話が大変でしたよ。私の背中で眠ってしまったことがあったんです。信じられんでしょう」

慎二はにこにこしている。そんな顔を洋子は久しぶりに見た。

「そうじゃった？　私、覚えちょらんばい」

洋子は知らない振りをしたが「慎二兄ちゃん、慎二兄ちゃん」とついて回った記憶は残っている。

「ふうん、仲がよかったんだ。うらやましかね」

「そりゃあわからんばい、洋子はさっさと結婚してしもち、一言ぐらい言うたっちゃよかち思うばってん」

慎二が目をむいたので、まわりがどっと笑った。いもを竹でかき出し、ふうふう息を吹きかけて食べた。わらの燃える匂いが父と過ごした幼いころを思い出させた。

ほかの田でも麦わらを燃やしていて、薄明かりの中で白い煙が火を囲んで立ち上っていた。

麦の収穫が終わると、田を馬にすかせて水が入るのを待つ。田に水が入ると代かきをして田植えの準備をする。土はぬかるみ、顔は泥にまみれ、ヒルは相変わらずいるがそんなことを気にする余裕は洋子のどこにもなかった。まず、三人が生きて行かねばならない。食べ物がほしい。米を売って物を買う金がほしい。この思いが洋子の細い肩に重くのしかかっている。

母は田のまわりのへりを平ぐわで水がもれないようにていねいにあぜ塗りをしている。後は五月に作った苗代田から苗を取り、隣組の共同作業で植えればよい。

春先に植えていた、苗床のさつまいもの芽が伸びた。洋子と母は畑を耕し、さつまいものつるを植えるために土をもりあげた。雨を待ってさつまいものつるを何列も植えた。

ところが翌日から雲一つない天気。太陽の出る前に洋子はバケツを両手に持って、小川から水を運んでつるにかけた。一通りかけるのに、何回も何回も小川と畑を往復した。

夕方畑に行くと、いもの葉は少し茶色になり苦しそうに土の上に寝そべっていた。洋子はまた何回も水を汲みに行った。次の日も畑に行き朝夕水をかけた。

四日目になると、枯れ葉の根元から青い芽が顔を出した。もう一息だ。洋子はさらに水をかけた。五日目には青い葉や芽が上を向き始めた。やっとひと安心だ。

その後、田植えの合間に延びてきたさつまいものつるを切って植えた。今度は、二日雨が降り続いて、三日目に見に行くと、つるは色も鮮やかに空を向いて葉を広げていた。田植えが終わると隣組で「さなぼり」をする。田植えをした全員が隣組長の家に集まり、会食をするのだ。洋子は庭のやまももの実を採って持って行った。

さなぼりの日から二、三日は農作業を休んで、疲れをいやす習慣になっている。洋子がほっと一息ついたころである。一通の白い封筒が届いた。封を切ると中から日に焼けた茶色の細い紙が現れた。字は鉛筆で書かれていてやっと読み取れた。

　東ニューギニアのウエワークの西、ダグワで戦っている。食糧がなくて苦しいが、洋子のことを思いがんばっている。必ず帰るから子どもを頼む。　敏男

敏男からの手紙だった。なつかしさがこみあげてきて何回も読みなおした。太い眉と鼻筋のとおった敏男の顔が浮かんだ。丸山公園で過ごした別れの日を思い出した。封筒の裏を見ると投函した人の名前はなく、消印は熊本県杖立温泉とある。キツネにつままれたような気がした。

近所から地図を借りてニューギニアをさがすと、日本から五千キロほど離れた赤道近くの島で広さは日本の倍ぐらい。太平洋側の中程にウエワークはあった。敏男は遠く離れた暑い日差

しのもとで戦っているのだ。戦いといえば大刀洗飛行場の惨事を思い浮かべる。敏男が敵の爆撃にあわねばよいがと仏壇に手を合わせた。

もう一度手紙を見た。手紙の文面は敏男の字だが、宛名は別の人が書いたのかも知れない。字が角々しいのが気になる。それに、南の島で戦っているはずの敏男と投函された杖立温泉、どう考えても結びつかない。このことは人に知られない方がよいかもしれない。洋子は誰にも言わずに手紙のことを心にしまい込んだが、元気が出てきた。洋子はうきうきした気持ちでかまど付近の掃除をした。

敏男が元気なのだ。そう思うだけで力がわいてくる。ふと洋子は箒《ほうき》の動きを止めた。いつ入り込んだのか知らないが、戸口から出られずに茶褐色の日干しみたいにやせた小さな蛙がいた。箒でちりとりの中に入れたが、かすかに動いたような気がした。よく見ると蛙の後ろ足の先が僅かに青い。生きているかもしれない。洋子はバケツを持って来てひからびた蛙を水の上に浮かべた。

敏男が赤道付近で飲む水がなく苦しんでいるかもしれない。飢えてやせ細っているかも知れない。肉親二人を亡くして、命のはかなさを痛切に体験した洋子は、命あるものは生かしたいと思うようになっていた。

しばらくして見に行くと、蛙の身体に青味が広がっていた。こんなことがあるのだろうか。

死んでいたと思った蛙が生き返るなんて。小さな命を救うことができて洋子は感動した。すっかり青くなった蛙を草の中に放すと、蛙はしばらく洋子を見ていたが、茂みの中に飛び込んで行った。洋子は敏男を蛙の姿に重ねた。

慎二が手伝いに来るようになって、近所で変なうわさが流れた。日本がのるかそるかの戦いをしているのに、いい若者がなぜ戦争に行かないのだろう。洋子の弟は十五歳で少年飛行兵として戦っているのに。若い嫁さんと親しそうにして、どんな気持ちなのだろう。洋子の耳にうわさが入る度に、病気のことを言うのだが、信用する人は少ない。

慎二がそんなうわさを聞いたかどうかは知らない。しかし、明るさが消え、無口になり、ついには姿を見せなくなった。母が心配して千秋の家を訪ねた。

帰って来た母の話によると、慎二は村人のうわさを気にして外には出ず、時々山に登っているそうだ。身体が悪いとは言えず、身の置き所がない慎二がかわいそうであった。

## 二

初盆が近づくと忙しくなる。

父の仕事であった仏壇の掃除は母がしている。手作りの小さな仏壇だが、位牌を手に取っては考え、写真を見てはため息ついて、なかなか仕事が進まない。家のまわりを受け持った洋子が母に声をかけた。

「そげん眺むるばっかしじゃ、いつ終わるかわからんばい」

「そげん言うたっちゃ」

母は未練があるみたいで、昔のことを考えているらしい。

「いらんもんは外で燃やすけ、ひとところに置いちょって」

洋子は母の心を少しでも明るくしたいと、はずんだ声で呼びかけた。

貧しいけれど今までの習慣で、洋子は新聞をとっている。習慣というよりも、敏男や剛の消息を知るためでもある。新聞代は高くつくが、これればかりは止められない。

八月十五日のラジオは早朝から「正午に天皇陛下みずからの重大発表があります」と放送していた。一体なにごとかと洋子は一抹の不安を感じたが、昼前に親戚一同がそろって初盆参りに来ると、そのことを忘れていた。

初盆の法要が終わり、親族は昼食をとっていた。医者の伯父が、

「正午に天皇陛下の重大発表があるち言よったけ、ラジオをつけてくれ」

と言った。

洋子がスイッチを入れると、皆立ち上がってかしこまった。

「朕ハ時運ノ……所堪へ難キヲ堪へ忍ビ難キヲ忍ビ以テ……世ノ為ニ太平ヲ開カムト欲ス……」

初めて聞く天皇のお言葉に座は静まりかえった。陛下の声は特別な抑揚とラジオの発する雑

音で聞き取りにくいところもあった。放送が終わると、

「戦争に負けたつかな」

母方の伯父がぽつりと言った。

「そげんこつはなかでっしょ。神風はまだ吹いちょらんですばい」

父方の叔父が顔を赤くして言った。

「負けた気がしますな」

医者をしている伯父が声を落とした。

「そんなら、茂兄さん、志保ちゃんの死はいったい何じゃったつじゃろか、おなじ負けるなら、もっと早く負けてほしかったもんたい」

叔父は、無念さをにじませて言った。

伯父が言う通り、もし戦争に負けたのであれば、父と妹の非業の最期は一体何だったのか。洋子はあの日のことが鮮やかに思い出されて、涙が込み上げてきた。その場にいたたまれず立ち上がると外に出た。

戦地に征く夫を励まし、少年飛行兵になる弟を鼓舞した。当然のことをしたと誇りにさえしていたのに。それが敗戦になるとは……。いいようのない虚脱感が全身をおおった。目の前が真っ暗になった。洋子は歯を食いしばって涙を拭いた。

あぶらぜみの鳴き声が遠くで聞こえた。

三時すぎに父方の親戚を送り出した母は伯母たちから同情の言葉をかけられて涙ぐんだ。

「フミがもっとしっかりせんけたい」

いきなり千秋おばさんの叱責するような大きな声がした。

「剛ちゃんを少年飛行兵に行かせんで、茂さんば引き留めりゃよかったったい」

「そげんこつ言うたっちゃ」

母は語気を強めたが、あとの言葉が出なかった。

千秋おばさんはさらに、

「慎二は学徒出陣に行かんじゃったばい」

とたたみかけた。

「千秋、やめんか！　初盆参りに来たっじゃろが」

夫の言葉に千秋は、はっとしたようだった。

サタおばあちゃんが取りなすように言った。

「みんな、フミのこつば頼んじょくばい。慎二、お前若かけん、力になっちゃんなさい」

「うん」

慎二はおばあちゃんに調子を合わせるように軽く頭を下げた。

みんなが帰った後で、洋子は気になる慎二のことを母に聞いた。

「千秋のこつけ、ちがわん、にせの診断書ば義兄に頼んだつじゃろ」

「ほんなこつ、そげん思うとね？」

「何かおかしいち思いよったばってん、ほんなこつはわからんけ、洋子も人にしゃべらんごつな」

洋子はうなずきながら、もしそれが真実としたら、慎二の立場はどうなるのだろう。重い荷物を背負うことにならねばよいがと気になり出した。

数日が過ぎた朝、みそ汁の具を庭に採りに行った洋子は、置いていた腰板や角材、薪がないことに気がついた。軒下の納屋を見ると置いていたじゃがいももない。

盗まれたのだ。戦いに敗れて良心までなくしたのか。その日暮らしの貧しい者から、食べ物まで盗むとは。これが同胞の民なのか。洋子は愕然《がくせん》とした。外に置いていた大事な物は納屋に入れて鍵をつけた。

八月三十日の新聞を見て、洋子はぎょっとした。一面に首相の発言として「軍官民総懺悔《ざんげ》の要あり」とあった。黒く染め抜いた活字は洋子を責めているようでもあった。しかし、洋子に懺悔するものは何もない。戦争の被害は受けても、やましいことは何一つしていない。

ラジオからは「海行かば」「軍艦《ぐんかん》マーチ」が毎日のように流れ、「鬼畜米英」と叫び、新聞では「聖戦遂行」の文字が踊った。それが半月もたたないうちに、「軍官民総懺悔の要あり」と言われても、洋子は心の切り換えが出来ないでいた。

国を守るために特別攻撃隊に志願し、肉親を守るために玉砕した将兵は、この言葉を何と受け取ればいいのだろう。戦地で戦った人も銃後を守った人も懺悔する必要があるのだろうか。急変した指導者たちやラジオ、新聞の報道に不信感がつのるばかりであった。

戦争に負けて、洋子は何かしら世の中が、急に変わり始めた感じがした。

九月になったが、大学に籍のある慎二は東京にもどらなかった。母の勝ち気に輪をかけた千秋の言動を、洋子は容易に想像できる。そのことがさらに慎二を追いつめているような気がしてならない。洋子が母に話しても、

「よそんだんじゃなか、家のこつだけで頭が一杯じゃけ」

とじゃけんに言うだけだった。洋子はただなりゆきを見守るだけだった。

空襲警報はなくなり、電灯にかぶせていた黒いおおいは取られ、部屋は明るさを取りもどした。そして、男たちが村にもどり始めた。

（敏男が帰ってくる）

この地方には、名月様という行事がある。中秋の名月に、さつまいもを屋根の上に供える風習である。

六月に植えたさつまいも畑に洋子は籠を持って掘りに行く。盛り上がったうねのつるを鎌で切り、三叉ぐわで土を起こすと、土の中から赤みがかったいもが顔を出した。

「大きくなってますね。分けていただけませんか」

古びた軍服を着た男ともんぺ姿の中年の夫婦がのぞき込むようにして言った。孫と名月様がしたいと言う。こぶしぐらいのいもを十個差し出すと、三円でどうでしょうかと言った。いもを売るのは初めてで、洋子がとまどっていると、一円付け加えてくれた。洋子は小さないもをこの夫妻につけてやった。

いもをふかして、もらった四円を仏壇に置き敏洋と線香を上げた。

（お父さんが苗床に植えちょったいもんつるに、実が入って高く売れたつばい。おいしか。どうぞ食べてみてん）

洋子は手を合わせて父に話しかけた。

（戦争に負けて、人の心がすさんできよるばってん、うちは昔のままよ。少しもかわらん。その気持ちで、敏男や剛を温かく迎えてやりたい。子どもん声がしよるけまた話すけ）

「名月様、上がったな下がったな」

子どもたちの声が近づいた。洋子は急いで仏壇から離れるとさつまいもを皿にのせ、ひさしの上に置いて子どもたちを待った。

空には星が出ていて、満月が東の空に浮かんでいた。

それから一月ほどして、さつまいもの収穫が始まった。軍人や軍属、動員された人たちでにぎわった甘木線は、都会から食べ物の買い出しに来る人々で埋まった。洋子の家にも訪問客があった。

　戦災にあい、すべてをなくした洋子は、周りの人のちょっとした施し物に、どんなに助けられ励まされたことか。洋子は、買いに来た人に小さないもや、傷つけたいもを付けてやった。それが評判になって、洋子の小さな家には行列ができるほどだった。さつまいもだけではない。じゃがいも、さといも、黒豆、大根なども売れた。洋子の手には思いもしなかった大金が入ってきた。

「自分に負けずに、知恵をだして働け」と言った父の言葉が現実のものとなった。父が亡くなってから、田畑の仕事は洋子の肩にかかっている。来る日も来る日も草を取った、母と運んだ下肥えや馬屋ん肥え、やっとそれが報われたのだ。さつまいもを沢山植えていてよかった。お天とう様のご利益があったに違いない。洋子は借金を返し、家を建て増しすることや、自転車や農具を買う計画に心が躍った。

　ところが、警察署から洋子に出頭するようはがきが届いた。闇でさつまいもを売っている容疑だと書いてあった。買い出しに来る人に農家の人は誰でも売っている。それが食料のない人の命を救うことでもあるのだ。ひもじい思いをしてきた洋子は、その気持ちがいたいほどわかる。だから小さな大根、古びた野菜などを添えて渡していたのに。どこが悪いのだろう。

　同じように闇売りをしている近所の人に聞いたが、警察署からはがきは来ていない。洋子は驚いて甘木の伯父の所に行き、いきさつを話した。伯父は黙って聞いていたが、最後に言った。

「こりゃいやがらせばい。洋子が儲たつが、憎たらしくて告げ口ばしたつじゃろ」

洋子に思い当たるふしはない。あるとすれば、多分おまけをつけたことだろう。しかし、それは洋子の心づかいだったのに。あまりのことに洋子は驚いた。

伯父に同行してもらって洋子は警察署に行った。灰色をしたコンクリート三階立ての建物だった。正面に大きなそてつが石で囲まれていた。玄関を入ると受付があった。

係の部署に行くと、細い目をした人の良さそうな警察官が椅子に掛けていた。洋子がはがきを出すと立ち上がって、申し分けなさそうに言った。

「あなたがさつまいもを闇で売ってる、と密告があったんですよ。で、警察としては調べないといけないものですから、ご足労願ったわけでして」

と、小さな声で言った。

「近所の家では誰でもしています。どうして私だけですか?」

洋子は口を尖らせて警官につめ寄った。

「わかっております。きちんと取りしまれば餓死する人が増えるでしょう。だから警察が目をつぶっている部分もあります。ですが、密告をされますと、警察としては調べなければならないのです」

警官は言いわけがましく言った。伯父が洋子を擁護《ようご》した。

「洋子は若くて、世間のことがよくわからないのです。今後、気をつけさせますので、今回は許していただけませんか？」

伯父は警官に深く頭を下げた。

「まあ、はでにしなくて、ほどほどにして下さい」

伯父が来てくれたせいか、警官は注意だけですませた。洋子は伯父に厚く礼を言って警察署前で別れた。

誰が密告したのだろう。捜すあてもないが、自分のまわりにそんな人がいたのか、と洋子は人が信じられなくなった。外面はにこにこして、内面では憎んでいるのだ。善意でしたのだが、とにかくおまけだけは止めることにした。


そのころ、慎二と良江が連れだって歩いていたとか、ジープに乗った二人を見たとかいううわさを、陸軍病院時代の同僚から聞いて洋子は驚いた。

良江にはれっきとした夫がいる。常識では考えられないことだ。慎二とは小さいころから行き来していたし、今では同じ年頃の、ただ一人の身近な親戚なのに。洋子は気になってしかたがない。

採り立てのさつまいもを自転車に乗せ、洋子は慎二に会いに行った。千秋の家の前まで来ると、慎二と良江が店の中で立ち話をしていた。うわさは本当かもしれない。洋子は一瞬ためらったが、思い切って店に入った。

「あら、来とったと?」

良江を見て洋子が素っ気なく言った。

「ちょうど通りかかったら、家ん前でばったり慎ちゃんと会うて、そりでちょっと話しよったったい」

いつもの良江と違っておろおろした様子が見える。

「どうです。お茶でも飲んでいきませんか?」

慎二はなにくわぬ顔で良江に勧めた。

「忙しいので、私はこれで」

良江は軽く頭を下げて立ち去っていく。慎二はその後ろ姿を目で追っていたが、

「何だい」

と浮かない顔で言う。じゃまだったかな、と思ったが洋子は素知らぬ顔で言った。

「これ、お母さんから」

とさつまいもを手渡した。そしてさりげなく言った。

「農繁期になるけ、稲刈り手伝ってくれん?」

「いつごろになると?」

「十一月の初めごろ、大学に戻るとならよかとばい」

「大学にはもどらん。戦った友だちの前に顔が出せるか。剛だって俺より七つも下で、国の

ために戦ったっじゃろが。同じ年頃の男として情けねえこったい」

「そんなこつなかばい。慎ちゃんは病気なんじゃけ、しようがなかじゃん」

「お前だけばい。そげなこつば言うてくれるとは」

慎二は自嘲ぎみに言った。

「あたりまえじゃんね。胸ば張って大学に戻り、やり直せばよかとたい」

考え込む慎二の顔に小さいころの面影がよみがえっていた。

「できるだけ行くからち、おばさんに言うちょって、ちょっと待ってな」

母家に入った慎二は紙袋を持って来て洋子に手渡した。良江とのうわさを話そうと思ったが、千秋が近くにいて機会を見いだせずに終わった。

家に帰って母と紙袋を開けると、美しい絵柄の柔らかい紙で包まれた品物の上に、英語が書かれていた。紙を開くと石鹼が出て来た。すべすべとした白い肌を見せ、清潔な香りが漂ってきた。茶色でだんごみたいな日本の石鹼しか知らない洋子は、敵国だったアメリカの香りを何回もかいでみた。

「お母さん、慎ちゃんはこの石鹼、どうしたつじゃろか」

「大学に行かんで、進駐軍の通訳ばしよるげな。そこでもろたつじゃろ」

「学校にもどって勉強ばすればよかとに」

洋子は母をのぞき込んで探りを入れた。

「口が酸っぱくなるごつ、大学にいけち千秋が言うげなばってん、慎二が言うこつば聞かんげな。お盆にあげなこつば言うけん、罰が当たっちょるたい」

慎二が大学にもどらないことが洋子は気になってしかたがない。

ほんの少し前は戦争一色だった。戦争に反対する者や兵役を拒むもの、非協力的と思われた者は、国賊とされ厳しく指弾された。そんななかでの病気だった。慎二のやりきれない気持ちがわかるような気がした。

すいこまれそうな秋空の日曜日、洋子と母が稲刈りをしていると、アロハシャツを着た慎二が手伝いに来た。初夏のころは青かった顔が少し黒みを帯びていた。挨拶もそこそこに休みもせずに稲を刈った。

「無理せんでよかけん、ゆっくりしてな」

洋子が気づかった。

「今日だけしか来られんちゃけ、心配するな」

「仕事に行きよると」

「大学に行っちょって得ばした。アメリカさんに協力しよるとたい」

慎二は薄笑いして言った。

「身体、大丈夫？　悪くなるといかんばい」

「それが不思議たい。この前伯父さんに診察してもろたら、胸ん影が消えちょるげな。おまえが養生したけ、良うなったっじゃろう、げな」

「良うなったち言うたっちゃ、急に働くと、身体に悪かよ」

洋子は心配そうに慎二を見上げた。

「初めはそげん思いよった。ばってん、洋子が一所懸命働きよろ、それで俺も働こうちゅう気になるったい」

「私は家つき娘じゃけん、働くとはあたりまえたい」

慎二は目をぱちくりさせて洋子を見た。

「世間のことば気にせんで、慎ちゃんが生涯したいことば考えるとが、いいっちゃなかと」

洋子は慎二を見つめて言った。

「おまえ、変わったな」

慎二はそう言って鎌を握りしめると、休むことなく刈り続けた。喜んで働いているように見えた。

昼食の時に母は慎二をもてなした。

「慎ちゃんが加勢してくれるけ、えらい助かる」

母は慎二に剛の面影を重ねているのかもしれない。

食事が終わって、母が席を離れたすきに、洋子は良江との話を切り出した。

「慎ちゃんが、良江と仲がよかちゅううわさばってん」

「洋子の親友じゃろが。邪険にゃでけん」

「そげんせんでんよかつばい。うわさの方が怖いけん」

洋子は慎二のことを案じて言った。

「亭主とうまくいきよらんごたって、かわいそうになってな」

良江は思ったことに突き進むたちなので、警戒するにこしたことはない。

「私の親友ち言うたっちゃ、慎ちゃんの足引っ張る権利はなか。自分の人生を第一に考えにゃいかんばい」

洋子は慎二の将来を考え、目の色を変えた。慎二はまぶしそうに洋子を見た。

「洋子がそげん言うなら、気つけるたい」

洋子はやっと胸をなでおろした。母がお茶を持ってこちらに来た。

三

師走の冷たい風に粉雪がふわりふわりと舞った。人はえりを立てて忙しそうに行きかった。

洋子は火鉢に木炭を入れて敏洋とあやとりをしていた。

「ごめん下さい」

人の呼ぶ声がする。洋子が玄関に出ると、無精ひげをはやした男が立っている。洋子は警戒しながら用件を尋ねた。

「林といいます。洋子さんでしょうか?」

「はい、私ですが」

「良江がお世話になっております。その良江が突然いなくなりまして、国立病院(前大刀洗陸軍病院)に行きましたが休んでいるんです。心当りをあちこち捜したんですがわかりません。洋子さんの話をよくしますので、お伺いしたわけでして」

目をしょぼつかせて困り果てた様子である。

「うちには来てないんですが」

「そうですか。どこに行ったんでしょう。何かご存じないでしょうか?」

その男は部屋の奥の方を目でさぐりながら尋ねた。

「何も知りませんが、けんかでもなさったんですか?」

「ご存じのようにわがままな女です。でも、いなくなると心配になりまして。すみません、どうもおじゃましました」

男は肩をすぼめて帰って行った。

この前、あれだけ慎二に言ったのにどうしたのだろう。二人の関係はやっぱり続いていたのだろうか。洋子はじっとしておれず、慎二の家に自転車を飛ばした。

甘木の町は師走の買物客でにぎわっていた。店に着くと、客にジャンパーを勧めるおばさんの姿が見えた。客は気にいらないらしく、次々とジャンパーを手に取って見ている。たいくつしたのか千秋が洋子の方に目をやった。

「慎ちゃんおる?」

洋子が聞くと千秋はこちらにやって来た。

「どうかしたつ?」

「近くまで来たけ、寄ってみたと」

慎二のことを悟られないように言った。

「剛君が訓練を受けた生徒隊くさ、あそこにアメリカの工兵隊が進駐してきちょるとたい。そこで慎二は通訳ばしよる。大学にもどればよかとに、私が言うこつはいっちょん聞かんごつなって、親不孝者ばい」

腹立たしそうに千秋はまくしたてた。

「慎ちゃんはもう大人じゃけ、自分なりに考えちょるが。稲刈りはよう働いてもろうて、よろしゅう言うて下さい」

慎二がいなければ千秋に用はなかった。洋子はその足で生徒隊跡へと向かった。

国立病院の横の道を南に進むと生徒隊跡に突き当たる。左に曲がると右手に裏門が見える。ここで新しく入隊した兵士を敏男が鍛練していた。それに剛、山田、桐生が少年飛行兵としての基本鍛練を受けた場所でもある。複雑な思いで裏門からそっとのぞくと、黒人兵がたむろし、地面で石炭を燃やし暖をとっていた。一人が洋子に気がついた。

「カムイン」

手のひらを上に向けて指先を自分の方に招いた。黒い顔から白い歯がこぼれた。洋子の背すじに冷たいものが走った。洋子は自転車を方向転換して飛び乗り、勢いよくペダルを踏んだ。後から大きな声が迫ってきたが意味はわからなかった。

（正門に行ってみよう）

突き当たった道路を左に曲がって進むと、金網が張られている。その中に緑色の屋根に白い壁板を張った平屋建ての家が点在している。家と家との間には犬つげやつつじが植え込まれていた。若い外国の兵士が派手な服装をした日本の娘と手をつないで寄り添って歩いている。逃げる女を笑いながら追いかけ、後ろから抱きしめて芝生の上でじゃれついている。

洋子は頭に血がのぼった。あんな中で通訳する慎二も楽ではないだろうと、彼への同情心がわいた。洋子は工兵隊のゲートをくぐる勇気をなくした。来た時の元気はなくなり、洋子は重いペダルをふんで国立病院へと急いだ。

良江を訪ねたが休暇を取っていた。かつて一緒に勤めた看護婦を呼び出して良江の消息を聞いた。

「このごろ、休む日があるんですよ。ご主人も訪ねて来られましたが、行き先がわからないんです」

洋子はますます不安になった。

「じゃあ、良江が来たら、私が来たこつば伝えてくれん？」

そう依頼して病院を後にした。良江はどこにいるのだろうか？　冷たい風が洋子の心に吹き込んで来た。

数日過ぎても、良江からは何の連絡もない。洋子は大刀洗駅から国立病院へ電話を入れた。良江はすぐに出た。

「電話じゃ何だから、会いたかばってん、暇なか？」

「忙しかばってん、ほかならん洋子のこつじゃけん、今日昼休みどう？」

「じゃあ、行くけん、そん時に」

良江のことを案じているのに、「用って何」だもんね。洋子の心配を良江はぜんぜんわかっていない。洋子は頬をふくらませた。

良江とは病院の外で会うことにしている。木枯らしが木の葉を吹き飛ばし、寒々とした病院の風景が連なっている。洋子はえりを立てて待った。

「やあ、ごめん、寒かっちょろ」

良江が小走りに駆けて来た。

「会いたかち言うけびっくりしたばい、どげんしたと？」

「ご主人が私の家に訪ねて来たつばい、どうしたつ？」

「なあんだ、そげなこつ」

良江はやや意外という目で笑った。

「そげなこつってなかばい、大事なことじゃろうが。それに、あんた休みよるち聞いたばってん、何ばしよると？」

良江の眉がつりあがり口を横にかみしめ洋子をきっとにらんだ。

「私が何ばしようが、私の自由じゃろもん」

良江の激しい言葉に、洋子はまばたきをして彼女を見直した。

「戦争は終わったつばい。自由な時代になったつばい。洋子でん、自分が好きなこつばやればよかったい。もっと羽、伸ばさにゃ」

こんな良江にいつからなったのだろう。変わってしまった。これなら会う必要もなかったのに、洋子は黙ってしまった。

「何か用事があったつじゃなかと？」

「もうええ。ばってん、亭主に心配かくるとは、あんまり良くないち思うな」

洋子が語気を強めると、良江は黙ってうつむいた。数秒の沈黙のあと、良江は明るい声で言った。

「話は変わるばってん、進駐軍のクリスマスパーティがあるったい、行ってみらん。きれいに飾ったダンスホールで踊れるとばい」

洋子は先ほど見た柵の中の女たちを思い出した。

「忙しゅうて、暇がなかもん」

「色ん白うて、足が長うて、はち切るるごたる若い兵隊のお尻、魅力的ばい。一度見においでよ」

洋子は開いた口がふさがらなかった。

「慎ちゃんから、パーティ券二枚もらったったい。やろか？」

「いや、結構。じゃあね」

洋子は目を怒らせて、自転車置場に歩き始めた。

「ちょっと待って」

と良江が呼び止めた。病院にもどると紙袋を持って来て洋子に手渡した。

何時か慎二から貰った物と同じだった。「これ、どうしたと」洋子は尋ねようとしてやめた。

複雑な気持ちが交差して病院を後にした。道に出ると冷たい北風が洋子の自転車をはばんだ。


年末になり、買い出しに来る都会の人が増えた。その中に圭子がいた。圭子は田舎で仕入れ、街に出て売る仕事をしていた。警察に見つからねばヤミ米はぼろい儲《もう》けになる、と得意になって話した。売りにいかんね、とも誘った。前は謙虚さがあったのに、このごろは高慢な感じがした。洋子は圭子の変貌《へんぼう》に驚き、いやな気持ちになった。

うわさによれば、圭子の夫は陸軍に召集されていたが、敗戦になって帰って来た。その時に軍の倉庫から物品を持ち帰り、これを元手にかなりの儲けを得たという。その金でヤミ米の商売を二人でしているらしい。大刀洗駅の近くに家を建てるという。

法の目をくぐって、ヤミ米を運んで儲ける人がいる。栄えていた家が傾き、代わってきわどい仕事を始めた新興成金が生まれた。けばけばしい服装をして、ダイヤの指輪をはめた男たちが、村を歩き回って穀類や野菜を買い集めた。

圭子に勧められた洋子は、ヤミ米を運んでみようかとも考えた。にぎやかな正月を迎えられるし、家だって建て直せるかも知れない。しかし、そんなことを敏男は何というだろうか。剛は喜ぶだろうか。二人とも命をかけて祖国のために戦ったのだ。その気持ちを思うと、貧しくても、自分に恥じない行動をとりたい。そのためには、やはり働く以外に道はない。

新しい年を迎えた。

今年は幸せでありますようにと、仏壇の前に敏洋を座らせ一緒に拝んだ。敏男、父、志保、剛に一言ずつあいさつをした。

去年は悲惨なことがありすぎた。広い田畑ではないが、母と二人で耕作するのはきつい仕事である。今年こそ敏男や剛が早く帰って来てほしい。

半年前に敏男から手紙がきた後、何の連絡もない。昨年の十月中頃、復員船第一便が博多港に着いたと新聞が報じた。十一月の終わりには、厚生省による博多引揚援護局が設置された。

もう帰って来るころと待っているのに、敏男は姿を見せない。ラジオがいつも朝八時過ぎに「引き揚げだより」を放送する。毎日聞いているが、敏男の名前は出てこない。洋子は敏男は必ず帰って来ると確信しながらも漠然とした不安が生じる。

敏男の手紙にあった消印は熊本県杖立温泉だった。ここに行けば何かわかるかもしれない。そう思うと一刻も早く行かなければと、洋子は焦ってしまう。

二、三日後、杖立行きのバスに乗った。バスは東に向かった。道沿いに白いさざんかの花が咲いている。この寒さの中に、たくましく咲く花に、洋子はなぐさめられた。バスは筑後川に沿って走った。とうとうとあい色の水が流れ、道路の両側には大きなクスやカシの木が並んでいた。

大分県日田市に着き、少し休憩してバスは再び出発した。運転手に聞くと「もうすぐです」と答えた。道の両側には山が迫り、その底に川が流れて、川底には大きな石がごろごろと重なっている。

杖立温泉に着くと、川に沿って宿が並んでいる。最寄りの旅館で訪ねると、杖立でも大きな「肥前屋」などに軍の保養所があったそうだ。急いでその旅館に行って尋ねた。

「確かに傷痍《しょうい》軍人が療養していました。しかし終戦と共に故郷に帰られて、今はもう誰もいません」

と言われた。別の旅館にも当たったが「肥前屋」と同じ答えが返ってきた。一日を費やしたが、敏男の手がかりはつかめなかった。

洋子はもはや帰りのバスに乗るしかなかった。敏男はどこにいるのだろう。伊勢に帰ったのだろうか。そうであれば電報なり手紙で知らせるはずである。やはりニューギニアにいるのだろうか。

戦争が終わって五カ月になる。敏男の手紙は何だろう。誰が投函したのだろう。せめて差し出し人の名前がわかればいいのだが、まったく捜しようがない。一日の疲れがどっと出てバスの中で眠ってしまった。

新聞は隅々まで目を通し、引揚者の名前を追ったが、ニューギニアからの人はいなかった。洋子は大刀洗駅に行き、厚生省援護局へ電話を申し込んだ。しばらくして電話が通じると、洋子は、ニューギニアからの引揚者のことを聞いた。

「博多港には中国東北部からの人が最も多く、次いで朝鮮半島、中国本土の順になっています。その他は全体の四、五パーセント程度で、ニューギニアからの引揚者は別の港ではないでしょうか」

という返事であった。敏男をたぐり寄せる糸はぷつりと切れて、洋子は暗澹《あんたん》たる気持ちになった。

# 真実

## 一

洋子は友人や知人と会うたびに、「ニューギニアから帰還された人を知りませんか」と尋ねたが、手がかりになるような答えは一つもなかった。

うわさによると、太宰府天満宮の参道で、傷痍軍人が白衣を着てアコーディオンを弾き、軍歌を歌っているという。洋子はわらにもすがる思いで訪ねてみた。兵士の前に置かれた盆に金を入れて聞いたが、役にたつ情報は一つもなかった。

庭の梅の花が春を告げている。純白の花びら、すがすがしい香り。長く寒い冬を耐えて蕾をふくらませ、今花が開いたのだ。やがて敏男や剛が帰って来る、それまでの辛抱だ。洋子は自分にそう言い聞かせた。

早朝から洋子は馬を出し畑を耕した。その土を平らにしてじゃがいもを二つか三つに切って植えていた。

「ハロー、元気？」

あぜ道に立って良江が手を振っている。この前のことを思いだし、一瞬いやな気持ちがした。

洋子はゆっくりとあぜ道の良江に近づいた。

いつか見た金網の中の進駐軍とたわむれていた娘のような服装をしていた。

「ご主人のこつ、どげんした?」

洋子は良江を見て尋ねた。

「まあね、離婚しようち思うたばってん、夫がいてくれち頼むから」

(まんざらでもないのよ私)、そんな表情で顔を上に向けた。長い髪がふわりと揺れた。

「慎ちゃんと浮き名流して、今はどげん?」

洋子は茶目っけを出して気がかりなことを聞いた。

「はっきりしてくれんとよ。洋子に気があるっちゃないかな」

良江は遠い稜線に視線を向けたままつぶやいた。

「馬鹿なこつ言わんで。慎ちゃんはこれからが大事なつじゃけ」

洋子は声を大きくした。良江はポケットからたばこを取り出して火をつけると、深く吸い込んで丸い輪を作って吐き出した。その顔はこの前とちがって生気がなかった。

「良江、さといも持っていかん」

洋子は気を取り直して明るく言った。

「サンキュウ」

捨てた煙草を足で踏みながら、思い出したように言った。

「そうそう、洋子が捜しよった高射砲第四聯隊の人がおんなったつよ」

洋子は目を丸くした。

「本当？　どこにおらっしゃると？」

目を輝かせて次の言葉を待った。

「うちの友だちの隣組におんなった。中尾かまぼこ屋のご主人たい」

「ありがとう、明日会いに行くけん」

待ちに待った人がみつかった。洋子は良江の手を握って礼を言った。

次の日、米を手みやげにした洋子は、良江が教えてくれた中尾宅に向かった。国鉄甘木駅から高射砲第四聯隊跡への軍用道路を東におよそ三百メートルほど行って左に折れると、朝倉郡の地方事務所がある。それから北に細い道を六十メートルほど行くとかまぼこ屋はあった。かまぼこを作る機械がうなりをあげていた。

「ごめんください」

大声で呼ぶと、奥から主人らしい人がのれんをかき分け顔を出した。眼付きがするどく顔は少し日焼けした感じで、肩幅が広くがっしりしていた。前掛けで手を拭きながら近づいて来た。

「あなたとご一緒にニューギニアに行きました、牧敏男のことでお伺いに参ったのでございますが」

「ああ、良江さんから聞いとりました。さあ、どうぞどうぞ」

顔つきとは異なり、気さくにそう言うと先に立って、机と椅子を置いた事務室に通した。

「牧といえば確か、第二中隊の分隊長でしたね。背が高くていい男でした」

洋子はうつむいて、敏男を思い浮かべた。

そうだった。丸山公園に行って、水に写った二人の顔を見てにっこり笑ったのだった。何がおかしかったのか覚えていないが、あのころは何も分からずにただ楽しかった。

「ところが、まだ帰って来ないんです。何かご存じないでしょうか」

「中隊ごとに行動しておりましてな、中隊が違うとようわからんとですよ」

それから、少し間を置いて当時のことを語り始めた。

「私たちは昭和十八年九月二十四日に、東部ニューギニアのウエワークに上陸しました。ウエワークから西の方、約三十キロ離れたブーツに着きまして、同地区から東の方にあるダグワまでを防空基地として戦闘準備に取りかかったんです。最初にグラマンが攻撃して来た時、高射砲を撃つと飛行機はびっくりして逃げて行きました。ところが数日してグラマンが編隊ば組んで来たんです。高射砲を撃ちましたが、敵の集中砲火を浴び高射砲が使えなくなりました。

上陸して半年たったころ、連合軍はブーツの西約百キロのアイタベに突然上陸したんです。

わが軍はアイタベ奪回作戦を敢行しました。

私たちは、ソナム川を越えて弾薬と糧秣《りょうまつ》を運搬する仕事に従事しました。弾薬、糧秣ともに尽き果て、目的を果たせないままこの作戦は中止されたんです。戦友は戦死、栄養失調、病気で半減しました」

「そんなに?」

中尾は当時の苦労を思い出したのか、言葉を切って天井を仰いだ。

「昭和二十年になりますと、海岸線を制圧している連合軍は島の南東にあるオーエンスタンレー山系の要地を次々と占領して、包囲網を縮めてきたのです。第十八軍は七月になると全員玉砕の覚悟をするように宣告されたのです」

「玉砕ですか?」

洋子はかたずをのんだ。

「牧君がいた第二中隊はセピック川を渡ったアバチムに陣を敷いておりました。八月になって、その地域の住民が行うシンシン祭りに軍が招待されまして、大隊本部の大田大隊長始め数名がアバチムに向かったんです。ところが敵の襲撃にあい、八月十一日大隊長は第二中隊と運命を共にされたんです。大隊は直ちに兵力を結集して、アバチム奪還攻撃をしている最中に終戦の事実を知り、戦闘を中止したんです」

「第二中隊で生き残られた方はないのですか」

「それがわからないのです。私たちは六百七人出陣したのに、生き残ったのは五十人ほどです。亡くなった人の多くは餓死や病死です。戦争とはいえ、本当にかわいそうでした。今思い出してもぞっとします」

彼の表情には、ジャングルでの苦悩がにじみ出ていた。戦死した戦友のことを思い出したのだろう。

洋子は手紙のことを切り出した。

「不思議なことがあったんです。昭和二十年の梅雨のころでした。牧から手紙が届いたのです。驚くやら嬉しいやら、神棚に上げておりました。これでございます」

中尾はじっと目をこらした。

「杖立温泉で投函してますね、もし杖立に居たとしたら帰って来ますよね。これは不思議だ。とにかく戦友に連絡して、二中隊の人を捜してみましょう」

中尾は洋子の気持ちを察してそう言った。

「よろしくお願いいたします」

洋子は厚く礼をいって中尾の家を出た。二中隊の人がいないとすれば、もしかして敏男は戦死したのか、いやそんなことはない。必ず帰って来ると言ったのだ。洋子の頭の中で二つの声がくり返し響き合った。

二カ月ほどして、中尾から便りが来た。急いで封を切ると次のように書いてあった。

あれから四方八方戦友から戦友へと手紙を出しましたが、なかなかわからずに遅くなって申し訳ありません。第二中隊に長くて、ウイルマンで第一中隊に移った人がいました。長野県との県境付近で、新潟県の山奥に住んでいる桑田勝次君を紹介します。

　手紙を出されては如何でしょうか。


洋子はすぐに手紙を出したが、返事はなかなか来なかった。

## 二

草木が一斉に芽を吹き、春風がそよそよと心地よい昼下がりであった。畑に出ていた洋子は、自転車に乗った役場の助役と目が合った。自転車をおりた助役は近づいて来て、口元を動かしただけで言いづらい様子だったが細い声で言った。

「剛君が、戦死された告知書が参りましたので、持参いたしました。誠にご愁傷さまでございます」

助役は目を伏せて言った。

「え、剛がですか?」

洋子は自分の耳を疑った。

「はい、今日来たんです」

助役は封筒を洋子に渡した。洋子はふるえる手で封筒を開けて紙を取り出した。

本籍が書かれた次の行に、

右昭和二十年一月十二日サンジャック沖ノ戦闘ニ於テ戦死セラレ候條此段通知候也

陸軍伍長　秋山剛

洋子は目まいがした。もう一度読み返して確かめたが間違いはない。

「いずれ、遺骨伝達式がございます。その節は、村長が遺族の方とご一緒いたしますので、よろしくお願いいたします」

助役は丁重に頭を下げた。

「お母様にもよろしくお伝え下さい」

助役は申しわけなさそうに言って自転車に乗った。

母に言うべきかどうか、洋子は考えた。これ以上の悲しみに母をさらしたくはない。しかし、事実を言わないわけにはいかない。どう伝えたらいいのだろう。洋子はその場でしばらく思案したがなにも浮かばなかった。

洋子が家をのぞくと、母は敏洋と部屋でお手玉をしていた。

「お母さん、これ」

差し出した封筒の紙を取り出した母の手がふるえた。顔から血の気が引いた。

「帰ってこんち思いよったら、死んだつか」

母はがっくりと肩を落とすと、顔を両手でおおってうずくまった。身体が小刻みにふるえた。

洋子には剛の姿が見える。家族で山に薪を取りに行ったこと、魚を捕ったこと、およどでお宮に行ったこと、一月十四日の夜、左義長で餅を焼いたこと、両親のことを頼みにきたこと。剛が帰ったら、二人で働いて家を建て直すのが夢だった。洋子は、肩の力が抜け、悲しみに耐えるしかなかった。剛が少年飛行兵に志願する時、「母さんの気持ちがわかる時が来るけん」と言った母の言葉が洋子の心臓をぐさりとさす。

剛を励まし少年飛行兵に送り出したのは間違いだったのだろうか。敗戦となり、なにもかも百八十度変わってしまった。洋子は、自分の取った行為が悔やまれてならない。

二年ほど前、生徒隊から剛、山田、桐生が家に遊びに来たのに。十六歳で戦死するなんて信じられない。目達原飛行場で一緒だった山田さんはどうされたのだろう。剛の最後が知りたい。

母は空襲警報が鳴るたびに貴重品袋を持ちだしていた。その中から山田から父へのお礼の手紙を探し出した。封筒の中には剛と写った少年飛行兵姿の写真と手紙があった。封書の裏に書かれていた住所に宛てて洋子はすぐに手紙を出した。

二週間ほどして剛の遺骨伝達式への案内が来た。母が「行かない」と言うので洋子が役場に出向いた。すでに数人が来ていたが、みな年上の人ばかりで、洋子は気おくれして端の方にいた。

村長が顔を見せて数人と話した後、洋子に近寄って来た。

「剛君は何歳でした?」

「十六歳です」

村長は何回もうなずいて「若かったな」と小さな声で言った。

その日からほどなく、戦死者の村葬が行われ、それぞれの親族が参列した。村長が戦死者の紹介をして、国のために尊い命を捧げられたことを述べた。

村葬が終わると、洋子は草の生えた砂利道を剛の遺骨箱を抱いて家に向かった。親族が一団となって黙々とその後に続いた。元気だったころの剛の面影があれこれと思い出されて、洋子は遺骨箱をおおう白布に顔をうずめた。

家に着くと洋子は小さな祭壇に縦長の遺骨箱を置いた。部屋は親族で埋められていたが、物音一つしない静けさがまわりを包んだ。始終うつむきかげんで無言の母が、いきなり立ち上がって遺骨箱に近づいた。眉をつりあげ目は怒りに燃えていた。

「じゃけん言うたろうが、こげな小さな箱に入ってしもて! こんなもの」

母は遺骨箱をつかむと、力まかせに柱に投げつけた。箱はばらばらにこわれて中から一枚の細い紙が出てきた。その白い紙を手にすると母は、「剛！　剛！」と呼び続けた。

「お母さんの言うこつば聞かんけたい」

母の悲痛な叫びが部屋に満ちた。母の頬に涙があふれて落ちた。母は崩れ落ちると畳に額を押しつけて声をあげて泣いた。洋子も泣いた。みんなも泣いた。

洋子は母にかける言葉もなく、こわれた遺骨箱を拾い集めた。


数日が過ぎて、山田俊一から分厚い手紙が届いた。


いつぞやは大変お世話になりました。私が付いていながら、秋山剛君（秋山と書かせて下さい）を戦死させたことは断腸の思いがいたします。今でも秋山の面影を忘れることはできません。太平洋戦争での私の一大痛恨事です。

私は二十一年五月、名古屋港に復員しました。焼け野が原にされた祖国を目にした時、涙があふれてとまりませんでした。建物はほとんど焼きつくされ、バラックやテントを張った店が並んでいました。その前を破れた衣服やつぎを当てた着物を着たやせた人たちが歩き、生気のないどんよりとした目をしていました。

すしづめの汽車に乗り、東京の目黒に帰り着くと、ここでも同じ光景でした。掘っ立て小屋の中で母が洋子様の手紙を渡しました。

秋山と私が目達原教育隊から筑後教育隊に転属したことは、もうご存じのことと思います。ユングマンというドイツ語名の黄色に塗られた初級練習機に乗り、操縦教育を受けていたのです。

昭和十九年十一月一日、私たちに南方行きの下命があって、あわただしく出発準備をしました。私物の整理、伝染病の予防注射、小銃、軍帽、服、靴の手入れなどです。はいのうのまわりに毛布と雨外套《がいとう》を巻き、飯ごうを取りつけます。肩掛け用の雑嚢《ざつのう》に日用品、下着、非常携行食の乾パン数日分をつめ込みます。これが私たちの全財産でした。

私たちが筑後教育隊を出たのは十二月十日早朝、軍用トラックに乗り込み羽犬塚駅に到着、汽車で大牟田に行きました。

大牟田では学校の講堂に入り、シンガポールの第三航空軍に行くことを知らされて乗船上の注意がありました。

「船がやられて海で泳いでいると、フカがやってくる。フカは自分より体長が短いと思ったら襲って来て、ぱくりとやるからな、六尺ふんどしを後ろに長く流して泳げ。泳ぐ時には絶対一人になるな。集団でないと見つけにくいし、助けることができない。何でもいい、板切れにみんなでつかまり、離れないようにしろ。海で眠るなよ。波にさらわれたりけがをしたりすると、血の匂いをかいだフカやサメのえじきになるぞ」

長い話が終わり昼食になりました。おにぎりを包んだ竹の皮を開きながら秋山が言ったのです。

「俺たちは飛行機乗りだ。海で死ぬなんてまっぴらごめんだ」

「その通り。何のためにがんばったのかわかりゃしない。飛行機で輸送すればいいのに」

二人はぶつぶつ言って、握り飯を胃袋に流し込んだのです。

私たちが乗船したのは貨物船で、中央の甲板に高く伸びた船橋、前後に貨物を積み込む船倉があります。船団は第一、第二、第三の三梯団に分かれ、秋山と私は第三梯団の「神祇丸」に乗ったのです。この船は急造船で処女航海らしい、といううわさでした。

召集されたばかりの新兵が主力で、少年飛行兵十四期、十五期生、特操の一期、二期生、予備操縦候補生など合わせて千人余りいたと思います。八千トンクラスの大型船でした。

船倉は真新しい木材で高さ一メートルぐらいの段を四つ作り、かいこを棚の上に置くように、私たちはむしろ二枚に十二名の割で詰め込まれたのです。棚の入口に垂直のはしごがあって、そこから上り下りしました。寝床は高さが一メートルぐらいだから、立つこともできず横にもなれず、あぐらをかくか、人と人との間に足を伸ばす程度の空間でした。

船の前部、船橋、後部には、空に向けて高射機関銃がそなえつけられ、乗組員は民間人でした。

十二月十二日夜半、私たちが眠っている間に、船は静かに大牟田港を離れました。夜が明けて甲板に出ると、何隻かの輸送船が前を走り、最後が私たちの船でした。巡洋艦が脇に一隻、駆逐艦が船団の左右を守っています。頼もしく身の引き締まる思いがしました。

船団は朝鮮半島沖を通り黄海に入り、透明度も色の変化もない黄濁した海がずっと続きました。「神祇丸」は機関の故障で初日から速度が出ず、夜のうちに引き離され、日中に追いつくという感じでした。

台湾の高雄に着きました。ここで二日停泊したのですが、その時、船のあちこちに据えられていた高射機関銃が、一部を残して取り外され、私は唖然《あぜん》としました。

船は高雄を出港し、台湾海峡を西に走り、中国大陸に沿って南下します。海南島と大陸の間を通りました。

カムラン湾を通過中、護衛の駆逐艦が何度か爆雷を投下します。敵の潜水艦がいるらしいと緊張した日もありました。船団はサンジャック港（ホーチミン市付近）の沖に錨を下ろし、私たちの乗った「神祇丸」はメコン河を上りました。

河は両岸に堤防があるわけではなく、付近に立ち木が茂り、所どころに人家が見えます。そこに住む人たちは、土色の水の中に柱を高く立て、その上で生活をしているのです。サイゴンに近づくにつれて整備された堤防があり、停泊した岩壁はコンクリートで固められ、倉庫がずらりと並んでいました。

船は機関の修理に手間取り、数日を過ごしました。物売りの小舟が果物を積み、船上の私たちと物々交換をしました。戦争を忘れた楽しいひと時でした。

一月十一日の真夜中、敵の投下した十数発の照明弾に照らされ、緊張してメコン河を下り、サンジャック港に向かいました。サンジャック港を後にした船団は「神祇丸」と大型船一隻、小型船三隻でした。

一月十二日、私は船内衛兵勤務について、甲板の中央部で食事の分配に立ち会っていました。何気なく後方甲板を見ると、高級船員室入口付近に秋山が立っていて、炊飯中の大釜を眺めています。

「おーい！　秋山、秋山」

私が手を振ると秋山は私に気づいて白い歯を見せ、

「スコブルゲンキダ　ソチラ　ドウゾ」

と手旗信号を送ってきたのです。

「ハラガグウグウイウ　ハラヘッタ」

「バカ　ソレデモ　ニホングンジンカ　マワリニキヲツケロ　センソウチュウダゾ」

「ジョウダンダ　ブシハクワネドタカヨウジ」

「ワカッタ　キミノケントウヲイノル」

十時ごろでした。

「敵機だ、グラマンだ！」と言う監視員の声です。見上げると数機が群れ、その中の二機がこちらに向かってきます。ずん胴に角ばった翼、丸に星のマークが異常に大きく見えます。船をのぞき見るような低空で船尾の方向からダダダ、ダダダ、不気味な音をたてて掃射します。

「畜生!」

グラマンをにらみつけましたが、どうしようもありません。

三回目の襲撃の時、わが軍の山砲がうなりをあげると同時に大きな爆発音がして、海面に五メートルほどの水柱が立ったのです。その後、星のマークの翼が落ちていき、船上からは一斉に歓声が上がりました。

秋山のことが気になって、さっき居た場所を見たのですが姿が見えません。仕事をしているに違いない。私は負傷者の手当をしました。死者一人、負傷者数人でした。死者に取りすがって泣いている新兵、それをなだめる班長、異常な白さの肋骨をむき出して横たわる屍、私は思わず合掌しました。

十分ほどして、再び数機のグラマンが襲ってきます。船橋の銃座から、「弾丸をくれ!」と叫ぶ声。水兵が弾薬箱を担いで来て、私の足元に置いてどこかに走って行きます。私は相勤者と二人で銃座に運び、無我夢中で元の位置に戻ると、二箱目が置いてあります。修羅場の船上を再び船橋まで運ぶと、銃座の二人は、この世の者ではありませんでした。

「畜生、あのグラマンを落とさぬうちは死ねんぞ」

怒りの声が腹の底から出ましたがどうすることもできません。中央甲板付近に飛び散った肉片、血みどろの負傷者の呻き声、無残な遺体、甲板に飛び散った血が見えます。外に目をやると傾きかけている船、火災を起こした船、煙を吐いて遠ざかる船、さんたんたる情景は目をおおうばかりでした。

「そこは危ない。こっちに来い」

高級船員室の廊下の鉄扉を開けて誰かが叫んでいます。私が廊下に走り込むと、みな腰をかがめて息を殺していました。

私は廊下の向こうからかすかな呻《うめ》き声に気づきました。負傷者が並べてあったのです。秋山がいたのはこの辺りだったな。私はうめき声の方角に駆け寄りました。その中に秋山がいたのです。

「おい、どうした?」

少し青い顔をのぞき込んで言いました。

「太ももをやられた。傷は浅いから大丈夫だ」

か細い声でした。包帯が巻かれていましたが、赤く染まっていました。

「とにかくここから出よう」

私は秋山を抱き起こし、外に出ました。神祇丸はわずかに左に傾き前部は沈みかけています。

「ボートを降ろせ」

下士官が気ぜわしく命令しています。

「下士官殿、負傷者をお願いします」

下士官は「大丈夫か」と秋山に声をかけてボートに乗せてくれました。するするとボートが降され、海の上で秋山は挙手の礼をしています。私は大きく手を振りました。

「後から行くからな。待ってろよ」

私は急いで船倉へ駆け下りました。そこには誰もいなくて裸電球の光がゆれていました。私の雑嚢《ざつのう》がくすぶっています。慌てて中を開くと、記念写真や飛行日誌はすでに灰になっています。残っていた大刀洗飛行学校卒業記念メダルをわしづかみにして甲板に駆け上りました。

「浮くものは海に投げろ」

誰かが叫んでいます。秋山の乗ったボートを見ると、船からだいぶ離れていました。右舷の向こうに停泊している、大型の輸送船から下げられた縄はしごに、何人もの人たちが船上に登る光景が見えます。神祇丸から救助される人たちでした。秋山は大丈夫だ。私は浮くものを手当りしだい海に投げ込んでいました。

しばらくして、またグラマンがやって来たのです。機関銃の雨を降らせます。海を見ると、秋山たちもねらわれて、海上に水煙が上がりました。ボートはひとたまりもなくくつがえされ、将兵は海に投げ出されています。私は救命具をつかむと海に飛び込みました。

秋山のことが心配で無我夢中で泳ぎ、転覆《てんぷく》したボートにつかまり叫びました。

「おおい！　秋山！　秋山！　剛！」

私は力のかぎり呼んだのです。まわりの海に向かって秋山の名前を必死に叫んだのです。ボートに救いを求める人もいますが秋山の姿はありません。私はあきらめずに名前を呼び続けました。

「お前の気持ちはようわかる。だが、もうこれが限界だ、船へ行こう」

ある将校が私の肩を叩いて言います。敵の襲撃を予想して、早く退避せよと言っているのです。

私がなおも秋山を捜していると、いきなり、上官からどなられました。

「甘ったれるな、お前が死んだら、誰が仇をとるんだ。生きて戦え！」

そこを去りながら私は海をにらみました。しかし、秋山の姿を見つけることはできませんでした。

サンジャックの海、それは昨日のように思い出される私の悲劇そのものでした。これからも忘れることはないでしょう。

私は生きのびて、ジャワ島バンドゥンに到着、第五十五航空師団第十七教育飛行隊に所属しました。上官に特別攻撃隊に志願する旨を上申しました。秋山を助けることができなかった後悔と、秋山の仇を取りたい一心でした。飛行隊長の了解を取ったのですが、運命とはままならぬものです。四月十日、私は発熱し嘔吐を繰り返しました。診断の結果肺結核と診断され、南方第五陸軍病院第一分院に入院させられたのです。そこで終戦を迎えました。

秋山の仇は取れず、生きながらえて後悔だけが残っております。

お母様、お姉様の気持ちを考えますと涙が止まりません。ですが、どうしょうもなかったのです。どうぞ、お許し下さい。

心が落ち着きましたら墓参いたします。

どうぞ、お気を落とされませんように。

合掌

追伸　お宅にお世話になった桐生義雄君は、二十年五月下旬、万生飛行場（鹿児島県加世田市）から特攻隊員として、沖縄南方海上の敵艦船に突入し散華しました。私がただ一人生き残ることになり痛恨のきわみです。

洋子は帰国できた人の喜びよりも、慚愧《ざんき》の念の深さを知った。剛のためにこれほどまでしていただいたことに深い感謝の言葉をそえて、礼状を出した。

## 三

五月下旬、洋子は一通の電報を受け取った。

牧敏男の父、孝が秋山家に伺いたいというのだった。敏男の身の上に何かあったのか、それとも九州に用事があって、ついでに孫の顔を見たいのだろうか。短い電文の文字から訪れる目的は伝わってこない。

サタおばあさん、母、洋子の三人は増築した部屋と居間の掃除をし、迎える準備を整えた。家が小さくて義父に申しわけない気がした。

二、三日すぎた昼下がり「ごめん下さい」と言う声がした。洋子が急いで出て行き戸を開けると、紳士がにこやかに立っていた。髪を七三に分けて所々に白いものが見えた。目もとが敏男に似ていた。

「はじめてお目にかかります、敏男の父親でございます」

ゆったりとした言葉だった。

「お待ちしておりました。さあ、どうぞ、お上がり下さい」

「敏洋君だな、大きくなって」

義父が腰を屈めて声をかけたが敏洋はあわてて洋子の後ろに隠れた。

「敏洋、おじいちゃんよ、ごあいさつなさい」

敏洋は洋子のスカートをつかみ、義父と洋子の顔をかわるがわる見ている。

「失礼します」

義父は部屋に入った。母は座布団を勧めた。

「洋子の母でございます。こんなむさくるしい所に、よくおいで下さいました」

と、ていねいに頭を下げた。

「どうぞ、お気づかいなく」

義父の言葉はおだやかな口調だった。敏洋は母の背中をつかまえ口の中に人指し指を入れて義父を見ている。母が急いでその手を引き出した。

「敏洋君、いくつ」

義父が聞くと敏洋は母の背中に回った。母は敏洋をつかまえて膝に乗せた。

「お母さんにそっくりだ」

義父は目を細めて敏洋に話しかけた。敏洋は不思議そうに義父を見た。

義父を囲んで空襲の話が続いた。生き埋めになった志保や娘を捜しに行って爆死した父、家が爆撃されて燃えてしまった恐ろしさを語った。

翌日、義父は戦時中面会に行った敏男たちの駐屯地、高射砲第四聯隊跡を見に行った。夕方帰って来た義父は、昔の面影はなく外国人がいたとこぼした。

次の日、義父は大刀洗飛行場跡に行った。がれきの山に驚いて帰って来た。

「怖かったでしょう、飛行場の近くに住んでいて大変な目に遭われましたね」

とひとしきり同情した。

何のために来られたのだろう。明日の夕方帰ると言うことだが。洋子は義父のことが気になりだした。

三日目になって敏洋は義父が声をかけても逃げなくなった。義父は敏洋を抱きかかえると、「高い高い」と言って天井に投げ上げた。はじめは怖がっていたが「もう一回」「もう一回」と敏洋に催促されて、今度は義父が音をあげた。

午後四時を過ぎたころ、義父は母の前に正座して言った。

「大変お世話になりました。暇な時にはぜひご家族そろって、伊勢においで下さい。家内と伊勢神宮をご案内いたします。敏洋君、おじいちゃんの家に遊びにおいで」

と敏洋の手を握って言った。そして洋子の前ににじりよった。

「洋子さん、これを」

と細い声で言うと封筒を渡した。洋子は封筒から取り出した紙を見た途端、手が震え、顔が真っ青になった。くるりと義父に背を向けると声を上げて泣いた。敏洋が驚いて洋子の顔をのぞきこんだ。洋子はさらに大声で泣いた。義父はうつろな目を畳に落として母に言った。

「こんなことになって、洋子さんに申し訳ありません」

目にいっぱい涙をためていた。

「戦死されたのですから、敏男さんの責任ではありません」

母は泣きながら言った。義父は涙まじりの声で言った。

「洋子さんに、敏男の市葬に出ていただければ、息子が喜ぶと思いまして」

母は何回も頭を下げた。二人はうつむいたまま黙っていた。

義父が部屋を出ると、洋子が後を追った。

「お父様、私、参ります」

「ありがとう」

義父は白髪まじりの頭を深々と下げた。

それからまもなく、市葬の日を知らせる電報が届いた。

伊勢での市葬に出席し、三日ほど滞在した洋子は帰路についた。汽車の中で、敏男と別れる日に彼が言った言葉を反芻《はんすう》する。「俺は絶対に死なん。必ず帰ってくる」。真剣な眼差しで力強く言った敏男の顔が浮かぶ。それに杖立温泉からの手紙がある。ひょっとしたら、洋子はいちるの望みを胸にしまい込んだ。


家に帰ると田畑が待っていた。馬を出して田をすかせ田植えの準備をした。まもなく梅雨がやって来て田のすみずみまで水が入る。今まで水のなかった小さな溝に水があふれる。いよいよ忙しい時期をむかえた。

そのころ、洋子の家から三軒上手の川沿いの子が、疫痢《えきり》で亡くなったと触れが回った。母と洋子は隣組の慣習にならって翌日の葬式に出向いた。敏洋はサタおばあさんがみていた。夕方、二人が葬儀から帰ってくると敏洋は布団に寝ていた。母は敏洋の額に手を当てて、どこに遊びに行ったかをおばあさんに聞いた。

「近所の人が来なって話ばしよったら、近くで遊んでいた敏洋がおらんごつなってな。捜したつたい、そしたら家の前ん溝で水遊びをしよった」

おばあさんが説明すると母の顔がとたんに青くなった。

「起こしたっちゃ目ば開けんばい。おかしか。これは疫痢かも知れん。洋子、赤松病院に行って、お医者さんば呼んで来て」

母はヒステリックな声で命じた。洋子は外に飛び出すと自転車に飛び乗ったが、パンクしていることに気がついた。洋子は馬小屋に走った。馬に飛び乗ると力一杯むちを当てた。洋子は恥ずかしさも女らしさも吹き飛ばして馬を走らせた。

病院に着くと玄関の戸を力まかせに叩いた。顔を出した赤松先生に敏洋の容体を話して来診を頼む。

「先生、早う来て下さい」

祈るような気持ちで手を合わせた。

「わかった。すぐ行く」

先生は急いで診察用具を自転車に乗せた。

洋子が家に着くと敏洋は母に抱かれていた。おばあさんが心配そうにのぞきこんでいる。

「いくら呼んでも起きらん。揺すっても目ば開けん。はよう先生が来てくれんと」

母は泣きながら言った。洋子は母の手から敏洋を受け取った。

「敏洋！　敏洋！」

ぐったりとして返事がない。死ぬかもしれない。

先生が息をはずませて入って来た。泣いている洋子を叱った。

「泣くだんじゃなかろが、はよ寝せなさい」

先生は診察していたが、電灯の線に、長さ十センチ、縦横五センチぐらいの直方体のリンゲル液をぶら下げ、敏洋の太ももに見たことのない大きな注射針を差し込んだ。敏洋は声も立てなかった。

洋子は薄暗い電灯のもとで「敏洋を助けて下さい」と、必死に祈った。

突然、敏洋が泣きだした。

「敏洋！　敏洋！」

洋子は敏洋の足を抱いて泣いた。

「疫痢菌が身体半分にまわっちょたばってん、連絡が早かったけ助かった」

先生はほっとした表情で言った。

「先生、本当にありがとうございました」

家族は深々と頭を下げて、先生にお礼を言った。

# 四

母と田植えを始めた洋子が腰を伸ばすと、東の梅雨の曇り空から一筋の光が西の山を赤く染めた。その山に大きな七色の虹がかかった。その色のうつくしさは洋子の心を明るくして、しばらくみほれていた。一日の仕事を終えて家に帰ると、新潟県から手紙が来ていた。急いで封を切った。


お手紙をいただいて返事を出すべきかどうか悩んでいました。私は桑田勝次の母でございます。今度の戦争では悲しいことが多すぎまして。

勝次は帰還できたのですが、戦争でわずらったマラリアが再発した上に肺炎を併発して、まもなく死にました。遺品はないかと探したのですが何もなく、それで返事が遅くなりました。

第二中隊のことが気になる様子で、長崎の荒木に会いたい、とよく言っておりました。なんでも長崎駅付近にお住まいとのことでした。何の役にもたたずに申し訳ありません。

貴女のご主人様のこと、早くわかられますよう祈っております。

洋子は一字一字に目を配った。そして、長崎の荒木に会ってみようと思った。敏男の手紙のことが何かわかるかもしれない。どんな小さいことでも、一つひとつ調べていこう。洋子はすぐに、かまぼこ屋の中尾に電話を入れた。

「ご紹介いただきました新潟の桑田様は、すでに亡くなられておりましたが、長崎の荒木様に会いたい、と言われていたそうです。荒木という方をご存じないでしょうか?」

「荒木ですね。ちょっと待って下さい」

書類をめくる音が伝わってくる。住所がわかれば手紙が書ける。祈るような気持ちで洋子は待った。

「こちらの名簿にはないですね。戦争が終わって、私たち野戦高射砲第六十四大隊約五十人は、東部ニューギニア、ウエワークのすぐ北にあるムッシュ島に集結したのです。そこにも、荒木という人はおりませんでした。申し訳ありませんが、今のところ消息がわからないのです」

「そうですか。お手数かけて申し訳ありません。ありがとうございました」

「私で役に立つことがありましたら、遠慮なく尋ねて下さい。早くご主人の消息がわかるといいですね」

戦友のために力になりたいという真情が、電話口から伝わってきた。

田植えが終わりほっと一息ついた洋子は、敏男のことが気になってとにかく長崎を訪ねることにした。梅雨の晴れ間のむし暑い日であった。

大刀洗駅から汽車に乗り、基山駅で鹿児島本線に乗り替え、鳥栖から長崎へと向かった。汽車は山や田畑の緑の中をまっしぐらに走った。時々川が現れてその上を汽車がごとごとと音を立てた。ところどころに住宅が点在していた。

長崎市に入ると今までの様相は一変した。町のあちこちにがれきの山があり、バラックやテントを張っただけの低い軒並みが連なり、その前を人がうごめいていた。汽車は長崎駅に滑り込んだ。

洋子は駅の付近で聞けばわかるだろうと思っていたが、実際に来てみると戸惑うばかりだった。とにかく人が多くて町が広い。気を取り直してバラックの店の中に入った。

「戦争でニューギニアに行かれた、荒木さんをご存じありませんか?」

「何町の人ですか」

「それがわからなくて、私、困っているのですが」

「それでは、私がわかるはずがありませんよ」

そっけない返事が返って来た。言われてみるとその通りである。自分の無謀さに呆れてしまったが、勇気を出して別のテントの中で尋ねたが、返ってくる言葉は同じだった。

途方にくれて、洋子は海岸の方に歩いて南の海を眺めた。この向こうに敏男はいるのだろうか。長崎まで来て、これからどうしたらいいのだろう。考え込んでいた洋子にひらめくものがあった。

（駅に行って相談しよう）

洋子は駅舎に入ると、ちょうど通りかかった駅員と出合った。洋子は腰を低くして駅員に尋ねた。

「人を訪ねて来たんですが、全然わからず、困っております。どうしたらいいんでしょうか？」

駅員は洋子の身なりに目を注いだが、丁寧に答えてくれた。

「原爆で沢山の人が亡くなられたでしょう。だから、あなたのように尋ねて来る人が多いんです。市役所に行って名前を言って、その人の住む地名を教えてもらうんですよ。そうなさい」

駅員は市役所の位置を詳しく紙に書いて道筋を教えた。洋子は何回も礼を言って駅を後にした。

市役所の戸籍課には若い女性が窓口にいた。牧敏男のことを話すととても同情してくれた。

「原爆の日、私と弟は小浜の親戚の家に疎開していて助かりましたが、両親は今もって行方不明です。兄はラバウルで戦死しました」

と言って、戸籍簿を調べ始めた。荒木姓はとても多くて、長崎駅の付近にしぼり、しかも二十代の人を選んでもらった。名前、住所、地図までくわしく書いてもらった。とても親切に対応してくれた。

「何かわかりましたら連絡しましょうか」

とまで言ってくれた。洋子は厚く礼を言い、住所と氏名を書いて渡した。元気を出して洋子は街に入って行った。

「荒木という人でニューギニアに行かれた人を知りませんか?」

地図で位置を確かめて訪ねると、その人は中国から帰って来た人だった。

次の人を訪ねたが、台湾から帰国した人である。次の家はビルマからであった。洋子の歩く速度は遅くなり、知らない土地への不安がつのった。

十字架の立つ尖塔が空にそびえているのが見えた。御堂の外壁が続いていた。近づくと「カトリック中町教会」と書かれていた。そこを通り抜けると、バラックがまた続いた。結局何もわからなかった。

原子爆弾は長崎駅から三キロほど北に落ちたそうだが、その被害はこのあたりにも及んで、町並みは廃虚のにおいがした。民家は焼失して跡形もなく、コンクリートの建物だけが色あせてぽつんと立っていた。雨風を防ぐだけの掘っ立て小屋が続いた。洋子は大刀洗飛行場の爆撃の日を思い出した。同じようなむき出しの無残な光景に戦争の恐ろしさを改めて思い知らされたのだった。

すごすごと駅にもどった洋子は汽車に乗った。疲れがどっと出ていつの間にか眠り込んでしまった。

さるすべりの花が今年も咲いて、洋子は父の幻影を追っている。やるせない時やいらいらする時に洋子は、不思議と父の言葉を思い出して仕事に夢中になった。

今日は田の草取りである。早々と作業着に着がえ、草取りの準備をしていると、慎二が納屋の前に姿を見せた。

「やあ、農業が板についたな」

「それ、いやみ？」

洋子は目では笑いながら、怒った声を出した。

「いやあ、感心しちょるとたい。来るたんびに思いよった。洋子がよう働くごつなっとろが。年上の俺が何ちゅうざまだち、いつも反省しよった。兄貴が中国からひょっこり帰って来てな、やっと大学にもどる決心がついた。今日は最後のご奉公たい」

慎二は明るい顔で言った。

「よかったな、おばさん、喜んじょろ」

「親孝行もせんとな」

ちょっとおどけた表情で二人は笑いあった。

「それにさ、俺も安心して東京へ行けるし」

「寂しくなるね」

洋子がぽつんと言った。

「休みには帰って来て手伝うけん」

「ありがとう。それで、いつたつと？」

「九月から行こち思ちょる」

「行く日が決まったら教えて、送りに行くから」

「それより、これからが大変たい。牧さんが戦死されて」

慎二が声を落として言った。

「伊勢に葬儀に行ったばってん、ちょっと気になるこつがあるったい」

「何が？」

「一年前に敏男さんから手紙が来とったつたい。それを確かめんと」

慎二は驚いた様子だった。

「不思議なこつがあるもんたい」

と心配そうな顔をした。

「まあ、辛抱強く捜してみる。それより仕事、仕事」

洋子は自分の心を振り切るように慎二と連れだって田へ向かった。

稲は整然と植えられている。二人は中腰になって稲と稲の間に身を置き、人の手を力強く開いて折り曲げた形のがんずめで、土を掘り起こして雑草を取った。夏の太陽がぎらぎらと二人に降り注いだ。

九月になると慎二は上京した。

洋子は馬草を刈り、さつまいも畑の草取り土寄せと、多忙な毎日を母と過ごした。田のあぜ道に真っ赤な彼岸花が咲き、秋の訪れを告げていた。

戦後二年目を迎えて世の中は少し落ち着きを取り戻した。しかし、農家への買い出し客は増える一方だった。敏洋が一人で遊ぶようになって、母は客の応対に時間をさくようになった。

畑仕事から洋子が家に戻ると、母が一通の真新しい封筒をさし出した。長崎市役所からだ。

# 戦友

## 一

先日は遠い所からおいでになりお疲れさまでした。捜しておられた方の消息がわかりましたのでお知らせします。名前を荒木勇と言われます。

二十年八月、杖立温泉から長崎市の焼け跡にお帰りになったそうです。原爆で家族を失い、家も全焼しています。両親や兄姉がお世話になったと、隣近所にみやげを持って挨拶に回られ、今は福岡市に住むお姉さんの家に身を寄せられています。その家のご主人は植田高次と言われます。早く見つかるといいですね。

その後に住所が書かれていた。

洋子は胸を踊らせた。無駄ではなかったのだ。原爆で両親が行方不明となり、兄を戦争で亡くした市役所の女性に、いたわりの言葉を添えて礼状を出した。

いよいよ待ちに待った話が聞けると思うと、洋子は今までのことがあれこれと思い出されて眠れなかった。

次の日の朝、一番の汽車に乗って、洋子は福岡へ向かった。汽車は煙を吐いてのろのろと走るように感じる。小郡で電車に乗りかえると、車内はこんでいて身動きできなかった。薬院で降りると、東西に市内電車が走っており、道の両側に店が並んでいた。その通りを西に向かって歩く。路傍になでしこの花が咲いていた。

植田高次の家には昔風の格子戸があった。家の右側に倉庫が立っている。はやる心を押さえて玄関の戸を開けた。

「ごめんください」

「はーい」と返事がして、廊下をこちらに来る足音がした。ほっそりとした面立ちのやさしそうな女性が現れた。

「初めてお目にかかります。ニューギニアに出征しました牧敏男のことで、お伺いに参りました。弟さんとご一緒だったと聞きまして」

「それはご苦労様でございます。ちょとお待ち下さい」

彼女は下駄を無造作に突っかけて、小走りに倉庫に向かった。倉庫の重い戸を開けると、

「勇、お客さんよ」

と呼んだ。階段を下りてくる足音がして、洋子の胸は高鳴った。倉庫から顔を出したその人は、小柄で髪を長く伸ばしていた。こちらをみてまばたきをした。

「ニューギニアに行かれた、牧敏男さんのことでみえたのよ」

「ええ、牧さんですか?」

荒木は大きく目を見開いて、こめかみを震わせた。

「はい、牧が大変お世話になったことと思います」

「どういたしまして。そうですか、牧伍長の」

口を小刻みに震わせたが、後の言葉は聞こえない。

「ここでは何ですから、むさ苦しい所ですが、どうぞお上がり下さい」

「すみません」

きしむ音をさせて二階に上ると、そこには二部屋があり一方はしまっていた。通された部屋は本や新聞が雑然と置いてあった。荒木は座布団を押し入れから引き出すと洋子にすすめた。

「少しも変わられませんね?」

「え!」

洋子は荒木の顔をまじまじと見た。彼は笑みを浮かべて言った。

「ご存じありませんか?」

「申し訳ありません。いつかお会いしたのでしょうか?」

「四年半前になるかな、牧伍長と加藤を見舞いに来たでしょう」

「あ、あの時の、花を持って来て下さった」

「はあ」

洋子は目をぱちくりさせて荒木を見つめた。

「あなたを見た牧伍長が興奮していましたので、よく覚えております」

洋子は頬がほてってくるのがわかった。

「入院してあった加藤さんは、どうなさいました」

「一緒にニューギニアに行きましたよ」

「そうですか」

洋子は深いため息をついた。それから、核心に触れる質問をした。

「杖立温泉から、牧の手紙を出して頂いたのは、荒木さんでしょう」

「はい、早く出したかったのですが、肩を見てくださいな。字が書けなかったんですよ」

脱いだ右肩から背中にかけて太いみみずばれがあった。

「誰かに代筆を頼もうと思ったのですが、軍の検閲《けんえつ》があるでしょう。見つかってあなたに迷惑がかかるといけない。そう思ってつい遅くなったのです。驚いたでしょう」

「ええ、大変うれしくて、敏男は生きているものとばかり思っていました」

「申し訳ありません。牧伍長から頼まれましたので、どうしても日本に帰り手紙を渡さねばという使命感みたいなものがありました。こうして生きてこられたのもそのおかげです。ありがたく思っております」

荒木は背中をやや丸め、うつむいて話した。

「もう、肩はよろしいのですか」

「はい、おかげさまでだいぶよくなりました」

右腕をさすりながら彼は言った。洋子は待ちに待ったことを口にした。

「あのう、それで、牧の消息でございますが」

「うむ、何から話せばいいのか」

荒木は目を宙に泳がせて、遠くを見ているようだった。しばらくして、ぽつりぽつりと話し始めた。


私たち第二中隊は、ブーツの東側ダグア付近に高射砲陣地を築いたのです。中隊には高射砲が四門、半円形に配置されていました。私はその一門の左後方、高射砲の双眼鏡で敵機を追う六番砲手の仕事をしていました。右後方にも私と同じ仕事をする者がいて、二人は十数名の分隊の中で人より五十センチほど高い椅子に座っておりました。

昭和十八年十一月ごろだったと思います。グラマンが来襲したので高射砲を打つと、敵は次々と爆弾を落としました。どしん、ばりばりと轟音がして、近くの太い樹木が倒されていきます。うっそうとしたジャングルがたちまち焼けただれて遠くまで見えます。

「この野郎！」私は必死で敵機を双眼鏡でにらみつけていました。

突然耳をつんざく爆弾の炸裂《さくれつ》音と共に、右肩のあたりを刀で突き刺された衝撃を受け吹き飛ばされていました。私は意識が遠のく中で、「なにくそ」と必死にこらえました。牧分隊長が駆け寄って来ました。

「荒木！　しっかりしろ！」

と抱きかかえ、私を松尾中隊長の所へ連れて行ったのです。

「荒木、大丈夫か」

私は返事をする気力もありませんでした。松尾大尉は私をじっと見ていましたが、

「見ての通りお前を護送する兵はないが、苦しくとも一人で後方のブーツにさがれ」と言われました。牧分隊長は、

「すぐそこまで送ってきます」

と中隊長に言って、私に付き添ってくれました。しばらく待たせて、自分の持物から何か取り出していました。

器用な方で、木の皮をさいて紐をつくり、切口に血止めの草をつめました。その上に大事に持っておられた布を被い、紐できつくしばってくれたのです。見晴らしの良い所に出ると足を止めて、西の方を指差されたのです。

「あそこがブーツだ、あそこには野戦病院があるから一直線に行け、いいか、必ずたどりつくんだぞ」

そう言って、黄色い油紙に包んだ部下の遺髪を二つ取り出して、

「いいか、これを内地の遺族に渡してくれ。この手紙は家内に届けてくれ、きっとだぞ」と言われたのです。

今思うと、私が精魂つき果てていたので、遺髪と手紙を持たせて私に責任感を与え、私の命を救おうとされたような気がします。私は分隊長を慕い尊敬していましたので、どうしても日本にたどり着き、戦友の遺族とあなたに届けねばと思っていました。

そこまで一気に話すと、荒木は深いため息をついた。そして困惑した顔をした。

「どうかなさったのですか?」

「あのう、つまらんことを伺いますが、どんな仕事をされています」

「田や畑が少しありますので、農業をしております。いとこや友人が手伝ってくれますので、どうにか暮らしております」

洋子は持ってきた米を取り出して差し出した。荒木はていねいに礼を言うと、一息ついてまた話し始めた。

「戦争が終わり、急いで実家の長崎に帰りますと、見渡すかぎりが廃墟になって、私の家は跡形もありませんでした。家族はみんな爆死し、私は姉の所に居候をしています。もちろん家賃は払っていますがね」

荒木は口元をゆるめた。

「福岡はお宅に近いし、実は一度ご挨拶に伺おうと訪ねたことがあります。大きなやまももの木が、遠くから見えて目印になりました。伍長の言うとおりだなと思って近づくと、若い男女が二人、田で話をしていました。何時も伍長が自慢をして写真を見せるので、顔の輪郭は覚えていました。その人が洋子さんだと察しがついたのです。でも、話に耳を傾けると、恋人か夫婦みたいでした。私は近所の人にあの人が洋子さんですかと聞くと、そうですと言われます。男の人はと聞きますと、知らないけれどよく来てあります、と言うのです。

戦後、戦死された方の奥さんが、家の財産を守るため夫の兄弟と再婚された話をよく聞きます。私は会わない方がいいかもしれない。そう思って引き返したのです」

「あれは私のいとこです。私も父、妹、弟を戦争で亡くしました。母はその衝撃で人が変わったように弱々しくなり、仏壇の前に座る時間が長くなりました。牧の子どもの世話もいります。それで母の姉の子が時々手伝いに来るのです。会ってよかった。私は誤解されるところでした」

洋子は、最後の言葉に力を入れた。

「誤解でよかった。私もほっとしています」

荒木は何回も頭を下げた。

「ところで、分隊長の消息は……」

「聞くところによりますと、第二中隊はセピック川の南岸アバチムで、敵の襲撃を受け玉砕したそうです。信じたくないのですが」

「そうですか」

急に荒木の顔が曇った。

## 二

荒木はふたたび語り始めた。

私は牧分隊長といつも一緒でした。私は身が軽かったので、やしの木などの実を採っていました。食糧収集にもよく連れだって行きました。何かあると「荒木、荒木」と大層かわいがられました。

ある時、分隊長と三人で食べ物を探しに行きました。食べられる草や虫を捕まえていました。小高い草原に出ると西の空に敵の飛行機が現れたのです。あわてて森の端の木の陰に隠れて私は戦友と話をしていました。飛行機をやり過ごそうとしたのです。

「危ない！」

私の後ろにいた分隊長が、私を後ろから突き飛ばしたんです。二人が斜面を転がっていると、耳をつんざく轟音と爆風に飛ばされ、土砂が降りかかりました。爆音が遠ざかって眺めると大きな爆弾の穴が点々と並んでいました。元いた所にもどると、そこに不発弾が突き刺さっていました。その横にさっき話をしていた戦友がこと切れていたのです。私はぞっとしました。分隊長がいなかったら、私はそこで最期をとげたと思います。

　牧分隊長は普通の上官じゃなかったです。いい方でした。


洋子はいつか大刀洗陸軍病院に入院していた加藤の言葉を思い出した。敏男の笑顔がはっきりと浮かんだ。

「何だか、私ばかり話して申し訳ありません」

「そんなことはありません。牧が草葉の陰で喜んでいると思います。大変ありがたいことです」

荒木は仏壇の前に座るとろうそくに火をつけ、線香をあげて拝んだ。

「牧分隊長殿、奥さんですよ、今日お見えになりました。男の赤ちゃんだそうです。名前は敏洋くん、元気だそうです。よかったですね、分隊長」

荒木はじゅずをたぐり念仏を唱えた。

「拝みませんか」

と勧めた。真新しい仏壇の中には「無事帰還を祈る」と書かれた紙と写真があり、敏男を囲んだ兵士の中に荒木と加藤の姿があった。写真は花で飾られていた。

「こんなにしていただいて、牧は幸せ者です。ありがとうございます」

洋子は深々と頭を下げた。

「私はニューギニアに行っていい勉強をさせてもらいました。戦友が私のすべきことを教えてくれたのです。それに従っているだけです。話は長くなりますが、よろしいでしょうか」

「かまいません、私はニューギニアでのことが知りたいのです」

荒木は洋子の顔を見ていたが言葉を続けた。


牧分隊長と別れて言われたとおりに歩いたのですが、みんなと別れて気がゆるんだのでしょう、傷が痛みだして密林の中を通ってブーツまで行けそうにありません。それで真っ直ぐに海岸に出ようとしました。ところが道を間違えたのか、目の前だと思っていた海岸に出ないのです。何しろジャングルを抜けるのですから、時間がかかるのです。身体に木が当たるときりきりと傷口が痛むし、夜になっても海岸に着きません。疲れ果てて前に進めなくなり、その場に座りこみました。このままでは死んでしまう。私は天を仰ぎました。すると、梢のすきまからきらきら光る星が見えたのです。あの星になるのかなと思いに耽っていると、ふいになつかしい母の声がしたのです。

「ぐずぐずせんで、早う、帰ってこんね、みんなが待っとるけん」

私は気を取り直して立ち上がったんです。

（遺髪や手紙はどうなるのだ）

くじけそうな心にむち打って、ただ一心に歩きました。夜明けに波の音が聞こえて来たので、私は残る力を振りしぼって歩きました。白い砂浜が見えてきたことは覚えていますが、それから意識がなくなりました。

どのくらい時間が過ぎたかわかりません。気がついた時は、海軍の通信隊の陣地にいたのです。陣地といいましても隊長以下五人の部隊でした。ここで傷口を洗ってもらったり、手足をもんでもらったりしました。「大丈夫か?」「傷は浅いぞ」とみんなが私を励ましてくれたのです。

翌朝、みんなに送られて、隊長が作ってくれた杖にすがってブーツに向かいました。海岸沿いに歩くので前日のような不安はありませんでした。痛みは少し和らいだ程度ですが、暑いのと腹がすいたのとでふらふらでした。小さな村に着くと四人の兵士がいました。食糧輸送の兵士でした。見たことのない人たちでしたが、私を見ると走って来て部隊に連れて行きました。隊長は、化膿《かのう》した私の傷口をきれいに洗ってくれました。隊長はなにかぼそぼそ言っていましたが聞こえませんでした。そこに泊めてもらって翌日また歩き始めました。

マグハインという村に着いた時です。ここには衛生兵がいて診察してくれました。傷が深いのか、「早くブーツに行くがよい」と言われました。そしていつ死ぬかわからない私のために、船舶工兵隊から三メートルほどの鉄舟を用意させ、野戦病院のあるブーツまで移送してくれたのです。また、移送の途中舟を操縦する補充兵らしい中年の一等兵が、私の身を案じてくれました。

「上等兵殿、大丈夫でありますか？」

と、東北なまりの声で励ましてくれるのです。「もうすぐでありますから」とか、「痛くありませんか？」とか、しきりに声をかけてくれるのです。ブーツの埠頭に着き、衛生兵が見えた時、私は意識を失い何もかもわからなくなりました。

「大変なご苦労をなさったのですね」

「私の場合、ダグア付近からブーツまでの間、当時としては信じられない処遇を受けたのです。私を助けてくれた人たちの消息を尋ねているのですがわかりません。多分二度と祖国の土を踏むことなく、あのジャングルの中に、真っ青な海の底に寂しく眠っていると思うとたまらないのです。

このごろは、私を助けてくれたのは神の化身ではなかったか、多くの同胞から何かを託されて私が生かされたのかもしれないと考えています。

私たちは、食べ物や弾薬、薬もなく、栄養失調、マラリヤ、空腹、ただ精神力だけで戦ってきました。戦えたのはいい方で、餓死、病死した死体が道に累々と並んでいました。こんな戦争は絶対にしてはならないと、彼らが、私に言っているように思えるのです。だから私は平和な日本になってほしいと、ただそれだけを願っています」

「私も牧、父、妹、弟を亡くしました。もう、戦争はこりごりです」

荒木は涙を両手でふくと話を続けた。

「昭和十八年の末に『ときひめ丸』でブーツから内地に還送されたのですが、途中で嵐にあいアイタペの海岸に上陸し、そこの野戦病院で過ごしていました。十九年二月、最後の船だと言われた『たちばな丸』でパラオを経由して横須賀に上陸しました。相模原陸軍病院で治療を終え、杖立の陸軍保養所で療養をしている最中に終戦を迎えたのです」

「両親を原爆で亡くされたそうで」

「そうです。嫁いでいた姉を除いて家族全員です。それを知った時、もう長崎にいたくありませんでした。こんなひどいことが現実にあっていいのでしょうか。ですから私は、あの忌まわしい戦争を二度とくり返さないように、皆さんに訴えていこう。それが生かされてきた私の使命だと思うのです。何だか理屈っぽくなってすみません」

「いいえ、いいお話を聞かせてもらいました。何かお手伝いすることがありましたら、遠慮なく言って下さい」

「気持ちはよくわかります。しかし、奥さんは若い。お子さんもある。新しい人生だってある。私だけで充分です」

「私も何かをせねばと、考えていたのです。でも、どうしていいのかわからなかったのです」

「私は日本が二度と戦争をしないようにしたいだけなんです。今は戦友のことを調査しております が、ゆくゆくはニューギニアで戦った、野戦高射砲第六十四大隊の墓碑を建てたい。それから悲惨な戦争の様子も後世に伝えたい。これが私の生活の全てなんです。そうすることが生かされてきた私の仕事であり、夢なんです」

荒木は頬を紅潮させて語った。

「あなたほどにはできませんが、私にも息子がいます。この子を戦争にやるなんてとてもできません。戦争は私たちだけでもう沢山です」

荒木は腕組みをして考えた。

「奥さん、こうしましょう。何かあったら手紙を書きます。時間は充分にあるのですから、あわてることはありません」

洋子はそれ以上は言えなくて、厚く礼を言って荒木の家を出た。

三

汽車の中で洋子は敏男の手紙を取り出して、じっと見つめた。時々目頭を押さえた。

洋子は先生や軍の言うことを信じ、うのみにして、命より大事なものがあると思っていた。そう言われてもきた。ところが、戦争の実態について何も知らなかった。爆撃を受け初めて戦争にふれた。敗戦になると戦争したものが、悪者になっている。敏男は召集されたのだ、自分で兵隊になったのではない。剛も、そう教えられなかったら志願しなかったろう。敏男や剛は、やはり犠牲者なのだ。二人を鼓舞し、戦場に送りだした洋子は戦争の加担者なのか。

「悠久の大義に生きる」という声を信じた報いだろうか。しかし、信じなくとも戦争はあったのだ。誰が戦争を始めたのか……。時流に流されず、自分でよく判断して行動しなくてはならない。洋子はそんなことを考えていた。

甘木駅で下車すると、洋子は丸山公園へと急いだ。石段を上りつめると、二人で巻きずしを食べた長椅子が昔のままにあった。右手に曲がると忠霊塔の広場に出る。

洋子は公園に咲いている花を摘んだ。池から水を汲んできた。忠霊塔の前に花束を供え、石碑に水をふり注いで手を合わせた。

「あなた、やっと荒木さんに会えたのよ。荒木さんはとてもあなたに感謝していました。あの手紙を届けたいと必死だったそうです。ありがとう。あの手紙は大事にします。赤道近くの焼けつく暑さと人跡未踏のジャングルのニューギニア。きつかったでしょう。苦しかったでしょう」

洋子の目からとめどなく涙があふれた。

ここで敏男と最後に会った日、忠霊塔の前で敏男が柏手を打ち深々と頭をさげ、両手を合わせて一心に拝んでいた。何を祈っているのだろう。不思議なことをする人だと思った。長く手を合わせているので洋子は胸騒ぎがして、じっとしていられなくなった。

「ここに祀られたらいかんよ」

洋子はこらえきれずに言った。

「お腹の子を見るまでは、絶対に死なん」

真剣な眼差しで口にしたあの人。

一緒に公園の石段を下りていた敏男が、立ちどまって洋子の腹に触った。

「動いてる、動いているぞ」

と喜んではしゃいでいたが、顔を曇らせた。

「この子が生まれても、すぐには抱くことができん。せめてこの子を背負わせてくれ」

そう頼むから、洋子は腹の子と一緒に敏男に負われた。敏男が無口になったので不思議に思った。背中から降りて振り返ると、石段に敏男の涙が落ちていた。洋子は言葉をなくして黙って歩いた。

あの時のことを、どうしてこうもせつなく思い出すのだろう。若かったとはいえ何も言えなかった。何もしてやれなかった自分が悲しい。情けない。

洋子は忠霊塔の前で深々と頭を下げた。

忠霊塔の南側の柵の所に歩いた。

そこには昔のままの風景があった。大刀洗陸軍病院跡が見える。その向こうに何度か足を運んだ高射砲第四聯隊跡。ニューギニアに出撃後は、甘木生徒隊となり剛、山田、桐生が鍛練を受けた場所である。右に目を移すと、大刀洗飛行場跡は草むらになっている。大刀洗川のほとりにあった利材工場。挺身隊の鉢巻きを締めた志保、汽車の窓から身を乗り出して手を降った剛、志保の身を案じて爆死した父……、この公園で敏男と過ごした思い出、すべてが四、五年の間に夢と消えてしまった。

「どんなに悲しくても、どんなに苦しくても、己に克ってがんばり抜くことを誓います」

今は遺言となった父の言葉を、何度も何度もくり返しつぶやいた。

敏男の死を無駄にしてはならない。父だって、志保だって、剛だって同じことだ。荒木の言葉ではないが、神様が私に与えて下さった試練に違いない。その試練を乗り越えていこう。人生は一度しかないのだ。自分なりに精一杯生きよう。働いて、働いて、働き抜いて、自分一人で家を建てよう。敏洋も立派に育てよう。母をやさしく見守ろう。きっと敏男だって父だって応援してくれるだろう。

洋子は、自分自身に言い聞かせて、号令をかけた。

「気を付け」

姿勢を正し、大刀洗飛行場跡に向かって挙手の礼をすると、洋子は力強くわが家をめざした。

# おわりに

平成七年八月、甘木市で戦後五十年を迎えての平和記念祭が行われた。私は甘木市市長からご案内をいただき、この催しに参加した。

この行事のメイン行事として講演があった。講演者はこの地に生まれ、青春時代を戦争とともに生き抜いた女性の方だった。講演が始まると、会場のざわめきは一瞬にしてやみ、すすり泣く声が波紋のように広がった。周りの参加者と同じように私も感動し、涙を流しながら、この話を基にした大刀洗飛行場の物語を書きたいと強く思った。

今回の物語の登場人物は私がこどもの頃すでに青春時代を迎えていた人たちである。牧敏男がいた高射砲第四聯隊は、ニューギニアに出陣し、その後に大刀洗陸軍飛行学校甘木生徒隊が開隊され、秋山剛や山田俊一が鍛練を受けた。その近くに洋子の勤めた大刀洗陸軍病院があった。

この軍事施設はともに立石国民学校の校区にあり、この地に育ち、立石国民学校の児童だった私には関わりの深いものだった。

私は立石国民学校に昭和十六年に入学した。大刀洗陸軍病院は慰問に訪れたことがあったし、少年飛行兵にあこがれ、友だちと生徒隊をよくのぞきに行った。

私が国民学校四年生の三月二十七日、大刀洗飛行場が米軍の集中攻撃を受けた。急いで下校していた、一木地区の児童約九十名のうち六十名ほどが、校区内の「頓田の森」に退避した。そこへ爆弾が投下され三十一名が爆死。その中に机を並べて勉強していた私の同級生六名が含まれていた。

当時、私の父は同校の訓導をしていて「一木児童遭難顛末記」の手記を残した。その手記を手がかりに、爆死した子どもたちを『夢奪われし子ら』（海鳥社、平成七年三月）として、私は出版した。


今日でも、世界には多くの戦場がある。テレビ、新聞などで報道されるだけでは、戦争の実態をうかがうことが出来ないように思う。だから、戦争の時代を生きた私は、戦争のなんたるかを、たとえ拙くとも伝えたい。そして、特に、戦争を知らない若者たちに読んでほしいと思っている。

本書の執筆にあたり、野戦高射砲第六十四大隊の皆様と講演をされた女性、少年飛行兵第十

五期生・大刀飛会の皆様、甘木女子挺身隊くちなし会の皆様など、情報を提供していただいた多くの方々に厚くお礼を申しあげます

また、作品を作る過程でご指導いただいた児童文学者・飯田栄彦氏、作家・明石善之助氏はしめ沢山の方々、また出版についてご助言いただいた海鳥社社長・西俊明氏に深くお礼申し上げます。

平成十六年一月二十三日

**高山八郎**

**参考文献**


「会報あまぎ」　少飛十五期大刀飛会
「記念文集」　甘木女子挺身隊くちなし会
『十五才の少年兵』　柳原勝義著
『太刀洗飛行場物語』　桑原達三郎著　葦書房
「証言大刀洗飛行場」　高山八郎編　三輪町役場

**髙山八郎**（たかやま・はちろう）　1934（昭和9）年，甘木市三奈木に生まれる。昭和33年，福岡学芸大学卒業。朝倉郡の小学校教師を勤める。
著書に『夢奪われし子ら』企画編集に「証言大刀洗飛行場」（三輪町刊）「わたしたちの三輪」（三輪小学校、社会科副読本）がある。「あすなろ」同人。

炎を越えて
大刀洗飛行場秘話
■
2004年3月20日　第1刷発行
■
著者　髙山八郎
発行者　西　俊明
発行所　有限会社海鳥社
〒810-0074 福岡市中央区大手門3丁目6番13号
電話092（771）0132　FAX092（771）2546
http://www.kaichosha-f.co.jp
印刷　有限会社九州コンピュータ印刷
製本　日宝製本株式会社
ISBN4-87415-480-8
［定価は表紙カバーに表示］

第2章

# ローカルな生存保障

# 第3章　乳児死亡率の低減

## 第4章 再分配システムの転換



## 第5章 再分配をめぐる闘争

# しかし、誰が、どのように、分配してきたのか

同和政策・地域有力者・都市大阪

矢野 亮

洛北出版

# 凡例

引用または参照文献は、著者名・発行年・頁数を［ ］で括《くく》って示し（例［矢野、二〇一六、一二三頁］）、巻末の「文献一覧」のページに、その詳《くわ》しい書誌《しょし》情報を記した。文献一覧は、著者（または発表機関）名を五十音順にまとめてある。

本書では、読者の読みやすさを考え、いくつかの場合を除き、文献名および引用文中の旧漢字・旧かなづかいを新字・新かなにあらため、読みにくい漢字に適宜《てきぎ》ルビを補った。

本文中の読みにくい漢字には、よみがなルビを付している。若い読者や、日本語を第一言語としない人をふくめた幅《はば》広い読者に、本書がむかえられるように意図して、文字表記や表現を工夫している。

引用文中の［ ］内は、引用者＝矢野による捕捉《ほそく》・補註《ほちゅう》の挿入《そうにゅう》である。西暦に対応する元号年などを適宜《てきぎ》入れた。また、［…］は、引用文中の語や文や段落を略《りゃく》した箇所を示している。

# はじめに

最初に、本書を書くに至った経緯《けいい》について簡単に述べておきたい。筆者は、約一五年前から、大阪府・市内の部落――とくに都市型部落の典型として位置づけられてきた大阪住吉《すみよし》というエリア――のなかで、識字《しきじ》学級などの活動をおこなってきた。同時に、この地域の人びとが直面している問題がいったい何なのかを言葉にするために、調査やフィールドワークをしてきた。二〇〇二年三月、いわゆる同和《どうわ》対策特別措置《そち》法の期限が切れ、各地で同和事業の中止・削減がはじまっていく。これにともない、住民の生活やそこに関与してきた人びとの活動に急激な変化が生じたのである。なかでも、生活不安定層（高齢者、障害者、母子家庭の人びと）の暮らし向きが悪化していった。当時、ある高齢の方から、「なぜこんなに急に生活がきびしくなったのか」という悲痛な言葉をぶつけられ、答えられず、悩んだ。以来、これほどおおくの人びとの生存に影響を与えてきた同和政策と戦後部落解放運動とは、いったい何だったのか、という問いを避けて通ることができなくなった。それゆえ、人びとの語りや生活史だけでなく、その背景にある同和政策と戦後部落解放運動について、あらためて問いなおす作業を自分に課した。人びとの語りと証言をあつかった研究も重要だが、個別の語りを規定している歴史的・政策的・社会的な構造について、まずは書誌《しょし》的研究をおこなったうえで、「語ること／語らないこと」を可能／不可能にしてきた「地域なるもの」を、たとえわずかであっても、言葉にしていく試みが必要であると考えた。というのも、部落地域（とくに都市型部落）は急激な構造変動の渦中《かちゅう》にあり、一人ひとりの個人の生存も、生存それ自体も、否応なく危機にさらされ続けているからである。この事態は、人びとが自分自身が置かれている状況を語ったり意味づけたりすることを、困難にしている。つまり、生存にかかわる共同性それ自体を形づくり維持していくことが難しくなっているという事態である。こうした切迫《せっぱく》した課題からみても、やはり、部落という空間とそこで生きざるをえない人びとに深く関与してきた政策と運動とは、いったい何だったのかを、あらためて問いなおさねばならないだろう。

近年、大阪府・市政における歴史の無視や改竄《かいざん》、安倍政権による安保法制の強行採決、ジェントリフィケーションによる行政代執行《ぎょうせいだいしっこう》など、強権的な政治が行なわれている。「自助」「自立」「扶養《ふよう》」などを基調とする日本型の福祉は（これから本書でみていくように）、生活困窮者《こんきゅうしゃ》をとりのこし続ける場所として、「地域なるもの」を形成してきた。また、セーフティネットに見せかけた経済政策として、地域と地域に結びついた有力者とを、繰り返し利用してきた。日本型福祉国家・生存保障システムのなかで、ほんとうに支援を必要とする人びとに資源がゆき届きにくい地域対策が採《と》られてきたのである。そのため、「スラム（化）→地域対策→再スラム（化）→地域対策」という無限の悪循環をたどったのだ。このままいけば、おそらく人びとは、超高齢社会と住宅の老朽化《ろうきゅうか》にともない、かつてとおなじ窮乏《きゅうぼう》と差別を近い将来に経験し、国家（政府）はふたたび同和対策を投下するであろう。

排除地域をめぐる政策と仕組みの歴史について、私たち一人ひとりが、知り、学び、語り合うことこそが、いま現に生じている国家（政府）の暴走をストップさせる重要な取り組みであると考える。

序章

# 本書で述べていくこと

生活保護者へのバッシング、ヘイトスピーチ、まちのスラム化……、「地域なるもの」は、こうした攻撃の格好《かっこう》のターゲットとされる。他方で、問題を解くためのひとつの鍵《かぎ》として、「地域なるもの」への期待も高まっている。しかしいまなぜ、「地域」なのか。人びとが「地域なるもの」に抱いている期待とはいったい何だろうか。そもそも、なぜ人びとの生存が「地域なるもの」と密接にかかわっているのだろうか。

## 目的と方法

まずは都市下層、とりわけ大阪における都市型部落の人びとが、どのような生存保障システムのなかで、いかに生存維持してきたのかを述べていきたい。方法として、自治体行政と社会政策が本格的に開始される大正期から、経済成長のピーク期である一九七〇年代にかけての、大阪市内の被差別《ひさべつ》部落、とりわけ筆者がフィールドワークをおこなってきた大阪住吉《すみよし》▼1というローカルな地域に照明をあてたい。そして、この地域において駆動《くどう》してきた政治的・社会的な排除－包摂《ほうせつ》の歴史――「部落の人びとのまとめあげ」がどのように変化してきたのか、そこにどのようなダイナミズムや力学があったのか――について、文献と資料分析を通じて明らかにしていく。日本の大阪の住吉の被差別部落という、具体的な磁場《じば》を描くことによって、「地域なるもの」の輪郭《りんかく》を浮かびあがらせてみたい。

## 先行研究と本書の課題

近現代の部落史研究の動向については、山本［二〇一五年］が、世界人権問題研究センター報告のなかで的確に整理・検討している。それによれば、一九八〇年代から一九九〇年代における部落史研究における動向として、主に次の四点が指摘できるという。①歴史の主体としての部落民像《ぞう》が描かれるようになったこと、②複合差別と他のマイノリティへの視野の広がり、③近代社会構造に対するアプローチの登場、④アイデンティティ論の生起、⑤実証的な研究の蓄積《ちくせき》である。こうした研究は「近代社会における差別」を問う視点にもとづくものであった。これらの研究によって、近代化にともなう村落共同体と部落の関係性の変容といった、地域社会における部落問題の位置づけに関する研究が進んだ（ただし、明治前半期の研究が停滞し、国民国家論、賤民廃止令《せんみんはいしれい》、文明開化と差別などが十分に検討されていないという課題もある）。また、水平《すいへい》運動史研究の転換があり、部落改善運動や融和《ゆうわ》運動の視点に関する議論（水平運動と改善運動、融和運動を一体的に把握する視点）も活性化した。地域における多様性の解明、さらには融和政策とファシズム体制下の運動展開、運動を通じた部落民意識の変化と主体形成、「民族」概念《がいねん》の再検討がなされてきた［山本、二〇一五年］。このように、多様な視点から近現代の部落史研究の蓄積がなされてきたのだが、現状に応《こた》えきれていないのではないかという問いが、つねにつきまとってきた。つまり、部落史研究による成果やインパクトをいかなる社会的文脈に位置づけることができるのか、という課題である。

世界人権問題研究センター報告［二〇一五年］が述べているとおり、「部落問題を成り立たしめている歴史と今日性を叙述《じょじゅつ》し、部落問題を議論する意味を打ちだすことと個別実証性の両立が必要である。部落問題につきまとう「終わった問題」言説《げんせつ》に対抗し、同和対策事業を支えてきた「差別＝貧困」図式とは別の認識を提示すること」が求められているのである。山本の言葉をかりれば、「近現代日本社会において部落／部落問題はどのような存在として把握／認識されたのか。その存在が社会の諸相（地域社会、政策、教育、文化、社会意識等々）にどのような影響を与えたのか」［前掲書］を考察する必要がある。

これらの先行する貴重な部落史研究の蓄積に支えられて、本書が明らかにしたいのは次の点である。第一に、分配の問題である。すなわち国や行政は、厄介で難しい部落への資源の分配をどのようにしておこなってきたのか、という問題である。第二に、アソシエーション（町内会や部落会、隣組《となりぐみ》組織などの組織態《たい》）の問題、つまり分配問題を解決するための媒介者《メディエーター》は誰だったのかという問題である。第三に、以上の問題をふまえたうえで、戦後日本社会における同和政策をめぐる「穢多頭《えたがしら》＝弾左衛門《だんざえもん》の仕組み」、すなわち「ボスが人びとをまとめあげるシステム」がどのように継承され、いかに変奏《へんそう》されていったのかについて描きだしたい。最後に、こうした歴史的文脈における排除－包摂のメカニズムをめぐって、問題提起を試みたい。

これらの点を明らかにするために、以下の、㈠〜㈤の先行研究を参照する。

### ㈠ 大阪における社会政策と社会運動に関する研究

大阪における自治体研究は、早い時期から着手され、その数は膨大《ぼうだい》である。大阪市が編纂《へんさん》した代表的な資料として、大正初期から始まる『大阪市史』、『大阪編年史』、一九三四〔昭和九〕〜一九三五年に刊行された『明治大正大阪市史』〔日本評論社〕、一九五一〜一九五四〔昭和二六〜二九〕年に刊行された『昭和大阪市史　概説篇《がいせつへん》』〔大阪市役所〕、一九五八〔昭和三三〕年の『大阪市戦災復興《ふっこう》誌』〔大阪市役所〕などがある。『新修　大阪市史』は、編纂室が設置されて、刊行が現在も続いている。本書で用いる大阪市の文献・資料・データは、基本的に「市史編纂室」の情報にもとづいている。

また、一九八六〔昭和六一〕年からは、大阪社会労働運動史編集委員会によって『大阪社会労働運動史』〔有斐閣〕の編纂・刊行がはじまり、数々の資料が大部《たいぶ》にまとめられた。大阪のひとつの地域特色は、民間社会事業や社会労働運動が早くから展開してきたことである。とくに戦後は、労働運動の流れから、本書がとりあげる大阪住吉においても、部落解放運動が展開されてきた。しかしながら、地域レベルにおいて、どのような運動がいかに展開されてきたかについてはまだ、ぼんやりとした素描《スケッチ》しか描かれていない。

### (二) 大阪における部落とスラムに関する研究

大阪において、早期から民間社会事業や社会労働運動が展開されてきたことをしめす文献として、一九七八〔昭和五三〕年に大阪市民生局によって公刊された『大阪市民生事業史』がある。大阪における部落とスラムに関する施策《しさく》と事業については、概《おおむ》ねこれにまとめられている。大正期を境《さかい》に、大阪から全国へと展開していった施策がいかに多かったかがよく読み取れるが、残念ながら七八年以降は編纂されていない。一九八〇年代には、杉原薫・玉井金五によって『大正 大阪 スラム』が公刊された。社会政策が本格的に開始された大正以降の大阪の民生《みんせい》事業において、部落とスラムに対する施策に変化が生じたことなどが明らかにされている。さらには、二〇〇〇〔平成一二〕年以降の「排除論」の登場を背景として、近現代の政策史研究も活発化していく。[2]本書もまた、これらを先行研究として位置づけつつ、叙述を展開するものである。とりわけ、従来の諸研究にあっては、都市下層社会のみを調査対象として絞《しぼ》りこんだものが多かった。つまり、都市下層の人びととそれ以外の社会成層との関係がどうだったのか、また、国や行政がどのように人びとの暮らしの細部にまで介入していったのかという点が、近年の研究ではあまり着手されてこなかったといえよう。本書では、これら過去の先行研究をふまえつつ、ローカルな人びとの生存保障システムはいかなるものであったのかという問いから、大阪における部落とスラムをめぐる施策を読み解いてみたい。

### (三) 住吉区に関する研究

この問いを具体的に考察していくために、大阪市の住吉区《すみよし》にある部落に照明をあてる。[▲3] 換言《かんげん》すれば、「地域なるもの」を、人びとの生存にかかわる具体的な磁場《じば》として捉えなおして考察するということである。そのためには、区域《くいき》設定の意義とその歴史についても確認しておく必要がある。大阪では、第二次市域《しいき》拡張によって現代につながる区域設定がおこなわれ、住吉区が誕生した。本書があつかうのは、その前後にまとめられた文献・資料である。それは、①財団法人住吉村常盤会『住吉村誌』〔一九二七年〕、②住吉區《く》教育會《かい》『住吉區會誌』〔一九二七年〕、③住吉区役所編『住吉区誌』〔住吉区分区十周年記念事業委員会、一九五三年〕、④財団法人大阪都市協会編『住吉区史』〔住吉区制七十周年記念事業実行委員会、一九九六年〕などである。とくに、市社会部が設置・展開された大正期から昭和初期にかけて、人びとの生存にかかわって、どのようなアソシエーションが存在し、どのような分配をおこない、さまざまな事業をいかに展開していったかを、住吉というローカルな視点から、明らかにしていく。

## ㈣ 住吉部落に関する研究

一九七〇年代に入り、部落解放同盟住吉支部が本格的に組織化される。これ以降、住吉部落の人びとの歴史が記述としてまとめられてきた。一九七五〔昭和五〇〕年に部落解放同盟大阪府連合会住吉支部によって編《あ》まれた『住吉部落の歴史――解放運動前史』が発行され、主に住民への啓発資料として活用された。一九八六〔昭和六一〕年には住吉部落歴史研究会により、「部落台帳」の研究などを収録した『住吉のなりたちとあゆみ（第一集）』〔部落解放同盟大阪府連合会住吉支部〕が発行される。以降、住吉部落歴史研究会は、『私たちの町住吉　反差別・福祉と人権の町づくり』を定期的に編集・公刊してきた。一九九〇年代には、資料を使った歴史研究だけでなく、証言記録の収録と研究をも開始した。大阪市教育センターは、二年間にわたる部落の古老《ころう》への聞き取り調査をもとに、『教育新書　四　地域の生活と文化　前編・後編』〔一九九四・一九九五年〕を公刊した。二〇〇〇年代に入り、同和事業特別措置法の終焉《しゅうえん》をむかえ、しばらくは住吉部落の歴史研究は隣保館《りんぽかん》など一部でしかおこなわれなかったが、二〇一一年の住田利雄《すみだとしお》の生誕一〇〇年に向け、歴史のとりまとめ作業がおこなわれた。それが「財団法人住吉隣保館設立五〇年・故住田利雄さん生誕一〇〇年記念事業実行委員会」によって編集された『忘れてはならない自主解放　財団法人住吉隣保館設立五〇年、故住田利雄さん生誕一〇〇年を踏まえて』〔二〇一一年〕である。

このように、住吉における人びとの状況をとらえる資料としては、一九七〇年代以降に部落解放同盟を中心に編集されてきた文献がおおく、当時の部落解放同盟の運動方針から歴史が記述されている傾向は否《いな》めない。そのため、当時の部落解放同盟の状況や理念についても吟味《ぎんみ》しながら、あいまいな点については、可能なかぎり一次資料にあたって再検討をおこなった。

## (五) 住吉のまちづくり

戦後の一九七〇年代以降に開始される「まちづくり」については、事業に深く関与した建築学者、内田雄造《うちだゆうぞう》や高橋恒《たかはしこう》らの考え方を、第6章にて検証する。たとえば内田雄造は、一九九三〔平成五〕年に『同和地区のまちづくり論――環境整備計画・事業に関する研究』を発表している。そのなかで、住吉のまちづくりを、建築学のスタンスから高く評価している。この書で内田が注目したのは、まちづくりを遂行《すいこう》するアソシエーションの存在であった。また同年に高橋恒によって執筆された『地域へ――着陸の計画論』は、主に住吉のまちづくりの取り組みについて記録している。高橋は、住吉のまちづくりのことを「住吉計画」と呼ぶ。この住吉計画には、住吉の住民に対する高橋自身の期待や想いが込められている。当時の高橋が住吉の住民に期待したのは、著書の副題でもある「着陸」であった。すなわち、都市部落とスラムの特徴は、不安定な就業《しゅうぎょう》を背景とする社会移動の激しさを背景としており、彼はこうした実態を見すえたうえで、人びとがみずから地域に定着〔定住〕することを、「着陸」と名づけたのである。本書では、この「着陸の計画論」という高橋の概念を意識しつつ、「住吉計画」と名づけられた「まちづくり」がどのような歴史をたどり実現したのかを明らかにしていきたい。

**本書の構成**

繰りかえしになるが、あらためて述べておきたい。本書で明らかにするのは、第一に、分配に関する問題、第二に、アソシエーション（町内会や部落会、隣組《となりぐみ》組織などの組織態《たい》）の問題である。そして、戦後日本社会における同和政策をめぐる「穢多頭《えたがしら》＝弾左衛門《だんざえもん》の仕組み」、すなわち「ボスのまとめあげシステム」の継承と変《へん》奏《そう》という問題である。

この「継承と変奏という問題」に関しては、以下のポイントに注目することができる。

まず、第一のポイントは、前近代の身分制度のなかの穢多《えた》や非人《ひにん》等の排除空間において、人びとを「活《い》かさず殺さず」にしてこれたのは、その空間に、空間内の秩序を維持する管理人（穢多頭である弾左衛門）がおり、それぞれの秩序だった世界を媒介する役割を果たしてきたという点である。▼4

第二のポイントは、前近代から近代への移行プロセスにおいて、国家がどのように形成されていったのかという点である。伝染病という病いの管理をめぐって国家と人びととの関係性が制度化され、いわば「国家を下支《したざさ》えする社会」が、旧穢多・非人の集落を標的としながら仕上がって（仕組みや組織となって）いったという点である。この伝染病対策をつうじて、地域で対策の統率力を発揮できたのが、衛生組合長という媒介者《メディエーター》であった。

第三は、国家を下支えする仕方は、それ以前とは異なる機能や役割へと変容し、また、地域によっても異なっていたという点である。近代資本主義システムが人びとの生存を維持するための主要な仕組みとなって定着するにつれ、資本主義システムを補完《ほかん》する役割として、地域と家という制度ができあがっていく。この制度化にともない、地域と家制度におさまらない人びとが国家によって発見－捕捉《ほそく》－選別される。ふるいにかけられた人びとは主に、経済システムの底辺をささえる労働力人口へと変換されていったのである。

第四は、近代資本主義システムは、都市化と産業構造の変動を引き起こす力動《りきどう》であったという点である。この大変動を貫徹《かんてつ》するために、この資本主義システムは、サブシステムとしての地域と家制度を必要としたのだが、これらサブシステムは、それほどうまくは機能しなかった。都市においてはスラムが拡大し、地方では小作農が困窮《こんきゅう》する事態が加速した。つまり資本主義システムを駆動《くどう》させていくうえでの障害が生じたのである。ゆえに国家は、部落の改善にのりだし、資本主義システムと地域・家制度というサブシステムとが円滑に組み合うよう、手だてをうっていく。この国家が講《こう》じた手立てこそが部落改善――サブシステムを補完するためのさらなるサブシステムづくり――であった。

第五のポイントは、国家によるこの部落改善は、当初は、国家が積極的にお金を出さなかったがゆえに、うまくいかなかったという点である。苦労したのは、強靭《きょうじん》な国家をつくろうとする自治体と、なんとか部落改善を果たそうと尽力《じんりょく》する地域の人びと——大阪の場合は主に方面《ほうめん》委員——であった。国家がこうした実情に気づき、部落改善（さらなるサブシステムづくり）がうまくいくようお金を出すようになったきっかけが、いわゆる米騒動《こめそうどう》だった。これを契機に、部落改善は、国が地域に積極的にお金を出す融和《ゆうわ》政策へと移行していった。そして各地域では、この政策の受け皿となる行政と融和団体が組織されていく。地域に受け皿となる組織ができたことにより、国家は、部落（サブシステムを補完する下位システム）にお金を下ろす仕組みを、地域において確立することに成功したといえる。融和政策の地域展開によって、部落の人びとの生存は、それまでと比べれば改善されたのである（あくまで、それまでと比べれば、である）。

第六のポイントは、サブシステムを補完する下位システムである部落の暮らしが改善されたことによって、サブシステム（地域・家制度）も円滑になり、資本主義システムが速度を増して駆動しはじめたという点である。地域と家を守りながら安定した労働生活を営《いとな》む人びとと、生存がなんとか保障されればよいと位置づけられた人びとが、もめずに共生することが、国家と資本主義システムにとって最大の効用をもたらす。融和政策が、地域の融和団体と、それをまとめあげる「融和ボス」とに期待したことは、たんに部落改善だけでなく、ひろく部落と地域とを媒介する調停者《メディエーター》としての役割であった。地域において、人・物・金・情報といった資源をうまく調整して分配する役目を担い、実際に差配《さはい》することができたのが、この「融和ボス」

なのである。その役目は重要で、誰にでもなれたわけではない。ローカルな部落においても、地域においても、人びとをまとめあげる力をもっていなければなれない――地域で強力な立場をすでにつねに確立していることが条件なのである（それゆえ、人びとにとって垂涎《すいぜん》の的《まと》でもあった）。この役割を前近代から近代への歴史にあえて単線的に配置してみれば、「穢多頭」→「衛生組合長」→「方面（＝地域）委員」→「融和ボス」という、調停者の系譜《けいふ》が浮上してくるだろう。しかも、ひとには寿命があるとはいえ、これらの役割のふたつ以上を経験した人物がいたとしても、けっしておかしくはない。本書では、構造変動をふまえつつ、あえて単線的に通史《つうし》を描くことで見えてくるポリティクス（ローカルでミクロな複数の政治）があると考え、そのような記述をいくつかの箇所において試みている。

第七のポイントは、融和ボスが有する力は想像以上に大きかったという点である。大正後期から昭和初期にかけての経済が低迷していくなかで、人びとをまとめあげる融和ボスの力は、やがて国家の戦時動員に活用されていった。このまとめあげを可能にした背景として、「融和事業完成十箇《か》年計画」という、国家によるバックアップがあった。

第八のポイントは、地域の人びとを根こそぎ戦時動員した国家の「融和事業完成十箇年計画」は、戦後の経済成長を背景にして、同和政策として復活していった点である。この復活はとくに、いわゆる「五五年体制」以降の、自由民主党政権のもとで展開されていく。戦前の融和政策は、戦後の体制化のなかで、地域のなかで資源分配を行なう機関をふたたび設置し、最大限にそれを活用してきたのである。そして、そのなかでふたたび、「同和ボス」も復活していったのである。

以上のポイントを、以降のそれぞれの章において詳しく見ていく。各章の構成は次のとおりである。なお、記述する人物名への敬称は、いずれの章においても省略する。

まず第1章「**生存保障システムの変遷**」では、明治維新や戦争などの大きな構造変動をふまえながら、前近代から近代にかけての、人びとの生存を可能にした分配の仕組み（生存保障システム）を概観《がいかん》する。その通史を叙述することで、支配の歴史（「穢多頭」→「衛生組合長」→「方面（＝地域）委員」→「融和ボス」→「同和ボス」）がどのように変奏《へんそう》されつつ継承されていったのかを確認する。

この章では、生存保障システムの変遷《へんせん》をめぐって、通史的な叙述をおこなっている。このような記述の方法を採《と》った理由は、先にも述べたように、どのようなポリティクスが駆動《くどう》していたかを析出《せきしゅつ》するためである。しかしこの章では、さらに別の理由がある。第2章以降でのローカル・ポリティクスに関する議論の基礎情報を、まずはこの第1章において、できるかぎり読み手にわかりやすくなるよう紹介しておきたかったからである。第1章のねらいは、前近代の身分制度（後述する「穢多頭＝弾左衛門の仕組み」）がさまざまな構造変動の影響をうけたがゆえに、地域によっては、この身分制度の仕組みが現代史にまでもちこされてきたことを概観することである。

次の第2章「**ローカルな生存保障**」では、戦前の大阪住吉というローカルな視点から、大阪の施策の特色について述べたうえで、住吉の人びとの生活状態を明らかにする。そのために、第一に、国は部落改善から地方改善へと政策転換し、さらには融和政策へと展開するのだが、その転換点において大阪では、何が人びとの生存にかかわる社会問題であったかを明らかにしたい。第二に、米騒動を契機として社会政策が本格的に開始される大正期から昭和初期までの、ローカルな人びとの生活状態がどのようなものであったかを描きだす。とくに、当時の人びとの生活状態を測る指標として、乳児死亡率についてみていく。第三に、乳児死亡率にあらわれた当時の人びとの生活状態をふまえたうえで、人びとの自助《じじょ》的な努力だけで生活改善が可能であったのかという問いを考察する。大阪では方面委員を中心とする活動が展開されていたとはいえ、はたして自力のみで生活状態を改善できたのであろうか、このことを資料から考えてみたい。

続く第3章「**乳児死亡率の低減**」では、戦前の大阪住吉における生存保障システムの仕組みを明らかにするために、人びとの生活状態を改善した要因について叙述する。第一に、乳児死亡率にあらわれた生活状態を改善した要因として、大阪特有の施策としての貸付《かしつけ》制度の展開があった。第二に、部落改善から展開する融和運動からの影響も指摘できるだろう。第三は、人びとの生存保障システムとしての貸付制度をめぐって、民間と市社会部とのせめぎあいがあり、昭和恐慌《きょうこう》〔一九三〇（昭和五）～一九三一年〕を背景に市社会部が後退していくなかで、国家による融和事業としての融資《ゆうし》制度が登場し、人びとの生存保障をおこなっていったことである。第四は、「融和ボス」のまとめあげと融資事業とが、結果として人びとを戦争へと向かわせる誘因《ゆういん》となってしまった点について述べる。

第4章「**再分配システムの転換**」では、一九六〇年代前半の大阪住吉というローカルな空間で、町内会と部落解放同盟とのあいだに、生存にかかわる諸資源をめぐる対立があったことを明らかにし、ローカル・ポリティクスにおけるいかなる変動が対立の背景にあったかを描きだしていく。この章でのポイントは、戦前からの地域有力者によるまとめあげが、戦後も引き続きおこなわれ、人びとのあいだで継承されていったという点である。戦後五五年体制のもとでの同和政策の復活は、「同和ボス」による分配を復活させてしまう。どこが、誰が、地域における分配の主導権《イニシアティヴ》を掌握《しょうあく》するかをめぐって、町内会と部落解放同盟とが激しく対立した。対立のただなかで「同和ボス」の素性《すじょう》があらわになっていく。市会議員であり町内会長でもあった天野《あまの》要《かなめ》であった。天野はいつから「同和ボス」であったのか。彼のコミュニティ・キャリアをたどってみると、天野家の地域支配の歴史は、おそくとも大正期にまで遡《さかのぼ》ることができる。その世襲《せしゅう》によって、天野（家）という有力者が、地域においてその力を保持し続けることができたのである。

第5章「**再分配をめぐる闘争**」では、部落解放同盟住吉支部が、地域有力者である天野を糾弾《きゅうだん》した「天野事件」を描出する。この事件のなかで、部落解放同盟は、それまで「同和ボス」であった天野を、民生《みんせい》委員と町会長という役職から引きずりおろした。そのうえで、生活保護申請と同和事業の窓口を隣保館《りんぽかん》に設置し、同和事業促進協議会（同促協《どうそくきょう》）という事業体と部落解放同盟住吉支部とが、資源配分の新たな基準をつくり、地域の人びとの生存に深く関与していく体制を築いていく。結果的にこの体制は、部落における厄介な分配問題——誰が同和事業の対象となる部落民かを認定する方式——を地域において継承してしまうことになったがゆえに、人びとの生存をめぐる対立が再燃《さいねん》しやすくなり、部落解放同盟組織は、特別措置法の終焉《しゅうえん》とともに態勢《たいせい》の転換を余儀《よぎ》なくされた。▼5

第6章「**再分配システムの果てに**」では、「天野事件」によって地域における資源配分の主導権をもった部落解放同盟住吉支部が、一九七〇年代におこなった「まちづくり」の内容について考察する。この章でのポイントは、第一に、まちづくりを可能にした同和対策とはいかなる政策であったのかという点である。第二に、このまちづくりを手掛けた建築学者である高橋恒《たかはしこう》が描いたマスタープラン（「住吉計画」）に、部落解放同盟の要求はどのように反映されたのかという点である。当時の部落解放同盟住吉支部の人びとは、何を要求し、何を実現しようとしていたのかを考察する。高橋恒が、住吉部落の人びとの要望に耳を傾けたうえで住民に期待したのは、地域を建設し、定住可能なまちづくりを構想することであった。しかしながら、彼の意図はかなわず、結果的に住吉計画というまちづくりは、人びとの生存を保障し続ける成果にまでは至らなかった。したがって、戦後直後からの住吉部落をめぐる政策展開をあらためて辿っていくことで、住吉計画というまちづくりによって、何が問われ、何が問われなかったのか、あるいは問われなくなってしまったのかを、考えてみたい。

戦後部落解放運動は「差別とは何か」を問うてきた。だからこそ、資本主義システムの底辺をささえる労働者や女性、沖縄やアイヌの人びと、在日コリアン、障害者や生活保護受給者など、多くの人びととの連帯《れんたい》を可能にしてきた。しかし、一九七〇年代以降の住吉計画に代表される「まちづくり」をおこなっていくなかで問われなくなっていったのは、排除と支配の歴史（「穢多頭」→「衛生組合長」→「方面（＝地域）委員」→「融和ボス」→「同和ボス」）がどのように変奏《へんそう》されつつ継承されてきたのかという問題である。そもそも、人びとの生存がなにゆえ「地域なるもの」と密接に結びついてきたのか？　生存にかかわる分配問題がなにゆえ部落の人びとにゆだねられてきたのか？　この体制化――人びとの生存保障システムの排除－包摂《ほうせつ》の構造――の歴史について考えなくても（問わなくても）暮らしていける状況にいかに変わっていき、そして分配にかかわった人びとは、この状況にどのように対応してきたのであろうか？▼6

終章「**支援を必要とする人のために**」では、本書における議論を整理したい。そのうえで、本書では十分に分析することができなかった論点を、今後の課題として提示する。

第1章

# 生存保障システムの変遷

部落の歴史とその起源については、これまで、さまざまな議論が展開されてきた。現在でも、歴史学や社会学を中心に部落史研究はおこなわれており、その成果として、山本尚友[1]、北崎豊二[2]、広川禎秀[3]や今西一[4]、上杉聰[5]、黒川みどり[6]等による研究がある。[7]

とくに上杉［二〇一一年］による研究は、従来の小中学校等の教科書に記載《きさい》されてきた身分図式を書き換える成果であった。従来の前近代の身分図式（「士、農、工、商、穢多《えた》・非人《ひにん》」）は、ひとつの支配秩序・制度としてまとめて説明されてきた。しかし上杉は、前近代における支配構造は、単純な支配秩序に還元できるものではなく、乖離《かいり》した複数の支配秩序のそれぞれ隔離《かくり》された世界において、民衆が別々に管理されていたことを明らかにした［二〇一一年、五二頁］。また、穢多や非人等の排除空間において人びとを「活《い》かさず殺《ころ》さず」にしてこれたのは、その空間に秩序を維持する管理人（穢多頭《えたがしら》である弾左衛門《だんざえもん》）がおり、双方の秩序だった世界を媒介する役割を担ってきたからだという。

　さらには、「解放令《かいほうれい》」（被差別身分を廃止した一八七一［明治四］年の太政官布告）における解放の対象が「えた・ひにん」だけでなく、その他すくなくとも五〇以上の被差別民衆が対象となっていた事実も明らかにされた。前近代における統治《とうち》形態は、けっして単純なものではなく、地域差も含めると、実に複雑なものであったことがわかる。

　統治の仕組みの一端が明らかになることにより、これに応答するように、近現代の部落（史）研究も、あらためて問題を問い直していく。中世に始まり江戸時代に終焉《しゅうえん》を迎えたはずの身分制度が、▼8 なぜ現代にまで残されてきたのだろうか。支配と社会統制にとって必要とされたことは何か。政策的にどのように継承されてきたのだろうか。政策だけでなく、そこに生きる人びと自身も、支配秩序を維持し／され続けることを必要としたのではないだろうか。さらには、どのようにして隔離された人びとが生き残されてきたのだろうか、言い換えれば、いかにして隔離された人びとがかろうじて生きることを許されてきたのであろうか。

# 身分制度の再編成

### 前近代の身分制度

まず、前近代における社会状況を確認するため、上杉の提起した身分図式をふまえると、下記の**図1－1**のようになるだろう［上杉、二〇一一年、五二頁］。それぞれの枠組は独立した閉鎖《へいさ》システムであり、それぞれの秩序にもとづく生活が成立していた。「士・農・商システム」と「穢多・非人システム」のあいだでは穢多頭しか武士身分との接触が許されていなかった。また、民衆の非人・奴隷化という移動はあっても、穢多・非人システムの民衆が他のシステムの人びとと接触したり移動したりすることは認められていなかった［同書、四二－五八頁］。しかも閉鎖システムを維持する方

図1-1　**前近代における支配の仕組み**

- 各システムは独立した閉鎖システム。
- 穢多頭のみ武士身分との接触が許された。
- 非人を調達する。

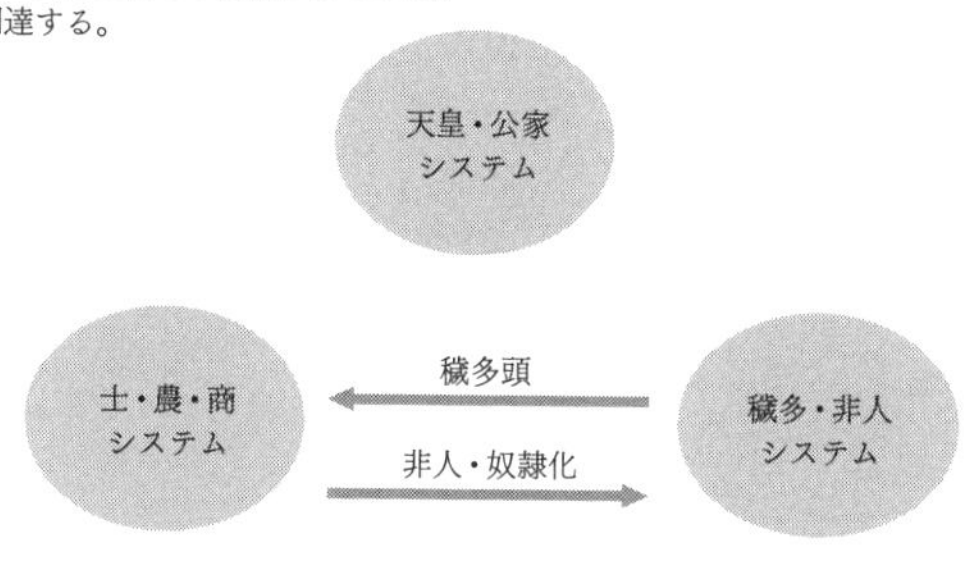

法のひとつとして、住む場所（地域）を隔離《かくり》するかたちで空間的支配がおこなわれてきたことは、さまざまな資料からも明らかとなっている。

この身分制度は、さまざまにかたちを変えながら再編成され、現代に至っていると考えられる。もちろん、明治維新や戦争という構造変動を経て、人びとの暮らし方や意識も、大きく変化している。もはや身分制度にとらわれずに「自由」に生きることが、許されてよかったはずであった。しかしながら社会は、場所を変え、方法を変えながら、「差別や排除される人びと」をつねに産みだし続けた。それはどのようになされてきたのだろうか。大きな秩序再編のひとつ、明治政府による近代国家の形成過程について見てみよう。

### 近代国家の成立と伝染病対策

江戸から明治への移行において、当時の政府が近代国家建設にむけて廃藩置県《はいはんちけん》や戸籍《こせき》制度復活をおこない、新産業育成と富国《ふこく》強兵《きょうへい》を推《お》し進めていったことは周知のとおりである。こうした近代化政策のなかで人口移動や商品流通が活発化していったが、人や物の移動にともない、コレラ等の伝染病が大流行した。そして政府による伝染病対策は、人びとのあいだに身分制度を定着させていくことになる。▼9

一八七七［明治一〇］年からの明治期だけで、コレラによる病死者数は約三七万三〇〇〇人を数えた。最も多かったピーク［一八八六（明治一九）年］には、年間で約一〇万八〇〇〇人に達した［安保、一九八九年、二五―二六頁〕。神戸、長崎、横浜等の海港都市を中心に、全国の都市部で「コレラ防疫《ぼうえき》戦《せん》」が展開する。コレラの感染源が不明な状態が続くなか、コレラ対策は近代都市行政の最大の課題となる。しかも、日本が「文明国」として認められるためにも、コレラの撲滅《ぼくめつ》が、国家最大のプロジェクトとして政策的に位置づけられたのだ。

この時、「部落」に対する呼び名が変わる。政策上、「貧民《ひんみん》部落」と呼ばれるようになる〔安保、同書、八八頁〕。もともと部落は小集落を意味する言葉であったが、通常の部落（小集落）と識別《しきべつ》してもちいられたのが、貧民部落や細民《さいみん》部落、特殊部落という呼び名であった〔上杉、二〇一一年、二三頁〕。こうした呼び名が喚起《かんき》するイメージは、政策的に形成されただけでなく、新聞等のメディアを通じて増幅し、人びとのあいだに定着していった。伝染病（コレラ、ペスト）の原因は「貧民窟《ひんみんくつ》」にあるとみなされたのである。とくに、貧民窟の核《コア》（中心）には、「特殊部落」と呼ばれる地域があるとメディアは喧伝《けんでん》し、人びとに流布《るふ》していく。その結果、コレラ対策のターゲットは「貧民部落」であり、さらには、その核にある「特殊（種）部落」こそが原因なのだと、政府も民衆も信じこみ、内務省《ないむしょう》・衛生行政は国をあげたコレラ撲滅作戦を展開していった。しかも、この撲滅作戦が民衆自身の自主的活動を通じておこなわれたことにより、〈スラム（貧民窟）＝貧民部落→特殊（種）部落〉というイメージを、民衆自身が日常的な実践をつうじて体得していくことになる。

つまり問題は、メディアが流布した情報のみにあるのではなく、むしろ、国家が政策としておこなった伝染病対策の方法にこそあった。国家の名のもとにおこなった政策的帰結として、民衆はみずからの忌避《きひ》行動を正当化するようになっていったのである。政策の方法(手順)は、①「旧穢多村《きゅうえたむら》」、「新平民《しんへいみん》」の居住地を特定したうえで、検疫隊《けんえきたい》と警察官を総動員して「清潔法《せいけつほう》」を実施、②コレラの疑いのある者を地域住民(衛生組合)に発見させて通報させる、③こうした人びとを特殊部落に移住させ、もとの住居は焼き払う、④部落を隔離《かくり》する、という排除政策であった〔安保、前掲、八五ー一五八頁〕。この政策を契機《けいき》として、部落に対する人びとの眼差《まなざ》しが増幅・変化し、国家の政策が人びとのケガレ意識の定着をさらに促していったのである。つまり、部落＝小集落に対する人びとの既存の眼差しを利用し、その自助《じじょ》的努力にゆだねた伝染病対策であった。こうした小集落＝部落を最大限に利用した施策は、やがて地域と人口を再編していく。

当時、「近代的」とされたこれらの方策は、コレラの疑いのある初期段階における対応であり、患者の発見、隔離収容、患者の消毒、交通遮断《しゃだん》がおこなわれた。さらには、疑いのない小集落に対しても、大規模に、検査、消毒、家屋《かおく》の改造・修繕《しゅうぜん》等を実施していった。こうした予防的対策もまた、人びとのあいだに、「貧民部落」＝「不潔箇所」という偏見を増幅させた。そして、地域住民レベルでの部落(民)に対する巡視《じゅんし》が展開されるようになる。住民による巡視は、予防的な観点(理由)からおこなわれ、患者の隠ぺいを防止し、強制的に健康診断と強制収容を実施させる行動であったという〔安保、一九八九年〕。つまりは部落を囲い込むために、地域に「予防線」が引かれていったのである。これは、住民、役人、警察官、医師が強制的に乗り込む仕組みであり、後の「天然痘《てんねんとう》」対策のモデルとなる。
「貧民部落」＝「不潔箇所」＝「伝染病発生地」という眼差しは、国家の政策による合理的な正当行為として、人びとのあいだで広く認められるようになっていく。予防的観点から「貧民部落」を忌避《きひ》する行為は、国民として「善《よ》いおこない」であると国家に承認されるに至り、多くの国民の習慣のなかに公衆衛生観念として根づいていった。「貧民部落」を認知して避けるという行為の結果として、「貧民部落」の対義語としての「良民社会《りょうみんしゃかい》」という言葉が、人びとのあいだで使われさえした［安保、同書、二六一－二六四頁］。

コレラが一定の収束《しゅうそく》をみた後、今度はペストが流行する。「良民社会」という安全地帯を守るために、人びとは、コレラ流行よりもさらに隔離を強化し、貧民部落の焼き払いを実施していった。病いの原因と疑われるターゲットそれ自体を消滅（抹消《まっしょう》）しようとしたのであった。とくに、長屋《ながや》・木賃宿《きちんやど》などに対しては、強制移転という市街地追放方策もとられていった。[10]

この長期にわたる伝染病政策を経て、部落と良民社会との隔《へだ》たりが制度化（固定化）されていったのである。解放令以前から断たれていた人びととの接触は、近代化以降も修復されることはなかった。予防線にもとづく「良民社会」との長期にわたる棲《す》み分けにより、「貧民部落」は「特殊（種）部落」と呼ばれるようになっていく。特殊な小集落を意味する「特殊」は「特種」と混在して使用されていく。すなわち、貧困に起因する特徴が人種のちがいによるものだと、広く国民に想像されていくのである。

### 近代国家と良民社会の形成

伝染病対策に見たように、近代国家の形成は、国家を下支えする強い地域＝良民社会づくり[11]という、民衆参加型のプロジェクトとして実施された。しかし、前近代から近代への移行は、容易には進まなかった。一九〇七〔明治四〇〕年、内務省は「細民《さいみん》部落調査」という全国調査をおこない、部落の数をこまかく把握した。ここで使用されている「細民」という用語は、「貧民」とほとんど同義であるといわれている。[12]当時の政府が、なぜこのような調査をおこなったのだろうか。その理由は、国家を下支えする強い地域づくりを追求していた事実を勘案《かんあん》すれば、明白であろう。国家を下支えできない「弱い地域」を見つけだし、ふるいにかけることが調査目的であったのである。

近代化の過程において、国家によって、市場システムの導入と独占資本の統制とが並行してなされた。もちろん、その過程で衰退する産業もあらわれ、それまでの身分制度によってまもられ、あてがわれてきた職業を失った人びとが、大量の失業者となっていった。そのなかで、制度上は開放されたシステムになったので居住も職業も選択できるようになったものの、旧来の穢多・非人などは、資本主義システムの底辺を支える労働力人口として組み込まれていった（**図1－2**参照）。もちろん、なかには資本主義にもとづく競争によって上昇移動を達成する者たちもいたであろう。この時期、庇護《ひご》移動や下降移動、水平移動など、さまざまな社会移動がみられた。

歴史人口学者の速水[13]〔二〇〇九年〕は、幕末・明治期における再編において、戸籍制度が重要な

図1-2　**前近代から近代への支配の移行**

**前近代における支配の仕組み**

- 各システムは独立した閉鎖システム。
- 穢多頭のみ武士身分との接触が許された。
- 非人を調達する。

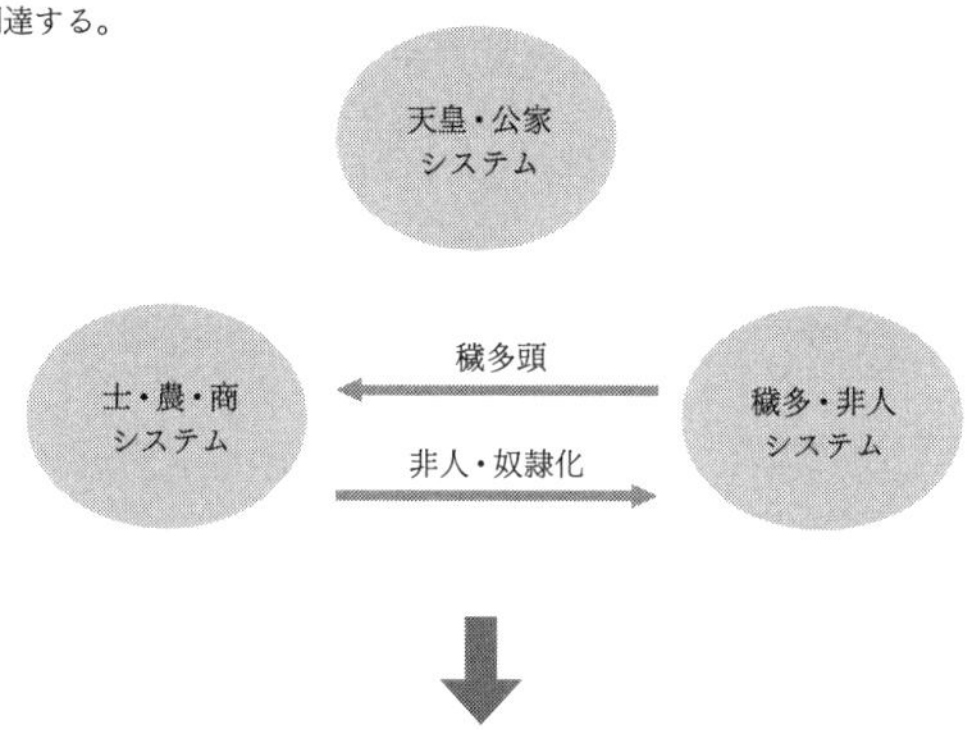


**近代以降における支配の仕組み**

- 地域・家システムの登場。
  経済システムを補完する役割。
- 市場＝職場／家＝住居
- 部落地域は「除地」とした。

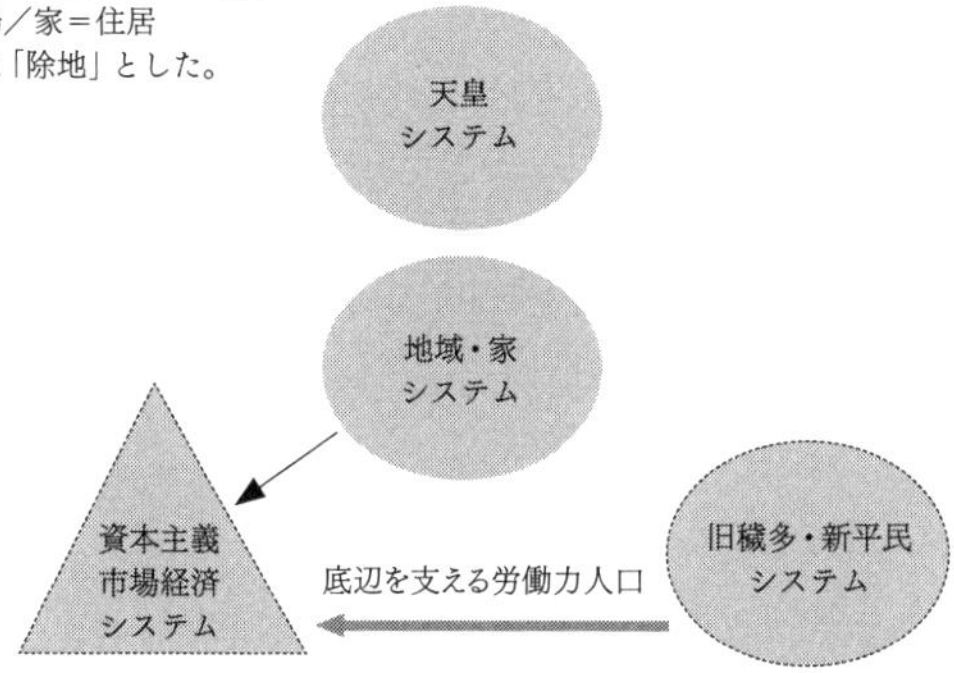

役割をはたしてきたことを指摘している。長州藩《ちょうしゅうはん》にはじまる戸籍制度は、近代国家形成に向けて欠かすことができないツールとしてもちいられた。国家による戸籍制度の強化は、どの家で誰がいかに暮らしているのかを、国家が一元管理する仕組みであった。人口の流動化を背景に、近代国家は、人口管理と思想統制の強化を目的に『宗門改帳《しゅうもんあらためちょう》』等を再編して、『壬申戸籍《じんしんこせき》』を作製していく。そのプロセスにおいて、旧身分制度が再編され、華族《かぞく》・士族《しぞく》・卒《そつ》・平民《へいみん》・新《しん》平民という、新たな身分制度が登場するようになる。

近代国家づくりは、単純に上から下へ、国家から社会へという、一方向的な統制力のみによっておこなわれたわけではない。先にみた伝染病対策のように、草の根の民衆の力によって組織化され、地域社会を形成していった側面も、けっして無視できない。つまり、下からの自主的な呼応《こおう》によってもおこなわれてきたのである。また、国家を下支えするための強い地域（＝良民社会）づくりのためには、その地域を支える良民が必要とされたとも言えよう。この良民を養成する最小単位こそが家《イエ》であった［速水、同書、五六〇－五八八頁］。すなわち、不完全な近代国家を補強するためには、不良民を良民へと転化させていく装置が必要であった。国家は、その下請《したうけ》集団である「イエ」を、戸主《こしゅ》を中心として制度化し、それを一元的に管理するために戸籍制度をさらに強化していったのである（前頁の**図**１－２）。

この「地域・家システム」は、とくに都市部において効果があった。資本主義システムのもと、当時の主産業である農業に就《つ》けない人びとや失業者となった人びとが、仕事を求めて都市部に流入するようになる。その多くは工場労働者となっていくが、職場はあっても住居がないのが実態であった。経済システムをスムーズに駆動《くどう》するためにも、職場に通える範囲で住居を供給することが課題となった。つまり、都市を中心とする経済システムを補完する役割（機能）としても、地域・家システムの利用が必要となっていったのである。[14] この「地域・家システム」と「旧穢多・新平民システム」との関係は、当時の制度上、部落地域が「除地《じょち》」として位置づけられていた事実から考えると、別のシステムであったと推察できる。

「地域・家システム」は、戸籍制度によるミクロなレベルでの国家統制を強化する機能をも担った。やがて産業構造の変化にともない、多くの労働者が職場と住居が分離した生活をいとなむようになると、戸籍制度だけでは人びとの暮らし方や社会移動を把握できなくなっていく。しかも、第一次産業（農業）から第二次産業（工業）への産業構造の変動は、土地所有者とそこで働く労働者との不一致を産みだしていった。そのため、「家（戸主）」を中心として、家族が誰と結婚して「分家《ぶんけ》」をつくり、いまどこでどのように暮らしているのかを詳細に把握する必要が生じたのである。逆に言えば、当時の資本主義システムが「労働者」の把握においていかに不完全であったかを表わしてもいる。[15] そのため、システムを補完する役割として、地域・家システムを、躍起《やっき》になって徹底して強化していったのである。

前近代の隔離政策の慣習を残しながら「地域・家システム」を中心に、国家は、農業地の保護と新産業育成とをおこなう。しかし、家や農地を相続できるのは民法上、長男であった。その他の人びと（次男や三男など）は、出稼《でかせ》ぎで食いつなぐ者が多かった。これらの人びとは、新産業育成政策（殖産興業）による産業革命の結果、都市部に資本と産業が集中していくなかで、都市へと流入していった。また、徴兵制《ちょうへいせい》によって兵隊動員された者も多かった。結果、都市部においては密集住化《みつしゅうじゅうか》がすすみ、貧困層が集住して都市問題が発生することになる。そうなると、さらに政府は統計調査を実施して、人びとに対する国家管理を強化していったのである。伝染病対策にもとづく空間的な囲い込みだけでなく、「地域・家システム」にもとづく選別と管理をおこなっていくわけである。

近代化政策によって人びとは「解放」されたのかというと、たしかに身分制度からは解放されて自由になったかもしれない。しかし、国家によって新たに再編された秩序のもとで、場所と方法をかえながら、一定数の「差別や排除される人びと」を生み出していき、人びと自身の手によって自発的に国家を下支えする仕組み（「旧穢多・非人システム」）がつくられていき、しかも、維持されていったといえるだろう。

# 部落改善から地方改善へ

当時の国家をめぐる状況をみておくと、日本が朝鮮侵略を露骨に表明して清《しん》と対立した、いわゆる日清戦争〔一八九四（明治二七）～一八九五年〕が勃発《ぼっぱつ》した。第二次伊藤博文《いとうひろぶみ》内閣は、軍拡を中心とした戦後経営の立場から、農業生産力の増強を図る。また、地主の利益保護政策として、高率の小作料をとれるように企てた。その結果、都市のスラムに下層労働者や生活困窮者《こんきゅうしゃ》が流入し、スラムがさらに拡大していったと考えられている〔藤野、一九八四年、四五頁〕。こうした状況下において国内では、部落改善運動（のちに地方改善運動）という動きが起こる。

**下からの取り組み**

先にふれたコレラ流行のピーク〔一八八六年〕の三年後には、大日本帝国憲法が発布され、その翌一八九〇〔明治二三〕年には、第一回衆議院選挙がおこなわれた。伊藤博文を中心に帝国議会が開催され、教育勅語《ちょくご》が発せられた。憲法は、天皇主権のもと国民を「臣民《しんみん》」として扱った。同時期、中江兆民《なかえちょうみん》らの自由民権運動が展開された。この運動には、部落の人びとも多く参加していたが、運動で主張されていた主権在民《しゅけんざいみん》や基本的人権の尊重は、当時の憲法にもりこまれることはなかった。
この自由民権運動の展開と衰退、小作農の貧困化、都市スラムの拡大などを背景に、部落改善運動が起こる。部落改善運動とは、差別と貧困を克服しようという強い意欲はあるものの、自由民権運動のように差別と貧困の克服を政治と社会の変革によってなしとげようとするのではなく、被差別部落の人びとによる改善によっておこなおうとする運動であった。[16] 教育勅語《ちょくご》、風俗改善同盟、勤勉節倹《きんべんせっけん》、慈愛《じあい》などを強調し、警察との連携《れんけい》のもと、強権的に実施された。いかに国家に財政負担をかけずに（国家に迷惑をかけずに）部落＝スラムを改善するかを目指した運動であったと言えるかもしれない。
この運動の評価には賛否両論ある。部落改善運動が全国に展開されるようになるにつれて、差別事件が頻発《ひんぱつ》（社会問題化）するようになる。つまりは、部落改善のために部落に関係しようとする人びとと、部落の人びととの接触機会が、増えたことを意味している。また、部落改善の主張は、部落の内部からだけでなく、外部からもおこなわれるようになる。ただし、基本は「上からの慈善や指導による部落の改善」という発想であった。したがって、差別からの「解放」方策として、①被差別部落の青壮年《せいそうねん》により軍隊を編成《へんせい》して海外遠征させる、②戦争で功績《こうせき》をあげた場合には勲章《くんしょう》をあたえる、③日清戦争でうばった台湾等への移住をすすめる、といった提言がなされる。[17]
その後、朝鮮・満洲の支配権獲得をめぐり、日本とロシアが対立し、日露《にちろ》戦争［一九〇四〜一九〇五年］

が勃発した。戦争は国民に膨大な犠牲を強いた。第一次桂太郎《かつらたろう》内閣は、①戦費調達のため総額四億の増税を実施し、②外債八億と国債四億八〇〇〇万円を募集した。結果、ますます貧農が増加し、都市には窮民層《きゅうみんそう》が拡大し、貧富の格差がさらに拡大した〔藤野、同書、五九頁〕。貧困層の増加を背景に、国はようやく一般的な貧困層対策が必要となり、その一環として部落改善がなされていく。そして、このとき初めて実施された全国調査が、先にみた内務省《ないむしょう》「細民《さいみん》部落調査」〔一九〇七（明治四〇）年〕である。調査内容は、全国の被差別部落の人口・戸数にとどまらず、生活の細部にわたっており、外部に発表しないことを原則として実施された（現在でも非公開）。これを機に部落改善運動は、国による、いわゆる「地方改良運動」として展開していく。

この頃の内務省に深く関与していたのが、留岡幸助《とめおかこうすけ》と井上友一《いのうえともいち》であった。内務省は、部落改善を地方自治上の課題としてとらえていた。そして井上友一を中心に、国（＝内務省）と地方（＝市町村）行政のあり方を大きく変える運動を展開する。これが「地方改良運動」である。日本の帝国主義的発展を支えうる地方＝市町村の確立を追求する運動であった。その具体的な取り組みとして、産業組合の推奨《すいしょう》、納税の奨励《しょうれい》などを通じて、村落共同体に替わり行政町村への国民の帰属《きぞく》意識を高めようとした。その際に、モデルとなる「模範村《もはんむら》」を設定したわけである。だが、地方改善運動が展開するにつれ、国民の協働一致《きょうどういっち》を求めていくさいに、部落＝スラム差別の現実に直面することになる。予想していた以上に、差別と隔離《かくり》の意識が、人びとに根づいていたのである。▼18

内務省は、地方改良運動の開始と同時に、感化救済《かんかきゅうさい》事業も開始していた。この事業の目的は、青少年の感化と貧民の救済とを国家が指導し、思想の善導《ぜんどう》と統合をはかることである。この目的達成のためには、被差別部落の実態を無視できなかった。内務省は、すでに着手されていた三重県の部落改善政策を参考にしつつ、それを地方改良運動のなかに組み込んだ。そのさい、この部落改善政策の中心的役割を担った人物が、留岡幸助であった。

こうした政策展開の背景には、日露戦争の勝利の影響もあった。日本が「一等国《いっとうこく》」を自負して欧米帝国主義列強と肩を並べていこうとするとき、国内の「部落問題」は「国の恥」として認識されるようになる。たとえば、「被差別部落の存在は、貿易や外交関係を不利にするもの（三重県）」、「国運の発展に影響する…（徳島県）」などの声があがった。とはいえ、国が「差別をなくすこと」に対して積極的に予算を計上することはなかった（ただし、救済事業に関しては三項目追加）［藤野、同書、七一－七四頁］。あくまで「下からの自主性」を奨励し、被差別部落に改善団体をつくらせて、これを最大限利用する方策をとったのである。つまり国は、自助《じじょ》的努力によって解決すべき問題としてしかとらえなかったのである。

あえて簡潔化すれば、部落＝スラムの改善方策は、上と下の両方のベクトルからおこなわれてきたといえるだろう。

日本が国際社会から注目をあつめるなかで、部落問題の存在が問題視され、「上から（国家主導・官製）」による地方改良運動や部落改善政策がかたちづくられていった。そのなかで、「模範村」こそが国家にとってのモデル（優等な地域）であると謳《うた》われた。しかし他方で、模範的ではない村（いわば「劣等な地域」）も発見・抽出されていく。この「模範的でない村」とそこにかかわる人びとを、いかにして「良民（普通民）」にしていくかが、政策と運動の目的となった。ここで重要な点は、国家にとっての模範の意味である。

　模範村とそれを構成する主体としての良民は、不可分な一体的対象として、政策プロセスに組み込まれていく。これらを政策的に配備することを通じて、それぞれの村落は競いあって模範村になろうと励《はげ》むこととなる。この点について池本［一九九九年］は、恤救規則《じゅっきゅうきそく》［一八七四（明治七）年］と感化救済事業［一九〇八（明治四一）年頃〜］に関する研究で、地域形成プロセスを明らかにしている。

> 感化救済事業の主旨は、天皇の慈恵《じけい》を地域社会での共同のあり方が依拠すべき模範としつつ、国民が共同で社会防衛に努め、国家利益に叶《かな》うように自営の道を講ずることとなる。
> ［池本、一九九九年、二二二頁］

　すなわち模範村とは、地域社会の構成素として恩賜《おんし》を受けず、国家に負担をかけない村のことであり、経済的自立が成立している地域内空間のことである。また、村を構成する良民とは、国を支える地域に役立ち、国や地域に負担をかけない勤労国民のことである。こうした国家による規律《きりつ》化にもとづき、それぞれの地域のなかで部落とスラムの姿がイメージ化されていき、さまざまな対策が地域ごとに「下から」もおこなわれるようになっていく。地域の自治組織として、部落やスラムの改善をはかったケースもあれば、スラムクリアランスとしての移転をうながしたケースもあったと考えられる。

しかし、そもそも当時の部落（スラムを内包した地域）は、努力さえすれば「模範村」になれたのであろうか。この疑問について、筆者が調査した特定エリア（住吉）に関する資料をもとに、少しだけみておこう（第2章であらためて詳述する）。戸籍を使った調査資料からは、主に次の点が明らかとなった。この時期は、①乳児死亡率が増加し、多産多死《たさんたし》の傾向がみとめられる、②少子高齢化の人口動態が続いている、③戸籍に登録されていない「庶子《しょし》・私生児《しせいじ》」が多い、などの特徴がみられた。つまり、このエリアにおける部落＝スラムの人口動態を長期的な視点からみるかぎり、人びとの自助《じじょ》的な努力だけではどうすることもできないほどの、ひどい生活状態であったことは明らかである。部落＝スラム改善を、共同体の人びとによる自助努力だけにゆだねることは、根本的な問題解決には至らなかったのである。したがって、模範村を生真面《きまじ》目《め》なまでに追い求めた村落の多くは、結果的には（現実的には）、部落＝スラムの人びとに移住・移転をすすめる方策をとったことを、資料から推察できるだろう。

### 下からの取り組みへの統制

日本は韓国を併合し、朝鮮を植民地化した。これにより、日本帝国主義体制が跋扈《ばっこ》する。日露戦争後の日本は、第二次桂太郎《かつらたろう》内閣のもと、戦費による疲弊《ひへい》によって、農村では小作農が増えて厳しい生活を強いられた。また、都市でも職を求める人びとが集住し、貧困問題が「社会問題」となっていた。しかし国が、都市にせよ農村にせよ、直接に地域の人びとを救済する政策をとることはなかった。こうしたなか、「下からの取り組み」により、なんとか生存をつなぎとめようとする社会事業・社会運動と国家との対立が、しだいに激化していった。

　国家の支援がないなか、自治体財政は、一九一〇年代に入って窮迫《きゅうはく》していく。自治体は、住民同士の「支えあい」にたよるしかなかった。大阪府は、方面《ほうめん》委員（現・民生《みんせい》委員）制度を創設し、小河滋次郎《おがわしげじろう》たちによる、人間関係を重視した取り組みをバックアップしていった。

　この時期の各地域における人びとの、自主的な社会事業による救済活動は重要である。それら「下からの取り組み」は、人びとの生存を保護するための活動であった。[19]

　だが一九一〇〔明治四三〕年、大逆事件《たいぎゃくじけん》が起きる。幸徳秋水《こうとくしゅうすい》はじめ二六名の活動家が逮捕され、多くが処刑されたのだ。明治天皇の暗殺をくわだてたという理由であった。そのなかには、和歌山県新宮《しんぐう》市の部落を中心に活動をしていた、医師の大石誠之助《おおいしせいのすけ》、真宗大谷派住職の高木顕明《たかぎけんめい》もいた。当時の桂内閣は、こうした無産《むさん》者（貧困者）に対する医療提供や教育活動は、社会主義思想に染まった反政府行為であるとみなしたのだった。[20]

　この事件のインパクトはおおきかった。大石（無料診療）や高木（不就学児童教育）による社会事業の対象者の多くは、極貧層《ごくひんそう》だった。この事実から桂内閣は、次のような政策を展開した。第一に、各自治体における治安維持の強化である。各部落に改善団体を組織させ、部落に社会主義思想が入らないようにしたのである。第二に、工場法を公布し、労働者保護をうちだした。労働者の不満の高まりを緩和《かんわ》し、ストライキや暴動の発生を阻止するためである。第三に、貧民に対する医療機関として、「恩賜《おんし》財団済生会《さいせいかい》」を設立した。済生会は明治天皇の下賜《かし》金一五〇万円をもとに設立された。これにより、天皇による救済の意味あいをもたせたのである。

大逆事件の波紋は、宗教界(とくに仏教界)にも大きな衝撃を与えた。高木顕明らの多くが仏教徒であったことから、政府は浄土真宗《じょうどしんしゅう》大谷派や浄土真宗本願寺《ほんがんじ》派等に思想統制をおこなって、管理を徹底したのである［藤野、一九八四年、八〇－八三頁］。政府の狙いは、寺院を管理することを通じて、部落で生活する貧困層を、内面的にも統制しようとしたのである▼21。

大逆事件をきっかけに政府は、部落の上層部(有力者)の組織化をはかっていった。そのひとつが「大和同志会《やまとどうしかい》」の結成であった。政府の意図は、官民《かんみん》合同で貧困層をとりまとめることであり、具体的には、①殖産《しょくさん》興業、②教育の発展、③宗教(浄土真宗本願寺派)の刷新《さっしん》、④同胞《どうほう》の融和握手《ゆうわあくしゅ》、⑤法律思想の周知、などを目的としていた。ちなみに、「③宗教の刷新」は、高木らの活動を、国益に反する処罰対象として、人びとに周知徹底させることを狙いとしていた［藤野、同書、九二－九五頁］。

大和同志会は、宗教家を中心とし、「帝国公道会《ていこくこうどうかい》」へと名称変更して発展していった。会の目的は、融和《ゆうわ》運動の全国展開であった。「融和」とは、天皇のもとに平等であるという考え方である。一九一三〔大正二〕年には、帝国公道会首唱者《しゅしょうしゃ》協議会が東京で開催《かいさい》され、一時は大きな運動へと展開していく。首唱者は、大江卓《おおえたく》、岡本道寿《おかもとどうじゅ》、伯爵大木遠吉《おおきえんきち》、子爵五島盛光《ごとうもりみつ》、男爵渋《しぶ》沢栄一《さわえいいち》、中野武営《なかのたけなか》ら三四名のほか、板垣退助《いたがきたいすけ》、犬養毅《いぬかいつよし》、大隈重信《おおくましげのぶ》、大浦兼武《おおうらかねたけ》、与謝野鉄幹《よさのてっかん》、与《よ》謝野晶子《さのあきこ》、団琢磨《だんたくま》、久原房之助《くはらふさのすけ》、平田東助《ひらたとうすけ》など、いわゆる「名士」たち一五〇名であった。この組織は、いちおうは民間団体であったが、内務省が財政面以外でバックアップしていた。しかし、この帝国公道会は五年程度で衰退していったといわれている。[22]

帝国公道会が衰退していくなか、米騒動が勃発《ぼっぱつ》〔一九一八（大正七）年〕する。米価上昇の根本原因は「寄生地主《きせいじぬし》制下の農業生産の停滞と急激な資本主義発展による米の需要増大との矛盾にあったが、直接的には七月に寺内正毅《てらうちまさたけ》内閣がロシア革命に干渉するためシベリア出兵を決定すると、米商人や地主が投機してさらに米価高騰《こうとう》をあおったことによる」〔藤野、同書、一一七頁〕という。

当時の政府（寺内内閣）は、救済事業調査会を設置（内務大臣・水野錬太郎《みずのれんたろう》）し、生活状態改良事業、児童保護事業、労働保護事業、小農保護事業などを検討した。[23]そして、貧民警察を設置し、「貧民の中で最も注意を要すべきは部落を為《な》すもの…」（警視庁）という一面的な見方にもとづき、「貧民台帳」と「部落台帳」を作成していった。すなわち、被差別部落を、「貧民の部落をなすもの」の典型とみなしたのである。政府が一九一九〔大正八〕年に作成した「貧民台帳」、「部落台帳」の内容は、部落民だけでなく、「部落内に居住する医師数」、「普通民《ふつうみん》にして部落内に居住する者の数」、「普通民との婚姻」など、細部におよぶものであった。[24]

このような政府の眼差《まなざ》しゆえに、当時は、米騒動の首謀《しゅぼう》者は「部落（民）」であるとみなされ、地域によっては冤罪《えんざい》事件が発生したのである。寺内内閣は、米騒動を、被差別部落の人びとによる暴動というイメージに染めあげようとしたのである。▼25

この米騒動をきっかけに、とくに都市スラムに対する治安対策も強化されていく。米騒動は、とくに都市部で暴動に発展したからである。寺内内閣は軍隊を派遣して暴動を鎮静《ちんせい》化しようとしたが、収拾《しゅうしゅう》は容易ではなく、やがて原《はら》　敬《たかし》内閣（政友会《せいゆうかい》）に交代することとなる。

米騒動の研究は、井上・渡部［二〇〇九年］や、藤野・徳永・黒川［一九八八年］、住田［一九六一年］など、数多くなされてきた。当時の国民が、「戦争」という国家的事件よりも、「米」という生活問題のほうに関心をもっていたともいわれている［藤野、一九八四年、一一九頁］。つまり米騒動は、組織化された運動でこそないが、国民一人ひとりが、生活者として国家に抵抗した行動であった。これがやがて、一九二〇年代に展開される組織的な社会運動のきっかけとなっていったのである［大阪社会労働運動史編集委員会、一九八四年］。

### 融和政策への政策転換

米騒動を契機に寺内内閣から交代した原敬内閣は、大きな政策転換をおこなっていく。日本で最初の本格的政党内閣であったともいわれているが、普通選挙をおこなわなかった。原内閣がおこなったのは、民力涵養《かんよう》運動と「部落改善政策から融和政策へ」という政策転換であった。

民力涵養運動とは、①思想面においては、民主主義・社会主義に対抗する国家主義思想の普及、②経済面においては、節約と貯蓄の奨励《しょうれい》、③方法としては、各府県に社会課を設置して役割を担当させること、これらを内容としている。つまり、「日本国民」としての責務《せきむ》をもつことを国民一人ひとりに強く求める政策であり、国家意識の涵養と国民の一体化を促すための「下から」の運動となることが企図《きと》されたのである。

融和政策は、この民力涵養運動の一環としておこなわれた政策である。その目的は、米騒動を教訓として、部落の人びとと「一般民人」との融和をはかることであった〔掛谷、一九九九年、四二八―四五二頁〕。すなわち、社会政策として、天皇のもとに国民は平等であると謳《うた》いあげ、人びとの接触機会を増やすことで差別をなくし、かわいそうな人びとを教育して同化（＝善導《ぜんどう》）させることを政策目標としたのである。

一九二〇〔大正九〕年に原内閣は、融和政策の効果をはかるために、ふたたび全国調査を実施する〔一九二一年報告〕。この調査の特徴は、前の寺内内閣が実施した調査項目と照応させて政策効果を比較できるようにした点にあった。この調査結果として、全国的に、部落の改善状態よりも融和状態のほうに関心が高まったことがしめされた。調査をうけて、以前は分かれていた補習学級、青年会、婦人会などの地域自治組織を統合していく施策が融和政策により進展したが、小学校の一本化は進まなかった。総じて原内閣による融和政策は、一定の「成果」を上げたとされる〔藤野、一九八四年、一二九―一三二頁〕。

米騒動後の原内閣による政策によって、国が初めて部落改善費に、予算五万円を計上した。日本で社会政策がスタートしたのは、この時であったといえよう。また、社会事業調査会［一九二一（大正一〇）年］を設置し、留岡幸助や山室軍平《やまむろぐんぺい》らによって「部落改善施設要綱《ようこう》」が作成された［杉原・玉井編、二〇〇八年、二七二頁］。

### 生存にかかわる問題

戦前の全国水平社《すいへいしゃ》◀26は差別糾弾《きゅうだん》闘争が中心だった。そのため、多くの人びとの心情をふるわせながらも、支持が拡がりきらなかった。被差別部落の人びとが苦しんできたのは、差別という問題だけではなかったからである。どのようにして日々を「生きのびて食っていくか」という、生存にかかわる差し迫った問題が、依然として目の前に、重く横たわっていたのである。

たとえば、米騒動後も水平社が結成されなかった大阪住吉の事例をみてみると、明治後期から大正期の人びとの生活実態と生存維持にかかわる、組織態（アソシエーション）の存在が浮かびあがってくる。また、土地所有者（田畑、農地、宅地、小作人等の所有者）と借家人《しゃくやにん》（土地所有者に住居を借りて仕事をあてがわれる者）との関係性があり、不安定な仕事の状況のなかで私設質屋《しせつしちや》などの金融によって生存維持がかろうじてなされてきた実態もある（これらについては、第3章であらためて述べる）。小地域である部落内においてさえ貧富の差が拡大するなか、当時の人びとは、公的機関よりも私的な人間関係によって、なんとか生存を維持してきたのである。借家人たち

（持たざる者たち）は、知人や友人たちから紹介してもらった仕事で日銭《ひぜに》をかせぎ、仕事がないときには、私設の金融機関（知友人・質屋《しちや》・頼母子《たのもし》など）からお金を借りて生活していたのだ。高い利子と土地（借家）、上下関係、劣悪な労働にしばりつけられることもあった。大正期まで、公設の金融機関はほとんどなかった（大阪府方面委員が調査をはじめ、こうした実態が明らかになっていったのである）。

**大阪における施策**

原内閣は、民主主義・社会主義に対抗する国家主義思想を普及する目的で展開した民力涵養《かんよう》運動の一環として、各府県に社会課設置をうながしたわけであるが、大阪では大大阪《だいおおさか》時代による人口急増を背景に、大正後期から昭和初期にかけて、都市問題が噴出していた。大阪府では、庶民信用組合［一九二〇～一九三二（大正九～昭和七）年］が設立され、方面委員の貧困家庭への訪問調査活動をバックアップした。この背景には、大阪府方面委員制度を創設した、小河滋次郎の思想（人間関係を重視する思想）があった。いわば方面委員活動を通じて、貧困者との接触機会の増加をうながす施策であった（ちなみに「方面」とは「一定の地域のことでほぼ小学校区を意味して」いた［大阪市民生局］）。

小河の思想を背景に、市民館と隣保館《りんぽかん》（セツルメント）も設立されていく。大阪市は、一九二〇［大正九］年に「社会部」を設置し、スラム改善や貧民の生活改善に関する研究と、暮らしにかかわる諸事業とをおこなっていった。当初の社会部の事業は、児童保護事業、労働保護事業、

表1-1　**市民館と隣保館の増加傾向**

| 年　次 | 1887 | 1891 | 1899 | 1900 | 1909 | 1911 | 1915 | 1916 | 1917 | 1919 |
|---|---|---|---|---|---|---|---|---|---|---|
| 施設数 | 1 | 1 | 2 | 1 | 1 | 2 | 3 | 1 | 1 | 4 |
| 累加施設数 | 1 | 2 | 4 | 5 | 6 | 8 | 11 | 12 | 13 | 17 |

| 年　次 | 1920 | 1921 | 1922 | 1923 | 1924 | 1925 | 1926 | 1927 | 1928 | 1929 | 1930 |
|---|---|---|---|---|---|---|---|---|---|---|---|
| 施設数 | 6 | 2 | 2 | 5 | 14 | 12 | 11 | 11 | 11 | 8 | 16 |
| 累加施設数 | 23 | 25 | 27 | 32 | 46 | 58 | 69 | 80 | 91 | 99 | 115 |

（註）公設28、民間87、計115施設となっている。
（出典）同和事業事務研究会（1961）の178頁より転記。

図1-3　**大阪府方面区域図**（大阪市）
出典『方面カード登録家族の生活状態』、1931年（復刻版1980年）

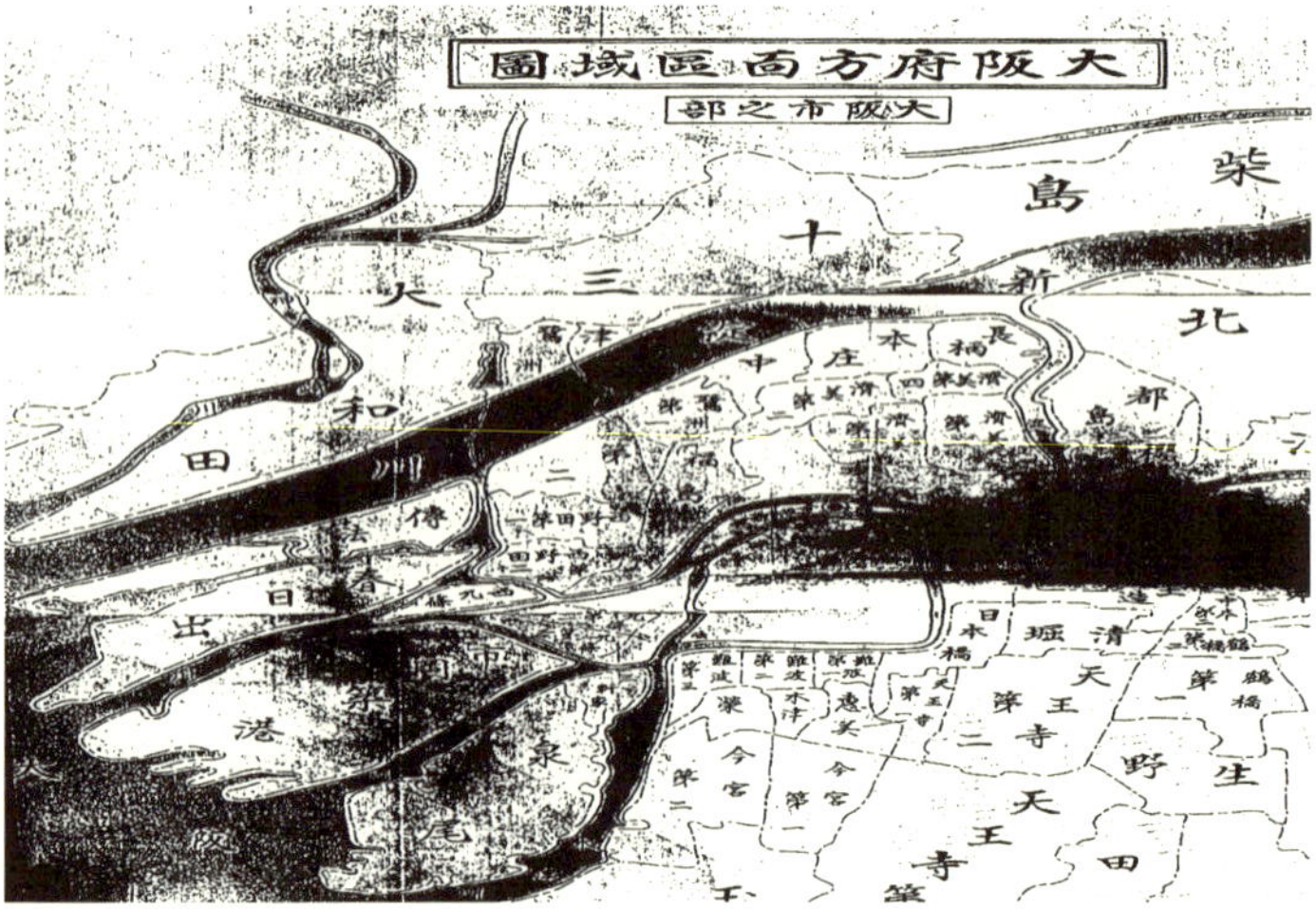

生活必需品供給施設と簡易食堂、医療保護事業、市設質舗《しちほ》、救貧対策、融和事業である。政府の民力涵養運動の一環として、自治体社会部の管轄《かんかつ》とする融和事業が展開されていったのである。こうした市民館と隣保館の増加は、大阪特有のものではなく、とくに大正後期の全国的な傾向でもあった（**表1－1**）。

方面委員による貧困家庭への訪問調査（社会測量）活動の展開にともない、生活困窮者《こんきゅうしゃ》の実態が明らかになっていった。高利貸《こうりが》しに苦しめられている実態（借金まみれ）が問題化され、公設質舗と生業資金貸付《せいぎょうしきんかしつけ》を実施していく（いずれも貸付制度であった）。また、借家人が多く、狭い家に密集して暮らしている実態も明らかになり、地区改善（整理）事業を実施して、住宅整備がおこなわれた。地域によっては、日雇《ひやと》いや季節労働などの不安定就労者が多いことから、内職会や授産所《じゅさんじょ》（のちに生活保護授産と障害授産に分かれていく）をつくらせる事業も開始されていく。大阪府では、方面委員活動の展開に合わせるかたちで地域形成（方面区域設定）がなされ、貧困者を担当とする方面委員の数も勘案《かんあん》された。大阪府にはじまったこの方面委員制度は、やがて全国へと波及していく。

**地区改善事業**　大阪府方面委員制度の展開とともに、一九二三［大正一二］年から国は、地区改善事業を実施した。この事業は、全国のうち二〇カ所に限定され、大阪では住吉《すみよし》がその対象（一一ヵ年計画）となった。別荘地の開発や河川の工事など、開発による労働力の確保とその受けいれ施設としての住宅が建設され、大都市の基盤を形成していく。大阪では、都市社会政策として、それまでの社会部社会課の調査研究をふまえながら、計画的に不良住宅地区改良事業がおこなわれるようになっていくのだが、大阪住吉のように、国の地方改善事業として地区改善が実施されるケースもあった。

大正一二年からの第一期地区整理一〇ヵ年計画で選ばれた全国二〇箇所のモデル地区のなかから、大阪府では住吉地区で改善が着手されるなど、そして推進団体として融和団体の公道会などが関係して、大阪市では一般の社会事業とは別口で進められることになる。住吉地区では、道路と下水の改良が行なわれ、立退きが必要となった住民に対して、当初計画八二戸から実際は三三戸の市営住宅が建設され、他に児童遊園の新設、青年会館の移築が行なわれた。

［水内、二〇〇四年、二九頁］

地区改善事業がおこなわれた結果、たとえば住吉の場合、総じて当初計画の六割程度まで達成したといわれている。このことからある程度、密集住問題は解消されていたといえるだろう。しかし課題はあった。スラム改善がおこなわれた地区とそうでない地区とに、はっきりと二分されたことである。事業対象外の多くは、計画はされたが図面作成にとどまった。というのも、基本的にこの事業は、各地域の財源にゆだねられていたからである。

はっきり言えば、富裕層と融和《ゆうわ》支持者が多く、彼らが費用を出した地域ほど改善計画が実現したということである。住吉に関していえば、「推進団体として融和団体の公道会など」が早くから関係していたこともあって、地元の融和事業家からのカンパが寄せられ、この計画がある程度、具現化したと考えられる。しかしながら、この地方改善事業の評価をめぐって、とくに一九八〇年代の部落解放同盟住吉支部は、「六割しか達成しなかった」という低い評価を下している。こうした背景には（第5章と第6章で後述するが）、地域において融和団体と部落解放同盟との激しい対立が勃発《ぼっぱつ》していた歴史の影響を推《お》し量ることができる。

＊　＊　＊

近代以降、国家形成にむけて政府は、強い地域づくりを推進し、民衆に推力《すいりょく》を求めた。強い国家をつくるためには、国家を下支えする地域が必要であり、それを形成する主体としての良民を涵養《かんよう》することが求められた。しかし、国家が軍拡による海外侵略をすすめるなか、国内の民衆の暮らしは悪化していった。都市部においては下層社会が拡がり、農村においても貧農や小作農が増加していった。

こうしたなかで、大逆事件や米騒動に代表される、民衆による社会運動が生じた。これを契機として、当時の政府であった原内閣は、社会政策を開始する。下層民対策として方面《ほうめん》委員や融和団体などの組織態（アソシエーション）を制度化し、最大限に活用した。これを機に、国家主導のアソシエーションと水平社や労働組合などの民衆主導のアソシエーションは、地域において対立することとなる。たとえば、大阪住吉において、米騒動で多くの民衆が参加し、大きな騒動となったにもかかわらず、その後、水平社ができることはなかった。その理由は、融和団体などの、地域における国家主導のアソシエーションが、想像以上に強力だったからである。では、当時の地域において、どのようなアソシエーションがいかなる活動をおこなっていたのであろうか。筆者が本書で明らかにしたいことのひとつは、この点なのである。[27]

## 生存保障システムの体制化

大正期以降の支配の仕組みをまとめると**図**1−4のようになるだろう。原内閣の主要政策である民力涵養《かんよう》運動の一環として融和《ゆうわ》政策が実施され、各自治体に、社会部という行政システムが登場する。同時に、各地域に地域有力者からなる融和団体が組織されていく。地域有力者は「地域・家システム」と「旧穢多《えた》・新平民《へいみん》＋借家人《しゃくやにん》システム」とを媒介する役割を担い、双方のシステム内を生きる民衆（人びと）の融和につとめた。

大阪市社会部は、スラム改善に関する多くの調査研究を実施し、さまざまな施策を展開していった。しかし、関東大震災〔一九二三（大正一二）年九月一日〕や、その後の昭和恐慌〔一九三〇（昭和五）～一九三一年〕の影響をうけ、その施策は低迷を余儀なくされることになる。これにともない、大正後期になると、私設質屋や高利貸しの利用が、人びとのあいだで再び広まっていった。結果、無業者（貧困者）のなかには、貸付で借金をしながら生活する人びとが、ふたたび増加していったのである。

### 暗黒時代へ

一九三〇年代はファシズムへと向かう「暗黒時代」であったとみる研究（「一九三〇年代論」）もある。[28] 国民意識が高揚《こうよう》するなかで「日本人」とは何かが問われた時期でもある。戦争による大日本帝国の領土拡大が続けられ、朝鮮・台湾を併合していく。領土拡大の過程において日本社会では、人口構成の変化が生じる。正確な数字は定かではない

図1-4　近代以降の支配の仕組み

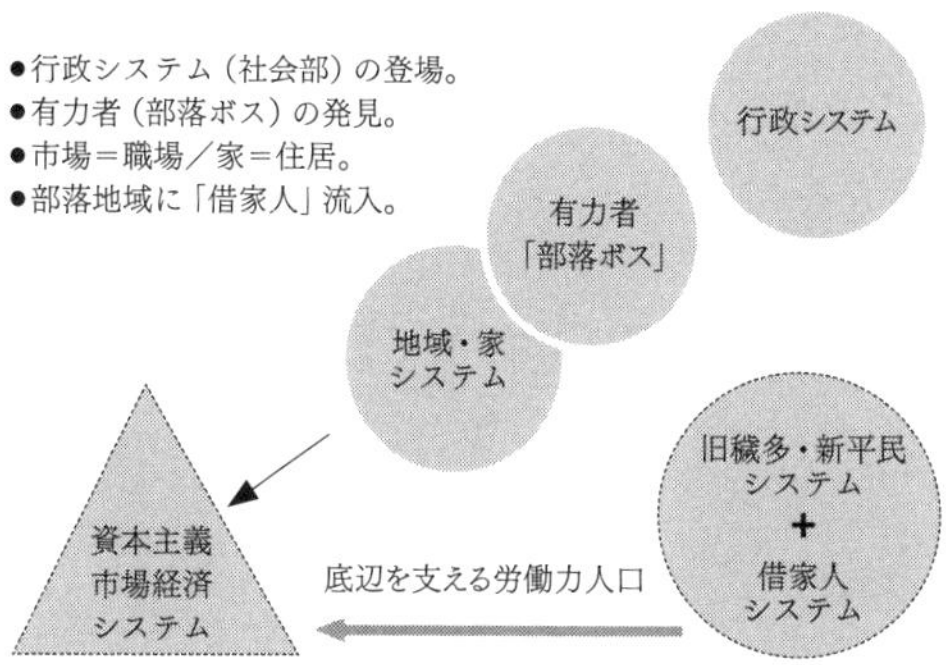

が、人口の四人に一人は「非日本人《ノン・ジャパニーズ》」であり、多民族社会であったといわれている〔姜、一九九九、二七九頁〕。こうした社会状況のなか、大日本帝国による侵攻と民族の同化を正当化する論理が求められていった。[29] その代表的な論者が、民俗学者であり融和政策にも強い影響力をもった喜《き》田《だ》貞吉《さだきち》〔一八七一～一九三九年〕であった。小熊〔一九九五年〕の研究によると、喜田は混合民族説をとなえた。そもそもアジアは天皇を子孫とする単一民族の国であったが、そこにはかわいそうな子孫たちがいて、それを融和（混合）していくことが大切である、という説である。当時の国家体制論（国体論）は、「大日本帝国の臣民《しんみん》は天皇を祖先とする一大家族」と唱えていた。そのため、この多民族である国内事情をどうするか、という議論（台湾・朝鮮の人びとをどこに住まわせるかという問題）が起こった。先にふれたように、当時のスラムの人びとは、異民族（「特殊（種）部落民」）として、人びとやメディアによって扱われていた。喜田は、大日本帝国の領土拡大を肯定しつつ、こうした「避けられている人びと」＝被差別部落の人びとを救済しようと考え、混合民俗説を提唱したのであった。いわば国内のマイノリティを擁護《ようご》するために産みだされた言説であった。しかしこの説は、この後の日本のアジア侵略を肯定する論理として利用されていった。国内では、遅れた・かわいそうな子孫たちを混合しようという国の融和＝同化政策が推し進められた。また、国外では、遅れた諸国を「神の国」が救済するのだという考え方にもとづいて、侵攻が続けられていった。結果、「日本国民＝単一民族」という意識がさらに国民に定着していく。

大阪や東京などの都市部では、「どん底生活」を強いられる人びとが増え、スラムが拡大していった。[30] ファシズムが台頭する「暗黒の時代」へと向かい、民間と自治体の社会事業は、しだいに国家主導へと転換していく。国内では、昭和恐慌で生活困窮者《こんきゅうしゃ》が増加し、政府は救護法《きゅうごほう》を施行した。しかし国外では、満洲事変《まんしゅうじへん》が勃発〔一九三一年九月一八日〕する。満洲事変とは、中華民国奉天《ほうてん》（現・瀋陽《しんよう》）郊外の柳条湖《りゅうじょうこ》で、関東軍（満洲駐留の大日本帝国陸軍の部隊）が南満洲鉄道の線路を爆破した事件を契機として起こった、日本と中国との武力衝突である。一九三二〔昭和七〕年二月初旬には、関東軍は満洲全土をほぼ占領し、三月一日には満洲国の建国が宣言された。これを機に、大日本帝国と中華民国（蔣介石《しょうかいせき》政権）および中国共産党とのあいだで、いわゆる日中戦争〔一九三七〜一九四五年〕がはじまり、やがて太平洋戦争〔一九四一〜一九四五年〕へと突入していった。

戦時動員体制のもと、大阪市では、一九四一年六月に総動員部が設置され、社会部の再編がおこなわれた。翌年の一九四二年六月には大阪市社会部は廃止され、市民局となる。市民局の管轄《かんかつ》のもと、厚生課《こうせいか》が設置され、保護課と福利課が厚生課にまとめられた。厚生課は軍事課とならび、これまでの福祉事業は厚生課の管轄とされた。

ファシズム体制を培《つちか》うえで重要な役割をはたした研究誌がある。中央融和事業協会（のちに同和奉公会と改称）が発行した『融和事業研究』（一九二八〜一九四二年までに全六四号を刊行）である。『融和事業研究』には、融和事業と融和運動に関する膨大な研究論文が収録されている。ここから浮上する融和政策の概要は次のとおりである。

融和政策は、基本的に、国民が一丸《いちがん》となって、地域での人びとの「支えあい」によって生活を維持していくことを強く促進する政策であり、これを具現化するための方法として、節約、教育勅語、五人組や隣保《りんぽ》事業、協同組合などをもちいることを奨励した。ただし、これが難しい場合（例えば、老人ばかりの村落等）には、人びとの移住を奨励する。さらに、身体が動かず他地域に移住することが困難な場合には、青年層（支える人びと）をその村落に投入する、という方策がとられた。すなわち、人口調整をおこなうことで地域共同体を保持し、そこでの支えあいを促進することを通じて国民精神の一体化（総動員）を図る事業であった。この目的を達成するために、国は、前近代から存続していた五人組制度を復活させ、隣保事業と協同組合を展開していく。この取り組みが全国の小集落（部落）の隅々にまで行きわたるよう、詳細な調査・研究がおこなわれ、そして報告された。とくに注目すべきは、融和事業を貫徹するため

図1-5　**総動員の装置 ① 農村**

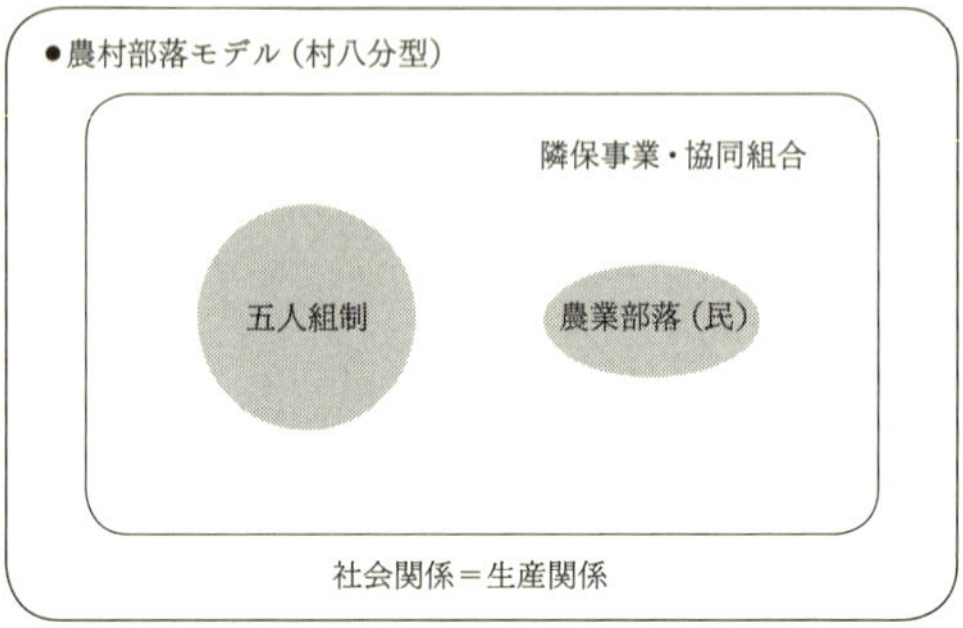

にさまざまなネットワークを活用したことである。すなわち、どの地域においてどのような装置（五人組制度や隣保事業など）を用いれば有効なのかについて、主産業を含めた詳細な分析をおこなっている。この点をまとめると、下記の**図1－5**のようになるだろう。

融和政策がとくに注目したのは、地域ごとの産業構造と人口問題である。主に地域は、**図1－5・図1－6**のように、農村と都市という二つの形態に大別される。中央融和事業協会が調査報告をおこなっているように、戦前は八〜九割の部落が農業中心の産業構造である。そこでの人びとの関係性は「社会関係＝生産関係」、すなわち、地域における人間関係によって「食いぶち（仕事）」が左右される世界である。社会関係と生産関係とが分かちがたく結びついているがために、社会関係から疎外されることは、生存にかかわる重大事となる。「差別問題＝排除問題」となる。したがって、農村社会における融和政策の狙いは、疎外されている農村部落の人びとを五人組制に接触させ（隣保事業）、

図1-6　**総動員の装置 ② 都市**

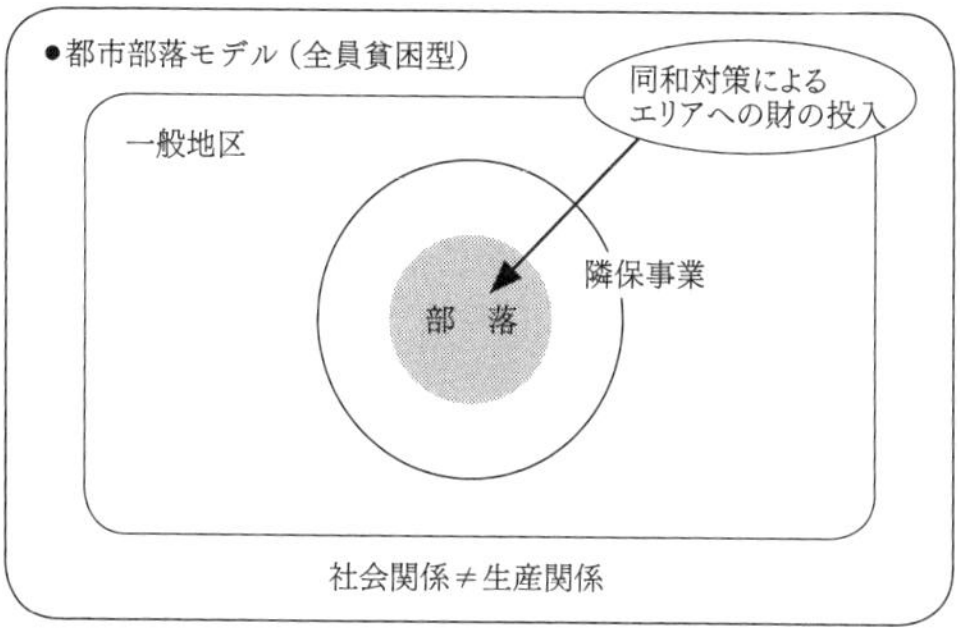

包摂《ほうせつ》する（協同組合）ことであった。しかし、この施策は都市部では異なる形態となる。なぜなら、都市における人びとの生活構造は、そもそも社会関係と生産関係が結びついていないからである。「社会関係≠生産関係」、すなわち都市では、人間関係から疎外されたからといって、それによって「食いぶち（仕事）」を完全に失うわけではないのである。社会関係が生存保障をおぎなうことはあっても、それは生命に深く直結する事態ではない。都市部では、生存は他の複数の要因に支えられている。この違いは重要である。なぜなら、当時の全国水平社が活動（差別糾弾《きゅうだん》闘争）を展開できたのは、主に都市部（一〜二割の都市部落）であったからである。しかし当時、圧倒的なボリュームをなしていたのは、地方における農業部落（差別＝排除問題）のほうであった。つまり、戦前の全国水平社が融和運動に大敗した要因として、都市部における社会関係（差別問題）に対してしかアプローチできなかったこと、それに対して、国家主導の融和運動は、農村を中心に、生産関係（＝社会関係）に比重をおいてアプローチできたことが、指摘できる。すなわち融和政策は、差別撤廃の方法として、人びとの生産関係に注目し、膨大な政策研究にもとづいて諸事業を実行したのである――そして戦時動員をも実行していく。

**融和政策の展開**

融和政策はこの後、水平運動を呑《の》み込みながら、経済政策を中心に展開していくことになる。ここで、水平運動と融和運動のちがいについて整理しておこう。下記の**表1-2**のように、双方ともに、差別をなくそうとする目標は一致しているものの、方法と主体が大きく異なっている。

　人びとの生産関係に力点をおいた融和政策は、国家総動員体制へとむかうなか、生活困窮者《こんきゅうしゃ》を戦争に動員する仕掛けとしても駆動《くどう》していった。国家をあげての融和事業の実施は、水平運動が提起する社会関係（差別問題）の乗り越えとして提唱された。部落差別をなくして同胞融和《どうほうゆうわ》を達成するために、経済的自覚と産業経済問題の重要性を説くだけでなく、人びとに実際に経済対策を実施して仕事を供給していった。また国は、融和団体の経済施設を充実させ、融和教育を徹底しておこなわせた。とくに青年融和運動の組織化を図り、皇室の恩恵《おんけい》を強調した。結果、水平運動と融和運動とが合体し、解放青年連盟が誕生した。これらの動向が、民衆レベルにおける「自主的解放運動」として、侵略戦争を肯定していくことにつながっていった。

　全国融和事業協議会（会長・平沼騏一郎《ひらぬまきいちろう》）は、国家のための部落問題の解決を強調した。この文脈において満洲国の建国は、部落問題の解決へとつなげられていく。同時に、部落経済更生《こうせい》運動も実施されていった。戦後におこなわれていく同和対策事業

表1-2　**水平運動と融和運動の違い**

| | | |
|---|---|---|
| 水平運動 | **目的** | 部落民のみの力によって差別からの解放 |
| | **方法** | 差別糾弾闘争中心 |
| | **主体** | 部落民 |
| 融和運動 | **目的** | すべての人びとの力によって差別を解消 |
| | **方法** | 差別撤廃同胞相愛、方面委員や警察等を融和団体の役員とする |
| | **主体** | 国家と国民 |

の実施方法は、ここに由来しているといっても過言ではない。

全国融和事業協議会は、経済更生《こうせい》地区として四八地区を指定〔一九三三年四月～〕し、全国の模範地区とした。この地区指定については、原則として被差別部落を対象とした。ただし、その他、適切な地区も可とした。このように不明瞭な基準にもとづき、指定地区に対しては膨大な費用が投下されることになる。全国融和事業協議会が地方改善応急施設費の増額を要求したことをきっかけに、一九三四〔昭和九〕年には、ふたたび融和運動と水平運動が対立した〔藤野、一九八四年、二四四－二四六頁〕。全国水平社は、応急施設費の不正使用を追及する。結果、全国融和事業協議会は、被差別部落の人びとを融和運動につなぎとめるために、翌年に「融和事業完成十箇《か》年計画」の策定を決定し、この計画に膨大な国家予算が投入された。この計画に先だって「全国部落調査」がおこなわれ、対象地区が選ばれていった。本書にみる大阪住吉も、この事業の対象地区に選定されている。

地区を選定したうえで、そこへ資源投下をおこなう政策は、救済がほんとうに必要な人びとに対して、資源が行き届きにくかったのではないだろうか。なぜなら、資源配分において、地域の既存の力関係が反映しやすいからである。融和政策は、地域有力者を中心に組織された分配システムとして融和団体をつくり、それを通じて部落の人びとに資源配分をおこなった（図1－7）。いわば地域住民のあいだにすでにあった力学を、積極的かつ最大限に活用した政策であった。このとき融和政策が地域の力関係を活用したことによって、戦後もこの関係性が人びとのあいだで引き継がれることになる（この点については第3章、第4章で大阪住吉をとりあげ明らかにする）。

戦時に突入する際には、融和政策と国民精神総動員運動は一致していた。戦争により「融和事業完成十箇年計画」は、当初の計画どおりに遂行されなかった。そこで融和団体は、融和運動家の精神力で政策を成就させようと企図する。「挙国一致《きょこくいっち》・尽忠報国《じんちゅうほうこく》・堅忍持久《けんにんじきゅう》」の国民精神総動員運動のスローガンをかかげ、融和政策と経済統制のもと、部落・スラムの人びとを戦争と軍事産業へ動員する装置となっていったのである。

地域においては、動員のために隣保館《りんぽかん》（セツルメント）事業が活用された。また、その事業を運営してきた融和団体と大政翼賛会《たいせいよくさんかい》の一体化がおこなわれた。一九四一〔昭和一六〕年、全国融和事業協議会（会長・平沼騏一郎）は同和奉公会《どうわほうこうかい》へと改組《かいそ》される。このとき「融和《ゆうわ》」という用語が「同和《どうわ》」へと変化する。「同和」とは、天皇裕《ひろ》仁《ひと》が大正天皇のあとを継いだときの語句にもとづいて

図1-7　**昭和初期における支配の仕組み**

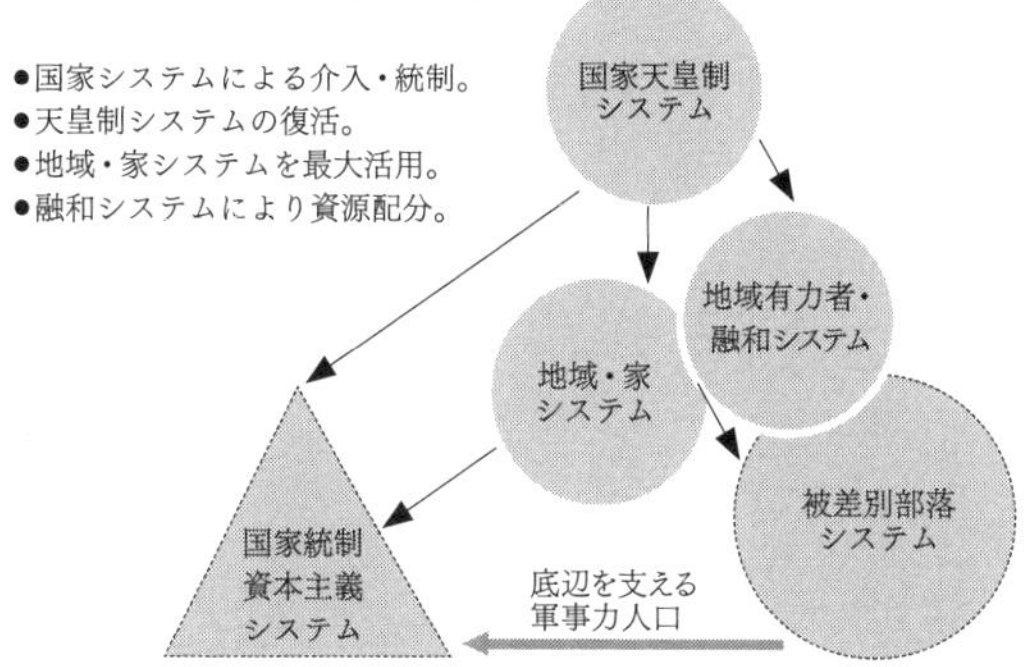

いるといわれている〔上杉、二〇一一年〕。大阪府公道会が同和奉公会に改組されたのを最初に、変化は全国にひろまる。住民の組合組織レベルまで統制する体制だったのだ。同和奉公会は「スイッチひとつで全国民を一定の方向にむかって動員しうる国民運動組織」といわれるほど、その取り組みは国民生活の細部におよんだ〔藤野、一九八四年、二九五頁〕。

一九四五〔昭和二〇〕年に本土は敗戦をむかえた。日本軍の無条件降伏および日本の民主主義的傾向の強化、基本的人権の尊重、平和政治、国民の自由意志による政治形態の決定を条件とするポツダム宣言を受諾《じゅだく》した日本政府は、事実上、憲法改正の法的義務を負ったため、連合国軍占領中に連合国軍最高司令官総司令部（GHQ）の監督のもとで「憲法改正草案要綱《そうあんようこう》」を作成する。一九四六年五月一六日の第九〇回帝国議会の審議を経て若干の修正を経たのち、一一月三日に日本国憲法として公布され、一九四七年五月三日より施行される。

＊　＊　＊

ここまでみてきたことを簡潔にまとめておこう。戦争は国家と人びとの国家意識《ナショナリズム》を増強させ、部落・スラム、マイノリティの人びとまでも総動員した。戦争に至るプロセスにおいては、日本人が単一民族であるという幻想をうみだすために、特殊部落民という幻想をつくりあげた。この政策は、日本人と非日本人の関係に政策的な線引きをおこなうものであり、そのため、在日の人びとに対する差別がさらに助長された。戦争にむかうなか、国家は、被差別部落を中心に、大々的な融和政策を実施していく。それは、翼賛《よくさん》体制に人びとを吸収することによって、生活困窮者を戦場の最前線に動員する装置ともなっていった。戦争の傷跡は、マイノリティをめぐる戦後政治にも、大きな影響を与えることになる。

## 戦後復興と同和政策

戦災被害の状況は、とくに都市部において相当なものであった。部落・スラムの多くは跡形もない状態になる。大阪においても、市内のほとんどのインフラが焼失し、焼け野原からの復《ふっ》興《こう》作業がスタートする。最初に着工されたのは住宅インフラの整備であった。戦災復興住宅の建設が早期にはじめられていったのである。一九五一〔昭和二六〕年には公営住宅法が公布され、住宅がたちならんでいった。日本が急速な復興を遂げていったのは周知のとおりである。一九五四年からは、高度経済成長期にはいる。経済成長を背景に、戦災復興から取り残されたスラムが、あらわれはじめた。

一九五二年に建設省は『昭和二六年　不良住宅地区調査　東京・大阪・京都・名古屋・神戸』

を報告した。住宅と地域に照準した調査である。このなかで、とくに関西の不良住宅は戦前に「特殊部落」とよばれてきた空間が多いことが指摘された。その翌年、厚生省は『地方改善生活実態調査報告』をまとめた。こちらのほうは、人口と地域に照準した調査である。このなかでは、戦後に顕在化《けんざいか》したスラムにおいては、人びとの混住化《こんじゅうか》が相当すすんでいる実態が明らかとなった。こうした調査結果が示したのは、戦後のスラム地域は、地理的には戦前の特殊部落と呼ばれてきたエリアと合致しており連続性がみとめられるが、そこで暮らす居住者については混住化がすすんでおり、戦前からの連続性がほとんどみられないという実態である。戦争という構造変動により、土地と人口が乖離《かいり》したのである。

高度経済成長を背景として、戦災復興から取り残されたエリアが各省による調査をつうじて見出された当時、保守合同により自由民主党政権が誕生〔一九五五（昭和三〇）年〕する。いわゆる「五五年体制」のはじまりであった。米ソの冷戦《れいせん》構造を背景に、社会党と共産党の躍進《やくしん》に対抗するため、日本民主党と自由党が統合（保守合同）して、自由民主党が結党されたのだ。これにより、自由民主党が第一党（政権与党）になり、第二党が社会党となる。自由民主党（岸信介《きしのぶすけ》政権）は、一九五七年の社会保障を争点とした総選挙で勝利をおさめる。以降、長期政権を保持し続けることになる。

岸信介政権のもと、一九五七年、全日本同和対策協議会により『同和関係概況調査集計表』がまとめられ、同和対策を実施する準備がおこなわれた。先にみたとおり、敗戦直後は戦災によって、どこが部落やスラムなのか、わからなくなっていた。そのため、全日本同和対策協議会は概況調査をおこなうにあたり、同和事業の対象となるエリア、すなわち「同和地区」を次のように定義した――戦前の「融和事業完成十箇年計画」の対象地区＋《プラス》その後増加した同和地区。定義にあたって全日本同和対策協議会が参照したのは、戦前の融和政策であった。そして融和政策を復活させたエリア対策が、岸政権のもとで準備され実行されていく。後の章であきらかにするが、戦争はたしかに大きな構造変動であり、敗戦を契機に従来の支配の仕組みが変革された。しかしながら、地域によっては、戦前からの地域有力者が、戦後も引き続き権勢《けんせい》を保持し、地域の人びとを統治し続けたエリアもあったのである。岸政権が同和事業をエリア対策としておこなったのは、こうした地域レベルにおける実情（地域内の既存の媒介者）を活用することを企図《きと》したからである。

図1-8 「**55年体制**」**における支配の仕組み**

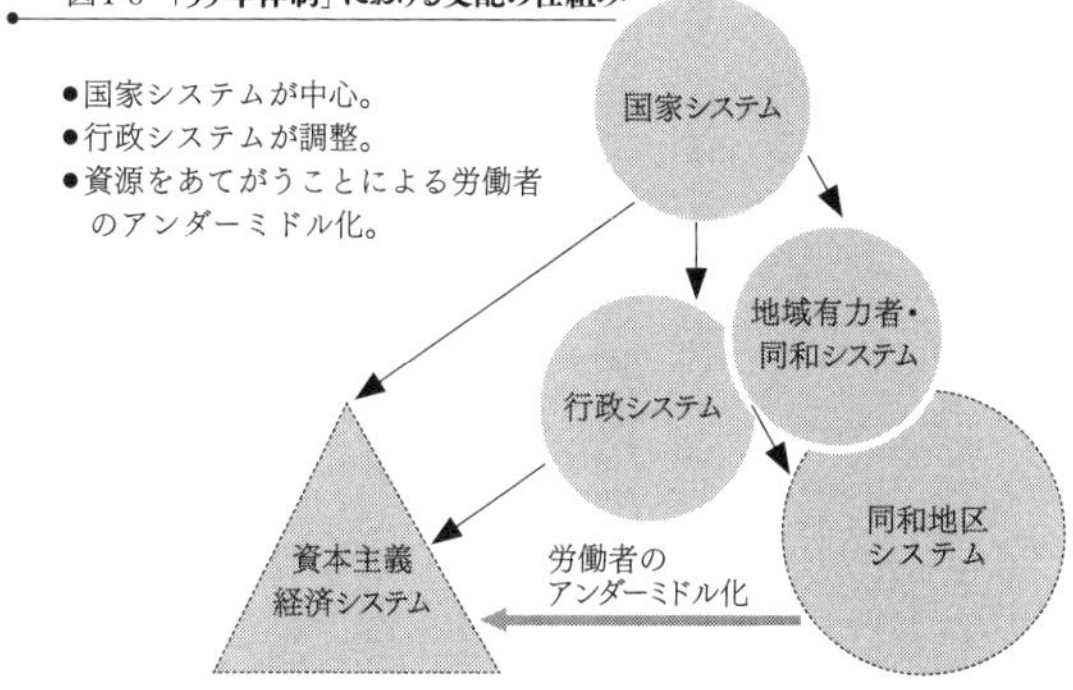

たとえば、戦後の同和対策は、各地域・自治体による申告制をとった。当事者みずからが「部落民」だと名のること、そして部落としてまとまっていることを、事業申請の要件としたのである。[31]たとえば大阪市の場合、当事者による自治組織をつくって維持できなければ、同和事業の対象地区として認可がおりなかった。要するにエリア対策は、部落・スラムの人びとの救済を標榜《ひょうぼう》しつつ、実際には、地域有力者が潤《うるお》い続けるための経済（復興）政策であり、高度経済成長を背景とした「バラマキ政策」だったのである。いうまでもなく、この「バラマキ政策」は、戦前の融和政策によって開始された事業である。したがって、戦前とおなじように、資源分配する機能をもった団体設置が地域において条件とされた。あとの章で述べるとおり、大阪住吉の場合にも、戦前の経済更生会が、戦後の同和事業促進協議会として、スクリーニング機能を担っていた。

### 「五五年体制」における同和対策

戦後五五年体制において実施された同和政策は、基本的には、戦前の融和政策を参照しつつ、限定したエリアを対象とした経済政策として展開していった。しかしこれは、都市と地方にあらわれた地域間の経済格差を是正《ぜせい》することが優先され、炭鉱《たんこう》労働者の失業問題、公害や基地などの、個々の人びとの生命・生存に照準した課題をあつかうことはなかった。このような意味でも「バラマキ政策」だったのである。

図1-9 「昭和初期」から「55年体制」への支配の移行

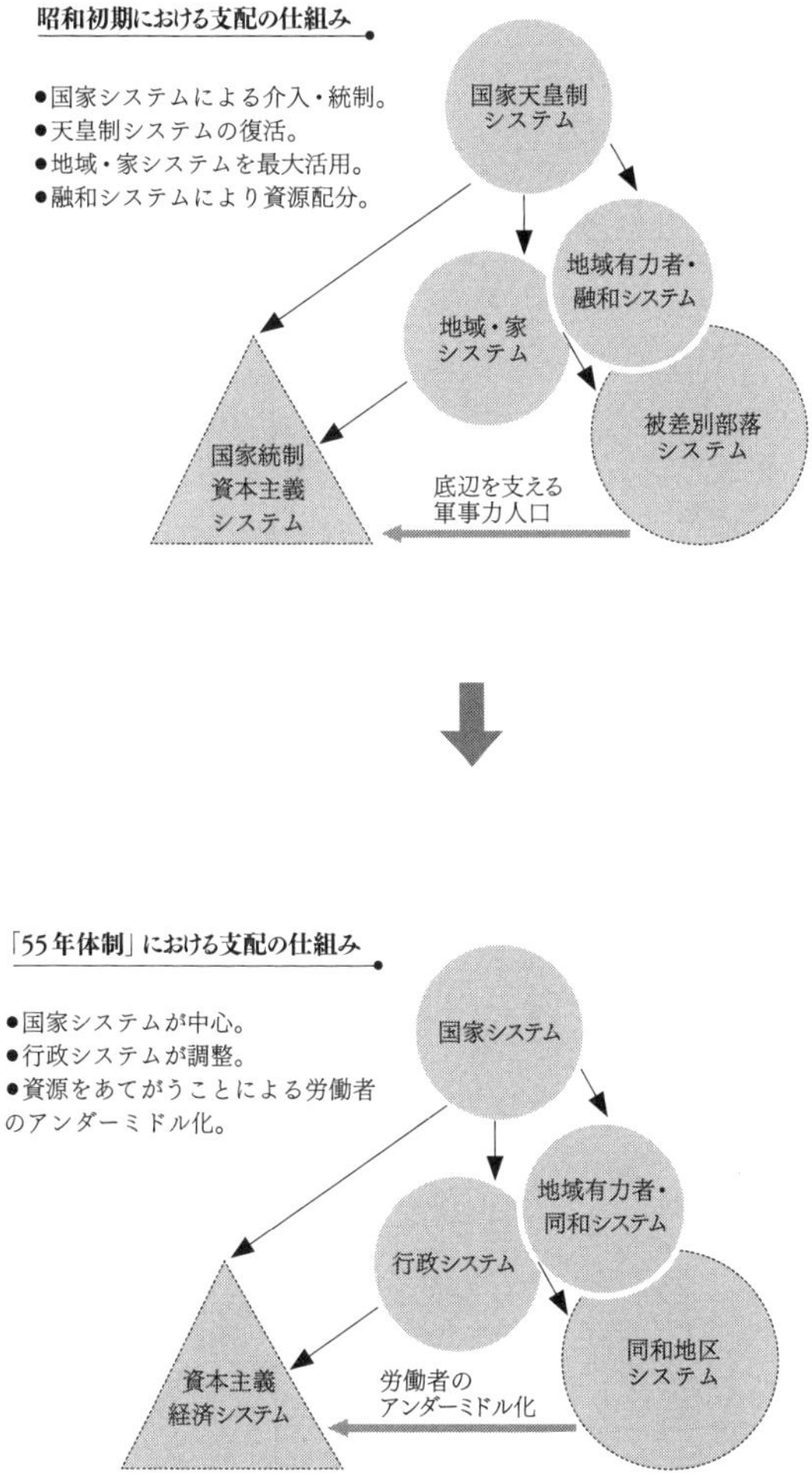
昭和初期における支配の仕組み
●国家システムによる介入・統制。
●天皇制システムの復活。
●地域・家システムを最大活用。
●融和システムにより資源配分。
国家天皇制
システム
地域有力者・
融和システム
地域・家
システム
被差別部落
システム
国家統制
資本主義
システム
底辺を支える
軍事力人口
「55年体制」における支配の仕組み
●国家システムが中心。
●行政システムが調整。
●資源をあてがうことによる労働者のアンダーミドル化。
国家システム
地域有力者・
同和システム
行政システム
同和地区
システム
資本主義
経済システム
労働者の
アンダーミドル化

戦災の影響もあり、戦後混乱期は、大量に失業者が産出された。敗戦直後には、失業者や労働者を中心としながら、関西水平社や沖縄の人びとの運動が組織されはじめ、徐々に全国に展開していく。

同和対策により改善された点として、第一に、国が積極的に予算を出して同和問題を解決しようとしたこと(国家責任)、第二に、財政面でも、自治体まかせにせずに、国が各自治体に対して二分一以上の補助を出したこと、第三に、それにより住環境改善やインフラ整備、教育・啓発、福祉が総合的に進んだこと[32]が挙げられよう。地区によっては、住民が貧困状態から脱却できたと考えられる。

しかしながら、地域にお金をばらまくという「エリア対策」であったために、必要な人に必要なサービスが行き届きにくいという問題が生じる。逆にいうと、不必要な人にもサービスが過剰に供給されたケースもあったのだ。

国が「必要な人」を認定せずに、その認定を各自治体や地区にゆだねたわけだが、そのため各自治体や地区は混乱した。結果、各自治体と地区によって、「必要な人」=「部落民」を認定する機関が必要になっていった。戦前の同和奉公会による認定方式は、部落らしき地域に「部落民」と確認できる人物が一名いれば、その周辺も含めて同和地区と指定し線引きする、完全な属地《ぞくち》属人《ぞくじん》方式(**図**1-10)であった。戦後のエリア対策としての同和対策も、この属地属人方式を踏襲《とうしゅう》したのである。しかし救済対象を広範囲に設定し、多くの人びとをその対象にしてほしいという要望は、民衆側からなされたものでもあった。
結果として、同和対策は、属地属人方式でおこなわれ、大阪においては、同和事業促進協議会が「当事者＝部落民」の認定をすることになる。この方式は、当事者と非当事者のあいだに軋轢《あつれき》を生んだ。当時の「部落民」とおなじ被差別という境遇にあった在日コリアン、沖縄出身者、台湾出身者、都市下層労働者などが、地域で暮らしにくくなったのだ。また、あいまいな基準（線引き）であったため、地域の富裕層や有力者もエリア対策の対象となった。その結果、地区内でも貧富と力の差がさらに拡大した。同時に、地区の周辺には、「当事者」になれなかったマイノリティの人びとが暮らす結果になる。要するに、そもそもエリア対策は、すでにあった地域住民同士の力関係が反映されやすい仕組みであったのだ。こうした経緯もあり、その後、当事者運動団体である部落解放運動は、主に三つに分裂していった（**表1－3**）。

五五年体制を背景として岸政権がめざしたのは、あくまで国家主導の地域の体制内化であったことを再確認したい。それゆえ、国家－行政システムを柱としつつ、地域有力者を活用して同和事業促進協議会を設置し、同和地区に資源を投下して再分配をおこなっていったので

図1-10　**どこまでを「同和地区」と指定するか**

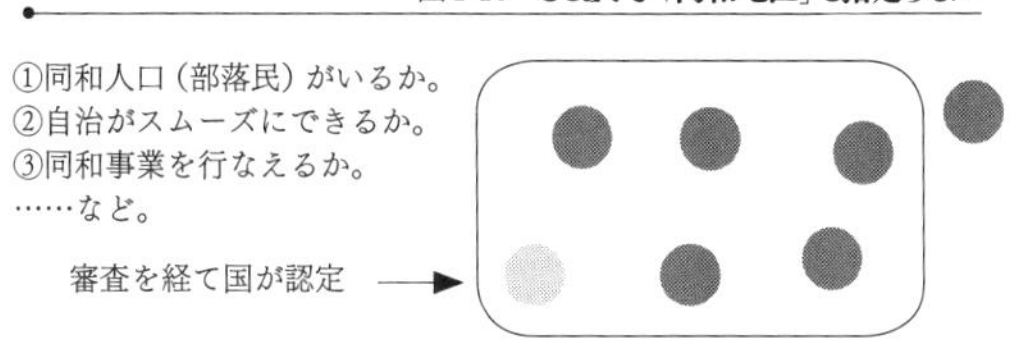
①同和人口（部落民）がいるか。
②自治がスムーズにできるか。
③同和事業を行なえるか。
……など。
審査を経て国が認定

ある。その結果、同和地区では、人びとの選別がおこなわれた。同和事業の恩恵《おんけい》として雇用や住宅があてがわれた人びとは、その「おこぼれ的な恩恵」を享受《きょうじゅ》しながら、アンダークラスを脱却したアンダーミドルとして経済システムに組み込まれていく〔天田、二〇一二年、一七〇－一八六頁〕。しかし、「おこぼれ的な恩恵」すら受けることができなかった人びとは、同和地区にとどまり続けることになる。こうして、労働力人口とそうでない人口とを切り分ける仕組みとして、同和対策事業は、そのスクリーニングを各地域にゆだねつつ展開されていった。水内〔二〇〇四年〕の研究が明らかにしたように、一九六九〔昭和四四〕年に特別措置法としてピークを迎えた同和対策事業は、地域構造をおおきく変えた。長期間にわたってスクリーニングがおこなわれてきたことは、地図上にも明確にあらわされるまでとなる〔同書、一二三－一六九頁〕。

そもそも、同和対策の問題は、国が「部落（民）」を認定するスクリーニング機能を自治体や地元の運動団体、組織にゆだねたことにあった。同和対策事業が開始された当時、大阪市がこの施策に消極的だった理由は、スクリーニングをどうするかという「厄《やっ》

表1-3　**部落解放運動の分裂**

| 団体名称 | 主な支持政党 |
|---|---|
| ① 部落解放同盟 | （社会党→民主党） |
| ② 全自由同和会 | （自由民主党） |
| ③ 全国部落解放運動連合会 | （共産党） |

介《かい》な問題」に直面したからである。どうすれば資源が公平・公正に分配され、ほんとうに困窮《こんきゅう》している人に届くのかという議論が、各自治体・地域でおこなわれた。結果、「部落（民）」を認定するためのなんらかの機関を設置することで、分配の問題を乗り越えようとしたのである（**図1-11**）。たとえば、京都府では、自治体行政である同和行政が分配をおこなう方式（京都方式と呼ばれる）がもちいられた。岡山県では、当事者組織である部落解放運動が事業体となり、スクリーニングもおこなう方式を採用した（岡山方式と呼ばれる）。大阪府・市では、先に述べたように、同和事業促進協議会を設置して資源配分をおこなう方式を採用した（第三セクター方式・「同促協《どうそくきょう》方式」と呼ばれる）［金井、一九九六年、四八二頁］。

これらの方式のもと、戦後の特別措置法にもとづく同和対策は、約四十年間［二〇〇二年三月まで］続いた。大阪においては、同和事業促進協議会方式[33]（同促協方式）が採用され、事業のスクリーニング機能を担っていく。地区によっては、まちづくりや社会政策、地域福祉政策、都市社会政策の実験場として、膨大な科学的調査がおこなわれた。事業が成功したとみなされた同和地区は、福祉政

図1-11　**どこが誰を「部落民」と認定するか**

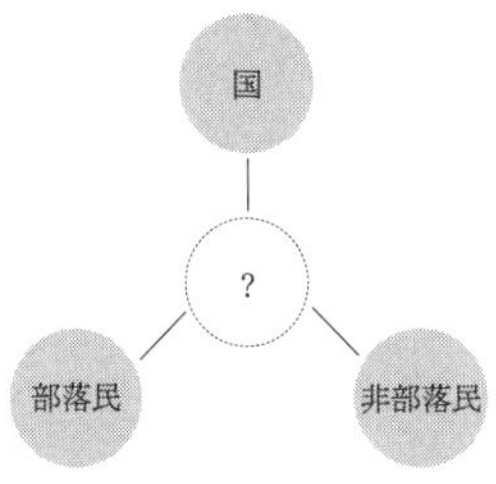

策や都市政策のモデル地区となった。しかし、地区によっては、分配の機能を担う同和事業促進協議会をめぐっての主導権争いが生じたり、反社会的勢力が同和事業促進協議会を支配するという事態が起こったケースもあり、新たな社会問題の要因になっていった。

現在の同和地区では、部落解放運動の衰退〔二〇〇〇年代〜〕が起こる一方で、都市下層の拡大問題と不安定就労の労働問題などが生じている。低所得層や社会的困難層（高齢者や障害者）が多く居住するエリアが増えてきており、人びとの孤立化の進行と並行して、自治（まちづくり）の困難が生じている。また、居住地域が同和地区であったことを知らない住民も増加しており、差別や排除現象が生じたときに対応するすべがない状況も指摘されている。複合差別、就職・結婚差別、近年のヘイトスピーチ問題、身元調査の横行、生活保護受給者に対する差別、生活困窮者の増加、格差の拡大、再開発の美名によるジェントリフィケーション……、ふたたび、さまざまな問題が新たなかたちで噴出する事態に直面している。

＊　＊　＊

この章では、生存保障システムの変遷《へんせん》をめぐって、通史《つうし》的な叙述をおこなった。次章以降のローカル・ポリティクスに関する議論につなげることを意図したためである。前近代の身分制度（「穢《え》多頭《たがしら》＝弾左衛門《だんざえもん》の仕組み」）が、さまざまな構造変動の影響をうけながら、地域によっては、現代史にまでもちこされてきた側面がある点を、簡潔に整理しておこう。

前近代の仕組みが残存しやすい政策が、近代国家の手によって展開されていくなかで、米騒動を契機として発足した原内閣によって、各自治体に社会部が設置され、融和事業が本格的に始まる。大阪でも社会部が設置されたが、地方改善事業と不良住宅地区改良事業にみられるように、部落とスラムに対する施策がそれぞれ分離しておこなわれていった。これは、中間・媒介集団のちがいに起因《きいん》するものと考えられよう。そして、戦時動員体制へとむかうプロセスにおいて、人びとの生存を左右する地域ボスによって、ローカル・ネットワークのまとめあげがおこなわれていく。戦後における分配システムは、戦後同和行政によって初めておこなわれたのではなく、戦前の融和団体等を中心にすでにおこなわれてきたものであった。[34]この分配システムが、いわゆる「五五年体制」における岸政権のもとで、エリア対策（経済対策）として継承・復活をみるのである。

次の章では、「地域なるもの」が人びとの生存にいかにかかわってきたかの一端を、大阪の住吉という具体的なエリアを見ていくことで、考えてみたい。

# 第2章 ローカルな生存保障

前章「**生存保障システムの変遷**」で俯瞰《ふかん》した歴史のただなかで、ではいったい個々の人びとは、いかにして生きぬいてきたのか、何が生きぬくことを可能にしてきたのか。この問いに、以降の章で答えていかねばならない。そこでまずこの章では、当時の人びとの生活はどのような状態であったのかという視点から、部落政策（必ずしも部落を対象とした政策として公言されてきたものに限らない）を軸に検討をおこなう。具体的には、筆者がフィールドワークをおこなってきた大阪の住吉という地域に関して、文献資料をもとに、そのローカルな地域史を詳述する。

前章でもすこし触れたが、近代国家の形成過程において配備された「模範村《もはんむら》」について、そもそも部落をふくむ地域の人びとが努力すれば「模範村」になれたのか、という歴史的な問いを踏まえなければならないだろう。そのため最初に、大阪特有の施策《しさく》とはいかなるものであったのかを確認していく。そのうえで、当時の大阪住吉の人びとの生活状態について述べていく。

# 大阪特有の施策

まずは、戦前の大阪における、部落とスラムをめぐる施策動向をふりかえっておきたい。主に大正期から昭和初期までをみておく。戦時動員体制へと雪崩《なだ》れこんでいくまでのこの時期は、国家が民衆の暮らしに徐々に介入しながら、地域形成をおこなった時期であった。[1] この時期におけるローカルな人びとの生存保障システムを確認しておくことにより、敗戦後の人びとの生活再建が、戦前からの社会政策や社会関係をどの程度引き継いでおこなわれたかが、把握しやすくなるだろう。

まず、大正期の全国的な政策動向から確認しておこう。この時期は、社会福祉の前史的把握として、感化《かんか》救済事業期［一九〇八（明治四一）年頃〜一九一八（大正七）年］と名づけられる時期であった。感化救済事業期とは「最も閉鎖的で保守的な小領域に脚光《きゃっこう》が浴びせられた」時期であり、「日露《にちろ》戦争後の国民統制と深く関係し、具体的事業の展開としては、感化《かんか》事業の増加、施療救療《せりょうきゅうりょう》事業の発展、宿泊・職業紹介などの防貧《ぼうひん》事業の勃興《ぼっこう》、保育事業を中心とする児童救済事業の発展などの特徴をもつ」とされ、「国家の経済負担を極力回避し、国民に対する「精神的」対応」や「国家に責任を持たせない道徳主義的救済行政の提起」を事業特徴とした期間である［藤原、二〇〇六年、二四六頁］。

この時期、部落とスラムをめぐる政策に転換が生じた。一九一五〜一九一九［大正四〜大正八］年、各地方自治体の財政が逼迫《ひっぱく》するなか、政府の次元で、部落改善が主要な政策課題として初めて浮上する。一九一四年、内務大臣（大隈重信《おおくましげのぶ》）から部落改善を盛り込んだ訓示《くんじ》が出されたのである。このとき、首相兼《けん》内相の大隈重信は、「訓示」のなかの「失意不幸の境遇にある者」とは「被差別部落の人びとをさす」と、大江卓《おおえたく》に対して語ったとされる［藤野、一九八四年、一〇二頁］。また、その翌年には「帝国公道会《ていこくこうどうかい》」が設立され、各自治体に対して地方公道会の設置を求めていった。その「主な活動は、被差別部落の巡回視察と講演・差別事件の調停・北海道移住の奨励実施」であった。しかしながら、部落改善政策に特別に予算が組まれなかったという事情もあり、「帝国公道会は内務省や府県当局の政策を補完《ほかん》するものであった」にもかかわらず、低迷していくこととなる。一九一七〔大正六〕年には、会の財政難から移住事業は打ち切られてしまう。北海道庁には、移住団一団体あたり被差別部落出身者は七戸までとするという内規もあったといわれる。この時期は、第一次世界大戦による好況期で、北海道第一次拓殖《たくしょく》計画も好転してきていた。帝国公道会も、こうした状況に便乗《びんじょう》しようとしたのであるが、結果は失敗に終わった〔藤野、同書、一〇二－一一〇頁〕。

部落改善の「訓示」に始まる「帝国公道会」の低迷からもわかるように、「国家の経済負担を極力回避」する、いわば及《およ》び腰《ごし》の公的取り組みが、感化救済事業期の特色であった。したがって、当時の国家が主な救済対象としたのは、被差別部落のなかでも、国家に負担をかけない人びとであった。要するに、被差別部落のなかでも、国家の経済負担がかかる人びとは「排除」の対象となり、国家に負担をかけない人びとを「包摂《ほうせつ》」の対象として、移住事業等の施策が打ちだされたわけである（前章の「**部落改善から地方改善へ**」の節を参照）。こうした公的諸施策のあり方は、部落の人びとの生存・生活状況の改善にはつながらなかった。この時期、乳児死亡率が上昇したことからも、生活状態が悪化していたことがうかがえる（このことは第3章で詳述する）。

こうしたなか、米騒動〔一九一八（大正七）年〕が勃発する。米騒動への対応策の一環として、当時の政府は、内務大臣水野錬太郎《みずのれんたろう》の監督下に救済事業調査会を設置し、救済対象の特定化を急いだ。大阪府救済課において「部落台帳」〔一九一八年〕が作成されたのもこの時である。

「部落台帳」や「貧民台帳」の作成が、救済対象を特定する意図と同時に「貧民警察《ひんみん》」を確立するなど、治安維持的な意図を有していたことは、前章でも述べたとおりである。「被差別部落こそ、「貧民の部落をなすもの」の典型」として位置づけられ、内務省は各府県に「細民《さいみん》部落調査の通牒《つうちょう》」を発し、部落エリアとその居住者に関して細部にわたる調査がおこなわれた〔藤野、同書、一一八－一一九頁〕。米騒動を契機に、国家が排除する対象は変化した。それまでの排除人口は、被差別部落のなかでも国家の経済負担がかかる人びとであった。しかし「部落台帳」だけでなく貧民台帳をも作成して細民部落調査を実施したことから考えれば、排除人口の範囲は狭められ、逆に包摂の対象範囲は、被差別部落から貧民〔細民〕という広い範囲へ拡大したといえよう。

この時期は、米騒動を契機に、寺内内閣から原内閣に交代し、部落改善政策から融和《ゆうわ》政策への転換が起きたが、それは内務省のもとで開始された民力涵養《みんりょくかんよう》運動の一環とも見られる。

この運動は、思想面では民主主義・社会主義に対抗する国家主義思想の普及をはかり、経済面では節約と貯金を奨励した。そして、日露戦後の地方改良運動では、地方自治に献身しうる人物を得ることが重視され、特に村長・小学校長・宗教家・篤志家《とくしか》の指導力が求められたのに対し、民力涵養運動では、広く国民一人ひとりが日本国民としての責務をもつことが求められた。そして強固な国家意識を養成するためにも、国民の一体化は必要であり、融和政策は民力涵養運動の一環ともなったのである。〔中略〕原内閣は融和政策を進めるため、一九二〇〔大正九〕年度予算に部落改善費五万円を組み入れた。一九二一年度以降、内務省は地方改良費五万円のなかから部落改善団体の奨励助成費一万〇八〇〇円を支出していたが、初めて部落改善費が正式に政府予算に組まれたことになる。〔藤野、一九八四年、一二四－一二八頁〕

この時期、原内閣は米騒動前後の融和政策の効果を測定するために、「細民部落調査」と項目を合致させた再調査を実施している。その調査結果の一部が、内務省社会局編『部落改善の概況』〔一九二二年〕である。全国的にみても、一九一七〔大正六〕年と一九二〇年の調査結果を比較すると、「補習学級・青年会・婦人会では、被差別部落とそれ以外の地区との一本化がかなり進んでいる」のである〔藤野、同書〕。住吉における「青年湯《せいねんゆ》」という公衆浴場を建設した経緯《けいい》もまた、こうした動向との関連が推察できる（青年湯については後述する）。つまり、米騒動を契機に、国が救済施策である融和政策を被差別部落に限定せずに、貧民も含めてその対象としたことによって、ローカルな地域レベルにおいて、対象とされた人びとの統合（一本化）が進んだと考えられるのである。なお、関連事項として、一九二一〔大正一〇〕年に留岡幸助《とめおかこうすけ》や山室軍平《やまむろぐんぺい》らによって作成された「社会事業調査会の答申」による「部落改善施設要綱」の影響も見落とすべきではない。

米騒動の勃発によって、被差別部落は、貧民を含めた救済対象エリアとして捉えられるようになった。同時に、米騒動で多くの逮捕者が出たことから、治安対象エリアとしても表象《ひょうしょう》されていく。それは、対象エリアが公的諸政策やそれに関連・反撥《はんぱつ》する諸々の社会運動と結びつきがある、とみなされたことから生じた動向でもあった。

米騒動には、被差別部落の人びとだけでなく、それ以外の多くの人びとも参加したが、その背景には人びとの生活状態の悪化があった。当時の人びとの生活状態をあらわす指標として、しばしば乳児死亡率が参照されてきた。後述する住吉地区の乳児死亡率がピーク（平均三五・〇％）に達したのは、まさにこの時期［一九一五〜一九一九（大正四〜大正八）年］であり、大阪全体にあっても同時期、全国および主要都市と比して、高い乳児死亡率が問題化されていた［大阪市民生局、一九六四年、三〇頁］。この時期の乳児死亡率の全国平均は一七・二％であり、神奈川県（一六・九％）、愛知県（一七・二％）、東京府（一七・八％）、兵庫県（一八・〇％）、京都府（二〇・一％）、大阪府（二三・四％）というように、大阪が最も高い値を示していたのである。なぜこの時期に大阪の乳児死亡率が高かったのか、その原因はいまだ解《わか》っていない。しかし住吉地区を一事例としてみる限りにおいては、インフルエンザの流行だけでなく、「庶子《しょし》、私生子《しせいし》」の急増や米騒動の勃発とそれらに対する対応など、いくつもの要因を推察できる（このことは第3章において考察する）。

この乳児死亡率の高さを背景に、大阪では、乳児死亡率を低減《ていげん》させる取り組みが展開された。『大阪市民生事業史』［一九七八年］には、「乳幼児の保護と保嬰館《ほえいかん》の設立」の項で次のように記されている。

大正期の日本の乳児死亡率は先進国に比較してかなり高いものであったが、その日本においても、大阪は、他の大都市をもつ府県に比して最も高いものであった。大正九年においては、出生一〇〇に対する死亡率は東京府一六・八に対して大阪府は二二・四という数を示し、ほぼ四分の一多い数をしめている。［大阪市民生局、一九六四年、三〇頁］

米騒動が勃発した一九一八［大正七］年に、インフルエンザの流行によって乳児死亡率はピークとなる。当時、大阪府の救済事業指導嘱託《しょくたく》だった小河滋次郎《おがわしげじろう》▼2が、乳幼児保護対策のための協議会を開催し、乳幼児保護施設草案を作成して、その実施について方面《ほうめん》委員の協力を求めた。当時、大阪の乳幼児保護は「焦眉《しょうび》の急務」と認識されており、「このためには妊産婦の保護はもちろん衛生教育の必要を説き、方面委員は、社会測量を行なう間にとくに乳児と妊産婦に注意をむけるように指導した」とされる［大阪市民生局、一九七八年、三〇頁］。大阪に始まる方面委員の活動とその制度化に期待がよせられたのは、こうした人びとの生活実態が背景となっていた。

大阪市における民生行政機構の成立は、米騒動に端《たん》を発した方面委員制度の創設に見られるように、明治後期からの救済事業の制度化をその契機とする。とりわけ大阪府方面委員制度は、小河滋次郎と林市蔵《はやしいちぞう》知事によって創設され発展していった。

一九一七年、小河は方面委員制度創設のための研究を開始し、林知事は大阪南部の貧困者街の視察を実施した。その翌年五月には、全国ではじめて、府に救済課《きゅうさいか》を設置するに至った。林知事は当時、救済課を、内務《ないむ》部と警察部に並ぶ救済部へ格上げすることを構想したが、「内務省の反対にあい、形式的には救済課を警察部におき、実質的には知事直轄として小河博士の指導に委ねた」とされる。小河と林知事の方面委員制度に対する期待は、「救済事業の乱給漏給《ろう》を防ぐためにはどうしても地域社会の共同が必要」であるとの認識に基づいており、それを実現するためには、「米騒動において献身的に働いた人たち」を方面委員として起用して活躍してもらう制度創設が必要であった。「方面」とは「一定の地域のことでほぼ小学校区を意味して」おり、その事業規模は「第一回の方面設置では、一方面につき委員は平均一三・六人であり、一方面の戸数は平均二、五〇〇で、委員一人あたり約二〇〇戸の規模」であったという。

こうした既存の方面委員による活動を中心とした「方面設置」にもとづき、一九一八［大正七］年、大阪府救済課は「部落台帳」を作成する。同年には小住宅改良要綱《ようこう》がしめされ、大阪住吉でも住宅建設が実施された［矢野、二〇一三年］。米騒動の二ヵ月後［一九一八年一〇月］には、大阪府方面委員制度が設立される。[3]

**部落改善事業から地方改善事業へ**

一九二〇［大正九］年、経済恐慌を背景に、同年三月には乳幼児保護施設案[4]がしめされた。これにより、方面＝地域をベースとした自治体独自の救済体制が本格的に確立していくことになる。大阪府は、乳幼児保護事業を徹底するため、警察官署、市区役所、市救済課等の行政機関だけでなく、医師会や日赤《にっせき》（日本赤十字社）、済生会《さいせいかい》、博愛社《はくあいしゃ》といった民間組織を総動員した。だが費用については、原則的に貸付《かしつけ》制度でおこなわれた。

結果として、焦眉《しょうび》の社会問題として優先された乳幼児死亡率は、総計としては低減していった。しかし、乳児死亡率がとりわけ高い部落地域においては、昭和初期まで施策の実効性がみられず、それどころか、住民の費用負担はかなりの重荷になっていった。[5] 貸付による救済というこの考え方は、とりもなおさず、方面制度を考案した小河の家族共助《きょうじょ》観・隣保扶助《りんぽふじょ》観、すなわち「自助自営《じじょじえい》」を基調とする思想にもとづくものであった〔吉田、二〇〇〇年、二五二頁〕。それでも方面委員たちは、貧困者の立場から、市に対して「細民に対する特別な病院の建設」などの多くの要求を提起し、下層民対策としての救済事業づくりに尽力《じんりょく》した。[6]

こうした大阪の動向に並走するかのように、同年、内務省社会局は『全国部落所在地調』を報告する。翌年の一九二一年には、政府は、職業紹介所法を制定し、地方改善奨励規定を策定するとともに、同和対策予算の増額とその施策の拡充をはかった。[7] 大阪市同和対策部は、この年から市同和事業の「進展期〔一九二一〜一九二七（大正一〇〜昭和二）年〕」と位置づけ、その契機を次のように表わしている。

> こうして一九二一〔大正一〇〕年度には予算を二一万円に増額し、施策の拡充をはかった。一九二三〔大正一二〕年からは在来の部落改善事業費を地方改善費と改称した。したがって

融和事業も部落改善から地方改善に改められ、その予算もさらに二九万円に増した。この政府の同和対策の積極化は、前年三月三日に結成された全国水平社が、全国的規模において激しい差別糾弾《きゅうだん》闘争を展開し、世人の耳目を今さらのように驚かせ、日本社会における部落問題の深刻さを再認識させたことが直接影響したものと思われる。そして全国水平社が結成された翌年の国の地方改善費予算は、一躍四九万一〇〇〇円に増額された。大正初年に帝国公道会と前後して「一君万民・一視同仁」の天皇の仁慈《じんじ》に基づき、国民道徳を涵養《かんよう》し、神祇尊崇《じんぎそんすう》の高揚を掲げた聖訓奉旨《せいくんほうし》会が成立していた［中略］大正九年以後、各地に融和団体が続々結成されていった。

［大阪市同和対策部、一九七九年、五一－五二頁］

小作騒動や労働争議が増加するただなか、米騒動などの民衆暴動の全国化は、やがて、貧農の窮乏《きゅうぼう》や低賃金、失業という、下層労働者をめぐる問題へと全面展開していった。一九二二［大正一一］年、政府は労働者に対する保護政策として、健康保険法を制定する。と同時に、地域秩序を維持するため、融和団体の組織化も企図していく。内務省社会局が『部落改善の概況《がいきょう》』を発行したのもこの年であり、大阪においては大阪府東成郡《ひがしなりぐん》役所が『東成郡誌』を編纂・発行した。▼8 このことからわかるように、当時の政府は、眼前の切迫した社会問題の噴出を、労働運動と住民運動の両側面を包含《ほうがん》する課題として認識し、前者に対しては労働者対策（健康保険等）を、後者に対しては地域対策（部落改善事業等）を、並行しておこなったわけである。内務省は、中央社会事業協会に補助金を支出すると同時に、中央・地方の融和団体にも奨励《しょうれい》助成をおこなった。対象エリアは『部落改善の概況』で抽出された全国の部落（スラム）地域であり、それぞれの自治体には、事業の円滑な実施をはかるため、一九二三年に地方改善部を設置した。こうした体制のもと、国家主導の融和（後に同和）政策による地域対策が、本格的に稼働《かどう》していくこととなる。[9]

大阪に話をもどすと、一九二三年、住宅係による住宅改良事業が実施された。恤救《じゅっきゅう》規則の不適用という大阪の事情のもと、方面委員と民間社会福祉に委託した「救貧対策」では、結果として、大正末期の不況の深刻化――「経済恐慌《きょうこう》」や「震災」による影響――には対処しきれなかったのである。大阪市の記録では、当時の大阪府の諸施策に対して、次のように厳しい評価をくだしている。

大阪府では大正一二年度から実施した環境改善事業として、大阪府東成郡住吉村の地区整理を行い、さらに翌一三年度には道路の改修・側溝《そっこう》の築造・住宅地拡張造成などを主とした事業種目をもって、総工費一一万五四四六円の予算で実施した。これに即応して大阪市にあっても関係地区のトラコーマ診療所の補助・浴場・理髪所などの開設、道路の新設と改修・下水路の開さく・託児所・住宅の建設貸付などを行った…［中略］なお一般啓蒙《けいもう》活動も行われた。府では同和対策の直営事業として、各種講習会・講演会・懇談会・協議研究会などを開催して世人への啓蒙宣伝や部落の生徒らの育英奨励などの事業を行い、毎年続けられた。これらの事業は今まで全く放置していた同和対策と比べて、たしかに前進したもので、その事業種目においても一応直接手がけるべきものは実施されてきた。しかし多分に総花式《そうばなしき》な観があり、ときに部落ボスに利用され、地元部落の人々の生活要求を充たすところとはならなかった。〔大阪市同和対策部、一九七九年、六四－六五頁〕

大阪市では、国家主導の融和（同和）事業は、とりわけ関一《せきはじめ》助役の都市社会政策の思想――住宅改良事業へと連なる考え――のもと、「住宅係」が管掌《かんしょう》して実施されてゆく（住吉村地区整理事業については後述する）。

一九二四〔大正一三〕年、失業者増加の傾向を背景に、大阪市は全国にさきがけて、「大阪市質《しち》舗《ほ》条例」と「同施行細則《さいそく》」を制定した。大阪市自身が公設質屋《しちや》を開始したわけである。同年一二月には、大阪職業補導会の北市民館出張所を閉鎖し、館内に「天六質舗《てんろくしちほ》」を開設する。[10] 市は貧困層の私設質屋の利用状況とその研究をふまえ、市設質舗による貸付を通じて、失業者や貧困層の生活改善をおこなおうとした。[11] すなわち市社会部は、私設質屋が庶民金融機関として機能している点に着目し、質屋業者が融通《ゆうづう》や返済のために個人情報を把握しながら定期的な家庭訪問をおこなう業務の手法を、方面委員活動に応用しようとしたのである。この市設質舗に代表される独特な施策は、人間関係を重視する小河滋次郎の考え方[12]にもとづくものであった。

### 地方改善部から中央融和事業協会へ

この頃、社会政策全般に関しては、内務省が再度新たに社会事業調査会を設置して、「社会事業体系に関する件」を諮問《しもん》する〔一九二六～一九二八年〕。部落関係の政策動向としては、一九二五〔大正一四〕年九月に、政府が「地方改善部」を「中央融和事業協会」に改組するが、これが地方改善事業から融和事業への転換点となる。全国規模の機関であった中央融和事業協会に事業委託することにより、統一した組織態《アソシエーション》による融和事業の展開が図られたのである。これに関連して同年、大阪で宮地《みやじ》久衛《ひさえ》による『融和の体験と其《その》感激』〔大阪府社会課〕が刊行され、同年一二月には愛知県で最初の隣保館が設置されるなど、隣保事業を通じた融和観念の普及が施策として、全国に展開されていく。

同年、大阪市は、郊外の人口増加と町村財政の逼迫《ひっぱく》を理由に、第二次市域拡張をおこない、その年から一九三二〔昭和七〕年にかけて、行政区画・区政を再編していった。これにより、一三区制から一五区制となる。[13] 後にみるようにこれが、地域——ここには本書で扱う住吉地区が当然に含まれる——の秩序再編をうながしていく。

一九二六〔大正一五・昭和元〕年、労働争議調停法が制定されたこの年、中央融和事業協会が『融和事業年鑑』〔～一九四一年まで〕と『融和事業研究』〔～一九四二年迄〕の発刊を開始する。また、喜《き》田《だ》貞《さだ》吉《きち》らによる『融和資料』〔中央融和事業協会、一九二六年一月～一九二八年一二月〕も刊行されている。この時期にはとくに、融和運動と水平運動の対立が激化していた。[14]

以上のような社会政策・部落政策が展開されるなか、方面委員の活動をさらに充実させるために、大阪府が府立保嬰館《ほえい》を設立したのである。「細民《さいみん》」への施策として、方面委員を中心に総合的な取り組みを展開したわけである。しかし、こうした取り組みだけでは人びとの生活は改善されなかった。[15] 一九二六［大正一五・昭和元］年、大阪市は窮民《きゅうみん》救助規則［一八八九（明治二二）年一一月〜］を廃止し、新たに窮民救助規定および同施行細則を制定した。この新規定は、救助の対象とする「窮民」を市住民に限定した。[16] 親族や家族による扶養を重視し、扶養者のない者の救済は弘済会《こうせいかい》と博愛社《はくあいしゃ》に委託する。このような消極的な救済施策であったため、恤救規則《じゅっきゅうきそく》と変わらない制度であった。しかしながら救済施策が制限されるなか、同年、愛隣《あいりん》信用組合が結成され、「生業資金《せいぎょうしきん》融通資金事業」が大衆化し（零細企業や小額給与者にも融通の途《みち》を開いた）、貸付区域も全市に拡大した。[17] つまりは、大阪では市域拡張をおこないつつ、救助の対象としての「窮民」を市民に限定することで、結果として、生業資金融通資金が大衆層にも拡がっていったのである。

## 隣保事業の展開

一九二六年、海野幸徳《うんのゆきのり》は『隣保事業と融和問題』［一九二六年、中央融和事業協会］を発表した。このなかで海野は、隣保事業と融和事業との関係性について論じ、「常時接触《じょうじ》」の重要性を主張する。松永の研究［一九九九年］によれば、部落とスラムそれぞれにおける隣保事業の位置づけのちがいは、一九二六年のこの海野の論文に見出せるという。[18] 松永は、秋定の著作［一九九六年］を主要な先行研究としつつ、大正期以降の社会事業の体系のなかにある「社会教化事業《きょうか》」分類に「隣保事業《りんぽ》」が位置づけられていることを指摘している。また、大阪市の代表的な施設としての北市民館の事業を『隣保事業と融和問題』の解読にもとづいて記述し、隣保事業と並列される融和事業との関係について以下のように述べる。

社会教化事業に含まれた融和事業には部落の外に向けられた教化（融和観念の普及）、部落の中に向けられた教化（矯風事業、思想善導を含めた生活改善）があり、ここに融和事業としての隣保事業とスラムなどでおこなわれた隣保事業との違いがあったことがわかる。

〔松永、一九九九年、一三六頁〕

すなわち、当時の部落施策における隣保事業の性格として、社会教化事業のなかに位置づけられた「融和施設としての隣保館（市民館）」は、「資本主義体制の維持に必要な労働力をもった人たち」〔同書、一五二頁〕を対象とし、自治体や国家による地域支配の役割を担っていたと、松永は指摘している。たしかにこのあと、国家体制の一翼《いちよく》を担う地域の主要拠点として、隣保館（市民館）は機能していくのである。

たとえば、一九二七〔昭和二〕年六月、内務大臣は社会事業調査会に対し「現下の社会事業に鑑《かんが》み融和促進上最も適切と認めらるる施設に関して其《そ》の会の意見を求む」という諮問《しもん》をおこなう。同年一二月に、社会事業調査会は「融和促進に関する施設要綱」を答申《とうしん》する。この答申は隣保館の設置を推奨した。[19] なお、同時期に大阪市に始まった公益質屋法は、同年には国の施策へと発展する。[20] この時期の大阪市社会部は、「同和（融和）事業」と「隣保事業」の所管《しょかん》を「保護課保護係」としており、窮民《きゅうみん》・貧民の救助から健康保険組合までを保護課保護係が管掌《かんしょう》するという体制であった。この体制は一九三五［昭和一〇］年まで続くことになる。[21]

一九二八［昭和三］年には、政府は治安維持法のもと、日本共産党や全国水平社などの「左翼団体」を弾圧した。同年五月に、政府は全国水平社に解散を命ずる。と同時に大阪では、大阪府公道会《こうどうかい》が設置[22]され、静岡県や滋賀県でも、隣保事業と融和団体の強化・促進がおこなわれた。[23] 当時の『融和事業研究』［一九二八年］の主要言説《げんせつ》には、融和問題の解決策としての隣保事業の普及が主張されていた。[24] かくして、国家主導の融和事業と隣保事業とは強く結びついていく。この状況を、松永［一九九九年］は、「融和施設としての隣保館（市民館）」という観点から次のように述べている。

社会教化事業としての隣保事業は地域改善の役割をはたしたといえよう。しかし、社会教化事業は社会不安の懸念となるような人たち、そして資本主義体制の維持に必要な労働力をもった人たちを対象にしていく。したがって、社会教化事業はどこまでいっても自治体や国家による地域支配役割を忘れることはないだろう。そして、社会教化事業はその社会教化の対象からはみだし、また対象とさえみなされなかった人たちへの差別観を強めることに結び付いていったのである。

〔松永、一九九九年、一五二頁〕

この松永〔一九九九年〕の功績は、大阪府内の隣保館の詳細を、資料にもとづき裏づけた点にある。大阪市立浪速《なにわ》市民館〔一九二八（昭和三）年〕、堺市立南隣保館〔一九三一（昭和六）年〕のほか、同時期、市民館は、北、天王寺《てんのうじ》、港、浪速、東、玉出《たまで》、此花《このはな》で設置されている。そして融和施設としての隣保館（市民館）では、身上相談、法律相談、職業相談、講演会、講習会、図書貸出、娯楽会、町内会、倶楽部、集会、託児所、小児保健所、牛乳配給、一般健康相談、診療、トラホーム診療、児童歯科診療、信用組合、生業資金融通、貸室、住宅管理、無料理髪など、実に多岐にわたる事業が実施されていた。▼25

一九二九〔昭和四〕年、昭和恐慌により失業等は三〇〇万人にのぼった。当時、中央融和事業協会は実態調査をおこなった〔一九二九～一九三〇年〕。同時に、各地で隣保事業と融和事業の講習会を開催し、その普及につとめた。岡山県では「隣保事業講習会」（講師、長谷川良信《はせがわりょうしん》・海野幸徳）が開催され、奈良県では社会課による「奈良県宗教家社会事業講習会」（講義科目「寺院と隣保事業の実際」）が開催された。

この年の『融和事業研究』の主な言説《げんせつ》として、下村春之助《しもむらはるのすけ》の「融和事業體系論《たいけい》」、佐伯祐正《さえきゆうしょう》の「融和事業の一方法としての隣保運動」、楠原祖一郎《くすはらそいちろう》「過密地区に於《お》ける社會《しゃかい》問題——融和事業促進への一資料として」などが挙げられる。いずれも、隣保事業と融和運動を通じて、地域におけるさまざまな社会問題を解決しようと主張している。先述の通り、社会教化事業は、社会不安の懸念《けねん》となるような人びと、そして資本主義システムの維持に必要な労働力をもった人びとを対象にしていた。この点においてこれらの著作は、融和施設としての隣保館（市民館）の設置を促進する言説であった〔松永、同書、一五二頁〕。こうした文脈において、一九三〇年には、愛知県社会事業協会融和部が隣保館委員を水平社に委嘱《いしょく》したり、東京府が隣保事業にかかわったりすることとなる。大阪では同年七月から、北市民館診療所で診療を受けた者を対象に保健貯金会に入会させ、そのつど一〇銭を貯金させて将来に準備させるなど、一種の医療保険の性格をもたせる取り組みが開始された。◀26

この頃、昭和恐慌の影響のみならず、北海道と東北地方の冷害や凶作もあり、親子心中や身売り等が多発していた。人びとのまなざしがとくに「地方」へと向かった時期でもある。こうした地方の動向は、都市における施策にもインパクトを与える。一九三一〔昭和六〕年一二月二四日の大阪市社会部の再編においては、保護課のなかに職業係を新設している。この新たに設置された「職業係」の事務分掌《ぶんしょう》は、①職業紹介所、②雇用条件の改善、③失業防止・失業者保護、④職業少年の指導保護、⑤労銀立替事業（当時の大阪市の独自事業で、日雇い労働者の賃金を支払う雇用主に対して、労働賃金を大阪市が立て替える事業）である。また、これまでの「調査課」は、この再編以降、「労働課」へと組織替えされた。この再編にみるように、労働者や失業者、職業少年に対する施策が強く期待されていたのである。

翌一九三二年、内務省は、地方改善応急施設費（非常時局匡救予算）として一五〇万円を計上（三年計画）する。内務省関係事業費は総額一億四〇〇〇万円となる。同年、中央融和事業協会は、『部落産業経済概況』と『融和事業功労者事蹟』をまとめた。この報告書では、これまでの融和事業の取り組みを積極的に評価し、国民一丸となった融和運動の展開が謳《うた》われている。この頃の『融和事業研究』の主要言説[27]は、山本正男《やまもとまさお》や伊藤藤次郎《いとうとうじろう》に代表される、経済更生運動と協同組合方式による雇用状況の改善である。

ここで、中央融和事業協会が発行するこの『融和事業研究』［一九二六～一九四二年］に表わされた主要な言説を整理すると、次の三点に要約できる。①言説中の「部落」とは、主として「農漁村部落」であるということ。つまり当時、圧倒的な人口構成をなしていた産業は農業であり、融和運動がその対象としているのは、その八割（四三二二）を占める農業部落（民）であった［中央融和事業協会、一九三七年、八八－八九頁］。②「五人組制」が重要な用語として示唆されていること。これは、「農業部落」が五人組制から隔離されている「差別問題」とかかわるからであり、この問題の解決方法として融和事業が提示するのが、農業部落（民）の包摂策、具体的には「隣保事業」［同書、七三－七九頁］と「協同組合」[28]の活用によって農業部落（民）と五人組を融合させようとする包摂策である。③「隣保事業」は、都市部落にあてはめるものではなく、第一義的に多くの農村地域において始まる政策であること。「隣保事業」が都市部落に波及していくのは、「融和事業完成十箇《か》年計画」の後期から、すなわち、水平社が融和事業を承認するころからであった。それまで水平社は、都市地域でしか主導権を執《と》ることができなかったが、それはすなわち、水平社の運動方針が、点在し生活困窮する農漁村部落（民）には実効性のないものだったからである〔矢野、二〇一三年〕。

第一次室戸《むろと》台風の翌年である一九三五〔昭和一〇〕年二月、融和事業全国協議会は「融和事業完成十箇年計画」を樹立して事業の遂行を図ると決議する。この前年には、松木淳《まつきあつし》の著作「全国地区にセツルメントを持たう」と、山本正男の著作「経済更生に関する地区指導上の諸問題」が『融和事業研究』に掲載されるなど、全国運動として融和運動が展開していく。

一九三五年六月、中央融和事業協会を中心とした「融和事業完成十箇年計画」が成案《せいあん》を得て、事業が本格的に実施されることとなった。この計画は、自力更生施設費（産業経済施設費、教育文化施設費、環境文化施設費）、教育教化施設費、融和事業機関費を、年次別、都道府県別、使途項目別に予算化したものであった。この計画は政府によって認められたものの、ほとんど実施されなかった。しかし、融和事業にかかわる総合的な年次計画が政府によって認められたことに大きな意味があった〔内田、一九九三年、二八五－二八六頁〕。この計画は、戸数《こすう》が一〇戸以上ある部落を対象としたために、全国的にみればほとんど実施されなかったのだが、[29]住吉も含めたいくつかの「地方」では、融和運動としてその活動が展開された〔内田、同書〕。そのインパクトについては、この計画の対象となった住吉地区をとりあげて後述することとし、ここでは、計画に呼応する自治体レベル（とくに大阪）における対応について概観《がいかん》しておく。

まず、中央融和事業協会が『融和事業研究』で報告した「経済更生中堅青年研究協議大会の概況」をとりあげよう。この報告タイトルからもわかるように、山本正男らが主張してきた経済更生運動の主力は青年層であり、その育成をいかに図るかが融和事業展開の柱であった。同時に、政策を具現化するためには、市町村（地方）における態勢《たいせい》づくりと同和事業での実績をあげることとが、不可欠であった。[30] こうしたなか、大阪では、内鮮協和会《ないせんきょうわかい》が「大阪府協和会」に改称されるが、市の行政組織も大きく変わっていく。

その変化は、一九三五〔昭和一〇〕年から一九四〇〔昭和一五〕年にかけて、大阪市社会部でみられた。まず、全般的な編成として、第一に、庶務課が設置されたこと、第二に、保護課のなかに児童係が追加されたこと、第三に、一九三八〔昭和一三〕年五月三一日より軍事援護課〔一九四〇年に総動員部に移管〕が設置されたこと、第四に、保護課職業係内の変化として一九四〇年八月三一日に「職業係に移植民助成拓殖《たくしょく》訓練施設その他労働者の教育訓練」が追加されたこと、最後に、同年同日の再編では、福利課に庶民金融係を追加し、住宅課を設置したうえで寮舎係が加えられたこと、などである。

同和事業の所管《しょかん》の変化をみると、一九三五年五月二四日の編成によって再び、「福利課住宅係」が同和事業の所管となる。しかし、それ以外は従来通り、「保護課保護係」の所管として「融和施設」や「市民館」、さらには「隣保事業」までもが包含《ほうがん》されていた。大阪では、こうした民生《みんせい》行政体制のもと、一九三六年に「融和事業完成十箇年計画」が実施されることとなる。

「融和事業完成十箇年計画」に対して、全国水平社は当初から、反対の立場をとっていた。[31] しかし、日中戦争が勃発《ぼっぱつ》した一九三七年、その年の九月に、全国水平社拡大中央委員会は「非常時に於《お》ける運動方針」を打ちだし、以後、同社は一〇箇年計画承認の方向へと傾いていった。大阪にあっても同年、大阪府協和会が隣保館の事業計画をしめし、その後は、戦後大阪の同促協方式を先導してきた松田喜一《まつだきいち》らも翼賛《よくさん》体制に組み入れられていった。

……［前略］……社会大衆党や無産政党から多くの検挙者を出した第一次人民戦線事件［三七年一二月五日］が起こると、水平運動の存続を危ぶむ声が次第に高くなり、松田喜一らは、運動方針の一時的転換ではなく根本的転換をはかるべきであると主張するようになる。具体的には、右翼団体との提携《れんけい》を第一義とする方針を打ちだし、皇国農民同盟で活動していた西光万吉や大日本青年党所属の亀本源十郎らへの接近をはかった。松田は、大阪府連合会の同人とともに三八年一月までに同党への入党を完了し、同時に西成《にしなり》皮革工組合員を大日本産業労働団へと入団させた。そして、松田・北原を軸として綱領改正がなされ、総力戦体制を至上命題として位置づけることになる。いっぽう、全国水平社が日常生活闘争重視の路線をとって以降、関心を払続けてきた地方改善事業は、地方改善応急施設費によって進展し、行政主体の社会事業の範疇《はんちゅう》から実質的に独立していくことになる。三八年一一月の厚生省の設置によって融和事業を所管してきた内務省社会局が廃止され、厚生省社会局福利課が事業を管轄《かんかつ》するようになって以降、社会事業が厚生事業として独立する。と同時に、同和事業として独自の路線を突進み、ながく社会事業の一領域であった同和対策が自律《じりつ》するに至った［布引敏雄、「大阪の融和運動・融和事業」］。したがって、融和新体制のもとで、京都市のように「十ヵ年計画」の予算削減のなかで不良住宅地区改良事業として未完成に終わる住宅建設が計画されたのも［師岡佑行、「幻の住宅建設計画」］、大阪市内で戦後に同和対策事業が本格化する前の五八年から同促協方式［同和事業促進協議会方式］として住宅建設が着工されたのも［『大阪市同和事業史』］、戦前に同和施策の基本的枠組みが確立されていたからに他ならない。戦後同和行政の本質は、融和新体制のもとにおいてこの時期すでに準備されていたのである。［吉村、二〇〇九年、三四八－三九〇頁］

**国家総動員体制——融和事業から同和事業へ**

一九三七［昭和一二］年一〇月、大阪市では授産《じゅさん》事業が開始される。もともとは、出征《しゅっせい》軍人の遺家族援護《えんご》事業として発足したものであり、「職業再教育の機会を与えるとともに、その家庭の収入の増加を図り、併《あわ》せて勤労報国《ほうこく》の精神を養いこれを実践せしめる」という目的をもって、市内各市民館ではじめられた。全国的には、国家総動員法が制定された一九三八［昭和一三］年四月に、社会事業法が制定されている。以後、多くの遺族たちが授産所《じゅさんじょ》での勤労を通じて生活を維持していくことになる。そして戦争が長引くなか、敗戦まで授産所数は年々増加し続けた。▼32

一九三八年五月三一日の大阪市社会部の構成をみると、庶務課《しょむ》（庶務係、調査係）、保護課（保護係、児童係、職業係）、福利課（福利係、住宅係）にくわえ、独立した軍事援護課が設置されている。この再編においては、それまで分割されていた「福利課福利係」に、「市民館・隣保事業」と「融和事業」が統合された。

同年一一月、厚生省が設置され、それにともなう省内再編により、旧来の融和事業が同和事業へと転換し、社会事業から切り離されて名称変更されている［吉村、二〇〇九年、三四八－三九〇頁］。この時期の大阪では、保育組合によって運営されてきた北市民館保育部も公立保育所となり、[33]一九二五［大正一四］年に始められた生業資金貸付《せいぎょうしきんかしつけ》事業も、民間企業による貸付の整備によって、利用者が激減し、中断することとなった。[34]

翌年、「融和事業完成十箇年計画拡充計画」がしめされる。第五年次から第一〇年次までで、当初予算の二倍となる計画であった。同年、中央融和事業協会は『融和事業関係地区産業並《ならび》職業転換状況』［中央融和事業協会編］を報告した。一九四〇［昭和一五］年一〇月には、大政翼賛会《たいせいよくさんかい》が発足し、中央融和事業協会は「同和奉公会《どうわほうこうかい》」に改称され、「融和事業」は「同和事業」と呼ばれることとなった。

大阪でも、同和奉公会大阪府本部が設けられ、以降、同和奉公会が事業執行を実質的に担う機関となる。[35]また、厚生省社会局長・内務省地方局長連名通知「方面委員制度と部落会町内会等の関係に関する件」が発せられ、方面委員制度と町内会・部落会・隣組組織との結びつきが強化されることになった。大阪では、同年中に再び社会部が編成され、庶務課（庶務係、調査係）、保護課（保護係、児童係、職業係）、福利課（福利係、庶民金融係）、住宅課（住宅係、寮舎係）という体制となる。この再編において、庶務課が設置され、保護課に児童係を追加し、同課職業係に移植民助成拓殖《たくしょく》訓練施設や、労働者の教養訓練施策などを追加した。福利課に庶民金融係を追加し、新設した住宅課に寮舎係を追加した。その後、軍事援護課の設置などが続くが、一九四一［昭和一六］年六月一四日の組織再編[36]を最後に、社会部体制は終わりを迎えたのである。そしてこの年の一二月、太平洋戦争が勃発《ぼっぱつ》する。

すこしさかのぼった一九四〇年、中央融和事業協会から改称した同和奉公会は、各自治体にその本部を設置し、それぞれの地域には支部を置いて、人びとへの資源配分をおこなう機関となっていた。[37]一九四二年に、町内会・部落会が大政翼賛会に編入されたのち、翌年の地方制度改正では、町内会・部落会が民生《みんせい》にかかわる組織として法制化される。これ以降、旧社会部が再編された市民局のもとで、町内会・部落会は重要な組織として位置づけられることになる。

一九四二年には、戦災による生活苦を背景に、大阪では、質舗《しちほ》利用者が増加した。しかし経済統制と質舗の焼失もあり、衣料点数切符《いりょうてんすうきっぷ》制が実施されるようになっていく。[38]

こうしたなか、同年一二月一八日、大阪市は、戦時の「地域人口の不均衡」や「時局行政事務の円滑な運用」、「警察管区との不一致の是正」を理由に、大阪市行政区域変更調査委員会を設置し、区の境界変更を市会に諮問《しもん》した。[39]このなかで、「市区行政は、町会・隣組等の地域的結合の基礎の上に立ってのみ、その使命を全うし得る」のであり、「町会・隣組をその基底組織とするに至った警察署の管轄区域」に区域設定しなおす必要が説かれたのである〔大阪市役所編、一九五二年、一一一―一一二頁〕。結果、分増《ぶんぞう》区の基準として、「一区の最低基準を十万以上」とした。以上のように、この時期の地域秩序の再編は、翼賛体制に編入された町内会・部落会・隣組組織を基礎的な構成単位とし、行政の統制をより容易にするための再制度化であった。

この後、太平洋戦争さなかの一九四三〔昭和一八〕年一月二三日時点での大阪市民局の構成は、庶務課（庶務係、計理係）、町会課（町会係、総動員係、第一貯蓄係、第二貯蓄係）、文化課（文化係、普及係）、軍事課（援護係、兵事係）、厚生課（保護係、児童係、福利係、住宅係）、産業部、防衛部であり、これが一九四四年五月三〇日の再編にあっては、庶務課、町会課、振興課、軍事課、厚生課、戦災救援部（企画課、援護課）となるが、結果として、この体制で敗戦をむかえることとなった。

＊＊＊

これまで、戦前の大正期から昭和初期までを中心に、社会政策の全国的な動向と、それにともなう大阪府・市の部落施策の変遷《へんせん》についてみてきた。戦前の都市大阪における部落とスラムの人びとをめぐる諸状況について、簡潔に整理しておこう。

第一に、部落改善から地方改善への政策転換期において、それに呼応する施策として大阪では、独自の方面委員制度を創設することによって対応してきた。また、方面委員を中心に地域形成の仕組みが確立された。こうした救済施策は、小河滋次郎による都市社会政策思想を背景として、方面＝地域施策としての住宅施策と貸付制度へと具現化される。

第二に、地方改善から融和政策への転換を背景とし、各自治体に設置されていた地方改善部は、全国組織である中央融和事業協会へと改組された。大阪市では、第二次市域拡張を実施しつつ、窮民《きゅうみん》救助規定および同規則を制定して、貸付制度による救済範囲（対象）を市民に限定することで大衆層にも拡げていった。いわば地域と貸付制度が結びつきながら市民にとって身近な救済制度となっていったといえる。

第三に、大阪において隣保《りんぽ》事業がどのように部落とスラムの人びとに対する施策となり展開されてきたのかについて、松永［一九九九年］による研究と『融和事業研究』における諸論文をもとにみてきた。主として、地方（農村地域）において有効な事業であった隣保事業が、都市大阪に適応され定着していくためには、融和事業という別のかたちの資源投入が必要となった。これに対応して、事業を所管した大阪市社会部は組織編成《へんせい》を何度もおこなった。

第四に、国家総動員体制において、大規模な大阪市行政の再編がおこなわれ、それにともない地域再編が生じた。町内会・部落会の位置づけが大きく変わったのである。戦前の都市大阪の施策の特色とは、要するに、人間関係につよく依存したものであった。そして方面委員制度や貸付制度に代表される大阪生まれの施策が、優秀な行政機関である市社会部における諸研究をつうじて、全国的な政策へと発展していったのである。

# 大阪住吉における生活状態

第1章「**生存保障システムの変遷**」でふれたように、近代国家形成の過程において、模範村《もはんむら》とそれを形成する主体としての良民《りょうみん》は、不可分な一体的対象として、政策プロセスに組み込まれていった。これにより、各村落は、模範村になろうと競いあった。池本〔一九九九年〕による研究は、この時期の政策のあり方を、感化救済事業期として位置づけている。「感化救済事業の主旨は、天皇の慈恵《じけい》を地域社会での共同のあり方が依拠すべき模範としつつ、国民が共同で社会防衛に努め、国家利益に叶うように自営の道を講ずることとなる」〔池本、同書、一二二頁〕。すなわち、模範村とは、地域社会の構成員として、国家に負担をかけないことを旨《むね》とする個人の集団であり、経済的自立が成立している村のことであった。

では、部落をふくむ地域の人びとが自助《じじょ》的に努力すれば「模範村」になることができたのであろうか。この問いをめぐって、当時の人びとの人口動態と生活状態を確認しておきたい。先にみたように、大阪の人びとの生活状態を表現する指標として、乳児死亡率がもちいられてきた。そして、この乳児死亡率を低減させるべく、方面委員らによる取り組みも展開されていた。

この時期の住吉の人びとの動態に関する資料は少ない。そのなかで、当時の部落の人口動態などを捉えた資料として、一九一八〔大正七〕年に大阪府救済課が作製した「部落台帳」がある。一九八〇年代にこの資料を解読する研究がおこなわれた。代表的な三つをとりあげる。

①住吉部落歴史研究会編、一九八六年、『住吉のなりたちとあゆみ（第一集）』、部落解放同盟大阪府連合会住吉支部

②城間哲雄遺稿・回想集刊行委員会、一九八八年、『城間哲雄部落解放史論集』、城間哲雄遺稿・回想集刊行委員会

③藤野豊・徳永高志・黒川みどり、一九八八年、『米騒動と被差別部落』、雄山閣

これらの「部落台帳」をあつかった研究結果から、当時の人びとの暮らしと生活状態をうかがい知ることができる。また、一九六四〔昭和三九〕年に大阪市同和問題研究室によって報告された『都市部落の人口と家族——大阪市住吉地区における戸籍の研究』は、戸籍をあつかった貴重な調査結果であり、住吉地区の人口動態を明らかにしている。とはいえ、この調査結果の概要は、これまでのところ、部落解放同盟大阪府連合会住吉支部編『住吉部落の歴史——解放運動前史』〔一九七五年〕のなかで少し紹介されただけであった。

それゆえ、まずはこの報告書『都市部落の人口と家族』を中心に、当時の人口動態を確認し

てゆく。なお、これが非常に希少な資料であることにかんがみ、調査の実施体制などその内容もできるだけ詳しく提示しておく。

『都市部落の人口と家族』

この報告書[40]〔一九六四年〕では、一八七二〔明治五〕年から一九六三〔昭和三八〕年までの戸籍資料の分析[41]をつうじて、主に以下のことが述べられている。第一に、戸籍からうかがえる限りでの、住吉の時系列の人口動態の時系列データから析出された「多産多死」の傾向性。第三に、「多産多死」の背景〔主要因〕として、「住民」の「法意識の欠如」の指摘。第四に、「法意識の欠如」の根拠としての「嫡出子《ちゃくしゅつし》、庶子《しょし》、私生子《しせいし》」の過多の指摘、などである。[42]以下、報告書の要点について概説しておく。まず、この一九六四年報告書の作成に至る経緯が、次のように記されている。

住吉地区の戸籍の調査分析については、早くから、住田利雄《すみだとしお》理事ならびに小林茂《こばやししげる》理事によって、その研究が提案されていたが、戸籍法そのものが、阿倍野《あべの》、住吉両区役所に分散しており、かつ、その作業が著しく煩雑であることから着手しがたい状勢にあった。たまたま、すでに他の地区の戸籍分析の経験をもつ山本が、研究室の理事に参加したことから、昭和三八年の大阪市同和問題研究室の研究テーマとして、住田利雄、小林茂および山本の共同によって、住吉地区戸籍の調査を行うこととなった。研究を開始するに至った経過は以上のごとくであるが、実際の作業は、昭和三八年七月より八月にかけて、住吉地区の実情にくわしい住田理事および梶川國男《かじかわくにお》氏の協力のもとに、阿倍野、住吉両区役所の援助をえて、山本の指導によって、大阪市立大学文学博士中川喜代子《なかがわきよこ》が担当し、また、報告書も中川が草稿《そうこう》を執筆した。山本は、単に語句その他の修正をしたにとどまるが、報告書作製の責任は中川、山本の両名が負うものである。[43]

〔同和問題研究室、一九六四年、まえがき〕

この文章からは、調査実施にあたって、研究者のみならずさまざまな立場の人びとの関与があったことを確認できる。その背景・経緯として、この時期、行政による精密調査〔大阪市同和問題研究室、一九六五年〜一九六六年、『大阪市における同和事業の効果測定』〕の実施が予定されており、行政調査に先んじて運動側から地域課題を剔出《てきしゅつ》し提起しようとする意図があった。そのため、運動体代表者と同和問題研究室の専門家や区役所等の行政末端との共同によって、この調査は実施される必要があった。つまり、行政実施の調査結果にもとづいてニーズが判定・設定される前に、「当事者」組織こそが当事者に関するニーズについてより深く理解していることをしめす一つの例証《アピール》として、この調査が位置づけられていたのである。[44]

さらにこの報告書では、調査の主要テーマとして、「部落における人口問題」、つまり人口増加とその原因についての言及がなされている。

未解放部落における人口の問題は、部落民が、いわゆるマイノリティ・グループ（少数者集団）であるところからくる相対的な地位の低さや差別と結びつき、他方、その急激な人口増加にともなう貧困化と関連することから、とくに重要である……。人口現象の基礎的な舞台としての家族のあり方、すなわち、家族形成の契機としての婚姻関係や、「家」の存続・継承なども、部落研究の基本的テーマたりうると考えられる。限定された地域内での通婚、とくに部落内婚率の著しい高さや、長男子単独相続を規定した明治民法施行下における独特の相続慣行など、部落に共通してみとめられるいくつかの傾向は、特異なその人口現象とともに、未解放部落の社会的経済的低位性ときりはなしては考えられないからである。

〔同和問題研究室、一九六四年、一頁〕

調査は、婚姻関係や「家《イエ》」の存続・継承までも含めた人口動態と社会集団の実態とを調査対象としながら、それらとは差異化された部落の「特異性」を明らかにすることこそ、今後の事業と運動展開にとって重要であると、主張しているのである。つまり、部落の人びとの「暮らし方」や習性のなかにも改善すべき点があるだろうから、それを見つけだすことをつうじて、生活改善の指針を打ちだせるのではないかと、課題提起をしているわけである。

つぎに、報告書では、大阪市住吉区住吉町地区の人口推移について、「農村地帯にある部落の場合とほとんど変わらない傾向」であると論じ、一九三〇〔明治五〕年には男性一四八名、女性一五九名、計三〇七名であった地区人口が、一九一五〔大正四〕年には男性三八三名、女性四二二名、計八〇五名となり、二・八倍近くに膨《ふく》れ上がったと推計している。さらには、一九六三〔昭和三八〕年八月の調査時には、男性七三九名、女性七八四名、計一五二三名に増加し、その人口は一九三〇年時の五倍近くにまで急増したことを指摘している〔同和問題研究室、一九六四年、二－五頁〕。そして、この人口増加の実態にこそ「部落的問題が潜んでいる」と指摘している。

ただ、一般的な意味での都市人口の増加の原因が、ほとんど社会移動による転入人口であるのに対して、住吉部落の場合、以下に検討するごとく必ずしもそうでないところに部落的問題が潜んでいるといえる。〔同和問題研究室、一九六四年、三－四頁〕

つまり、住吉地区における人口増加の原因は、「社会移動による転入人口の増加」によるものではなく、出生率の増加、すなわち「自然増加」によるものであることが指摘されている。報告書は「第二表　年度別、出生、死亡率および出生、死亡率」と「第三表　年度別、転入、転出（合計）数および転入、転出率」および「第四表　年度別、自然増加数、社会増加数および増加率[45]」において、センサスデータを表示しつつ次のように述べている。

では、このような人口の増加はいかなる原因によるものであろうか。第二表は各《ママ》五年ごとの出生、死亡、第三表は転出入、第四表は両者を合わせた増加率を示している。まず出生率をみると、明治一〇年台がやや低いが、明治初年〔一八六八年〕から昭和初年〔一九二六年〕ごろまで、年平均五〇（人口一〇〇〇に対し）前後という高い出生率を示している。とくに明治二八年〜四二〔一八九五〜一九〇九〕年ごろまでの出生率が高く、二八〜三二〔一八九五〜一八九九〕年の五八・二をはじめ、三三〜三七〔一九〇〇〜一九〇四〕年が五四・六、三八〜四二〔一九〇五〜一九〇九〕年が五四・二、となっているし、大正に入っても九〜一三〔一九二〇〜一九二四〕年では五五・九という高率を示している。昭和一〇〔一九三五〕年以後二四〔一九四九〕年までは、三〇台とやや低くなり、二五年からは、漸く二〇台ないし一〇台に落ちているが、九一年間の平均は三八・三、一年に三三人ずつ出生したことになる。この値は、鳥取県の江尾五丁目地区の三三・七、徳島市西丁地区の三六・一、などと比較してみても、むしろこれらの農村地区を上まわる高い出生率だといえる。また、全国平均との関係は、計算の基礎が異なっているため一概にはいえないが、もっとも高かった大正末期から昭和初期で人口一〇〇〇に対して三一〜四一、昭和中期で二九〜三一、戦後は終戦直後の三二〜三四から、最近は一九であるが、住吉地区の場合、明治、大正年間には全国平均を二〇〜二五程度上まわった出生率だといってよい。つぎに死亡率をみると、出生率の高かった明治二〇年代から昭和初期にかけては、死亡率も三〇（人口一〇〇〇に対し）以上を示し、明らかに多産多死《たさんたし》の傾向があったことを推測せしめる（たとえば、明治一八～二二年では、出生率四二・八に対し、死亡率が三九・六となっている）。全国平均の死亡率は、大正時代で二二、昭和に入っては一六～一八を上下するが、戦後は、一四から最近の八にまで下がっている。したがって住吉地区の場合、戦後はともかくとしても、それ以前は、死亡率もかなり全国平均を上まわる高率であったことは否定できないが、それでもなお全体としては、その高い死亡率をはるかに上まわる出生率の高さによって、人口が急激に増加して行ったものと考えられる。〔同和問題研究室、一九六四年、四－五頁〕

つまり、当時の住吉地区の人口増加は「自然増加」によるものであり、しかも、「多産多死の傾向」、すなわち「その高い死亡率をはるかに上まわる出生率の高さによって、人口が急激に増加して行った」ことに起因していたのである。

**「都市的性格」としての社会移動**

住吉区住吉町地区の人口推移（**表**2－1）について、報告書は、表面上は「農村地帯にある部落の場合とほとんど変わらない傾向」が認められたが、その内実においては「部落的問題」としての「多産多死の傾向」に起因する人口増加を指摘した。しかしながら、都市にある以上、通例どおりの社会移動が「都市的性格」として認められることも、報告書は以下のように指摘している。

一つの地域に限定した人口の増減をみるときには、転出入といった社会移動によるものも当然重要な役割を果たすが、とくに都市における場合、それを無視しては考えられない。第三表をみると、時期によって転出入ともかなり変動があるが、まず転入についてのみいえば、明治二三〜三二〔一八九〇〜一八九九〕年に一三〜一八(人口一〇〇〇に対し)、大正九〜一三〔一九二〇〜一九二四〕年に一三・七、昭和一五〜一九〔一九四〇〜一九四四〕年に二四・九、そして最近の一六・二、と四つのピークがあるとみとめられる。転出も、これと同じくしてはげしくなっているが、とくに、大正末期及び昭和一〇年代の転出率が高い。ここでの転出入は、全戸転籍のごとく、主として職業移動と考えられるもののほか、養子、婚姻、認知、離縁などのいわゆる身分行為による転出入のごとき、「家」を単位とする移動をもふくめているが、(ただし、部落内での家の間の移動はふくまれていない。)農村部落である五丁目地区や西丁地区の転出入率がせいぜい高くても一〇前後であるのに対し、住吉地区では、転出入とも平均二〇前後を示しており、そのかぎりでは、やはり都市的性格をもつとみてよい。しかし、九一年間の平均は転入一九・八に対し、転出は二〇・二であるから、人口増加の要因としては転入はとくに問題とならず、ここに、都市における未解放部落の、一つの特徴ともいうべきものが見出される。

〔同和問題研究室、一九六四年、六―七頁〕

ここで述べられているように、転入と転出には「四つのピーク」がみられる。都市的性格としての社会移動が、一定程度みとめられていることは重要な点である。なぜなら、人口増加の要因としての「多産多死の傾向」だけでなく、人口構造のバランスが崩れる要因として転入転出率といった社会移動による変動が、住吉地区の基本的な特徴としてあるからである。とりわけ、一九四〇～一九四四［昭和一五～昭和一九］年にみられる人口変動のピークは、なんらかの政策的な影響があったと考えられるからである。[46]

表2-1
**年度別、転入、転出（合計）数および転入、転出率**

| | 転入 | | 転出 | |
|---|---|---|---|---|
| | 実数 | 率 | 実数 | 率 |
| 1872 ～ 1874 | 4 | 40 | 6 | 6.1 |
| 1875 ～ 1879 | 7 | 39 | 17 | 9.4 |
| 1880 ～ 1884 | 26 | 12.7 | — | — |
| 1885 ～ 1889 | 10 | 4.5 | 18 | 8.2 |
| 1890 ～ 1894 | 29 | 12.6 | 19 | 8.2 |
| 1895 ～ 1899 | 49 | 18.3 | 36 | 13.7 |
| 1900 ～ 1904 | 17 | 5.6 | 25 | 8.3 |
| 1905 ～ 1909 | 31 | 9.1 | 32 | 9.4 |
| 1910 ～ 1914 | 25 | 6.4 | 17 | 4.5 |
| 1915 ～ 1919 | 34 | 8.2 | 39 | 9.4 |
| 1920 ～ 1924 | 63 | 13.7 | 42 | 9.1 |
| 1925 ～ 1929 | 46 | 9.1 | 77 | 15.2 |
| 1930 ～ 1934 | 47 | 8.7 | 56 | 10.4 |
| 1935 ～ 1939 | 54 | 9.5 | 99 | 17.5 |
| 1940 ～ 1944 | 150 | 24.9 | 136 | 22.6 |
| 1945 ～ 1949 | 68 | 10.5 | 59 | 9.1 |
| 1950 ～ 1954 | 58 | 8.6 | 82 | 11.9 |
| 1955 ～ 1959 | 82 | 11.5 | 101 | 14.2 |
| 1960 ～ 1963 | 120 | 16.2 | 85 | 11.5 |
| 計 | **919** | **11.8** | **946** | **12.1** |

（備考）率は各年間の１ヵ月平均の転入数または転出数を各年間のはじめとおわりの本籍人口数の平均で割り1,000倍したもの。

（出典）『都市部落の人口と家族――大阪市住吉地区における戸籍の研究』（6頁）の「第3表」より転記。なお、元号表記は西暦表記にあらためた。

次に、同報告書のなかでは、乳児死亡率◀47について、以下のような言及がみられる（以下、元資料に従って年齢の「歳」は「才」で示す）。

**住吉地区における乳児死亡率**

乳児死亡率はどうであろうか。本籍人口について、出生数に対する一歳未満の乳児死亡率の%をみると、第五表に示すごとくであり、明治五〔一八七二〕年以降調査時現在に至る九一年間に、戸籍上住吉地区で生まれた者三〇二三人中、一歳未満で死亡したものは六二九名（二〇・八%）に達している。時期によってかなり差があるが、もっとも乳児死亡率の高かったのは、大正四～八〔一九一五～一九一九〕年でその期間に生まれた者の、実に三五・〇%がわずか一歳未満で死亡しているのをはじめ、大正一四～昭和四〔一九二五～一九二九〕年（三〇・四%）、大正九～一三〔一九二〇～一九二四〕年（二九・五%）、明治三八～四二〔一九〇五～一九〇九〕年（二九・三%）、あるいは明治二八～三二〔一八九五～一八九九〕年（二八・一%）など、いずれも三〇%前後の高い乳児死亡率を示している。これらの時期はすでに検討したように、出生率においても、人口、一〇〇〇に対して五〇もしくはそれ以上に達したときでもあり、またその他の時期についても、大体出生率の高いときは乳児死亡率も高くなる傾向がみられ、文字通り、多産多死であり、しかも、なお、人口が急激に増加してきたことを示している。〔大阪市同和問題研究室、一九六四年、九頁〕

「多産多死」傾向が住吉地区に顕著であったと同時に、「乳児死亡率」までもが高まったのは、一九一五年〔大正四〕年から一九一九〔大正八〕年にかけての時期であり、「その期間に生まれた者の、実に三五・〇%がわずか一才〔歳〕未満で死亡」していたという（**表**2-2）。エリア人口構造の不安定さがもっとも顕著に露呈《ろてい》した時期である。同報告書の後半部「二　婚姻」で指摘されて

表2-2
**年度別乳児死亡数および乳児死亡率**

| | 出生数 | 乳児死亡数 | 乳児死亡率 |
|---|---|---|---|
| 1872 ~ 1874 | 45 | — | — |
| 1875 ~ 1879 | 96 | 11 | 11.5 |
| 1880 ~ 1884 | 80 | 11 | 13.8 |
| 1885 ~ 1889 | 94 | 21 | 22.3 |
| 1890 ~ 1894 | 115 | 25 | 21.7 |
| 1895 ~ 1899 | 153 | 43 | 28.1 |
| 1900 ~ 1904 | 165 | 40 | 24.2 |
| 1905 ~ 1909 | 184 | 54 | 29.3 |
| 1910 ~ 1914 | 178 | 49 | 27.5 |
| 1915 ~ 1919 | 214 | 75 | 35.0 |
| 1920 ~ 1924 | 258 | 76 | 29.5 |
| 1925 ~ 1929 | 240 | 73 | 30.4 |
| 1930 ~ 1934 | 223 | 50 | 22.4 |
| 1935 ~ 1939 | 203 | 34 | 16.7 |
| 1940 ~ 1944 | 203 | 17 | 8.4 |
| 1945 ~ 1949 | 217 | 32 | 14.7 |
| 1950 ~ 1954 | 149 | 13 | 8.7 |
| 1955 ~ 1959 | 122 | 5 | 4.1 |
| 1960 ~ 1963 | 84 | — | — |
| 計 | **3,023** | **629** | **20.8** |

（出典）『都市部落の人口と家族——大阪市住吉地区における戸籍の研究』（9頁）の「第5表」より転記。なお、元号表記は西暦表記にあらためた。

いるとおり、戸籍上「庶子、私生子」のまま死亡した人口の（同期の出生者合計に占める）割合が、四二・五％と最高値を記録した時期でもあった。

報告書の表にみるように、住吉地区において乳児死亡率の低減をみるのは、一九三五〔昭和一〇〕年頃からであり、総体的に安定した数値をみるのは一九五〇〔昭和二五〕年頃からである（この数値低減の背景としていかなる政策があったのかについては次章で考察する）。

ここで乳児死亡率の低減について述べるまえに、まず基礎データとして、同報告書における「年度別、死亡年令別、死亡者数」を確認しておく。同報告書は、人口動態について次のように述べている。

本籍人口の死亡年齢をみると、全体として五二・七％が「〇〜九才《ママ》」で死亡しており、乳児死亡率だけでなく、全般に幼少時に死亡するものが、明治以降昭和二四〔一九四九〕年ごろまでは全体の五〇％以上を占めていたことが明らかであるが、これも戦後の二五年以後ではわずかに一九・五％にまで激減し、かわって「七〇才〜」が一七・三％にも達して、部落の人たちの寿命が著しく延びてきたことがわかる。

〔大阪市同和問題研究室、一九六四年、一〇頁〕

ここで注目すべきは、主要な問題とされてきた乳児死亡率が、一九五〇年にある程度の低減をみるや、次には、「かわって「七〇才～」が一七・三％にも達して」いるという記述である。「第6表」（表2－3）を詳細にみると、「昭和二五年～三八・八〔一九五〇～一九六三・八〕年」における乳児死亡率は「一九・五％」であるが、他方、あえて非生産年齢人口として「五〇～五九才」（一六・一％）までもふくめて「高齢者」数をみてみると、「六〇～六九才」（一五・五％）、「七〇才～」（一七・三％）というように、今度は「老人問題」がせり出してきたことを示唆している。戦後の同地区における死亡率が全体的には低くおさえられたとはいえ、こうした高齢者割合の拡大の記述は、生産年齢人口の不安定さを想起させる。

乳児死亡率に話をもどすと、住吉地区の乳児死亡率ピーク（平均三五・〇％）の時期〔一九一五～一九一九（大正四～大正八）年〕における大阪の状況については、『大阪市民生事業史』〔大阪市民生局、一九六四年、三〇頁〕

表2-3　**年度別、死亡年令別、死亡者数**

| | 0～9歳 | 10～19歳 | 20～29歳 | 30～39歳 | 40～49歳 | 50～59歳 |
|---|---|---|---|---|---|---|
| 1872～1899 | 52.0（183） | 4.3（15） | 7.1（25） | 9.7（34） | 5.4（19） | 4.5（16） |
| 1900～1924 | 66.4（395） | 4.7（28） | 6.1（36） | 4.2（25） | 6.4（38） | 4.0（24） |
| 1925～1949 | 49.2（327） | 5.0（33） | 9.9（66） | 6.9（46） | 9.2（61） | 8.3（55） |
| 1950～1963 | 19.5（33） | 7.1（12） | 8.3（14） | 7.1（12） | 8.9（15） | 16.1（27） |
| 計 | 52.7（938） | 4.9（88） | 7.9（141） | 6.6（117） | 7.5（133） | 6.9（122） |

| | 60～69歳 | 70歳～ | 計 |
|---|---|---|---|
| 1872～1899 | 9.1（32） | 8.0（28） | 100.0（352） |
| 1900～1924 | 5.4（32） | 2.9（17） | 100.0（595） |
| 1925～1949 | 7.5（50） | 4.1（27） | 100.0（665） |
| 1950～1963 | 15.5（26） | 17.3（29） | 100.0（168） |
| 計 | 7.9（140） | 5.7（101） | 100.0（1,780） |

（備考）数字はパーセント、（ ）内の数字は死亡者数を表わす。
（出典）『都市部落の人口と家族――大阪市住吉地区における戸籍の研究』（10頁）の「第6表」にもとづき作成。元号表記は西暦にあらため、年齢の「才」は「歳」で示した。

にしめされている。前節でもふれたが、大阪にあっても同時期、全国の主要都市と比して、高い乳児死亡率が問題視されていた。この時期〔一九一五〜一九一九年〕の乳児死亡率の全国平均が「一七・二％」であり、神奈川県（一六・九％）、愛知県（一七・二％）、東京府（一七・八％）、兵庫県（一八・〇％）、京都府（二〇・一％）に比して、大阪府（二三・四％）が最も高い値をしめしていた。『大阪市民生事業史』では、「乳幼児の保護と保嬰館《ほえいかん》の設立」の項で次のように記されている。

大正期の日本の乳児死亡率は先進国に比較してかなり高いものであったが、その日本においても、大阪は、他の大都市をもつ府県に比して最も高いものであった。大正九〔一九二〇〕年においては、出生一〇〇に対する死亡率は東京府一六・八に対して大阪府は二二・四という数を示し、ほぼ四分の一多い数をしめている。〔大阪市民生局、一九六四年、三〇頁〕

大阪市では一九一八〔大正七〕年のインフルエンザ流行により、乳児死亡率はピークに達する。◀48 先述のとおり、このとき小河滋次郎が乳幼児保護対策のための協議会を開催して乳幼児保護施設草案を作成し、その実施について方面委員の協力を求めている。当時、大阪の乳幼児保護は「焦眉《しょうび》の急務」とされており、妊産婦の保護や衛生教育の必要が説かれるとともに、方面委員などには、社会測量をおこなう際に、とくに乳児と妊産婦に注意をむけるよう指導がなされた〔大阪市民生局、一九七八年、三〇頁〕。

一九二〇〔大正九〕年三月に着手された乳幼児保護施設案の第五条では、「五、助力の手段として取るべき要項凡《およ》そ左の如《ごと》し」として、具体的に「(イ)妊産婦の心得べき《マ》事《マ》項を指示すること」、「(ロ)医師又《また》は産婆《さんば》の手当を受けしむること」、「(ハ)妊婦に対しては其《その》健否に拘《かか》はらず、成るべく相当の時機に於《おい》て医師の診察を受けしむること」、「(ニ)医師、産婆、乳母、手伝等の依頼又《また》は傭人、入院、牛乳の供給等に関する斡旋《あっせん》をなすこと」、「(ホ)衣類、寝具、滋養物及《およ》び分娩《ぶんべん》に際し、助産に必要なる消毒其他《そのた》の器具材料類の貸付又《また》は給付をなすこと」、「(ヘ)炊はん、洗たく、幼児保育等に関する家政上の補助をなすこと」、「(ト)産児措置に関し、必要に応じ里親《さとおや》、又は恤救《じゅっきゅう》に依《よ》る保育方の斡旋《あっせん》をなすこと」、「(チ)産児の哺育《ほいく》上の注意に就《つい》て指示をなすこと」、「(リ)出産届の指示又《また》は代弁をなすこと」、「(ヌ)妊産婦に適当なる職業の指示又は紹介をなすこと」、「(ワ)費用の補助は貸付を原則とすること」の一一項目がしめされた。

また、第六条では「本事業の徹底を計らん為《た》めに左の諸機関と円満なる聰絡《れんらく》を取り、その担任又は協力を求むること」として、「警察官署、市区役所及町役場、大阪市救済課〔特に市立産院、市立児童相談所、市立職業紹介所、市立簡易食堂〕、大阪府医師会、大阪市医師会、恩賜財団済生会〔特に病院、診療所、巡視員〕、大日本赤十字大阪支部〔特に赤十字病院〕、弘済会〔特に保育部各保育所、育児部、救療部、慈恵病院、生野保養所〕、大阪府衛生会、産婆会、産科病院、産院、妊婦扱所、婦人科開業医及産婆、大阪救済事業同盟、博愛社其他《そのた》の私立保育機関〔孤児院、保育所等〕、各種の婦人会、私立職業紹介所、大阪毎日新聞慈善団〔巡回診療部〕」が総動員されるかたちで、乳幼児保護事業が展開された〔大阪市民生局、一九七八年、三一―三二頁〕。ここからも、乳幼児死亡率が焦眉の社会問題として扱われていたことがわかる。

ところで、当時の方面委員は、貧困者の立場から、市に対して多くの要求を出している。なかでも興味深いのは、方面委員制度が創設された当時より大阪府下の救療機関のベッド数が不足していた事情に対応して、一九二〇〔大正九〕年一一月の常務委員会で、「方面病院」の設置要求をおこなったことである。そのさい、「細民《さいみん》に対する特別な病院の建設を府および市に建議することを決定し、その実行委員五人を選任している。実行委員は全国の救療機関を調査した結果、東京市内の救療機関のベッド数が一三〇〇あるに対して大阪市内にはわずかに三五〇しかないことを確認した」とされる。結果的に「方面病院」の実現はならなかったものの、「市民病院」が建設されるあいだ、大阪市医師会（会長緒方医師）の協力のもと、「市民病院開設まで医師会から各方面に二名あて方面委員もしくは他の名称で医師をくわえ、この二名の医師は無料または減額の診療をおこない、救療事業の欠陥をおぎな」う取り組みが実施された。また、このころ創設された日本生命済生会が、健康相談所、救急救護班、巡回診療班、乳幼児保護教養班などを内部組織として備えつつ、多彩な活動を開始していた〔大阪市民生局、同書、三二―三四頁〕。

なお、大阪府のレベルでは、方面委員の活動をさらに充実するために、一九二六〔大正一五〕年に大阪府が府立保嬰館◀49を設立したことはすでに述べた。大阪にあっては、こうした「細民」への施策として、方面委員を中心に総合的な取り組みが展開された。このように、方面委員から病院建設の要望が出されたり、医師会からボランタリーに医師が派遣要請されたりするほど、もはや地域だけでは諸問題の解決が困難だったことがうかがえる。

＊＊＊

『都市部落の人口と家族――大阪市住吉地区における戸籍の研究』を主要な先行研究として読み解きつつ、地区人口の動態についてみてきた。この報告書をつうじて明らかになったのは、部落エリアにおける人口動態が一貫してアンバランスであったことである。多産多死に起因する乳児死亡率の高さ、生産年齢人口の不足、老齢人口の増加など、部落の人びとの自治組織だけではどうにもならない事態がながらく続いた生活状態が表わされている。したがって、社会事業や部落改善事業、融和運動や戦後の部落解放運動にみられるように、つねに、外部の資源や人びとに頼らねばならなかったのである。

こうした人びとの生活実態を背景に、融和団体が組織され、地方改善事業が実施され、行政施策が展開されていくこととなる。

以上にみてきたように、戦前も戦後も、乳児死亡率は人びとの生活状態をあらわす指標としてもちいられてきた。次章では、この乳児死亡率を低減させた要因について考えてみたい。

第3章

# 乳児死亡率の低減

一九一〇〔明治四三〕年に起きた大逆《たいぎゃく》事件の影響は甚大《じんだい》であった。この事件が、当時の大阪住吉の地域秩序の再編に、どの程度の影響があったかは確定できないが、一九一二〔大正元〕年に、地域有力者を中心とする「仏教青年会」という融和《ゆうわ》団体が、住吉で創設されている。他の地域とは異なり、住吉では、米騒動後も水平社《すいへいしゃ》組織ができなかった。それは、かなり早い時期から仏教青年会などの融和団体が人びとの生存維持に深く関与してきたからではないだろうか。

この章では、まずは、戦前における住吉部落の人びとの生存を維持してきた政治・経済システムに注目する。なかでも、乳児死亡率を低減させた要因を検討する。主な要因として、①地方改良からの融和団体の活動と地区整理事業の影響、②大阪特有の貸付《かしつけ》制度の影響、③戦時動員体制における国家主導の貸付救済策の影響を挙げることができよう。この検討を踏まえたうえで、戦前におけるローカルな生存維持システムについて考えていきたい[1]。なお、これまでの章と同様、記載する人物名への敬称は略す。

## 地方改良と融和運動

乳児死亡率を低減させた要因の少なくとも一つとして、仏教青年会などの融和団体による活動が考えられる。これらの活動は、子供を産むか産まないかという、人びとの生存にかかわる事柄にはじまり、地域の人口にまで影響力を有していた可能性がある。

図3-1　1938年頃の「**住吉区住吉町**」　出典［大阪市社会部調査報告書］

**地方改良**

大阪住吉で仏教青年会が創設された一九一二〔大正元〕年、内務省《ないむしょう》地方局は『地方改良実例　細民《さいみん》部落改善其二』[2]をまとめ、全国各地の地方改良（運動）の進捗状況を報告する。各地の報告をいくつかを引用する。

細民部落に於《お》ては、戸数の数に比して駄菓子屋《だがしや》多く、之《これ》が為《た》めに老弱を問はず間食《かんしょく》をなし、浪費に流《なが》るるは一般の習なり。本部落に於ては夙《つと》に此弊風《このへいふう》を認め、部落互《たがい》に相約して間食を為《な》さざることとし、一面部落内に菓子店をおかざることを定め……。

〔内務省地方局、一九一二年、二頁〕

これは京都府における事例「街路の清潔なる新町部落」における記述であるが、「老弱を問わず間食をなし、浪費に流るる」ことが問題とされ、部落内における駄菓子屋の規制を通じて間食をなくす取り組みが提唱されている。また、静岡県における事例「改善せる吉野村《よしのむら》」では、一八九八〔明治三一〕年一一月に、有志家の北村電三郎《きたむらでんざぶろう》、長谷藤市《はせとういち》らが、吉野村風俗改善同盟會《かい》を組織したことが記されている。この風俗改善同盟會は、「従来の悪弊《あくへい》を矯正《きょうせい》し、賭博《とばく》をなす者、飲酒に耽《ふけ》る者、其他《そのた》悪事醜行《しゅうこう》をなす者を厳重に取締《とりしま》り、善良なる家庭を作り、又《また》一面には善行者を表彰し、高齢者を厚遇《こうぐう》し、夜学を開始して、青年を指導し、或《あるい》は疾病《しっぺい》其他の災害にて貧困に陥《おちい》りたる者を救済する等各種の方面し《ママ》て民風の改善を促がすにありき」と唱え、逸脱者の取り締まりを強化した。その一方で、「篤志《とくし》善行者」を授賞したり、「七十歳以上の高齢者に養老金」を支給したり、「鰥寡《かんか》〔妻を失った男または夫を失った女のこと〕孤独の貧困者に扶養料贈与《ぞうよ》」したりしていたことも、記述から読み取れる。

　こうした取り組みは、井上友一《いのうえともいち》らが主導した地方改良運動の一環として展開されたものである。夜学校《やがっこう》や青年層の指導など、同様の取り組みが、住吉の仏教青年会でもおこなわれていた。このことから、地方改良組織間での情報交換が、すでに活発におこなわれていたと考えられる。また、「高齢者を厚遇《こうぐう》」する対象として位置づけたり、逸脱行為者を厳重に取り締まったりしていることから、救済対象（「高齢者」や「鰥寡孤独の貧困者」など）を特定したうえでの救済システムが、それぞれの地域の民衆レベルですでに実践されていた様子がうかがえる。

　そんななか、高度な救済システムが実践されていたのは、矯修会《きょうしゅうかい》の活動である。同報告書内の「新川部落と矯修會の活動（兵庫県）」では、「矯修會の目的」として、次のような記述がある。

> 矯修會は此部落の改善救済を目的とする団体にして、其《その》事業の重なるものは、風俗の矯正、衛生設備の改善、授産《じゅさん》、施設及《および》貯蓄奨励等なりとす。即《すなわ》ち矯風《きょうふう》の方法としては、毎月一回若《も》しくは二回の講話會を開き、知名の士を招□▼3して、教育勅語、戊申《ぼしん》詔書を奉《ほう》讀《どく》し、矯風の事は素《もと》より、衛生又《また》は産業に関する講和を爲《な》して、改善の必要を自覚せしむることに努め、一面には悪漢浮浪の徒及《および》乞食等の来住《らいじゅう》するを防がんが爲《た》め、木賃宿《きちんやど》

営業者に対し、是等《これら》の宿泊者を拒絶することを誓《ちか》はしめ、若《も》し挙動怪しき者ある時は、即時《そくじ》警察署に申告せしむることとなしたるに、其《そ》の効果著しく、逃亡犯人及《および》悪漢浮浪者等の潜伏するもの漸次《ぜんじ》跡を絶つに至らんとす。〔内務省地方局、一九一二年、五頁〕

矯修会による矯風《きょうふう》の方法として、木賃宿営業者に対して「一面には悪漢浮浪の徒及乞食等の来住するを防がんが爲め」、これらの宿泊者の拒絶を誓約させ、その効果があったと述べている。すなわち、改善救済の対象とする「細民」の識別（スクリーニング）がおこなわれていたわけである。そして、このスクリーニングの対象者（あるいはエリア）を限定していた点も重要である。そのうえで矯修会は、一事業として、病者に対して施療券《せりょうけん》を発行したり、通帳をつうじて医療費や薬価を管理する等の仕組みをつくったりしていたのである。こうした救済改善対象（者）の限定は、それぞれの慈善（改善）団体の方針に委託されていたことがうかがえる。[4] このように、エリアと人を限定した救済事業は、一定の効果をあげていた。[5] 民衆レベルにはじまる地方改良（民間社会事業）は、のちに大阪では、地方改善部→中央融和事業協会→同和奉公会というように、ローカルな公的組織として引き継がれていくことになる。[6]

### 米騒動と住吉

当時の大阪住吉は、「乳児死亡率」の高さのみならず、別角度からも政策的に問題視されていた。いわゆる「米騒動」である。

前章でも述べたが、あらためて「米騒動」の経緯を簡単に確認しておこう。一九一八〔大正七〕年、米価は徐々に上昇し始め、国民生活が窮迫《きゅうはく》するなか、寺内《てらうち》内閣は「米騒動」への対処[7]を迫られる。対応策として当時の政府は、内務大臣水野錬太郎《みずのれんたろう》の監督下に救済事業調査会を設置し、救済対象の特定化を急いだ。大阪府救済課において「部落台帳」〔一九一八年〕が作成されたのもこの時である。「部落台帳」や「貧民台帳」の作成は、救済対象の特定を意図するとともに、「貧民警察」を確立するなど、治安維持的な意図も有していた。「被差別部落こそ、「貧民の部落をなすもの」の典型」として捉え、内務省《ないむしょう》は各府県に「細民部落調査の通牒《つうちょう》」を発し、部落エリアとその居住者に関して、細部にわたる調査をおこなった。[8]

この米騒動に、多くの被差別部落の人びとが参加したことはよく知られている。[9]しかし、彼らはあくまで物価高騰《こうとう》に苦しむ生活者の一人として米騒動に参加したのであり、被差別部落独自の利害にもとづいたわけでないことを考えれば、米騒動が被差別部落の人びとによって引き起こされたと見ることは、妥当でない。しかし当時の寺内内閣は、米騒動を、被差別部落の人びとを中心にした暴動というイメージに染めあげようとした〔藤野、一九八四年、一二〇頁〕。住吉における米騒動に関しては、次のような記述がある。[10]

住吉の地でも八月一二日、米屋が「襲撃」されましたが、住吉部落の住民一二名がその首謀者《しゅぼうしゃ》として逮捕され有罪の判決を受けています。〔中略〕これに対して故住田利雄《すみだとしお》さんは、幼少時の体験や関係者への聞き取り等を踏まえ、〔中略〕住吉部落に対する差別的偏見を利用して住吉部落住民一二名を「首謀者」にでっち上げた冤罪《えんざい》事件であることを明らかにしています。〔友永、二〇一一年、二七頁〕

米騒動は「被差別部落の人びとを中心にした暴動」である、というイメージが政治的にも大衆的にもメディアをつうじて形づくられ、「冤罪事件」さえも引き起こしたことを、住田利雄が証言している。これは翻《ひるがえ》って、米騒動時は、住吉において「冤罪事件」が発生するほど、部落エリアが治安対象のエリアとして標的にされ、政策的にも大衆的にも問題視されていたことをしめしている。

**住吉では水平社ができなかった**

米騒動後には大阪の各部落で水平社が結成されていったが、住吉においては「水平社の組織」はできなかった。

一九一九〔大正八〕年に住吉仏教青年会によって「青年湯」（公衆浴場）が建設される。また、翌年より実施された「部落改善事業」は、一九二三年に改称された「地方改善地区整理事業」の第一期〔一九二三〜一九三三（大正一二〜昭和八）年〕の対象地区として、住吉地区を選定する。またその後も、内務省の外郭《がいかく》団体である中央融和事業協会が中心となり、融和事業全国協議会の名称で作成された「融和事業完成十箇《か》年計画」〔一九三五〜一九四五（昭和一〇〜昭和二〇）年〕の対象地区にもなる。さらには、一九七〇〔昭和四五〕年からは、同和対策特別措置法を背景に「地区総合計画」の対象となり、部落解放運動の一環として「部落解放住吉地区総合計画」が取り組まれる。以上のことから考えると、融和団体などのアソシエーション（住吉仏教青年会）と行政組織による地域介入とが相当あり、青年湯や住宅などのインフラ整備も早期から着手されてきたがゆえに、住民の多くは水平運動に参加しなかったのではないかと推察できる。

住吉で「青年湯」が建設されたころ、米騒動を契機に寺内内閣から原内閣に交代し、部落改善政策から融和政策への転換が起きていた。また、内務省のもとで民力涵養《かんよう》運動が開始される（第2章の「**大阪特有の施策**」の節を参照）。そして「強固な国家意識を養成するためにも、国民の一体化は必要であり、融和政策は民力涵養運動の一環ともなった」のである〔藤野、一九八四年〕。この動向とともにこの時期、「補習学級・青年会・婦人会では、被差別部落とそれ以外の地区との一本化がかなり進んで」いたようである〔同書〕。住吉における「青年湯」の取り組みもまた、こうした動向との関連を想起させる。というのも、米騒動の勃発《ぼっぱつ》によって、部落エリアは一般に、救済対象エリアかつ治安対象エリアとして表象《ひょうしょう》されたが、住吉に関しては、行政と反目しない（というよりは積極的に連携する）アソシエーションの活動が多く見られたからである。

### 住吉仏教青年会

住吉の人びとの暮らしについては、一九一八〔大正七〕年に大阪府救済課によってまとめられた「部落台帳」に記載がある。この台帳に関する解説が、一九八六〔昭和六二〕年に住吉部落歴史研究会[11]がまとめた『住吉のなりたちとあゆみ』に収録されている。このなかで、著者の一人である城間哲雄《じょうまてつお》は、大正期の住吉部落（当時・出口《でぐち》地区）の人びとの生存にかかわる政治的・経済的状況について、主に次の点を明らかにしている。

　第一に、一九一二〔大正元〕年一二月に住吉仏教青年会が創設された。その中心人物は、竹田《たけだ》駒次郎《こまじろう》（前村会議員の孫）と松本貞樹《まつもとていじゅ》（真願寺《しんがんじ》住職・住吉村学務委員）であり、真願寺内に事務所を置き、部落改善事業を展開した。第二に、その具体的な事業内容は、主として公衆浴場（青年湯）の設置とその運営、夜学校による教育補習、バクチの取り締まり等の風紀改善、体力増進、勤倹貯蓄の奨励と公共事業の補助、精神修養に関する講演会の開催、在郷軍人会《ざいごうぐんじんかい》と提携した軍事思想の鼓吹《こすい》であった。第三に、事業運営の方法として、一五歳から三〇歳までの青年を組織し、青年会独自で、互助機関としての頼母子講《たのもしこう》や、納税に関する督励《とくれい》委員（制）を設け、納税成績を向上させるなどの取り組みをおこなった。その結果として翌年には、仏教青年会会長であった竹田駒次郎は、住吉村会議員に当選する。第四に、その当選を間接的に支えた集票システム[12]として、互助組織である頼母子講が機能した。だが、その頼母子講の一部を真願寺の維持費に流用するために住民から利子を徴収《ちょうしゅう》したことによって、それを返済できずに高利貸しから借金をしたり夜逃げをしたりする者が続出する。その結果、頼母子講はつぶれていった。第五に、夜学校も、大正末期には、正規の住吉尋常《じんじょう》学校への統合化にともない、自然消滅した。最後に、米騒動への住民たちの自主的な行動によって、結果として地区改善事業が実施され、住吉部落の人びとの生活が、なんとか維持された。

ここでしめされているのは、大正期の大阪住吉にあっては、住吉仏教青年会という土着の権力機構における部落改善事業家（竹田駒次郎と松本貞樹）が、住民を管理してきた実態である。その管理の方法は、頼母子講という互助組織によって住民の最低限の生存維持を保障するというものであり、その裏でみずからは、名望家《めいぼうか》（篤志家《とくしか》）として村会議員への進出を果たしていた。他方、米騒動における住吉部落の人びとの自主的な参加と行動が、その後の社会政策や社会運動の契機となったとしめされている。いわば一九八〇年代の部落解放運動が描いた物語である。[13]

### 地方改善地区整理事業

当時の住吉部落と住吉村との自治的共同は、現在からは考えがたいが、当時の政策的背景が反映されたものであった。一九二七年に住吉村常盤会によって発行された『住吉村誌』の「社会事業」の項において、「本村の社会事業として最も重要なものは地方改良事業なりとす」〔二一五頁〕と述べられているように、この時期は、感化救済事業期〔一九〇八年頃〜一九一八年〕と呼ばれ、「国家の良民」〔池本、一九九九年、二六頁〕が目指され、地方改良事業が推し進められたのである。

地方再編の課題は、日露戦争を契機にはじまるが、町村の行財政機能の強化と自治機能を住民の道徳心醸成《じょうせい》によって強化するという方向で進められる。その方向を制度上で整備したものが、一九一一年の市町村制の改正で、主に、国家の指揮・監督の強化が反映されたものであった。町村の財政力は、部落有財産統一政策によって拡充がはかられていく。こうした方向を下から支えるべく展開されたのが地方改良事業であった。

〔池本、一九九九年、一一二頁〕

こうした国家の要請に早くから応《こた》えるべく、人びとに想像されたのが「住吉村《すみよしむら》」であった。一八八九〔明治二二〕年の町村制施行により、独立一村《どくりついっそん》として住吉村は自治制を施行した。その契機は、住吉村の戸数と人口が明治初年と比較して倍になったことである。また、その後の一九二五〔大正一四〕年には、明治初年の三倍の人口増加をみた。『住吉村誌』によれば、この急激な人口増加は、一九一一〔明治四四〕年までに交通の便《べん》が開けていき、市内の実業家や富裕層の別荘経営がスタートしたことによるものだった。この頃は、字出口《あざでぐち》（現在の住吉地区）の人びとも含む住吉村の多くの住民が、右肩上がりの景気の恩恵を受けていたと考えられる。一九一七年には上下水道の施設が完成し、一大発展を遂げ、住吉村は住宅地となる。その後、一九二五年に大阪市に編入されるまで、住吉村は、隣接する町村とは比べものにならないほどの財政規模をほこっていた[14]。

ただし、住吉村の産業はとぼしく、農業をしながら副業として家内工業をおこなうものが多かった。また、商業については、青物《あおもの》、履物《はきもの》、菓子、綿、雑貨等の日用品の小売業者と行商が最も多い。金融状況については、農村では産業組合や信用組合が多いが、農家や工業家、商家の金融機関としての銀行は、住吉ではかなり少ない。そのため、住吉青年会（会長・茶本喜兵衛《ちゃもときへい》）は、一九一六［大正五］年に、警察署の認可を受けて頼母子講を組織している。また、字出口（現在の住吉地区）にも住吉仏教青年会があったが、後の一九二二［大正一一］年に、これら二つの会が統一され、村長・太田儀兵衛《おおたぎへい》のもと、住吉青年団が誕生した。この翌年に、住吉村から字出口（現在の住吉地区）に対して、地区整備費として一五〇〇万円が計上されている。

大正十二年度に於《おい》ては村内の発展益々甚《ますますはなはだ》しく、人口の増加又著《いちじる》しきものあり、されば之《これ》に伴《ともな》ふ村内の施設は各方面に急を告げ、ために村役場の庁舎新築、小学校理科実験室其《そ》の他の増築、並に下水道の改善、消防器具の新調、其の他出口方面の地区整理費等の計上せらるるものあり。［住吉村常磐会、一九二七年、一四八頁］

この記述からうかがえるのは、地区整理事業[15]は、例えば住吉部落歴史研究会などが評価したような「地区住民に対するゴマカシ」として始まったわけではなく、二つに分かれていた青年会が統一され、住吉青年団として自治組織の一本化が進展したことを契機とし、人口増加にともなう住宅整備に応じた公共事業だったということである。[16]この地区整理事業は国の一〇ヵ年継続事業（全国で二〇地区を選定）の一環であり、国の財政負担を極力抑制しようとする時期であったことを考えると、おそらく当時の政府は、財政基盤と自治が安定している村落を、地区整理事業の対象としたのではないかと考えられる。[17]

たしかにこの事業は、一九八〇年代のフレームからみれば「ゴマカシ」と映るかもしれないが、人口増加にともなう住宅整備に対応するために実施された事業であり、住吉青年団という自治組織の結成を契機とするものであった。すなわち、地方からの流入人口の受け皿づくりとして住宅整備がおこなわれ、先住住民と流入人口との交流がスムーズにいくようにするために、自治組織の再編がおこなわれたと考えられる。いわば、市域拡張の下準備のプロセスであったとも捉えうるのである。

## 民間金融のひろがり

乳児死亡率を低減させた、もうひとつの施策がある。それが、先にもふれた大阪特有の生存保障システム、貸付《かしつけ》制度である。

大阪市教育センターは、戦前の大阪市内の地区ごとに、仕事や暮らしについて報告をまとめている。[18] それによると、一九一八〔大正七〕年頃の住吉地区は、次のように描かれている。

総戸数一三三戸、七八八人が生活するむらであり、真願寺《しんがんじ》を中心にまとまったむらである。むらの西側には南海高野《なんかいこうや》線が通り、北側には摂津《せっつ》酒造会社があった。また、南側には夜学校――普通の家より少し大きい――があり、その遠くには金剛《こんごう》山が見えていた。東側には建物はなく、みわたす限り畑が拡がっている。その少し向こうには浄土寺山（朝日山荘厳浄土寺跡）、さらに遠くには二上山《にじょうざん》を見ることができた。

〔大阪市教育センター、一九九四年、一五〇頁〕

大正期の産業については、一部の部落産業を除くと、運輸・交通、下駄《げた》直し、行商[19]が多い。[20] 同区にある「浅香地区では、農業、土方、屑物行商が主産業である」〔大阪市教育センター、一九八八年、二七頁〕のに対し、住吉地区では青物《あおもの》行商[21]（八百屋）、直し[22]（下駄・靴修繕）が主産業となっている。つまり大正期においては、住吉の多くの人びとは不安定な仕事に就いていた。ただし所得水準にかんしては、住民全員が一様に貧困であったとはいえない。

以下の証言は、大阪市教育研究センターの中村水名子らにより一九八四〔昭和五九〕年から一九九二〔平成四〕年にかけて実施された、住吉部落の古老《ころう》への聞き取り調査から得られた証言の一部である。

八百駒《やおこま》さんが片手間にしてはった。「人手不足やし」いうので、やめはってん。それ、やめよってにな、たちまち、風呂に困った。それではいかんいうので、お寺の世話方が主になって、一万円借って、「青年湯」の風呂建てた。入っても、入らいでも、病気で寝てる人間でも入ったことにして、月末になったら寄せに回りますねん。そうせんことには一万円の借金払ていかれしません。一日に六銭。いや、もっと多いかったかもしれません。（住吉、男）〔部落解放研究所編、一九九五年、三九七頁〕

ここに登場する「八百駒」とは、村会議員の竹田駒次郎《たけだこまじろう》のことである。この証言によれば、もともと住吉部落にある銭湯の所有者が竹田駒次郎であり、人手不足などの理由で廃業になり、自家風呂のない住民たちが困ったため、一九一九〔大正八〕年に、住吉仏教青年会が「青年湯」を建設したという経緯がわかる。この風呂は全額借金であったために、その返済として各家の人数分のお金を、入浴の有無にかかわらず、仏教青年会に納めたという苦労話である。

こうした証言から浮かびあがるのは、住吉部落内における土地・家屋の所有者と、そこに暮らす借家人との、相当な貧富の差の現実である。一九一一〔明治四四〕年の『大阪地籍地図』によれば、宅地や田畑を所有しているのは、竹田駒次郎や真願寺等に限られている（**図**3‐2）。部落の内外に土地や家屋を有していたかれらと、地方から来住《らいじゅう》してきた借家人たちの生活とは、まったく異なる暮らしであった。好景気時の帝塚山《てづかやま》開発などで仕事と人口が増加したとはいえ、借家人の生活がつねに安定していたとはいいがたい。このことは、頼母子《たのもし》講《こう》と高利貸《こうりが》しが蔓延《まんえん》した事実からも推察できる。

一九二五［大正一四］年に、住吉村が大阪市に編入され、住吉区が誕生した。一村《いっそん》独立の財政状況を自負してきた旧住吉村にとって、住吉区の新設は、財政面からみて喜ばしいことではなかった。その後、昭和恐慌［一九二九〜一九三一（昭和四〜昭和六）年］にはいり、かつて住吉観光と帝塚山開発で繁栄した旧住吉村は、衰退していった。こうしたなか、旧住吉村から引き継がれた住吉部落における地区整理事業［一九二三年度〜一九三二年度］もまた、計画半ばにして打ち切られることに

図3-2　**住吉村**　『地籍台帳・地籍地図（大阪）1911』［宮本又郎、2006］

なった。しかし地区整理事業はそれなりの成果をもたらしもした。

「住吉地区整理事業概要」には、一九三三〔昭和八〕年頃の出口地区の「職業別分類」が掲載されています。『部落台帳』と比較すれば、十五年間の変化がわかります。青物行商《あおものぎょうしょう》が四二戸から八六戸、土方（各種筋肉労働）が二〇戸から四一戸と二倍以上の増加がみられます。〔住吉部落歴史研究会編、一九八六年、九〇頁〕

このように、それ以前と比べ、帝塚山開発や地区整理事業等により、大八車《だいはちぐるま》で移動できる範囲でおこなえる青物行商が増え、また長期にわたる住宅建設等の需要に対して筋肉労働者（「土《ど》方《かた》、雑役《ざつえき》」）などが仕事に携《たずさ》わっていたことがわかる。ただし、日雇《ひやと》いや季節労働という不安定な就労であることに変わりはなく、やがて景気後退とともに、生活はさらに厳しくなっていく。

このような経済状況のなか、もともと金融機関が少ない住吉区◀23においては、頼母子講や高利貸し等を利用しながら生計をかろうじて維持する生活困窮《こんきゅう》者が増加していった。住吉村が大阪市に編入され、統一した住吉青年団が誕生してからも、水面下では、元住吉仏教青年会と元住吉青年会の二つの頼母子《たのもし》が存続していた。それは次の証言からも裏づけられる。

頼母子ってゆうのはな、まぁ、金融機関や。子どもが病気になったり、親が不幸になったりした時の金はな、五円、一〇円ではすまん。そういうのが積もり積もってな、もう、五〇円になるか一〇〇円になるかわからへん。日に、二円、三円もうけたらやな、大いばりで帰って来れた時代ですねん。まぁ、それで、そこそこいけた時代にやな、五〇円、一〇円て返されへんやろ。そんで頼母子てでけたわけや。頼母子はな、お寺の頼母子と青年会の頼母子があった、わたしらの若い時。お寺の頼母子はやな、月五円。青年会のはやな、三円だってん。これ、一〇〇本単位だ。［中略］上がったらやな、本人の実印と保証人二人要《い》りまんねん。これは三本揃《そろ》わんことには、銭《ぜに》もらわれへん。保証人の判が要るいうわけはやな、上がったあと、よう、掛けん場合やったら、保証人のとこに取りに行く。そないするから、つぶれへんわけや。上がったらな、次から、一分がな、利子つきまんねん、五〇銭。「とも」五〇銭と五円もって行くわけや。「とも」いうたら利子だ。

［大阪市教育センター、一九八八年、一五四 − 一五五頁］

大阪の他の部落ではこの時期、自主的な部落改善運動の段階で、産業組合、共同貯金会、信用組合などが創設されていった。しかし住吉部落は、これらができるほどの産業がなく、大阪市に編入後も頼母子講が残っていた。この証言にうかがえるように、二つの頼母子講を維持していくために高利貸しからお金を借りる人びとも少なくなかった。そしてその後、住吉部落に金融組織が入り込むことになる。以下がその証言である。

きまり銭というのは日銭のことや。一〇円借りまっしゃろ。ほなら、日に一〇銭ずつ返しまんねん。これがきまり銭や。ほで、一〇〇たまったら、一〇円なりまっしゃろ。それが、全部終わるまで、もたしめへんのや。七〇か八〇なったらまた、借りんねん。それ、なんぼぐらい利息とられたか知りまへんで、知らんけど、そうやって助けてもらうわけや。

〔大阪市教育センター、一九八八年、一五四頁〕

高利貸しであるにもかかわらず、「助けてもらう」という言葉から、この時期の人びとにとっては、金融が生存維持システムの一端を担っていたと理解できる。[24]

大正期の人びとの状況については、城間らの「部落台帳」の研究にしめされているが〔城間、一九八八年〕、住吉部落の多くの生活困窮者たちも、私設の金融を利用していたと考えられる。大阪では、こうした状況を改善するために、市行政が大阪府方面委員制度を創設し、生活困窮者に対する施策を展開していく。では、借家人や生活困窮者の生存維持システムの金融実情とは、どのようなものであったのだろうか。このことを次に見ていこう。

# 公的貸付制度の展開

### 大阪の社会事業と公的庶民金融

大阪における社会事業の展開については、佐賀［二〇〇七年］による研究に詳しい。大阪における下層民対策は、米騒動を契機として大阪府方面委員制度が創設されたことに始まる。以後、ハード面の施策として、不良住宅地区改良事業が制度化される。また、ソフト面の施策として、庶民金融としての「大江《おおえ》貯《ちょ》蓄《ちく》奨励《しょうれい》会」［一九一九（大正八）年］、「大阪庶民信用組合」［一九二〇（大正九）年］が創設され、生活困窮者の生存を維持する仕組みが、行政によって整備されていく。一九二六［昭和一］年には、天王寺《てんのうじ》市民館が設置され、地域における生存保障システムが形づくられていった。市民館で、生業資《せいぎょうし》金《きん》や共同福利、診療事業などが実施されたことにより、市民館という社会資源を中心に、地域（住民）形成がなされていったのである。

では当時、なぜ貸付や質屋が、生活保障（救済策）として捉えられたのだろうか。事業を供給する側の意図と、それを利用する住民の側の生活状態について、大阪市の「労働調査報告・社会部報告」[25]に関する研究をもとに見ていこう。[26]

大阪庶民信用組合〔一九二〇〜一九三二(大正九〜昭和七)年〕設置の背景と目的について、『大阪市民生事業史』は次のように述べている。

### 大阪庶民信用組合

方面委員がその担当地区の社会測量をおこない、貧困者の生活実態を理解するようになると、貧困者の生活には意外に浪費があり、しかも緊急に金が必要になると高利の借金をし、ついに身動きならぬ羽目《はめ》におちいることが多いことを痛感《つうかん》するようになった。そこでこれらの貧困者の生活を更生《こうせい》させ、安定をはかるためには、勤倹貯蓄《けんきんちょちく》の習慣をつけさせるとともに低利で資金を融通することが必要であるという主張が方面委員のなかから出るようになった。種々研究の結果、大正九年一〇月一五日「大阪庶民信用組合」が発足することになった。〔大阪市民生局、一九七八年、二七頁〕

当時、林市蔵《はやしいちぞう》を理事長とした理事四〇名のもと、中川望《なかがわのぞむ》知事、関一《せきはじめ》市長、小河滋次郎を顧問として迎え、信用組合が開設された。そして、方面委員が月二回、定期的に貧困者の家庭訪問をおこなう態勢《たいせい》がとられた。小河滋次郎はこの方策を、人間関係に重点を置いた試みとして高く評価したといわれている。結果として、一九二〇〔大正九〕年発足当時には、組合員四〇六人であったこの組合が、一九二五年、一九二六〔大正一五・昭和元〕年には、二万人を超えて、出資総額も一九二八年には八三万円となり、貯金額も四六〇万円弱になっている。一九二二年の事業報告では、カード登録者九〇〇〇余戸のうち約半数が加入していると記され、貧困者の更生《こうせい》に大きな貢献があったと自讃《じさん》している〔大阪市民生局、一九七八年、二九頁〕。以後、大阪庶民信用組合は、昭和初期の大恐慌によって一九三二〔昭和七〕年に解散するまで、ローカルな庶民金融の機能を果たす。

後の一九四一〔昭和一六〕年九月に、大阪市社会部は、旧債《きゅうさい》の内容を調査[27]するために、「本市生業資本融通資金を借入せる者約三〇〇〇名」（一九四世帯）を対象として、「庶民金融事情調査」〔一九四二年四月刊行、『社会部報告』第二五八輯〕を実施し、その翌年に報告書を出している。

この報告書によると、債務者の職業別内訳は、一九四世帯のうち「労務者」が最も多く一四〇世帯であり、総数の七二・二％を占めている。次いで多いのは給料生活者と自営業者であり、いずれも二二件（一一・三％）である。「物価高による労務者の窮乏《きゅうぼう》を意味する」〔同書、二頁〕と解釈され、土地を持たない労務者が昭和恐慌の直撃を受けた実態として例証されている。

また、**表3-1**に明らかなように、債務口数二七三件（一口一件と数える）のうち、最も多いのは民間の金貸を利用した債務八九件（三二・六％）、ついで営利質屋七三件（二六・七％）となっており、両者を合算すれば一六二件（五九・三％）を占めている。これに次ぐ債務は、知友人の七〇件（二五・七％）、親戚二三件（八・四％）である。つまり、フォーマルな金融機関よりもインフォーマルな機関や関係者の利用が圧倒的に多いのである。この理由として報告書は、金貸や営利質屋、知友人などのインフォーマルな機関のほうが、「気儘《きまま》に」利息や借入期間等を設定

できるからであると分析している。◀28

つまり結果として、高利の金貸や営利質屋を利用する人びとが増えていったのである。このことから考えると、方面委員の訪問活動を契機とした大阪庶民信用組合が昭和恐慌によって解散した影響は、とくに貧しい人びとにとって、きわめて大きかったといえるだろう。むろん大阪市は、公的な救済機関として、信用組合だけでなく市設質舗《しせつしちほ》も展開していたのではあるが、力にはならなかったようである。

**市設質舗**

市設質舗は一九二四〔大正一三〕年に北《きた》市民館において開始される。その契機は、一九二三年一二月、大阪職業補導会が企業資金の融通《ゆうづう》をおこなうため、北市民館に出張所を設けて、貧困者に対してその事業に必要な融資を始めたことであった。失業

表3-1　**借入先別件数**

| 借入先別／件数 | 件数 | 百分比% |
|---|---|---|
| 金　　貸 | 89 | 32.6 |
| 営利質屋 | 73 | 26.7 |
| 知 友 人 | 70 | 25.7 |
| 親　　戚 | 23 | 8.4 |
| 共済組合 | 5 | 1.8 |
| 頼 母 子 | 5 | 1.8 |
| 庶民金庫 | 3 | 1.1 |
| 保　　険 | 2 | 0.7 |
| 公益質屋 | 1 | 0.4 |
| 無　　塵 | 1 | 0.4 |
| 工場産報会 | 1 | 0.4 |
| 計 | 273 | 100.0 |

（出典）「庶民金融事情調査」（『社会部報告』第258輯、1942年）より転記。

者の増加傾向があらわれ始めたのは大正末期であり、市もこの試みを進めて翌年一一月に「大阪市質舗条例」および「同施行細則《さいそく》」を制定し、市自体が公設質屋を開始した。同年一二月には大阪職業補導会の北市民館出張所を閉鎖し、館内に「天六《てんろく》質舗」を開設した。その後、玉造《たまつくり》質舗、今宮《いまみや》質舗、九条《くじょう》質舗の順に展開していく。

ちなみに、大阪市公益《こうえき》質舗を参考にして、国は一九二七〔昭和二〕年に、公益質屋法を施行している。このように、大阪市から国の施策へと展開した施策のひとつであった。その後は、「戦争の進展によって利用者は増加したが、経済統制もきびしくなり、〔昭和〕一七年二月からは衣料点数切符制が実施され、質舗の経営が困難となりその上二〇年三月と六月の空襲で今宮、九条、玉造、十三の四施設を失った」〔大阪市民生局、一九七八年、六一頁〕とあるように、戦争の激化にともなって運営はきびしくなっていった。

### 質屋ニ関スル調査

大阪庶民信用組合の開設と同年、大阪市は、質屋に関する調査研究を開始した。その成果として「質屋ニ関スル調査」〔『労働調査報告』第四輯、一九二〇年五月刊行〕を報告する。

この調査報告書の内容について簡潔にふれておく。まずこの調査は、市設質舗が北市民館において開始〔一九二四年〕される前の質屋の状況を捉えたものである。大阪市内の質屋数二四七を調査対象に、一九〇〇〔明治三三〕年から一九一九〔大正八〕年四月末までの質屋数等の累年比較データを明らかにしている。冒頭の説明では、「現今我邦《わがくに》ニ於《お》ケル下層金融機関ニハ貸金業者、銀行類似業者、無盡《むじん》業者及《および》信用組合等種々アリト雖《いえど》モ、労働者ノ金融ニ対シ其《そ》ノ関係ノ最新キヲ質屋《しちや》トナス。是《こ》レ吾人ガ大正八年十月中本市質屋二四七軒ニ就《つい》テ調査シ、今其《そ》ノ結果ヲ簡単ニ発表セントスル所以《ゆえん》ナリ」〔大阪市、一九二〇年、一五九頁〕と述べ、労働者の金融機関として最も新しいものが質屋であるという。この定義に続いて、「第一表　質屋数平均貸出口数及《および》平均貸出金額累年比較」をしめし、約一九年間の質屋数とその内容の変遷《へんせん》を表わしている。

報告書は、調査対象期間のうちの一九一七〔大正六〕年から一九一九年にかけてが、いくつかの顕著な変化のあった時期だと述べている。この期間、質屋数についてはそれほどの大きな変化はみられない（質屋が最も少ない年は一九〇九年の八三一であり、最も多い年では一九一九年の九八三である）。しかし、質屋一戸の平均貸出口数については、最も少ない年の一九一四〔大正三〕年を転機として、その翌年から急激に増加していき、一九一七年には一九八二口《くち》と最高値を記録している。質屋一戸あたりの平均貸出金額については、一九〇九年の一七四三圓《えん》が最も低く、その後は増加傾向をたどり、一九一六年には三三五二圓と最も高くなる。一口あたりの平均貸出金額は、一九〇五〔明治三八〕年が最も低く一一一六厘《り》であり、大正期に入って急激に増加し、一九一四年には一九九三厘というように、最高値となる。大正期に入ってからの平均貸出金額などの急激な増加傾向を背景に、当時の市社会部は、質屋を労働者の金融機関として最も新しいものと認識するに至るのである。

この当時、住吉部落においても、同様に質屋の利用が増加していた。「部落台帳」によれば、少なくとも三つの質屋が入り込み、三割の高利による貸付をおこなっていた。利用件数は、一九一六年（二七六件）、一九一七年（三四〇件）というように、比較相対的にみて、かなり多いといえる。▼29

### 質屋ト金貸業

さらに大阪市は、質屋と金貸に対象をしぼって研究を深化させていく。一九二六［大正一五］年五月刊行の「質屋ト金貸業」［『労働調査報告』第四五輯］では、「庶民金融機関改善を目的として、本市の質屋、高利貸、恩給年金立替業の沿革、現状について調査、六大都市の比較考察」をおこなっている［民生局、一九七八年、一四五頁］。

この報告書の要点は次のとおりである。第一に、質屋の歴史的経緯をしめしたうえで、質屋取締法［大阪では一九一八年施行］において営利質屋（適法）と公設質屋（非適法）に分かれてきたことを説明する。営利質屋に対する質屋取締法の実効性について検証し、基本的に仕組み上は利益の出ないはずの質屋が、無産者との質取引において暴利を貪《むさぼ》っていると指摘している。そして、質屋は営利的なものでなく公共的なものであるとし、質屋経営者に「社会公共事業家たるの覚悟」を求めているのである。要するに質屋は、無産者の金融機関としての役割だけでなく、経済教育機関としての一翼《いちよく》を担っていると説いているのである。後述するように、この意味づけによってその後、方面委員による訪問活動と質屋の取引業務としての訪問とが、重なっていくのである。

第二に、高利貸については、一九二五年四月時点の「金貸業者の資本額」などをしめしたうえで、「小額資本の金貸は特に所謂《いわゆる》高利貸の特質を備ふるものであって彼等によって苛《さいな》まれる窮民《きゅうみん》は決して少数ではない」ことを指摘している〔大阪市、一九二六年、四七五頁〕。

第三に、高利貸の実態として、借用方法について詳しく述べている。高利貸しの方法は「一《いち》時払《じふつ》」と「月賦払《げっぷふつ》」、「日賦払《ひぶふつ》（日なし金）」とに分けられ、原則は「一時払」である。この一時払いは、さらに、借用《しゃくよう》証書を用いる方法と約束手形による割引《わりびき》方法とに分けられ、いずれも連帯保証人（あるいは連帯債務《さいむ》者）を三名以上必要とする。一割三月《わりみつき》しばりで賃貸契約が成立した場合、利息（月二割三分弱）と手数料を合わせて、四割程が天引《てんび》きされる仕組みである。返済が滞《とどこお》れば、強制執行によって債権の取立《とりたて》がおこなわれる。高利貸しが、なぜ原則として「一時払」という方法を用いるのかについて、報告書は、「高利貸にして見れば一債務関係によりて多額の高利を貪《むさぼ》るよりも之《これ》を多数債務関係に分ちて求めた方が結果に於《おい》て安全であり同時に非難少なき」ためであると分析している〔同書、四七七頁〕。この研究からわかるのは、住吉でなぜ二つの頼母子講（仏教青年会と住吉青年会）があったのかという問題であり、二つには貸与方法に違いがあったのではないかと推察できる。保証人がいる人といない人によって、頼母子講の貸付方法が分けられていたと考えられる。生活困窮者たちは、地域の各講を維持するためにも、複数の私的な貸付システムをうまく組み合わせて利用しながら、保証人とのネットワークを築く営みを日常的にくりかえす。こうした人間関係づくりによって、生活困窮者の生存にかかわる、利用可能な貸付システムが階層別におこなわれていたと考えうる。

毎日済崩《まいにちさいくず》しで債務の返済をする「日賦拂（日なし金）」は、「日稼《ひかせぎ》の細民《さいみん》の間に融通さるるものであって至《いた》って少額のもの」であり、担保する物や借用証書も必要ない。これには通例、期間と一口の貸借金額をある基準によって定めて利息を天引きする方法と、期間と金額を任意に定めて日払い一〇銭に対し一銭《せん》から二銭の利息をつける方法とがあるという。集金は、集金人ではなく、「日直取《にっちょくどり》（日直金を受取りに来る者）」が暗黙裡《り》におこなう。日なし金は、江戸時代から「細民《さいみん》の生業《せいぎょう》資金」としてあり、「烏金」（朝借りたお金を烏《からす》が鳴く夕方に返すこと）として一九二五［大正一四］年当時もなお、屑買《くずかい》や大道《だいどう》商人のような商いの資本として存在していたという。この方法を利用して高利貸が高利をむさぼる常套手段の一つとして、利息制限法をくぐり抜ける「買戻《かいもどし》契約」があり、債務者の無知を利用しておこなわれていた。そのため報告書では、悪質貸与の撲滅《ぼくめつ》は、社会政策上の急務であるとまで位置づけられている。ちなみに同報告書では、恩給《おんきゅう》年金立替《たてかえ》業も「完全なる高利貸である」と指摘されている。

以上のように、この報告書は、一九二四年度に六大都市を比較した調査結果として、質屋数とその利用が最も多い大阪の状況（ちなみに住吉区では質屋数六八）を細部にわたり解説している。質屋が無産者の生活と密接な関係を有しているため、利息制限法などの法規制と、行政介入の必要性とが力説されている。さらには、営利質屋の経営者は、経済教育機関としての一翼を担っているがゆえに、「社会公共事業家たるの覚悟」が必要だとの見解をしめしている。この考え方（根拠）において、質屋や金貸は、綿密な調査、個人情報への配慮、家庭訪問などを必要とする業種であるという点で共通しており、以後の公的施策において、質屋が方面委員になっていく方向が促進されたのである。

**市設質舗の利用状況に関する調査**

では、質屋取締《とりしまり》法の法規制からは除外されるものとして扱われた、公設《こうせつ》質屋の利用状況はどうだったのだろうか。大正期の質屋急増にともなう民営質屋の高利問題、流質《りゅうしち》増加の社会問題を背景に、一九二七［昭和二年に、公益質屋法が制定された。その状況把握として大阪市社会部は、一九三六［昭和一一］年の「市設質舗の利用状況に関する調査」［『社会部報告』第二一三輯］のなかで、詳細な調査報告◀30をおこなっている。生活困窮者を救済するという見地から、一九三五年一〇月末時点での大阪市における公設質屋（六質舗）を対象に、調査を実施したわけである。同報告書は、公設質屋の意義として、「質屋本来の性質からして又《また》庶民金融制度の実状から見て質屋は小額所得階級唯一の金融機関であり、これが運営は出来るだけ社会政策的見地に立脚することが望ましい」と述べている［大阪市、一九三六年、一頁］。この報告書の要点は次のとおりである。

大阪市内には一区平均一五の公設質舗があり、質舗利用者の地域的分布については、いずれの区においても「質舗隣接区《しちほりんせつく》」に居住する利用者が圧倒的に多かった。つまり、質舗利用者は、質屋のある区内に居住するのではなく、ある程度の距離のある隣接区に住む傾向があるということである。このことから、質舗を利用する生活困窮者の救済活動は、区域を超えた訪問活動である必要がある。住吉部落に居住する生活困窮者のなかには公設質舗を利用する者もいたと考えられるが、土着（地元）の二つの頼母子講が長期にわたって存続したことから、総体として、公設質舗の利用率は低かったと推察できる。

利用者については、職業別世帯数（公益質屋法施行細則《さいそく》における職業分類）でみると、小商人（三五%）、労働者（二三%）、俸給《ほうきゅう》生活者（一六%）、小工業者（一三%）であり、利用額も小商人が総額の半分を占め、残りの半分が小工業者となっている。▲31 なお、大阪市におけるこの調査ではさらに詳細な職業分類をおこなった結果として、次の知見《ちけん》を得ている。それは、以下の記述にみられるように、質利用者のうち、失業しているものの割合が高かった実態である。

> 労働者の中では工場労働者が世帯数に於《お》いて五六%二、金額に於いて五八%一の首位を占め、俸給生活者にあっては銀行会社員が世帯数四五%四、金額五〇%五、小商人に於いては店舗小売業者（衣服販売業を除く）が世帯数五八%九、金額四九%〇にして世帯数に於いても亦《また》金額に於いてもそれぞれ各分類中最高を占めている。［中略］最後の其《そ》の他の中では失業中のものが四二三世帯（三九%五）、一二、〇一五圓《えん》（三四%八）にして最多を占めていることは注目に値いする。尤《もっと》も、この中には自営業を休廃業したものも含まれ

てはいるが、とに角定職《かく》を離れて失業苦に沈湎《ちんめん》しつつある彼等の金融機関として質舗が可成《かな》り重要な役目を演じていることを物語るものであろう。〔大阪市、一九三六年、六頁〕

ここまでみてきたとおり、市社会部によって、民間質屋と金貸しに対する規制の意義とその効果に関する調査研究が相当おこなわれていた。また、公設質屋は国の事業としても全国で実施されていた。しかも大阪にはじまった公設質屋は、失業者にまで貸付対象を拡大させていた。こうした取り組みにとどまらず、大阪市はさらに、愛隣《あいりん》信用組合のような、公設質屋を利用できない人びとを対象とした貸付制度までも整備してゆくのである。

**愛隣信用組合**

愛隣信用組合は、志賀志那人《しがしなと》により地域における自主的な団体として、一九二五〔大正一四〕年に、ある篤志家の寄附金一七三〇〇円で生業資金融通の事業を開始したことに始まる。この組合事業の特徴は、零細企業のみならず少額給与者にも融通の途《みち》を開いた点にある。この取り組みにより、生業資金融通資金事業の貸付区域が全市に拡大され、貸付の利用がひろく大衆層にまで拡がっていった。ここに、隣保館・市民館におけるセツルメント活動の一環として、生活困窮者対策としての貸付事業が本格化していったのである。と同時に、保育組合と保健貯金会も創設され、人びとの生存にかかわる主要施策として展開していく。

大阪市民生局の資料［一九七八］は、志賀の大きな業績として、愛隣信用組合とともに、北市民館保育組合の展開を取り上げている。この保育組合の利用は、「大衆」が事業の主体であるという志賀の考え方にもとづいて、会員制とし、児童の保育を組合に委ねる母親が会員となった。▼32 この保育組合の活動は、住吉部落における施策・事業展開にも影響があったと推察され、後にふれるように、住吉部落においても保育事業が早い段階で着手されていく。

もうひとつの保健貯金会の創設とは、北市民館にはじまる保健事業の取り組みのことである。一九二二［大正一一］年より児童歯科の診療を開始し、その後、一般診療、健康相談もおこなわれるようになった。さらに一九二八［昭和三］年からは結核予防相談、その翌年からは性病相談も始められた。一九三〇年からは、北市民館診療所で診療をうけたものは保健貯金会に入会させ、そのつど一〇銭を貯金させて将来に準備させるなど、一種の医療保険の性格をもつ事業を展開していく。

以上の保育組合と保健貯金会はともに、戦後の大阪住吉における、住田利雄らの活動とつうじる点もある。

＊　＊　＊

ここまでのポイントをまとめておこう。国レベルでは、感化救済事業期におけるインフルエンザ流行や乳児死亡率増加、米騒動等の社会問題など、これらへの解決策の模索《もさく》が、その後も自治体施策の重点的課題として取り組まれていった。国家の経済的負担を極力回避しつつ、自治体と方面委員らによって、各組合活動がうながされていったのである。[33] この時期の物価上昇に対応したのは、質屋に代表される金融・貸付であった。大阪では、大阪庶民信用組合が設置され、方面委員を中心に貧困者への訪問活動が展開していった。そして、北市民館における融資を契機として大阪市設質舗［一九二四〜一九四五年］が開設され、北市民館の志賀志那人の指導により、愛隣信用組合と北市民館保育組合、保健貯金会の大衆的取り組みと組合事業が、全市に展開していった。

さて、以上のような政策的展開のなか、大阪にはじまった公設質屋は、失業者にまで貸付対象を拡大していったが、このことは何を意味しているのだろうか。

昭和恐慌にむかうにつれ、大阪市は、返済を見込めない人びとにまで貸付をおこなおうと、救済の制度を創設していく。大阪市は当時、すでにあった私設質舗を公的質舗に移行させ、公的救済機関として位置づけて、質屋に方面委員としての役割を与えていった。結果、ローカルなレベルでは何が生じたか。住吉部落で質屋経営者が地域有力者となっていったのである。この点については、あとの章で詳しく述べるが、人間関係を重視する施策として貸付という方策が選ばれた結果、地域における関係性が反映しやすくなったのである。そして公設質屋がしだいに後退するにつれ、住吉地区はふたたび、民間の高利貸や質屋がさらに広まることとなるのである。

# 国家の介入と救済？

昭和恐慌を背景に、大阪市では、公設質屋がしだいに後退するなか、ふたたび民間の高利貸や質屋が蔓延《まんえん》することとなる。そうしたなかで、自治体行政の団体・組織ではなく、国家主導の下部組織である経済更生会《こうせい》が登場する［山本、一九三四年。吉村、二〇〇九年］。住吉部落においても、一九三九［昭和一四］年に、高利貸との闘いから、住吉町経済更生会（戦後の同和事業促進協議会）による融資事業が開始されていく。

**融和事業一〇ヵ年計画**

一九三五［昭和一〇］年六月、中央融和事業協会を中心に「融和事業完成十箇年計画」の成案を得て、事業が本格的に実施されることとなった。上述したように、この計画は、戸数が一〇戸以上ある部落を対象としたために、全国的にみればほとんど実施されなかったのだが、住吉も含めたいくつかの地域では、融和運動としてその活動が展開された。では、「融和事業完成十箇年計画」における経済更生会の活動とは、いかなるものであったのか。

## 大阪住吉における融和運動

筆者がフィールドワークを実施してきた大阪住吉は、数少ない「融和事業完成十箇年計画」の対象地区に選ばれ、「計画」が実施された。実際に、融和運動として、各区においてその活動がおこなわれたのである。一九七九年に大阪市教育研究所がまとめた『融和政策と融和運動――資料編(Ⅱ)』〔研究紀要第一六四号〕では、当時の『融和時報』が収められている。そのなかに、わずかではあるが、大阪住吉に関する記録が収録されている。たとえば、一九三一〔昭和六〕年に、大阪府公道会《こうどうかい》住吉支部が発足するのだが、時報からは、その後の取り組みの様子がうかがえる。「時局豊かに住吉区支部総会開催さる」〔『融和時報』第一四六号、昭和一四・一・二〕というタイトルで記述されている。

大阪府公道会住吉支部本年度総会は十一月二十八日支部長以下会員有志本府より河上社会事業主事を加へ一行百余名、石清水八幡宮《いわしみずはちまんぐう》に参拝皇軍将兵の武運長久《ぶうんちょうきゅう》を祈願。戦没将兵の英霊に対し感謝の黙禱《もくとう》を捧げ、一里《いちり》半の路を強行徒歩にて興福寺に至り昼食の後、二時より総会を開催河上主事より時局と融和に関する講演を聞き一同融和促進に邁進《まいしん》せんことを契った。蓋《けだ》し非常時下に於《お》ける極めて有益な異色ある総会であった……。

〔大阪市教育研究所、一九七九年、六三―六四頁〕

また、一九三九年に住吉町経済更生会が結成された時のようすを、「住吉区住吉町に待望の経済更生会生る」〔『融和時報』第一五一号、昭和一四年六・一〕というタイトルで次のように記録している。

府下全般に亘《わた》り近時経済更生運動の熱熾烈になって来たが、大阪市南端住吉区住吉町に於《おい》て去年初旬、町内の青物《あおもの》行商人、乾物《かんぶつ》小売人、靴修繕《くつしゅうぜん》業者等有志九十五名を以って、住吉町経済更生会を結成され、笹田健治《ささだけんじ》氏会長となって、先づ、町内の高利金融を清算し、市より低利資金の融通を受け、青物《あおもの》、乾物の共同購入を行ひ、実践運動に第一歩を進められた。然《しか》して同会は遂次、協同、販売、価格の統制、人事相談、其の他諸般の改善にも意を注ぎ、経済の更生環境改善に一路邁進《まいしん》さるることとなった。

〔大阪市教育研究所、一九七九年、七六頁〕

第2章でみた報告書『都市部落の人口と家族——大阪市住吉地区における戸籍の研究』〔一九六四年〕には、住吉の人びとの生活状態について以下のような記述があった。

昭和一五年頃から、漸《よう》く部落の生活のいろんな面でのレベル・アップが、かなり進行したとも思われるし、そのかぎりでは多産多死の傾向も次第にうすれて行ったとみることができる。

〔大阪市同和問題研究室、一九六四年、九頁〕

いかなる政策的・運動的実践が背景にあったのかについては、同報告書では言及されていないが、当時の「融和事業完成十箇年計画」と融和運動の影響がかなりあったと考えられよう。なぜなら、住吉町経済更生会（会長・笹田健治）の結成、町内の高利金融の清算、市より低利資金の融通を受けた記録、青物、乾物の共同購入についての記述など、当時の人びとの生活の細部におよぶ描写から、事業や運動からの影響を垣間見ることができるからである。

一九四〇年における時報では、「生活刷新《さっしん》運動協議会」が開催されたことを報じている〔『融和時報』第一六五号、昭和一五年八月一日〕。

先づ、河上常任理事は更生運動の経過と目標に関して述べ、本日の協議会は、更生会活動部面の展開方策を協議するにありとして、特に、一、社会的進出の指導（職業転職の指導斡旋）、二、消費規正運動の指導、三、保健衛生方面の指導、四、幼少年並《ならび》に婦人指導に就《つい》て積極的に活動すべき旨を詳細に強調した。之《これ》に対して浪速区の松田氏、堺市の泉野氏、北河内の小西氏南河内の櫻井氏等より各々の更生会に於《お》ける活動部面を報告し殊に婦人指導の重要性を強調するところがあった。更《さら》に、恰《あたか》も来阪中の中西郷市氏（東京朝日新聞社に十五ヵ年勤続し最近産業組合中央会頭有馬伯の下にありて新政治体制樹立運動に活躍しつつある志士）より「新政治体制樹立運動と部落更生運動指導者の任務」に関する講演を聞き一同得るところ大なるものがあり、午後五時閉会す。かくて、わが更生運動は各地区に於《おい》て画期的の新生活運動を展開するであらう。〔大阪市教育研究所、一九七九年、九六頁〕

この経済更生会の活動記録のなかには、戦後の同和行政と部落解放運動にも影響を有した人物も役職者として多く登場している。河上正雄《かわかみまさお》（大阪府社会事業主事）、松田喜一《まつだきいち》（浪速区栄町・経済更生会長）、泉野利喜蔵《いずのりきぞう》（堺市会議員）、栗須喜一郎《くりすきいちろう》（大阪市会議員）、山口忠三郎《やまぐちちゅうざぶろう》（住吉区住吉町・方面委員）、北岡順了《きたおかじゅんりょう》（住吉区仏教団幹事）などである〔『同和奉公会要覧』大阪府学務部社會課内同和奉公会大阪府本部、一九四一年、頁記載無し〕

この一九四〇年に至るまでには、国・自治体・地区など、それぞれのレベルにおいて生活に関連する諸事業・施策が展開されている。たとえば、一九三七〔昭和一二〕年三月の母子保健法公布や保健所法公布があり、翌年二月には阿倍野《あべの》保健所の設立や「母子保護事務取扱規定」の制定、そして同年四月の社会事業法公布である。住吉でも、同年五月「市立住吉母子寮《ぼしりょう》」が設立され、同年一二月には「住吉託児所《たくじしょ》」が設立されている。しかしとくに注目すべきは、大阪府公道会《こうどうかい》（のちに同和奉公会《どうわほうこう》大阪府本部）や経済更生会による、生活の隅々におよんだ活動である。

「住吉更生会総会」では、「青物行商者を中心として組織して居る住吉区住吉町更生会では、去る七月十二日午後七時より同町託児所に於て総会を開催したが、河上大阪府主事、明石大阪市福利係長、玉出市民館長其他百数十名出席し盛会であったが、席上、河上主事は生活刷新運動に就《つい》て獅子吼《ししく》し、散会後更生会役員と府市当局と更生方策に就て協議するところがあった」と記されている〔大阪市教育研究所、一九七九年、九七頁〕。これにみられるように、当時、住吉町経済更生会が住民の生活の細部において影響力をもっていたことがわかる。

また、大阪府公道会住吉支部も一九三一年には設立（真願寺住職の松本貞樹も参加）されており、生業資金貸付や奨学資金などの事業を早くからおこなっていた。一九四〇〔昭和一五〕年に顕著にみられた、住吉における生活水準向上の背景には、こうした融和運動団体・組織の影響が少なからずあったと推察する。そしてこうしたアソシエーションが、戦後の同和行政へと引き継がれていったと考えられよう。

### 町内会・部落会の大政翼賛会への編入

一九四〇年に中央融和事業協会から改称した同和奉公会は、各自治体に本部を設置し、各地域には支部を置いて、人びとへ資源配分をする機関となる。組織系統は、「同和奉公会―同和奉公会府県本部―同和奉公会市町村支会―部落常会・地区更生実行組合」であった〔藤野、一九八四年、二九三頁〕。そして大政翼賛会との連携《れんけい》を強め、「同和国民運動」を展開していくことになる。同和奉公会がおこなってきた「資源調整事業（のちに厚生事業）」は、周辺地区も巻き込みながらおこなわれる。地区指定においては、部落民らしき人物が一名いれば周辺住民も含めて指定する、いわゆる属地属人《ぞくちぞくじん》主義であった（**図3―3**）。この地区指定の趣旨は、救済というよりはむしろ、メゾレベル（中間・媒介集団間）における生存保障システムの再整備（中堅人物などの調整等）であり、模範地区には相当な費用が投入された。

一九四二年には、町内会・部落会は大政翼賛会《たいせいよくさんかい》に編入され、翌年の地方制度改正によって町内会・部落会は、民生にかかわる組織として法制化された。これにより旧来の社会部が再編された市民局のもとで、町内会・部落会は重要な組織として位置づけられることになる（次頁の**図**3－4&3－5）。

一九四二年には、戦災による生活苦を背景に、大阪では質舗利用者が増加した。しかし経済統制と質舗の焼失もあり、衣料点数切符制が実施されるようになっていく。こうしたなか、同年一二月一八日、大阪市は、戦時の「地域人口の不均衡」や「時局行政事務の円滑な運用」、「警察管区との不一致の是正《ぜせい》」を理由に、大阪市行政区域変更調査委員会を設置し、区の境界変更に関して市会に諮問《しもん》した。そして、「市区行政は、町会・隣組等の地域的結合の基礎の上に立ってのみ、その使命を全《まっと》うし得る」のであり、「町会・隣組をその基底組織とするに至った警察署の管轄《かんかつ》区域」に境界を設定しなおす必要があると説かれた［大阪市役所編、一九五二年、一一－一二頁］。これをうけて、分増区の基準として「一区の最低基準を十万以上」とした。ここに、翼賛体制に編入された町内会・部落会・隣組組織を行政の基礎組織とする、地域秩序の再編（地域づくり）がなされたのである。

図3-3（再掲）
**どこが誰を「部落民」と認定するか**

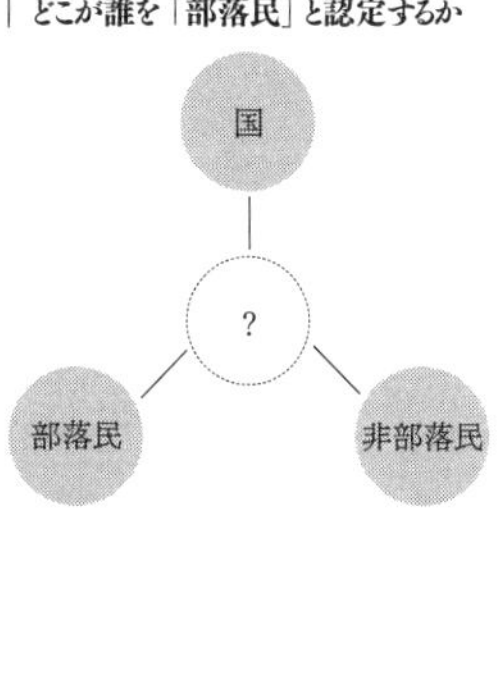

図3-4　**大政翼賛会組織図**

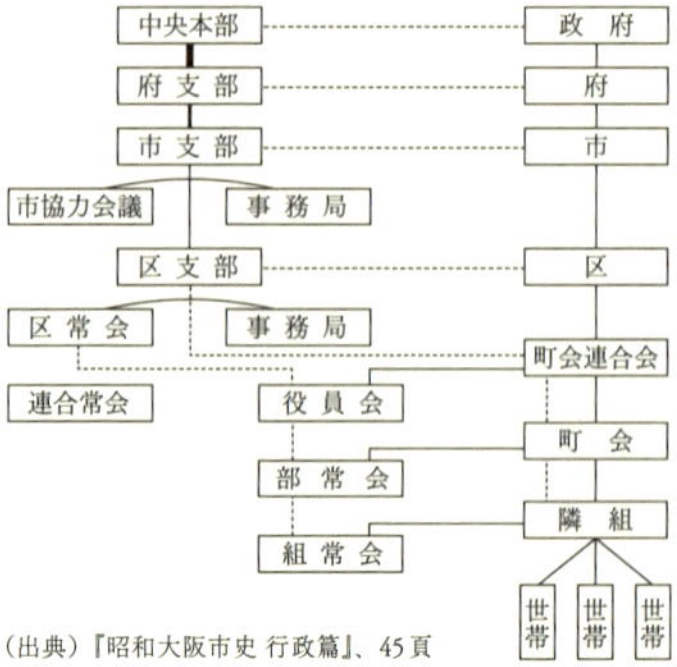


（出典）『昭和大阪市史 行政篇』、45頁

図3-5　**国民精神総動員大阪市実行組織図**

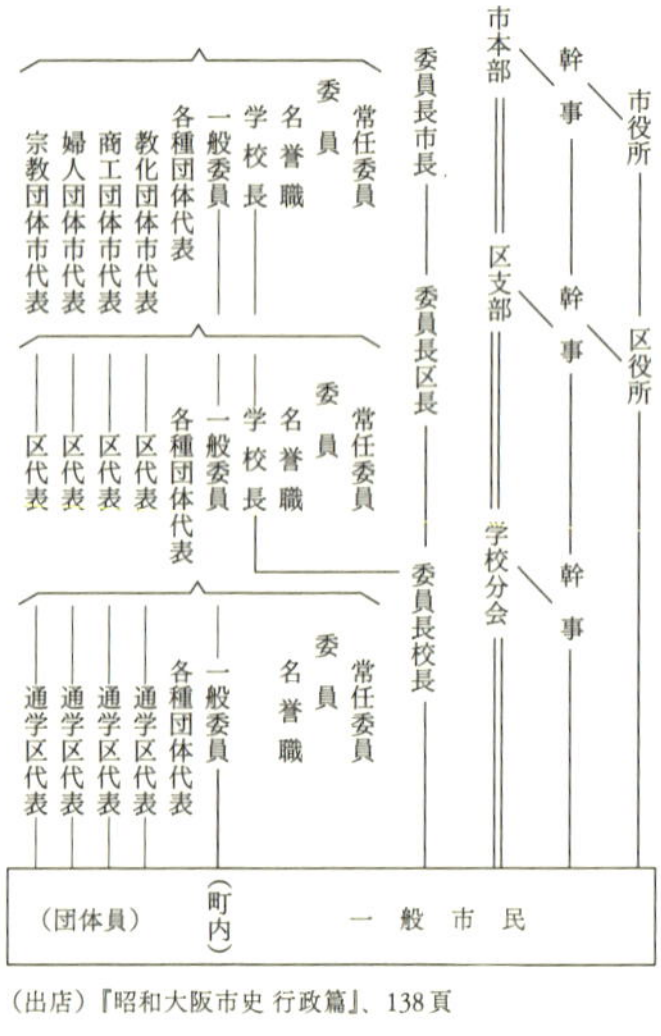


（出店）『昭和大阪市史 行政篇』、138頁

＊＊＊

報告書『都市部落の人口と家族——大阪市住吉地区における戸籍の研究』では、住吉の人びとの生活状態について次のような記述があった。「昭和一五年頃から、漸《ようや》く部落の生活のいろんな面でのレベル・アップが、かなり進行したとも思われるし、そのかぎりでは多産多死の傾向も次第にうすれて行ったとみることができる」［大阪市同和問題研究室、一九六四年、九頁］。すなわち、乳児死亡率が急激に低減していったのは、戦時動員体制にむかう過程においてであった。

具体的には、大阪住吉においては、笹田健治会長のもとで住吉町経済更生会が誕生し、松田喜一らの経済更生会による融資事業がおこなわれた時期であり、すなわち、高利貸に生活を脅かされていた人びとへの金融の受け皿が出来た時期であった。また、中央融和事業協会による「融和事業完成十箇《か》年計画」の対象地区にも選定され、この計画を実現しようとする人びとによって融和運動とその活動が展開された時期でもある。

しかし、一九四〇［昭和一五］年に中央融和事業協会から改称した同和奉公会が、大政翼賛会と結合することにより、国家が末端の人びとまでも統制できる仕組みができあがっていった。つまり見方を変えれば、この国家主導の組織系統、つまり「同和奉公会－同和奉公会府県本部－同和奉公会市町村支会－部落常会・地区更生実行組合」こそが、人びとの生存保障システムの正体だったのである［藤野、一九八四年、二九三頁］。

前章では、部落をふくむ地域の人びとが努力すれば「模範村」になれたのかという問題意識にもとづきつつ、大阪における部落・スラムの人びとの生存にかかわる施策がいかなるものであったのかを述べた。そのうえで、大阪住吉というローカルな人びとの生活状態について、乳児死亡率という指標を中心にみてみた。

それをうけて、この第3章では、乳児死亡率低減の主な要因として、融和政策と融和運動の展開、人びとによるその組織化があったことを描いた。その背景として、とくに借家と大阪特有の貸付制度をつうじて生存を維持しようとする人びとの、困窮した生活状態があったこと、国の「融和事業完成十箇年計画」に呼応するさまざまなアソシエーションが存在し、それが地域の人びとの生存にかかわる分配システムを担っていたことなどを、

図3-6 「**戦災地域図**」（出典『昭和大阪市史 概説篇』、501頁）

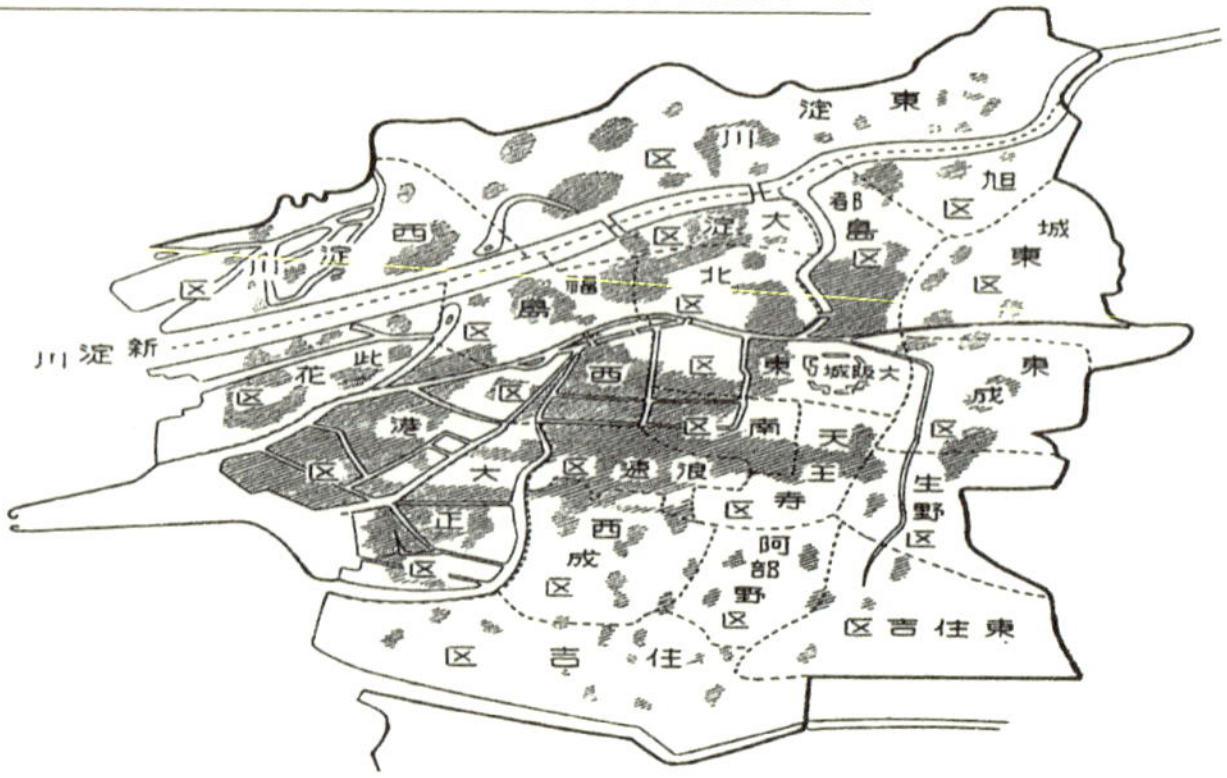

すこしは描出できたかと思う。

　この後、敗戦をむかえる（**図3－6**）。次章からは、やや時代を飛躍することになるが、戦前のアソシエーションによる生存保障システムが、戦後も、ローカルなレベルにおいて復活・継承されていった経緯について叙述していく。本来であれば、戦争という大きな構造変動のインパクトとして、戦中期から戦後期（一九四〇年代から一九五〇年代）という断絶面についても詳述すべきであるが、本書後半の叙述においては、生存保障システムの復活・継承・変奏、地域有力者（媒介者《メディエーター》）の連続性に焦点をさらに絞っていくため、これらの時期への言及をあえてさけたい。この点はご了承いただきたい。戦争という断絶面によってローカルな人びとの生存にいかなる影響があったのかについては、今後の研究課題として真摯《しんし》にうけとめたい。

第4章

# 再分配システムの転換

この章では、住吉部落に関与し続けた地域有力者たちの言動を具体的に描いてみたい。そして、前章までに述べてきた、部落の人びとの生存にかかわる社会資源や社会関係に関して、戦前から戦後にかけての継承と変奏《へんそう》をみていきたい。ローカルなレベルにおける地域管理《エリアマネジメント》は、どのようなものであったのだろうか、管理の仕組みをどう変奏させながら、いかに継承したのだろうか――地域レベルにおける事件をつぶさに記述することによって、町内会と住民組織の関係が浮かびあがり、地域のローカル・ポリティクスの実相を垣間見ることができるだろう。なぜなら、メゾレベル（中間・媒介集団間）における交渉過程こそが、住民の生存を決定づけてきたからである。この作業を通じて、メゾレベルにおける政治的な排除－包摂の力を描くことは、本書の課題のひとつでもある。

筆者が着目した地域有力者たちのうちのひとりは、天野要《あまのかなめ》という人物である。天野家と住吉部落とのかかわりの歴史は長いとはいえ、その住民たちと十分に近《ちか》しいとは言えないこの人物が、住吉地域における有力者として、媒介者《メディエーター》として、どのようにして力を保持・強化していったのかを描いていきたい。とりわけ、一九六〇年代に起こった出来事に照明をあてて、町会と部落解放同盟住吉支部とのあいだに生じた、社会資源の管理と分配方式をめぐる主導権争い（摩擦）を、丹念にみていきたい。

このようなローカル・ポリティクスをめぐっては、いくつかの先行研究がある。吉村［二〇一二年］の研究は、篤志家《とくしか》である新田長次郎《にったちょうじろう》（明治期から大正期の大阪浪速の実業家）が都市下層の人びとを雇用してきた実態を明らかにすることを通じて、従来の差別／被差別という枠組みでは捉えきれなかった地域構造の歴史を解明した。また山本［二〇一一年］による研究は、京都崇仁《すうじん》における戦前の融和運動家である中嶋源三郎《なかじまげんざぶろう》を中心に、戦前と戦後の草の根レベルにおける諸活動の連続性を明らかにしている。これらの研究は、地域の有力者の分析を通じて、調査地域の社会構造を明らかにしようとする企てである。[▼1] また、ローカル・ポリティクスの実情を明らかにするために、町内会をめぐる研究もおこなわれており、たとえば玉野［二〇〇五年］の研究は、調査地域における政治構造を克明に述べている。本書においては、戦前から現在に至る「地域なるもの」（町内会、部落会）において、いかなる生存維持システムが駆動《くどう》してきたのかを、できるかぎり詳しく描いていきたい。▼2 なお、これまでの章と同様に、記載する人物名への敬称は略す。

## 摩擦の経緯

一九五三〔昭和二八〕年九月に、大阪市同和事業促進協議会（以下、市同促協と略記）の下部組織である、大阪市同和事業促進住吉地区協議会（以下、住吉地区協と略記）が創設された。当時、住吉部落の指導者だった住田利雄《すみだとしお》は、町営浴場の改築費用の借入のために市同促協に入会した。しかし、浴場改築費用は足りず、不足分を日掛積立《ひがけつみたて》として住民から徴収し、改築費用にあてがった。これを契機として、部落解放同盟住吉支部が結成される。住田利雄らは、町会ではなく市同促協からの財政的支援を背景に、住吉授産場（授産所）や住吉内職会、住宅建設、隣保館《りんぽかん》竣工などに着手していった。当時の状況は、次のように描写されている。

> 〔前略〕共同浴場は相当破損して改築の時期に至っている。浴場利益金が町行事の財源であるので、共同浴場改築が最大緊急時であると決議し、それの費用捻出《ねんしゅつ》に当り、大阪市同和事業促進協議会があり、それに加入する事により大阪市より助成金の出る事を知ったのである。同和事業促進協議会は左翼思想であるという者があったが、地区役員の中にも三名の進歩的な考え方をもつ者があって、同促協加入を決議する事に決定した。
>
> 〔大阪市同和事業住吉地区協議会、一九八二年、二一一頁〕

しかしこの住田利雄らの活動は、町会の有力幹部にとって脅威となっていく。町会は、住吉部落とその住民に対してさまざまな資金の貸付をおこなうことによって、利権による力関係を維持してきたからである。町会財政に頼らない日掛積立貯金は、浴場の改築後も、教育費を目的として続けられた。さらに一九六〇年には、隣保館を窓口とする生業資金貸付《せいぎょうしきん》▼3も開始された。

> 浴場改築に際し地区改善事業の助成は九〇万円であったが、改築費用は四八〇万円かかり、ために三九〇万円の地元負担金を、地区民二〇五世帯の責任とし、各自、月掛積立金をして負担金をまかない、一九五七〔昭和三二〕年からは、地区の解放を妨げているのは地区民各自の世帯の仕方に計画性がないからであり、計画性を認識する実践として、浴場改築負担金が終っても、日掛積立金を町の制度として残し、それの効果として、子弟

の教育、入学資金の利用、季節替りの入用金、殊に年末の歳越し資金に。

［大阪市同和事業住吉地区協議会、一九八二年、一二二頁］

こうした諸事業の展開により、町財政は危機的な状況におちいった。住吉部落を糧にしてきた人びとが、食っていけなくなったのである［財団法人住吉隣保館設立五〇年、二〇一一年、七四－七五頁］。市同促協への加入とそこからの財政的支援を背景に、住吉部落は、同和地区として町会から独立した財政運営が可能となった。戦前から続いてきた町会による支配からの脱却という選択肢が、現実味を帯びてきたのである。つまり、いままでの、町会による同和事業の分配システム（「大阪市→町会→同和会→住民」）からの脱却の道筋が、目の前に拓《ひら》かれたわけである。

## 一九六二年、摩擦のはじまり

一九六二［昭和三七］年一〇月から六三年四月にかけて、住吉地区の予算をめぐって、部落解放同盟と町会のあいだで摩擦が生じた。[4] 大阪市が調停に入るほどこじれたわけだが、その調停者のひとりに市議会議員がいた。天野要である。

ことの発端は、一九六二年一〇月、解放同盟住吉支部が、住吉連合町会に対して役員選挙の民主化などをもとめる決議をおこない、要請したことにさかのぼる。

詳しくみていこう。同年一〇月一二日、部落解放同盟住吉支部は、住吉連合町会に対して異議申し立てをおこなうことを、臨時集会において決議する。この臨時集会における主要議題は、「予算と役員の民主化に関する決議」〔大阪市同和事業住吉地区協議会、一九六二年〕であった。解放同盟住吉支部の主導的人物であった住田利雄▼5、梶川國男《かじかわくにお》、藤本時春《ふじもとときはる》が、この決議文に調印をした。

この部落解放同盟住吉支部の決議文からよみとれる（つまり部落解放同盟住吉支部からみた）摩擦の概要は、以下の通りである。住吉連合町会において、一九六二年五月に総会が開催された。この総会では、住吉連合町会事業の当初予算が二〇一万八二九六円で成立をみていた。だが同年八月に、「日赤代表（町会長）以下の役員」が年度途中で改選される。その結果、当初予算通りに事業費（隣保館経費と地区協議会費）が執行されなくなった。また、住吉連合町会は、部落解放同盟住吉支部に対して、諸事業費の執行停止にかんする通告を一方的な通知文書によっておこなった。これらの動向について、部落解放同盟住吉支部は、「このことは当町が永年その方針として来た同和事業の促進とこれが問題解決の場である隣保館の存在を無視するものであり、地区大衆の理解できないところである」〔同資料〕との見解をしめしている。

見解の表明にもかかわらず、住吉連合町会は、通知後さっそく、住吉隣保館の館長（住田利雄）に対して、住吉隣保館の明け渡し請求をおこなった。部落解放同盟住吉支部は、この明け渡し請求を不当であると判断し、この請求の不当性（理由）を主張するよう、住吉隣保館の館長にすすめる。住吉連合町会側からの請求の不当性について、部落解放同盟住吉支部は、「隣保館はすでに町有財産として法人化され、その管理運営に当る従業員も法的手続により定められたものであるから、町会長の改選を理由に明渡しの請求があっても館長としてこれに応じられないのは当前なことと云わねばならない」〔同資料〕と主張した。部落解放同盟住吉支部は、臨時集会において、住吉連合町会に対して、「当初予算の執行」、「町役員の民主化」、「本会計の公開」をすぐに実施するよう強く要請する決議を採択したのである。これらが、部落解放同盟住吉支部の「決議文」からよみとれる、住吉連合町会との摩擦のはじまりである。

この摩擦に対して大阪市が乗りだすことになる。一九六二年一一月二〇日、市は、住吉連合町会に対して「調停書」を提示し、事態の収束を図ろうとした。

この調停書には、町会役員代表（竹田実）、住田・梶川を支持する役員代表（住田利雄）、また調停者として、大阪市民生局長（松本幸三郎[6]）、市同促協会長（西岡一雄[7]）、仲介人および調停者として、大阪市会議員（天野要）が同意の署名をおこなっている。調停書の内容は次の通りである。

今回　本市は双方と各個に協議して「住吉区住吉町にかかる問題を解決し、町全住民の福祉の向上と増進をはかり、町の明朗化を実現すること」については双方とも異議のないことを確認したので、その目的を達成するため、次に掲げる調停案を提示する。なお、この調停案の内容を具体的に推進するにあたっては、本市、市同和事業促進協議会及び市会議員天野要氏が仲介人として参加し、意見の具申あるいは指示をするものである。

〔大阪市同和事業住吉地区協議会、一九六二年〕

調停項目としては、「一、町の組織化」、「二、町の役職員の責任分担と権限」、「三、町財政」、「四、今日までの解消しなければならない問題」が列挙され、各項目において具体的な解決案が提示されている。

最初の調停項目「町の組織化」についてみてみよう。この課題にかんして次のような調停案が提示された。

現町会役員と住田・梶川支持役員は調停項目が解消するまで、住吉町親睦協議会（仮称）を設置する。この会長には竹田実氏が就任し、副会長には双方の代表者を各一名づつ選出してこれにあて、協議会役員は現町会役員一八名、住田・梶川支持役員五名をもって構成する。なお、町（地区）として外部に関連する住吉地区同和事業促進協議会役員には、双方の役員二三名をもって構成し、同会長は竹田実氏とする。

〔同資料〕

さらに大阪市は、市同促協の協議委員については、「双方から各一名選出し、定員二名とするも、必要により更に一名の定数増をしてもよい。(註　協議委員を増員することであれば本市は市同促協と協議して承認を求める)」と提言している。同時に、「町内の青年団、婦人会、老人クラブ等の各団体はそれぞれ一本化したものに改組し、双方の代表者間で協議して一本化の代表者選出、活動(事業)案を作成する」方針を提示している。

大阪市による「町の組織化」にかんする問題の解決策は、町会役員の竹田実を就任させ、町会の下部組織である青年団や婦人会、老人クラブ等の各団体も一本化することを背骨としている。つまり、大阪市の意図としては、住吉地区協の会長も竹田実が就任＝兼務することによって、町内会の対立がおさまることを目算し、この提案をしたものと思われる。その意図は、次の調停項目「町の役職員の責任分担と権限」、「町財政」の内容にも、透かしみることができる。

町会、法人、地区同促協を一元化し、町会長がこのいずれもの代表責任者になることを認める。このもとに議決機関、執行機関をつくり、役職員の専決規定を設定する。この際、各役職の分担責任の比重を配慮し、実施(執行)の内容については、毎月、全町民に疑問をもたせないような考え方で周知の方式を協議し、決定する。

〔大阪市同和事業住吉地区協議会、一九六二年〕

ここにいう「法人」とは、一九六〇〔昭和三五〕年に設立された財団法人住吉隣保館のことであり、「地区同促協」とは、一九五三〔昭和二八〕年に創設された住吉地区協のことである。これらの運営を町会に一元化し、諸機関と諸規定を再設定して資源配分をおこなう方式が提言されているわけである。さらに調停項目「町財政」についても、同様の策が投げ打たれている。先述した、部落解放同盟住吉支部の住田利雄と梶川國男たちが取り組んできた、住吉部落での諸活動によって得られた経費も、町会のもとで一元的に管理・運営されねばならないという方針が打ちだされているのである。

町財政にかかる過年度分についての一件書類は整理して一ヵ所に保管し、必要ある場合は、町会長の許可を受け、あるいは役員会で決めて出し入れしなければならない。

ところで町会計は、本会計、別途会計の外に隣保館運営事業費、授産《じゅさん》内職会事業費、生業資金貸付事業費、日掛積立貯金の会計をも含めて明解できるような方式を採用しなければならない。その際には現在の会計状態を整理し、更に館長、町会事務員といった報酬額と二でも一寸ふれた通り事務分担と専決事項を明確化し、一般共通の通信運搬費出張旅費支出についても合理化した予算書の中で執行しなければならない。〔同資料〕

ここでややこしい問題として浮上したのが、住吉部落の住民たちが、自分たちの生活・環境の改善のためになればと、自発的におこなってきた日掛積立預金等の会計もまた、町会の財政に組み込まれてしまうことだった。日掛積立預金をおこなってきた住民たちの立場からすれば、そもそも、行政と町会による生活・環境の改善施策が遅々として進まなかったがために、自分たちの大切な日銭を預金して、公共財の改修をおこなわざるをえなかったのである。それなのに、その貴重な自分たちの預金が、町会財政のなかに組み入れられようとしている。行政と町会の厚顔に肩をすくめるだけではすまなくなる。自分たちの生存と生活の水準が後退してしまう恐れがあるのだ。住民たちのあいだには、不確実で不透明な基準によって財と資源が分配されることに対して、怒りに近い抵抗があったことが、資料から推察できる。

これに対して、調停項目「今日までの解消しなければならない問題」は、次の事項を列挙した内容となっている。「隣保館の敷地の問題」、「地区財産の管理を法人に切替え明確にする問題」、「補助金による町電話の明確化」、「同和生業資金の取扱内容の解明と整理問題」、「授産内職会会計の解明と整理問題」、「寿湯の会計の解明と整理問題」である。

当初、決議をもって住吉連合町会に対して強気の要請をおこなった部落解放同盟住吉支部だったが、この調停書を通じて、いっきに劣勢に立たされることになった。というのも、ここに列挙されているすべての項目が、一九五三〔昭和二八〕年の住吉地区協の財政的支援のもとで、部落解放同盟住吉支部の住田利雄と梶川國男たちによって展開されてきた諸活動にかかわるものであり、それらの諸活動を否定する調停案と言ってもおかしくなかったからである。つまり、部落解放同盟住吉支部は、地域内での独自の財政とその分配方式のチャンネルを奪われることになり、今後は町会主導において、日掛積立預金を含む社会資源が一元的に管理・運営されてしまいかねない事態に直面したのである。戦前から続いてきた、町会による同和事業の分配システム（「大阪市→町会→同和会→住民」）という回路に、住吉支部独自の取り組みすべてが呑み込まれかねない無力化にさらされたのである。

調停書が次のように締め括られたのも、住吉地区の住民たちにとっては大きな問題であった。

以上の調停案内容が解消した時限において、町役員、地区同促協、法人役員を再検討（各々の役員の選出方法・任期をも含む）して発足する。この発足までは、調停者である仲介人が参画する。

［大阪市同和事業住吉地区協議会、一九六二年］

ここでいう仲介人とは、大阪市会議員であり住吉連合町会長の天野要であった。以降、住吉部落の住民たちと十分に近しいとは言えない天野要の指揮のもと、町会に有利な管理・運営体制が展開されていくことになった。

摩擦によって顕在化したのは、単純に、部落差別や当事者団体間の対立に起因する事象ではなかった。それは、町の財政（社会資源を誰がいかに管理・運営するのかという「ポリティクス」）にかかわる複雑な問題であった。部落内部にある社会資源の管理・運営は、そもそも、部落の人びとだけでおこなわれてきたものではなく、大阪市や市同促協、町会や市会議員による関与など、さまざまな利害関係者間のパワーバランスのもとでおこなわれてきた。しかし、こうした均衡関係によって維持されて表面化することがなかった「政治《ポリティクス》」の問題が前景化されて、関係に亀裂が走ったのは、部落における、町会からの経済的自立の取り組みがきっかけであった。

しかし、摩擦の調停の甲斐もむなしく、一九六三［昭和三八］年四月には、天野を支持してきた「町会派」とよばれる同和会の住民によって、住吉隣保館占拠事件が発生する。

事件の背景については後述するが、表面的な住民間のトラブルでないことは、誰もが察しの付くことだろう。日掛積立預金などの財をはじめとする、住民の生存維持にかかわる分配システムが再編されたことが、事件の背景をなしていたのである。住吉隣保館占拠事件は、警察の動員等もあり五日間で収束をむかえたが、以後、部落解放同盟住吉支部と住吉連合町会は、長期にわたり、水面下での対立が続くことになる。

大阪市による調停は、ひどく拙速《せっそく》で頭ごなしな高姿勢にみえなくもない。もし真剣に摩擦を解決しようとしていたならば、摩擦にかかわった人物にかぎっても、市は対応を誤ったと言わざるをえない。この摩擦は、住吉部落と町会のみならず、大阪市や市同促協も関与すべき、大きな出来事だった。町会における突発的な役員間のいざこざではなく、歴史的経緯を理解する者にしか調停できない次元の重大な摩擦として、行政は認識すべきであったはずだ。さらに輪をかけて、このような大きな摩擦の仲介者として、一介の市議である天野要が選ばれたのも、きわめて不可解であった。住吉部落とのかかわりがあったとはいえ、天野要は、調停の大役としては不適任であったし、力量を超えてもいた。ではなぜ、そんな天野要が、調停者のひとりとして登場したのだろうか？　そもそも、大阪市と行政は、本気に摩擦を調停＝解決しようとしていたのだろうか？　摩擦をきっかけとして、別の意図をやり遂げてしまおうと狙っていたのではないか？

## 調停者としての天野要

大阪市が調停者を選ぶのであれば、他にも人材がいたはずである。天野要が調停者（仲介人）として抜擢された理由は、第一に、その父である天野正儀の時代から住吉部落にかかわってきた経歴があったこと、第二に、天野要が住吉連合町会長の経験者であったことがあげられる。つまり、天野要は、住吉部落と町会の双方において政治活動のキャリアを有していたため、双方からの支持を取り付けられるのではないかとみなされた地元選出の議員だったからである。天野であればこの地区の厄介な問題を円満に収拾できるのではという期待が、大阪市および行政の関係者たちから寄せられたのである。

**住吉部落との関係**

天野と住吉部落とのかかわりは、明治期以降の住吉村議会における地元有力者間とのつながりにみることができる。天野要の父である天野正儀《まさのり》、祖父にあたる天野卯兵衛《うへい》は、竹田駒次郎や山口忠三郎、松本貞樹といった、住吉部落の議員や地元有力者との交流があった。彼らは、一村独立という展望の下に、住吉村の政治を協力しておこなっていた。天野家には、遅くともこの頃から、住吉村の村政を通じ、住吉部落とのかかわりの文脈があったということである。

一九二七〔昭和二〕年、財団法人住吉村常磐会によって『住吉村誌』が公刊された[8]。これは、一九二五〔大正一四〕年に住吉村が大阪市に編入される際にまとめられた記念誌であるが、住吉地区と天野家との関係は、ここに詳述されていた。

編纂委員としてこの村誌にたずさわった人物は、天野卯兵衛、松本貞樹、石田美喜蔵《いしだみきぞう》、池田林造《いけだりんぞう》、河村民之助《かわむらたみのすけ》、この五名である。繰りかえすまでもなく、天野卯兵衛は、天野要の関係筋(祖父)である。天野卯兵衛は、一九〇一〔明治三四〕年から二五年までのあいだに住吉村会議員を六期つとめて名誉助役となり、大阪市編入当時の村会では常設委員までつとめた人物である。

また、松本貞樹は、住吉部落にある真願寺の住職であり、一九二五年には住吉村学務員に任命されている。そして、天野卯兵衛と同時期に村会議員をつとめたのが、竹田駒次郎である。竹田は、一九一二〔大正元〕年に松本貞樹らと住吉仏教青年会を設立し、その翌年には村会議員になり、一九二一〔大正一〇〕年までのあいだに二期つとめている。なお、住吉村は公衆衛生と伝染病予防の観点から、一九一八〔大正七〕年に衛生組合を創立し、組合規定を設けている。その際、組合長に就任したのが天野卯兵衛であり、組合の事業として下水や公園などの掃除を、住吉村を八つに区分しておこなった。この時、字《あざ》出口（現在の住吉地区）の山口忠三郎が、組合長に就任している。

以上のように、住吉村の自治における主要なポストに、竹田駒次郎や松本貞樹、山口忠三郎といった字出口の有力者たち[9]が就任し、天野卯兵衛とともに、住吉村の政局に携わっていた。なお、天野家は、一九二五〔大正一四〕年四月一日の、大阪市の第二次市域拡張によって住吉村が住吉区に編成された後も、そして戦後も、府会・市会議員を親子でつとめている〔住吉区役所編、一九五三、五四頁〕。住吉部落と天野家との関係は古く、少なくとも大正期の住吉村時代にまでさかのぼる。そこから一九六九〔昭和四四〕年の天野事件にいたるまで、ローカルな政治に携わる無数の人びとを通じて、住吉部落と天野家との関係は続いてきたのである。以下、天野要という人物と彼が担ってきた役職について素描したうえで、とくに住吉部落とのかかわりにおいて、方面（民生）委員としての地域とのつながりについてみておく[10]。

**その人物像**

天野要は、一九一二〔明治四五〕年一月一八日、大阪府東成郡住吉村（現・大阪市住吉区住吉町）にて生まれた。一九二八〔昭和三〕年三月に大阪府立住吉中学校を卒業し、三一年三月には明治大学予科修了、三四年三月、明治大学商学部を卒業した。その後、同年六月から大阪市立大宝女子商業学校教諭などの教育職を歴任し、一九四六〔昭和二一〕年九月、市立芦池女子商業学校を最後に教職現場から退く。そして、退職後の同年九月より私立住之江商業学校校長となる（一九四八年四月まで）。学校長に就任中の一九四七年四月には、大阪府会議員に当選し、五一〔昭和二六〕年四月には、大阪市会議員に初当選をはたす。この後は、一九七九〔昭和五四〕年までのあいだの計八回の選挙を通じて、自由民主党の大阪市会議員としてそのポストを保持し続けた。[11]

この間、大阪市会建設常任委員会委員長（一九五三年六月）、大阪市会水道常任委員会委員長（一九五五年五月）、学校法人住吉学園理事長（一九五六年八月）、財団法人大阪市身体障害者団体協議会会長（一九六一年六月）等、大阪市政の多方面にわたる役職を市議職と兼任していた。[12]

こうした天野要の諸活動は、彼自身の力量だけでなく、その父である天野正儀が戦前から築きあげてきた大阪および住吉地域における諸活動と無関係ではない。天野要は、父・正儀の政治的地盤[13]を継承するなかで地位向上をはたしてきたのである。[14]

天野要の、方面（民生）委員の活動を通じた住吉部落の有力者とのかかわりを確認しておこう。

昭和恐慌［一九二九－三二年頃］のころ、住吉部落においてもっとも有力だった政治家が、上住吉《うえずみよし》町の佐野磯松《さのいそまつ》と◀15竹田駒治郎である。彼らは、大阪府方面委員の活動を通じて、地域で力を蓄えていった。また、佐野磯松は、質商を経営しつつ、教化《きょうか》委員と大阪府公同《こうどう》委員を兼任し、公益質屋法が公布された一九二七［昭和二］年には住吉区会議員となる［住吉区役所編、一九五三］。佐野磯松と天野卯兵衛とのつながりについては詳《つまび》らかではないが、彼らのあいだには、竹田駒次郎や議会を通じた交流があったと推察できる。この後、戦時に突入し、敗戦をむかえることになる。

　大阪市は、一九四五［昭和二〇］年三月の大阪大空襲をうけ、方面委員制度を町会組織と直結させた。結果的にはこれが、戦後の援護対策を強化することになった。こうした市の制度再編を背景に、府・市会議員であった天野正儀（一九三七年六月から一九四七年四月まで）と、市会議員であった天野要（一九四七年四月から一九七九年まで）とは、方面委員としても実績を重ねていった。

　一九五一［昭和二六］年一〇月、社会福祉事業法が公布され、民生安定所は「福祉に関する事務所」へと衣替えする。大阪市もまた、「大阪市福祉地区および民生安定所条例」を制定する。これにともない、大阪市民生委員連盟が結成された。府県民生委員連盟から独立した市民生委員連盟は、全国的にみてはじめてであった。民生委員令によって、民生委員の委嘱《いしょく》は厚生労働大臣によることになったが、その選考は大阪市の場合、まず各区民生委員小推薦会において候補者を推薦し、これが市民生委員推薦会を経て、府民生委員会による審査等を通じて厚生大臣より発令されるという、地域と密接に結びついた独特な仕組みであった［大阪市、一九八八年］。

一九五二〔昭和二七〕年、住吉区にも民生安定所が設置された。天野要は、民生委員推薦会住吉区地区委員長として、一九六九〔昭和四四〕年の天野事件の収束まで、その役職を担った。一九八二〔昭和五七〕年には、民生委員推薦会住吉区地区委員長としての功績をたたえられ、勲三等旭日中綬章をうけている。

以上のように、天野と住吉部落とのかかわりは、終戦時の方面委員制度と町会組織との結びつきの強化を背景にしている。この環境を滋養としながら、地域名望家が、自身の公職に付随する権威と地域へのかかわりとを相互に保持・強化することで地域に根を張るという、地道でしぶといこの構図を通して、天野と住吉部落とのかかわりは続いていったのである。住吉に見られたこの現実は、日本の一般的な光景であったのかもしれない。つまり、地域住民（とりわけ部落における）の生存と生活の維持が、きわめてローカルな地元有力者間の恣意《しい》的な関係性によって左右されるという構造が、日本のいたるところで生じていたかもしれないのだ。

### 住吉連合町会長という役割

政治家が代々世襲《せしゅう》することは、けっして珍しいことではない。しかし、明治期から現代にいたるローカルな次元において、一人の政治家の権力がいかに再編され保存されてきたのかを具体的にまとめた研究は、けっして多くない。資料が限られていることも、研究の障害のひとつである。こうした制約をふまえつつ、天野が地域において長期にわたってその地位を保持できた背景（要因）について、ここで述べておきたい。戦前から天野事件（一九六九［昭和四四］年）まで連綿と続いた、天野卯兵衛→天野正儀→天野要へといたる、天野家の地位向上と活動展開には、それを可能にした地域特有の背景もあった。それが、大阪市における町内会の再編であった。

一九四七［昭和二二］年五月に、町内会・部落会・隣組組織は、政令第一五号の施行によって、公式に廃止された。しかし、実際には、名称等を変えながら存続していった[16]。大阪の場合、一九四七年の政令による廃止後も、市が赤十字奉仕団の結成を奨励したことにより、町内会などは、日赤奉仕団として延命したのである[17]。住吉区においても、一九四九年二月に、住吉区赤十字奉仕団が結成された。

天野要が、一九四七年四月に大阪府会議員に当選し、一九五一年四月には大阪市会議員に初当選をはたすことができた背景として、住吉区赤十字奉仕団結成の影響を指摘できる。彼は、一九四九年年二月に、初代の住吉連合町会長・連合団長に就任する。この役職には、その後の一九六九［昭和四四］年五月（天野事件の終結）まで就くことになる［大阪市赤十字奉仕団、一九五六年、一二三頁］。ちょうど、この間の一九四八年には、住吉部落において、社会資源にかかわる重大な出来事が起こっていた。道楽会と一部青年グループによる「住吉青年会」の発足である。道楽会とは、地区有力者の組織で、青年会館を借り受けて地方まわりの芝居や浪曲《ろうきょく》の興業を呼び込み、もうけた金で寺の修理や町内防犯灯とりつけ等をおこなっていたほか、戦後直後からは共同浴場の営業も担っていた。しかし一九五一年には、興業の不振により解散を余儀なくされていた。道楽会は、解散時、町会に対して残金を全額寄付し、共同浴場等の社会資源も譲渡《じょうと》していた。

こうした地区内事業の財政のバックアップは、共同浴場の利益金が中心となり、共同浴場運営は道楽会にあるので、地区内諸事業は道楽会が実権を握るという状態である。道楽会は先にも記した通り、社会の不安定に出来たグループで、世の中が正常に戻ってくると、道楽会の人達の考え方とに大きな矛盾が出てくる。日赤奉仕団の結成と共に、その幹部達は一応民主主義を看板として、地区内の教育レベルの良い者達に働きかけ、地区民の大部分の賛成を得て、浴場その他地区事業一切の譲り渡しを道楽会より受けたのである。〔大阪市同和事業住吉地区協議会、一九八二年、二二頁〕

ここからわかるのは、当時、日赤奉仕団＝町会が、部落の住民に働きかけて部落内の社会資源を譲り受けたこと、さらには、町会による地域の社会資源の一元的な管理体制を目指そうとしていたことである。例えば大阪の場合、この管理体制は、完全なトップ・ダウンによって画一的に再整備と補強がすすめられていった。このような継承と変奏がスムーズに履行されていったのは、地域管理上の思惑と整合したからではないかという指摘もある〔岩崎・上田ほか編、二〇一三年、一五三－一六七頁〕。とにもかくにも、部落内の社会資源まで町会が一元管理し、戦前とおなじように、町会を行政の補助機関として機能させ、[18]さらには、この制度化を通じて町会幹部役員が地位上昇を成し遂げていくことが意図されたのである。つまり、戦前の町内会の体制が戦後も変わることなく維持されることが目指されたわけである[19]（図4-1）。このように、行政と一体化（ないしその補助機関化）した町会体制の復活という背景事情も手伝って、初代の住吉連合町会長・連合団長の天野要は、地域におけるみずからの地位と権力を確保・増進していったと考えられる。[20]繰りかえし述べるが、こうした体制は、行政と町会との相互依存関係[21]によって成り立っていたのである。

図4-1　**大阪市における町会の変遷**

（出典）『大阪市町会事務必携』をもとに作図

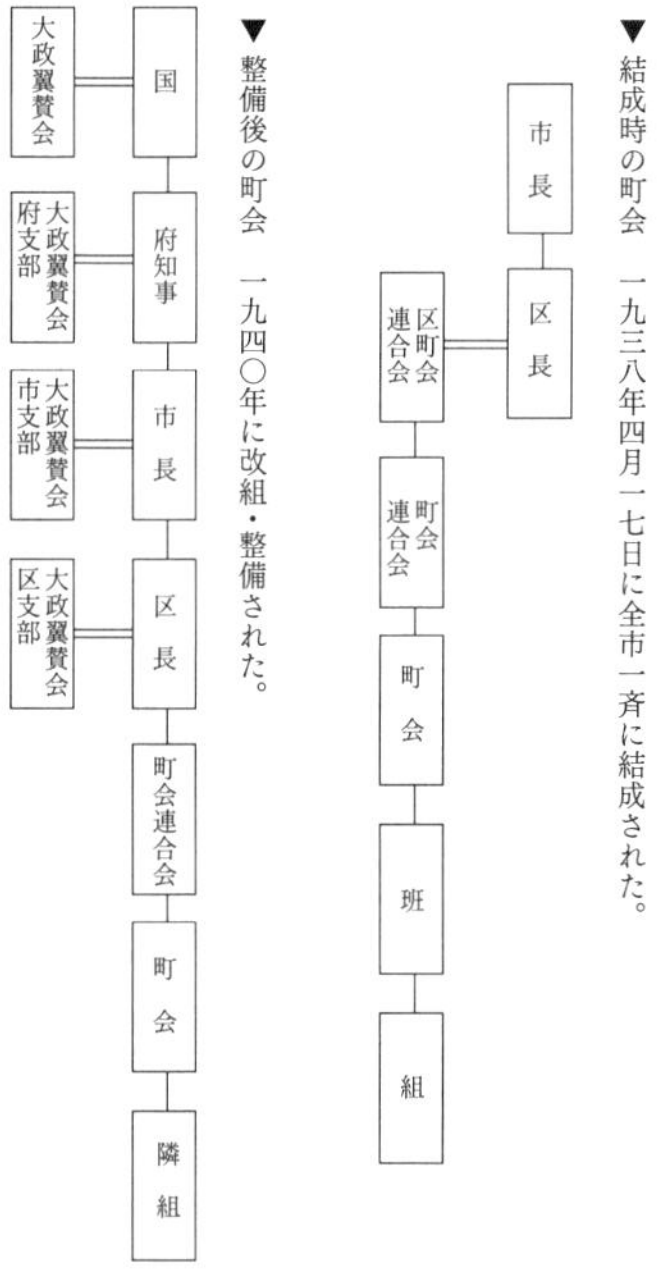

▼結成時の町会　一九三八年四月一七日に全市一斉に結成された。

▼整備後の町会　一九四〇年に改組・整備された。

先述した部落と町会の摩擦において、その調停者および仲介人として、大阪市が市会議員である天野要を抜擢《ばってき》した理由も、ここにきてようやく理解できるのである。つまり彼が、行政と町会および部落を接合する立場にいただけでなく、（部落の共有財を含む）地域の資源を町会に一元化することを通じて、行政が地域住民と資源のすべてを事実上管理できる体制の再整備――「大阪市→町会→同和会→住民」の分配回路のさらなる補強――を推進するにふさわしい人物であるとの判断が（少なくとも暗黙で）、大阪市と行政の関係者のあいだにあったからだと思われる。摩擦の調停とは別の、一元的な管理体制への包摂《ほうせつ》という、より優先度の高い目的＝戦略が大阪市にあったから天野が選ばれたのだと、筆者は考えている。そして天野のほうも、この立場を利用して、みずからの権威と地域へのかかわりとを相互に保持・強化していったのである。

## 分配方式をめぐる争い

さらに歴史的なかかわりの側面から述べれば、天野家の彼が、町会と住吉部落の双方に対して経歴《キャリア》をもっていたから、調停役として選ばれたのである。市は、〈行政－町会〉という従来の体制内での問題の収束――行政と天野の仲介によって従来の体制をより補強すること――を意図していた。この意図を成し遂げるために、この地域のかなりにおいて顔の利《き》く天野家の、天野要を必要としたわけである。

天野要は、おそくとも明治期より大阪住吉を中心として、市政にたずさわる地元有力者たち（天野卯兵衛→天野正儀→天野要）の系譜《けいふ》をひく人物であった。彼らが自身の（さらには天野家の）コミュニティ・キャリアを培っていった歴史をみるかぎり、戦前の大阪府方面委員制度における公益（のちに私設）質屋の活用、戦時の方面委員制度と町会組織の直結、戦後の日赤奉仕団＝町会の復活・存続、市民生委員連盟の結成など、これらの体制を背景環境にしていた。同時に、彼らを支えたフォロワーとして、住吉部落の有力者たちもいた。というのも、こうした既存の体制を存続させることで、当時の少なからぬ住民たちの、生存と生活の維持がなされていたからだ。

部落解放同盟住吉支部の要請に端を発した町会との摩擦は、調停書により、和解をみることになった。

大阪市と行政の、町会への一元化の意図は頓挫してしまうことになる。一九六九年に同和対策事業特別措置法が制定され、同年に施行されたからである。この法制化に向かい、一九六五〔昭和四〇〕年の旧文部省・同和対策審議会答申が財政的根拠となり、市同促協を通じ、住田利雄を中心とする部落解放同盟住吉支部の諸活動がさらに補強されていった〔大阪府同和事業促進協議会編、一九七七年。大阪市同和問題研究室、一九七九年〕。また住田は、市同促協においても有力な役職を担い続けた〔財団法人住吉隣保館設立五〇年、二〇一一年〕。

この特別措置法という、国レベルの新たな制度化によって、戦前から続いてきた、町会の主導権《イニシアティヴ》による同和事業の分配システム、すなわち、「大阪市→町会→同和会→住民」という社会資源の分配回路は変更を余儀なくされた。そして、「大阪市→市同促協→解放同盟→住民」という、大阪特有の回路が定着していった。当初、同和事業に対して消極的だった大阪市行政も、市民生局に窓口を設置するようになり、同和対策事業特別措置法以降は、住吉の隣保館にも、総合的な相談窓口が設置されるまでにいたる。結果として、住吉部落に対する市同促協の財政的支援は、特別措置法のもとで、より一層強化されていった。他方で町会は、衰退の途をたどっていくことになった。かくして、一九六九〔昭和四四〕年には、市会議員かつ民生委員推薦準備委員会長・住吉連合町会長であった天野要が、部落解放同盟から批判される事件（地元で「天野事件」と呼ばれている）が勃発するが、この事件については次章でみる。

摩擦から調停、そして均衡関係の崩壊へいたるこのローカル・ポリティクスとは、町会と部落解放同盟住吉支部とのあいだで生じた、社会資源の管理と分配方式にかかわる主導権あらそいであった。だがこのあらそいは、たんなる派閥の示威《じい》行為ではなく、住民の生存維持（町財政と社会資源の運営・管理）にかかわる重要な係争《けいそう》点であった。はからずも、住吉部落の住民たちによる、日掛積立預金などの持続的な取り組みによって垣間見えたのは、地域住民の生存と生活の維持を可能にしてきた、排除－包摂の力の歴史である。

戦前から続いていた町会による社会資源の分配方式（「大阪市→町会→同和会→住民」という社会資源の配分の回路）は、住田利雄らの日掛積立貯金等の活動の登場と、市同促協からの財政的支援という別の分配方式（「大阪市→市同促協→解放同盟→住民」）の出現とにより、変更を余儀なくされていった。「大阪市→町会→同和会→住民」から「大阪市→市同促協→解放同盟→住民」という回路へと、徐々に移行していったのである。この資金の流れの変化が、当事者たちにとって重要な係争点であったことが透かし見えるのが、町会と部落解放同盟住吉支部との摩擦と、大阪市による「調停」であった。

要するに、日掛積立預金という住民たちが（比較的）フリーハンドに使える資金ができ、市がそれを使う権限を解放同盟に委ねたことによって、旧来の町会分配システムに亀裂が生じたのだ。その結果、市や町会、市会議員までも巻き込んだ町内会紛争がはげしさを増し、ついには、次章にみる天野事件〔一九六九（昭和四四）年〕が発生するにいたる。大阪住吉において生じた一連の摩擦と紛争は、天野市会議員がいること（活躍すること）によって雇用や福祉をあてがわれる人びとと、そうではない人びととの対立・摩擦問題でもあったといえるだろう。[22] このことをさらに詳しくみていこう。

第5章

# 再分配をめぐる闘争

摩擦の後に部落解放同盟が天野要を糾弾《きゅうだん》した「天野事件」をつうじて、同和事業を含む新たな社会資源の分配方式（「大阪市→市同促協→解放同盟→住民」）は、地域において長期にわたって定着していくことになる。

事件のポイントを簡潔にまとめると、第一に、制度を活用する側の視座（当時の当事者運動団体における意図とその影響）が生活保護率の推移[1]に明確に反映されている点、第二に、部落解放運動が生活保護制度の活用を採用し得たことにより、小地域および区レベルにおける保護行政の運用に（「政治的色彩」を鮮明にもたらすというかたちで）影響を与えた点、第三に、ナショナルミニマム（最低生活保障）の論議を運動によって大衆レベルにまで浸透させた点、第四に、生活保護制度の活用によって部落解放同盟が地域における主導権を執るとともに、資源動員[2]としての「府同促協方式[3]」を合理的かつ効率的に地域に定着させた点が挙げられよう。

以下、当時のローカル・エリアにおける保護行政・民生《みんせい》行政・運動展開に影響をもたらしたミクロな変動として、一九六〇年代の住吉の「天野事件」を取りあげる。方法として、大阪市立大学所蔵の一次資料を用いて経緯を丹念に辿りつつ、事件の影響を探る。また、これまでの章と同様に、記載する人物名への敬称は略す。

## 「天野事件」とその背景

一九六九〔昭和四四〕年一月、住吉校下の民生委員推薦地区準備委員会（天野が委員長）の席上、準備委員のなかから、「きょうび、六四世帯も生活保護を受けんでも、働くとこなんぼでもあるのに働きゃええのにな」、「生活保護者に国の貴重な税金を使ってもらいたくない」といった発言がなされた。これに対して天野は、この発言を黙認して見過ごした。そのことが「部落差別」として問題となったのである。

生活保護者に対するこの発言が、いかなる背景のもとで「部落差別」発言として認知される事態に至ったのか、換言すれば、〈部落＝生活保護↑差別〉という理解の成立背景とその後の経緯について、一次資料をもとに確認しておきたい。

### 事件に至るまで

まず、「施策・事業」と「事件・運動」の関連性を見てみよう（**表**5－1）。「施策・事業」の視点から「大阪市同和地区解放会館条例制定」〔一九七〇年〕を一定の到達点とみなすならば、一九五三〔昭和二八〕年の大阪市同和事業促進住吉地区協議会（以下、住吉地区協と略記）創立大会から実に約一七年の歳月を要して達成したことがわかる。「事件・運動」の視点から見れば、この創立大会の三年後に結成された部落解放同盟住吉支部は、一九六九年の天野事件の終結までの間、約一三年の運動を続けている。住吉地区協と部落解放同盟住吉支部、そして地域住民との関係性を詳しく描いてみよう。

一九六〇〔昭和三五〕年の住吉隣保館《りんぽかん》の竣工（第4章の「**摩擦の経緯**」の節を参照）のわずか三年後に、「同和会《どうわかい》（町会派）」による「住吉隣保館不法占拠事件」が勃発《ぼっぱつ》し、「第一次民主化闘争」が始まる。[4] この第一次民主化闘争を「施策・事業」の視点から見ると、新たな方式――「大阪市同和事業促進協議会」方式――を地区レベルで定着させるための闘争という見方もできる。そしてその後の「第二次民主化闘争」と呼ばれる「天野市議差別事件〔一九六九年一月〕」を、「事件・運動」と「施策・事業」の両視点から捉えなおしてみよう。すると、一九六五年からの「内閣「同対審」答申」を背景としながら、「同和会粉砕《ふんさい》闘争〔一九六九年二月〕」や「天野市議糾弾闘争〔一九六九年三月〕」だけでなく、「生活保護問題で対市交渉〔一九六九年三月〕」や「住吉福祉事務所交渉〔一九六九年七月〕」などの対市行政交渉も同時並行でおこなわれてきたことがわかる。つまり、「同和会粉砕闘争」や「天野市議糾弾闘争」といった運動にのみ目を奪われてしまうと、それらの闘争が「生活保護問題で対市交渉」や「住吉福祉事務

表5-1　**「天野事件」の経緯**

| 年代 | 施策・事業 | 事件・運動 |
|---|---|---|
| 1953 | 大阪市同和事業促進住吉地区協議会創立大会 | |
| 1956 | | 部落解放同盟大阪府連住吉支部結成 |
| 1960 | 住吉隣保館竣工 | |
| 1961 | 住吉隣保館許認可 | |
| 1963 | | 住吉隣保館不法占拠事件 |
| 1965 | 内閣「同対審」答申 | |
| 1969 | | 天野市議差別事件（1月） |
| | | 同和会住吉支部の結成（2月） |
| | | 同和会粉砕住吉支部全体集会（2月27日） |
| | | 同和会粉砕町内行動（2月26日） |
| | | 生活保護問題で対市交渉（3月17日） |
| | | 天野市議差別事件糾弾闘争を展開（3月24日） |
| | | 天野市議差別事件真相報告集会（4月2日） |
| | | 天野市議糾弾総決起集会（4月8日） |
| | | 天野市議糾弾総決起集会（4月13日） |
| | | 天野市議糾弾町民集会（4月23日） |
| | | 住吉支部全体集会（5月11日） |
| | 「同和対策特別措置法」公布（7月10日） | |
| | | 住吉福祉事務所交渉（7月28日） |
| | | 住吉支部決起集会（8月24日） |
| | | 生保問題で住吉福祉事務所と交渉（9月26日） |
| 1970 | 大阪市同和地区解放会館条例制定（4月1日） | |

所交渉」といった行政交渉に与えたインパクト――現実のダイナミズム――が見すごされかねないのである。運動と行政交渉をあわせて考察することにより、当時の交渉過程に天野事件が介在したことによって、運動側の要求が通りやすくなったという事実が浮かびあがってくる。

天野事件の発生により、隣保館〔一九七〇年より解放会館〕への生活保護ケースワーカーの出向相談《アウトリーチ》と、そこでの生活保護申請の手続きが実施されるようになった。このことにより、生活保護率の急激な増加をみる。仮に天野事件が生じていなかったとすれば、運動と交渉は、同和会との紛争――同和施策の管理・運営をどこが担うのかという地区内に限定した窓口紛争[5]――だけに終始したことだろう。しかし、天野が市議会議員であるだけでなく民生委員推薦準備委員会長や日赤奉仕団長等の役職を担っていたがゆえに、要求と糾弾は、同和施策の窓口獲得闘争に限定されず、一般施策である生活保護という広範な問題にまで拡張されていった。「区政の民主化」という方針のもとで運動が展開されることとなるのである。また、この解放同盟の要求と糾弾が説得力をもちえたのは、当時の部落の劣悪な生活実態(保護率の高さに表れた実態)が地区の現実だったからに他ならない[6]。先にふれた通り、住吉地区は、他の同和地区と比較しても高い生活保護率をしめしていた。〈部落＝生活保護〉という構図が差別や偏見となって人びとに流布しやすかったがゆえに、要求と糾弾が説得力をもったのである。

生活保護制度の問題を部落解放同盟が代表して取り組むという闘争形態は、大阪にあっては、住吉が先駆《せんく》だった。後に「社会保障の住吉」と呼ばれるのも、ここに由来している。生活保護問題や区政の民主化問題をめぐる運動は、以下の取り組みをとおして展開していった。

一次資料にもとづき「部落内／部落外」の動向を整理したのが、次頁の**表**5-2である。天野事件が起きた一九六九〔昭和四四〕年一月にはすでに、部落内「生活保護問題対策会議」において行政に対する「要求書」が作成されていた。翌月には部落内で同和会が結成され、その結成式が住吉学園でおこなわれた。それに対する「同和会糾弾ビラ配布」行動が連日にわたって展開されている。

**「問題」の拡大**

まずは、部落解放同盟住吉支部および同促協住吉地区協議会が作成した当時のビラ資料をもとに、紛争の展開過程をたどってみよう。

原案としての「要求書」では、「部落解放同盟生活保護者組合」の名称で、二二項目の多岐にわたる要求が挙げられていた。[7]「同対審「答申」に明記された福祉行政」や「同和対策の一環としての生活保護体制を確立すること」という項目からは、「同対審「答申」」を背景としつつ、同和対策との関連において生活保護制度を組み換えることが当時の獲得目標としてあったことが理解できる。重要なのは、これらの項目がこの翌年からの「総合計画小委員会」[8]につながっていくことである。「同和対策長期計画」が国および各自治体で検討され、住吉は「地区総合計画」の対象地区に選定され、住民主導の「まちづくり」計画が具体化された（第3章の「**地方改良と融和運動**」の節を参照）。この計画に関連する高度な規定を満たすためにも、住民組織化の準備が

表5-2 「**部落内／部落外**」の動向

| 部落内 | 部落外 |
| --- | --- |
| 1月　生活保護問題対策会議「要求書」作成 | |
| 2月26日　部落住民向け同和会糾弾ビラ配布 | |
| 2月27日　部落住民向け同和会糾弾ビラ配布 | |
| 3月20日　天野市議宅に代表8名が行く。留守なので要旨文書を手渡し会見要請 | |
| 3月24日　生活保護対策会議を天野糾弾闘争委員会に発展解消させ大衆行動へ | 3月24日～　毎日約100名動員し、ビラ配布、シュプレヒコール、ステッカー貼り行動 |
| 3月27日　部落住民向け同和会糾弾ビラ配布 | 3月27日　区民向けビラと市長要望書を配布 |
| | 3月29日　ビラ配布 |
| 4月2日　天野市議会議員糾弾真相報告決起集会（参加者450名以上） | 4月2日　ビラ配布 |
| | 4月7日　市同対部を通して天野氏と会談 |
| 4月8日　天野氏会談報告と今後の闘争について全員集会　（参加者250名） | 4月8日　天野氏が「謝罪文」を提出 |
| | 4月9日　同対部を通して天野氏に「公開質問状」を渡す |
| 4月10日　天野氏より「回答書」を受理 | |
| 4月13日　部落住民向けビラ配布 | |
| | 4月15日　住吉警察不当逮捕事件発生 |
| 4月19日　天野交渉 | 4月19日　住吉学園にビラ配布 |
| 4月21日　住吉警察へ抗議文 | |
| | 4月23日　町民集会開催　天野市議、住吉区長が参加する。（参加者300名）<br>※天野市議が謝罪と回答内容を報告（4か条報告） |
| 4月28日　「天野要市会議員糾弾闘争の経過と今後の課題」を作成 | |

早期に不可欠であったのだ。

二月二六日に部落住民向け同和会糾弾ビラ配布では、「解放同盟住吉支部」と「同和事業促進住吉支部」の連名により、「同和会にはいってバカを見ないように」というタイトルのビラが配布された。その内容は、以下のとおりである。

吹田《すいた》の同和会の責任者は会社社長の高田さんです。その高田さんが、同和会は町をよくする会ではないことをしって、まだだまされていることをしって、二月のはじめに吹田同和会を、かいさんしました。そして二月二十日解放同盟吹田支部をつくって支部長になっています。八尾の辻村さんは同和会大阪府連の書記長でしたが、これもだまされていることをしって一月に書記長をやめました。このごろ同和会では辻村さんとこへもんくをいいにいっています。荒本の同和会の会長もやめようとしています。大東市の中田市会議員もやめました。そこで同和会は、いちばん人間のよい住吉の人をだまそうとしてきています。

地区住民に配布したこのビラにおいては、他地域でも「同和会」が衰退して解放同盟に転じていることを伝えようとする内容になっている。同月に住吉学園[9]において「全日本同和会」が結成されたことに対抗して、行動は連日おこなわれた。

翌日の二月二七日にも部落住民向け同和会糾弾ビラ配布が「解放同盟住吉支部」によっておこなわれた。タイトルは「町民のみなさん！同和会にだまされるな」である。

> 同和会では、住宅をたてることも、町をよくすることもできません。町民の生活をまもるために、町の発展のために鉄筋住宅をたてさせたり、同和生業資金をかしださせたり、フロをよくしたり、道をよくさしてきたのは解放同盟を中心にみんなが運動をしてきたからです。

ビラは、同和会の権力衰退を指摘するのみならず、住民の生活環境改善の整備が解放同盟による成果である点を強調した内容となっている。住民の暮らしに直結する諸資源を獲得してきた主導組織こそ解放同盟であると、アピールしている。

また、この日の配布ビラにはもう一種類の「№2」がある。「ビラ№2 町民のみなさん 又《また》、だまされんように」というタイトルで「部落解放同盟住吉支部」と「同和事業促進住吉地区協議会」の連名で作成されている。このビラの冒頭では、「同和会とは私たちとおなじ部落と云《い》うことです。同和会の目的は、部落民同志《ママ》けんかをさすことです。けんかをすれば、だれが得《とく》をしますか、だれかが自分でけんかが出来ないから部落民同志《ママ》けんかをさして得をしようとしています。だまされてはなりません」と述べられ、ここで初めて、地区内で勃発しているこの対立が「部落民同志けんか」であり、「けんか」をけしかける「だれか」が外部に存在していて、「対立」を通じて「得をしようとしている」という構図を描いている。この時点において、解放同盟住吉支部のなかでは、すでに天野市議の名前が浮上していたのではないか、少なくとも、外部に存在する「だれか」探しの議論が展開されていた、と推察できる。「天野事件」はこの直後に発生している。

なお、同ビラの後半部でなされる以下の記述から、当初は、諸資源の「窓口」をめぐる主導権争いであったことが確認できる。

町をよくするために家をたて、生業資金を貸出し、教育の助成をさして来たのは地区協と解放同盟です。寿湯が四百七十二万円でよくなったことは同盟が自分のためにやったのではありません、町内のみなさんのためです。そのことは町会長が一番よく知っていることです。生業資金でも住宅でも解放同盟だけが利用したことはありません。町内のみなさんで困っている人がみんな対象になっています。今後もそのことはかわりません。町内の数が少ないから順番になっています。待っている人に少しでも早く利用できるように、一緒に運動しましょう。しかし同和会に入った人は、おことわりします。

# 「天野事件」の発端と推移

三月初旬、「天野事件」が発生する。事件の終結直後〔四月二八日〕に部落解放同盟大阪府連への報告として「住吉支部」が作成した「天野要市会議員糾弾闘争の経過と今後の課題」によると、事件の「発端」は次のように説明されている。

### 事件の始まり

生活保護者の要求を反映させるために、支部では住吉校下の民生委員推薦地区準備委員会（委員長・天野要氏）に部落解放運動の活動家をひとり送りこみました。その推薦準備委員会の席上、「きょう日、六四世帯も生活保護受けけんでも、働くとこなんぼでもあるのに働きゃええのになー」とか「生活保護者に国の貴重な税金をムダに使ってもらいたくない」という発言が準備委員の中から出されました。これは、部落の生活保護者の実態が明らかに部落差別の結果であり、その解決こそ「国の責任」であるのに、それを全く棚上げし、被保護者が欲得で保護を受けているかのように言う差別発言です。この席には委員長であり、市会議員でもある天野氏が座長をつとめていましたが、市会で審議・議決された大阪市同対審答申に基いて、この発言を差別であると指摘することもなく、だまって聞きすごすという態度をとりました。支部代表として委員になった支部活動家が、これは重大な差別である、と追及。支部では、「差別糾弾闘争委員会」を組み、まず、天野氏にその責任を問うことにしました。

当時すでに、他地域との比較相対的な保護率の高さが、住吉地区の特徴となっていた［表1、「三月一七日にも生活保護問題で対市交渉」］。そして、保護認定に一定の権限をもつ民生委員推薦地区準備委員会に、解放同盟住吉支部は支部活動家であった大川恵美子《おおかわえみこ》を就任させた。この準備委員会の席上で大川が耳にした準備委員の発言が、事件の発端となった。つまり、大阪市同和対策審議会答申を認知していた委員長の天野が、その委員の発言を「差別である」とその場で指摘しなかったことにより、天野自身の責任が問われる事態へと展開したわけである（前節「「**天野事件**」**とその背景**」を参照）。

その件について、三月二〇日、天野市議に「異議申し立て」の会見要請をするため、解放同盟代表一〇名（うち大阪府連より二名）が天野市議宅を訪問する。天野本人が留守だったため、「要旨文書」を天野夫人に手渡して会見要請のみがおこなわれた。その「要旨文書」の内容が以下である［大阪市同和事業住吉地区協議会p、一九六九年］。

天野先生へ　一、住吉町（同和地区）民生委員選出の件　二、推薦準備委員会での差別発

言について　三、同和会問題について　四、その他　部落問題に関する重要な案件　以上の件について先生と近日中にお話あいを致したく思います。二三日の町民集会までにお会いできる日時をご連絡ください。

この文書にある「三、同和会問題」とは、天野と「同和会」との癒着《ゆちゃく》疑惑であり、天野が理事を務める住吉学園を全日本同和会の結成式に使用させたことに起因する。

しかしながら二三日の町民集会に天野が出席しなかったことにより、「問題」はいっそう拡大していった。

一九六九年三月二四日、部落解放同盟はこの日、「生活保護対策会議」を「天野糾弾闘争委員会」に発展解消させて「大衆行動」へと拡張していく。同日より、部落外で連日一〇〇名を動員し、ビラ配布、シュプレヒコール、ステッカー貼りといった運動が実施された。以降、運動の範囲は区レベルに拡大していった。部落内の地区住民だけでなく住吉区民に向けても、メーセージが発せられた。ローカル・エリアを超え、区域にまで拡大した大衆行動へと展開したのである。と同時に、問題を生活保護問題から「区政の民主化」問題へと拡大していった。

三月二七日の配布ビラは二種類に分けられる。一つは、部落内向けのビラ（「町内のみなさん又、だまされないように」）であり、もう一つは、部落外（区民）向けのビラ（「住吉区民のみなさんに訴えます！――福祉行政を私物化し、生活保護者の生き血を吸う天野市会議員に抗議する！――「部落民の相談は受け付けられない」という、差別者天野市会議員を糾弾する！」）である。この区民向けビラは、「部落解放同盟住吉支部生活保護者組合」と「差別糾弾闘争委員会」という組織の連名で作成されている。また同日、部落内外を問わず作成・配布されたビラ（「住吉区民の皆さんに訴えます――わたくしたちの運動に御協力、御支援おねがいいたします」）もある。内容は、天野が話し合いに応じないため、大阪市長と市会議長のもとに「解決の道」を求める「要望書」を提出したという報告である。さらに、生活保護者に対するメッセージを追記している。

市民の相談を受くるべき市会議員、しかも「市政相談」の看板をあげた市会議員が、この様な態度が許されてよいものであろうか。特に、生活の最底辺である生活保護者に対してのこうした態度は生存権を無視した人権問題であり、同和地区生活保護者に対しては、いちじるしい部落差別といわねばならない。こうした事態を考えて、市長としてすみやかに解決の道をこうじられたい。

さらに三月二九日の部落外でのビラでは、「町民のみなさんに訴えます！――生活保護者をバカにした、町民をバカにした、差別者、天野市会議員の責任を追及する！」というタイトルで、「町民」に対して訴える内容となっている。これらの運動の結果、四月二日に開催された「天野市議会議員糾弾真相報告決起集会」では、四五〇名以上が参加するに至った。集会への呼び掛けビラは、「町民のみなさん！　長い間町民をダマシつづけてきた差別者 天野市会議員を町民みんなで糾弾しよう!!」というタイトルであった。

この時点において、部落解放運動のさまざまな「連帯」の萌芽《ほうが》を見出すことができる。主なものとして、一つに、生活保護受給という問題構成——保護行政批判——によって、地区内外を問わない被保護者運動へと向かう「連帯」の芽、二つに、「町内及び区政の民主化」問題という当時の反政府運動（反自由民主党）へと向かう「連帯」の芽である。逆に言えば、非連帯の萌芽もまた存在したことになる——例えば、あくまで一地区の関係者だけにかかわる同和施策の窓口のみに限定した問題構成である。

いずれにせよ、おそらくは三月二四日の行動展開までには、解放同盟派のなかでさまざまな運動展開の戦術がすでに検討されていたと推察される——少なくとも部落内外における諸行動をみる限り、ある程度の段取りがなければできなかったであろう取り組みだった。換言《かんげん》すれば、事件（化）と糾弾と要求という、周到に準備されたシナリオに基づいて闘争行動が展開されたことが推測できるほど、合理的かつ効率的に、施策と運動とを結び付けることに成功している。[10]

一連の集中的な「大衆行動」をうけて、四月七日には、大阪市同和対策部を通して天野と解放同盟代表（解放同盟上田書記長及び市同促協の吉田事務局長、住吉斗争《とうそう》委員四名）との会談が、大阪市役所において、市会事務局の課長と市同対部長の立ち合いのもとに実現する。翌四月八日には、天野から「謝罪文」が提出された。しかし、謝罪文は受け入れられなかった。

同日開催された「天野会談報告と今後の闘争について全員集会」（参加者二五〇名）では次の内容の資料が配布された。タイトルは「差別をみとめ、部落問題の理解の不十分さを告白す」であり、天野からの会見および謝罪を受け入れられない理由が述べられている。

　民主政治とは、広く民衆の声を聞くこと、そのために市政相談所の看板をかけている。生活保護を受けている人たちが生活保護と最も関係のある民生委員の件で、推薦準備委員会の長である天野に会いに行っているのだから会うべきであり、また会うのは直接天野宅へ出向いている生活保護者でなければならないのに、幹部に会うという天野議員は今《ママ》だ民主政治の本道を理解せず、昔のボス交渉で話をつけようとする非民主的な頭の持ち主であることを表明している。そうした中での会見で、部落差別の現実と住吉校下でのボス的支配を追及されて、次の文書回答をしてきた。

第一、市政相談を看板にしながら、本日まで会わなかったことは誠に相済まない（いまだ大衆とは会っていないが）。

第二、民生委員選出に関しては、至急に会議を開いて皆様の申し出に添うよう努力したい。

第三、部落を分裂さす同和会とは、全然関係していないし、今後も関係しない。

第四、今までの私の行動は部落差別に通ずることが、本日の指摘でわかりました。部落問題理解の不十分さを反省しています。今後の私の行動を見ていて下さい。

以上四点の回答ですが、第二の民生委員選出の件では推薦準備委員会での差別発言について話されていません。この責任をどうとるのでしょうか。このメンバーの準備委員だからこそ、一人の民主的な委員をも選出しなかったのです。

民生委員一人の受け持ち生活保護家庭は最高で十世帯です。中には一世帯より持っていない民生委員さえたくさんあります。生活保護が七名くらいの、しかも、部落問題を理解した民生委員を選出してこそ部落に対応した生活保護対策であるといえる。このことの理解さえなくては、第三、第四の解答《ママ》が部落問題の真の理解とは言えない。部落の実態をよく知ることだ。天野議員よ！　幹部と会うだけでなく、七十世帯もある生活保護者のおさえられた声を聞くようにしなければ問題解決にならないことを知るべきだ。


謝罪（「回答」と呼ばれているが）を含んだ上記の内容は、「ボス交渉」で決着をつけようとする非民主的な態度に対する批判に始まり、「差別発言」への言及がないことに言及している。さらには、部落の生活保護世帯に対する民生委員の配置について、その実態（生活保護世帯数）に即した対応ができていない現状からして、天野が「部落問題の真の理解」をできていないことの証左《しょうさ》であることを指摘し、「部落問題を理解した民生委員を選出してこそ部落に対応した生活保護対策である」とまで主張されている。すなわち、幹部と会うだけでは謝罪は受け入れ難く、「大衆交渉」が必要であるという内容である。

大衆交渉の提言へと拡がりをみせた後の四月九日、解放同盟住吉支部は、大阪市同和対策部を通して天野に「公開質問状」を提出する。翌日一〇日には、天野から「公開質問状」に対する「回答書」がしめされた。四月一三日の部落住民向け配布ビラは「天野市会議員　差別を認め、部落解放運動に協力すると約束」と題され、回答書の内容が住民に知らされた。

四月七日・一〇日　私たちの強い抗議に対して天野市会議員から次の文面で回答がよせられた。その文面によって、天野氏は次のように言っています。

一、今までの民生委員を選ぶ方法は部落差別につながり、民主的な正しいえらび方ではなかった。よって至急に推薦準備委員会をひらき、民主的な選び方で、地域の要望に答える民生委員をえらびたい。

二、同和会結成については、全く知らなかったとはいえ責任を感じている。今後も同和会とは一切関係しないし同和会もなくすために私も協力したい。（同和会は部落を分裂させるものであり、市会でも「部落解放の行政をおしすすめる」と天野氏も含めて決定している）

三、同和会結成式に住吉学園を貸したのは家内であって、私は知らなかったとはいえ事実上責任があり申し訳ない。また同和教育をすすめるべき学校が部落解放のために解同のまいたビラを無理やり回収したことについても、私はしらなかったが反省して、今後同和教育にとりくんでいきたい。長年、部落問題を充分理解せず、福祉行政をおこなってきたことが差別を残してきた。それを反省し、今後私も部落解放運動に協力したい。

### 闘争の拡大

この文書でもって事件は収束《しゅうそく》するはずであった。しかし、解放同盟住吉支部執行部においては、四月一二日に「差別者天野要市会議員糾弾闘争の現段階と今後の課題」が議論された。そして今回の運動が、対市交渉に向けた「生活保護問題対策会議「要求書」作成」から始まり「差別糾弾闘争」へと発展した取り組みであったことが、あらためて確認される。つまり、この回答書における謝罪をもって事件の収束を宣言したところで、大阪市政が同和事業に消極的な立場であることに変わりはなく、根本的な問題解決に至らない。それゆえ、市政を抜本的に改革して市民レベルで同和問題の解決を図るべく、事件を地域権力構造に関連する民主化問題として捉えなおす必要がある、という方針の再確認である。

当時のこの地域において、天野の役職は、市会議員(自民党住吉支部長)、民生委員推薦地区準備委員会長だけでなく、学校法人住吉学園理事長、住吉連合赤十字奉仕団長も兼務《けんむ》していた。闘争の射程は、民生委員推薦地区準備委員会長の範囲から他の役割も包含《ほうがん》する広域へと拡張していくことになる。

四月一九日の「天野交渉」を控《ひか》えた同日には、天野が理事長を務める住吉学園高等学校前にてビラ配布行動が展開された。民生委員推薦地区準備委員会長としての天野ではなく、住吉学園理事長としての資質を市民に問う内容であった。

「天野市議員（住吉学園理事長）には教育者としての資格はない！」では、「教育問題」――学力格差、長欠児童、同和教育――が広範に論じられている。主張は、第一に、「今の教育は差別教育である」ことを指摘する。第二に、市同和対策審議会答申における解放行政確立を背景にして、「同和教育――民主教育の確立」を要求する。第三に、「天野氏（自民党住吉支部長）の不正の数々をバクロする」こと――虐《しいた》げられてきた「部落（民）」からの実際の暮らしにおける被害の告発――であり、これらを通じて、地域で支配的だった「自民党」とその関連組織の代表者としての天野を糾弾し、地域における権力を骨抜きにすることが企図されていた。

また、「天野市議　四月一九日に会うことを約束する！　我々は部落差別をなくし、区の民主化のために最後までたたかう!!」ことを宣言し、一九日の交渉では「天野市議の一切の公職をやめさせる」ことを目標としていることを区民に伝えようとしている。ビラでは、これまでの一連の解放運動の行動によって天野が「差別をはっきり認め文書に記した」という運動の成果と、運動が「正しい社会福祉行政と同和教育を確立」すること、および「区の民主化のために」展開していることが強調されている。

四月一九日の天野との交渉は、大阪市役所にて、部落解放同盟大阪府連、大阪市同和事業促進協議会（以下、市同促協と略記）と市同対部、市会事務局、住吉区長の立会いのもと、差別糾弾闘争委員会を中心とする各種団体代表二十数名とのあいだでおこなわれた。結果、天野はみずからの責任をとるために、主に次の四点を約束した文章をしたため、署名捺印《なついん》して提出した。

当面㈠民生委員推薦地区準備委員会の委員長及び民生委員を辞任する。また、差別発言をした委員や他の委員に対しても辞任するよう強く勧奨《かんしょう》する。㈡同和会解散については解同の期待にそうように努力する。㈢住吉学園理事長の責任に於いて、学校長に対し同和教育の推進実施を強く申し入れる。㈣住吉連合赤十字奉仕団長の職は辞任する。

また、大衆に謝罪することの求めに応じ、「地区住民の皆さんにも後日お会いしてお詫びがしたい」という旨《むね》を最後に記している。

ここに天野闘争において解放同盟は「勝利」をみた。四月二三日には、地区住民に対する謝罪会見の場として「町民集会」が開催された。参加者は三〇〇名にものぼった。天野市議、住吉区長が地区住民の前に現われ、天野市議から謝罪と上記の「四か条報告」が述べられた。また住吉区長も、住吉区政を「部落解放をめざす区政にしていきたい」と言明した。ここに「天野事件」は終結を迎えることとなる。

＊　＊　＊

この章では、新たな社会資源の分配方式（「大阪市→市同促協→解放同盟→住民」）が地域において長期にわたって定着していく契機となった「天野事件」を描きだした。

「天野市議糾弾闘争」とは、部落解放運動にとっては、「同対審「答申」」［一九六五（昭和四〇）年］を背景としつつも、定着までに相当な時間を費やさざるを得なかった「「同和事業促進協議会」方式」の地区住民への定着を、きわめて合理的かつ効率的な方法によって成立させた出来事であった。それは、天野がいくつかの役職を兼任していたがゆえに展開可能となった戦略でもあったのであり、「糾弾」という形態が資源動員にとって有効な手段として機能した。

また、多岐にわたる住民の諸要求を、生活保護という比較的広範な一般施策のフレームに照合させることを可能にした闘争でもあった。一九六七［昭和四二］年から一九七一［昭和四六］年のわずか五年のあいだに保護率が急激に伸びたが、その背景として、同対審答申および特別措置法の成立のみならず、ローカルな磁場《じば》におけるこのような変動があったのである。一九七〇年代に入ると、生活保護制度のなかに「同和加算《かさん》」や「同和勤労者控除《こうじょ》」などの実現を要求するまでに展開していく。そしてこうした取り組みは、当時、地区の主導的人物であった大川恵美子、住田利雄、梶川國男、藤本時春、平澤徹《ひらさわてつ》らの戦術によって、周到に準備された運動であり、一般施策を巻き込んだ、いわば資源動員をめぐる闘争であった。そしてこの闘争を契機として、「保守派」と呼ばれた人びとは「解放同盟派」へと転向することとなる。[11] さらに、この事件と闘争を契機として自由民主党と訣別《けつべつ》を果たしたことは——地区および小地域レベルにおける社会政策を考えるうえで――、歴史的・政策的・社会的にみて大きな分岐点であった。

同時に、この分岐点を経て、小地域および区の保護行政においても変化があった。当初、生活保護ケースワークの「窓口」は、実際には三つ設けられていた。一つは解放同盟派の住民の窓口であり、二つは「同和会派」の住民の窓口であり、残りは通常の福祉事務所の窓口である。すなわち、保護行政はすでに政治的混乱に巻き込まれていたのだ。住吉にあっては、同和対策に限らず一般施策である生活保護までも対象とする広範囲な施策の「窓口」の獲得を要求したがゆえに、その混乱の収束は同和行政の「窓口一本化」として、いったんの決着をみる〔藤谷、一九九八年、一二〇―一二八頁〕。結果として、天野事件以降、隣保館に保護申請の窓口が設置され、そこへのケースワーカーの出向が展開されたことにより、一九七一〔昭和四六〕年には（世帯）保護率が急激に高くなる現象を生む。通常、生活保護に関する問題は共産党系団体が担うケースが多いが、生活保護問題を積極的に取り組んだ部落解放同盟支部は、大阪では稀《まれ》なケースであったのである。◀12

次章にみるように、地区においては翌年に「総合計画小委員会」が設置され、隣保館（一九七〇年からは解放会館）を中心とする「まちづくり」が展開され、保護率は低下していく。しかしながら、「再スラム化」などの懸念《けねん》は、けっして払拭《ふっしょく》されなかった。

第6章

# 再分配システムの果てに

第2章「**ローカルな生存保障**」でみたように、都市部落は戦前から繰り返し、人口構成のアンバランスを経験してきた。この第6章では、前章の天野事件を転機として確立された、新たな社会資源の分配システム（「大阪市→市同促協→解放同盟→住民」）はいかなるものであったのかについて見ていく。具体的には、一九七〇年代に住吉地区において展開された「まちづくり」を参照することを通じて、人びとの生存保障システムとしての同和政策を描いていく。

まさに戦前からの分配システムの集約（到達点）として、まちづくりが実施された。にもかかわらず、二〇〇〇年代以降は一転して、人びとは急激な生活後退を余儀《よぎ》なくされていく。「まちづくり」の高揚《こうよう》と後退のプロセスをたどることによって、戦後の自由民主党的プラットホームの一端を垣間みることができるだろう。

まず、「住吉計画」のような「まちづくり」の実践がいかにしてうまれたのかを記述する。そのうえで、この「まちづくり」によって何がもたらされ、何が問われなくなったのか、「まちづくり」を可能にした「戦後日本型社会保障システム」〔天田、二〇一二年、一七四頁〕とはいかなるものであったのか、これらをめぐって考察する。

大阪住吉は、戦前の国家主導の「融和事業完成十箇《か》年計画」の対象地区であったのみならず、戦後には「部落解放綜合一〇ヵ年計画」の対象地区として、さまざまな事業がおこなわれてきた。一九七三〔昭和四八〕年に「部落解放綜合一〇ヵ年計画実行本部」が設置され、生活・環境改善、すなわち「まちづくり」が同和事業の一環として実施された。スクラップ・アンド・ビルドによる都市型部落の環境改善の成功例[1]としても、しばしば紹介されてきた。

以下では、住吉地区におけるまちづくりの設計について述べたうえで、このまちづくりを可能にした背景としての戦後日本型社会保障システムについて考察する。なお、これまでの章と同様に、記載する人物名への敬称は略す。

# 「住吉計画」の設計思想

一九七三〔昭和四八〕年に、日本工業大学の建築学者である高橋恒《たかはしこう》が、住吉地区のマスタープランを描いた（図6－1）。高橋はこれを「住吉計画」と呼ぶ。

高橋にとってこの計画は、通例の都市計画とは大いに異なるものであった。一方で、「この計画は「人間的であること」を基本原則として貫かれており、なんら特別な内容をもってはいない」とも言っている〔高橋、一九九三年、六〇頁〕。すなわち、同和対策事業特別措置法によって実施されたものの、「高水準の再開発でスラムクリアランス型の典型」として一般化される計画であると位置づけたのである〔同書、六〇頁〕。高橋は、一九七二年の『住吉地区総合実態調査』のデータに基づき、部落解放を目的とした、さらに詳細な生態学的アプローチからの調査を実施した。

## 反都市としての共同体の想像

高橋の設計思想は、地域のなかでひとつの共同体を実現するという「地域共和国」構想であった。高橋は、後の著作『地

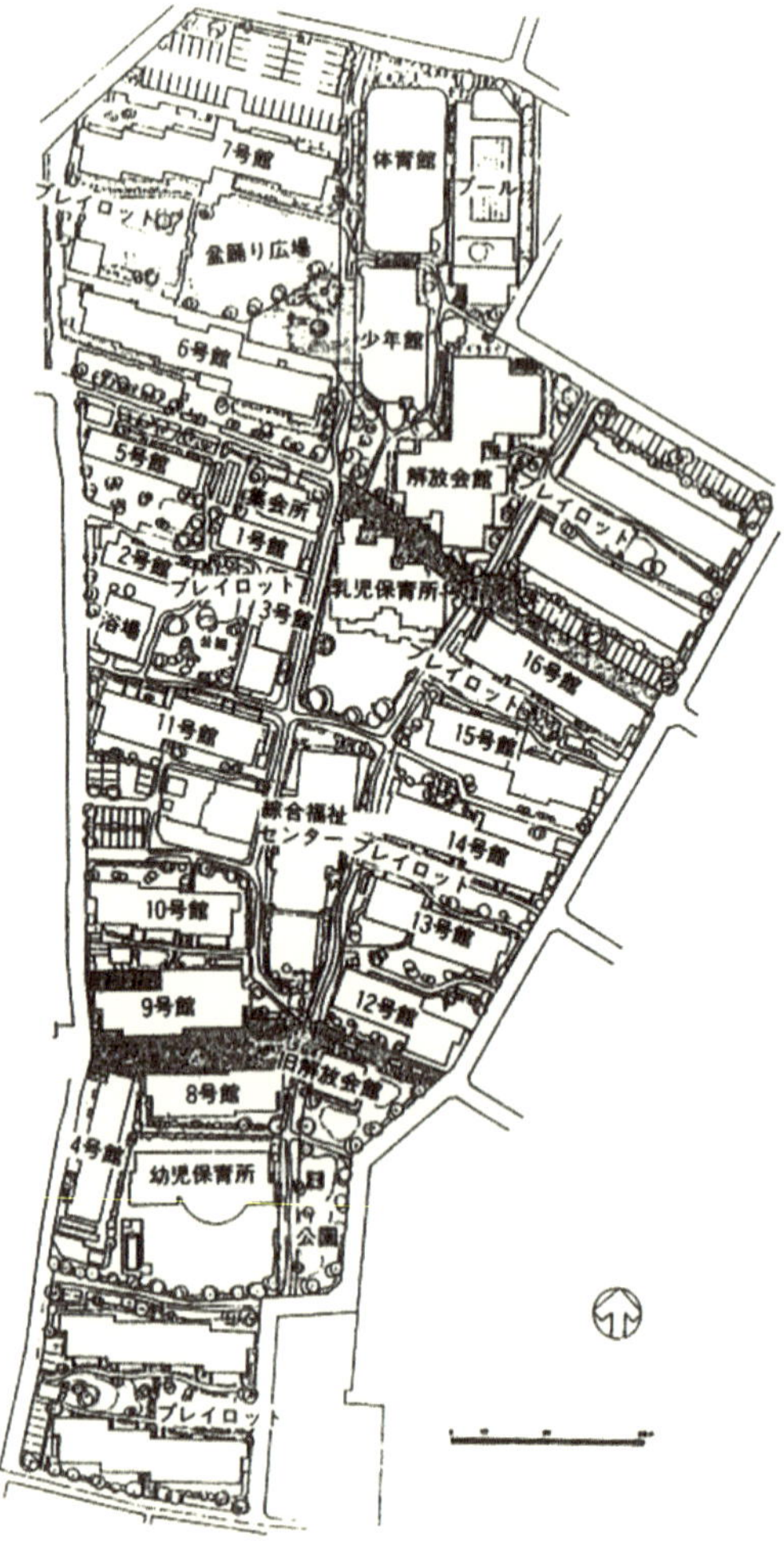


図6-1 **「住吉計画」** （出典）高橋［1993, 65頁］より

域へ——着陸の計画論』〔一九九三年〕において、住吉計画作成前にすでに整理していた〈「共同体的」なもの〉と〈「都市的」なもの〉という区分を提示している（図6－2）。

いわば彼は、住吉の住民に〈「共同体」的なもの〉を見出し、それを求めたのである。もっといえば、社会主義国家の実現が困難になるなかで、その実現の希望を「地域」、「コミュニティ」としての部落に求めたともいえる。この計画は、同和対策事業特別措置法と結びつくことにより、当時の住民すなわち「当事者」のイメージを固定化し、地域（被差別部落）と一般地区のあいだに線を引き、エリアを形成する営みとなった。エリアの枠内に住宅や解放会館（旧・隣保館）、保育所、福祉センター等の諸資源を配置したことは、高橋の言葉を使えば「自

図6-2　**共同体的なものと都市的なもの**　（出典）高橋［1993, 156頁］より

| 様相＼系 | 「共同体的」なもの | 「都市的」なもの |
|---|---|---|
| 人間関係 | 集団的、直接的、生活的 | 個人的（プライバシー尊重）、間接的、情報的 |
| 集合（集団）の同一性 | 地域性、共同性、地域一体性 | 広域性、個人性、異質性、任意選択性 |
| コミュニケーション | 徒歩、コトバ（対話） | 車、マスコミ（情報伝達） |
| 対象としての人間の質的内容 | 特定的、個別的人間 | 不特定的、数量的操作対象 |
| 空間的性状 | 塊状の単位のモザイク的連続 | 一様の機能的フィールドのひろがり |
| 尺　度 | 小さい単位（狭域性） | 全国土的規模（広域性） |
| 施設要求 | 近くの小さい施設 | 遠くても良い立派な施設 |
| 空間認識 | 領域意識 | 機能意識 |
| 空間への働きかけ | 領域化 | 機能分化 |
| 典型的空間 | 意味空間 | 機能空間 |
| 認識の傾向 | 意味の共有（相互主観性）→ 意味性、象徴性 | 稀少性、客観性 → 合理性、機能性、利便性 |
| 依拠する基盤 | 身体性 | 理性（物理学的客観主義） |
| 社会類型としての性状 | 地域性、共同性、一体的感情、生活における総体性の保持 | 広域性、流動性、開放性、社会的分化、個人性、部分化、大衆社会化 |

律的地域単位の建設」であり、彼の良心であった。大阪市内にある一二地区の被差別部落において人びとのエリアに対する認識と地域内連帯の強弱について研究をおこない、図6－3「地域連帯性と集会施設に対する要求」のように解析している。こうした部落という空間と人びとの行動様式に関する研究は、人びとが地域において強く連帯できるはずだという彼の願望に基づいておこなわれたものであった。

そしてこの「住吉計画」によって、この地域的範囲で諸資源を活用し連帯的な人間関係を築くべきであるという行動規範《きはん》が提示されたのである。そして、「反都市的」な規範を内包した地域共同体の樹立という想像（住吉計画というマスタープラン）は、部落解放運動の方針と結びついて展開され、「当事者」たちの手により実現していくのである〔同書、六八－八一頁〕。

**スクラップ・アンド・ビルド**

この計画は、住民の要望に基づいたものであるという点で、高く評価されている。高橋は、「地域的な人間結合の解体に発する近代化の過程が、社会の構造から生活の形式に至るまでの変化をもたらしており、この文化的状況が都市化に他ならず、この中で、人間が数量化、抽象化され、客体化される。〔中略〕そうであれば、地域的人間結合を解体してきた近代に基盤をおく既成の都市計画は、疎外態《たい》からの脱出をめざして地域性回復のテーマを取り扱うに際しては、大きな矛盾に行き当たることになる。〔中略〕今、既成の都市計画によって、これらのイメージを取り扱うためには、こうした

図6-3　**大阪市内12地区における地域連帯性と集会施設に対する要求**　（出典）高橋［1993, 223頁］より

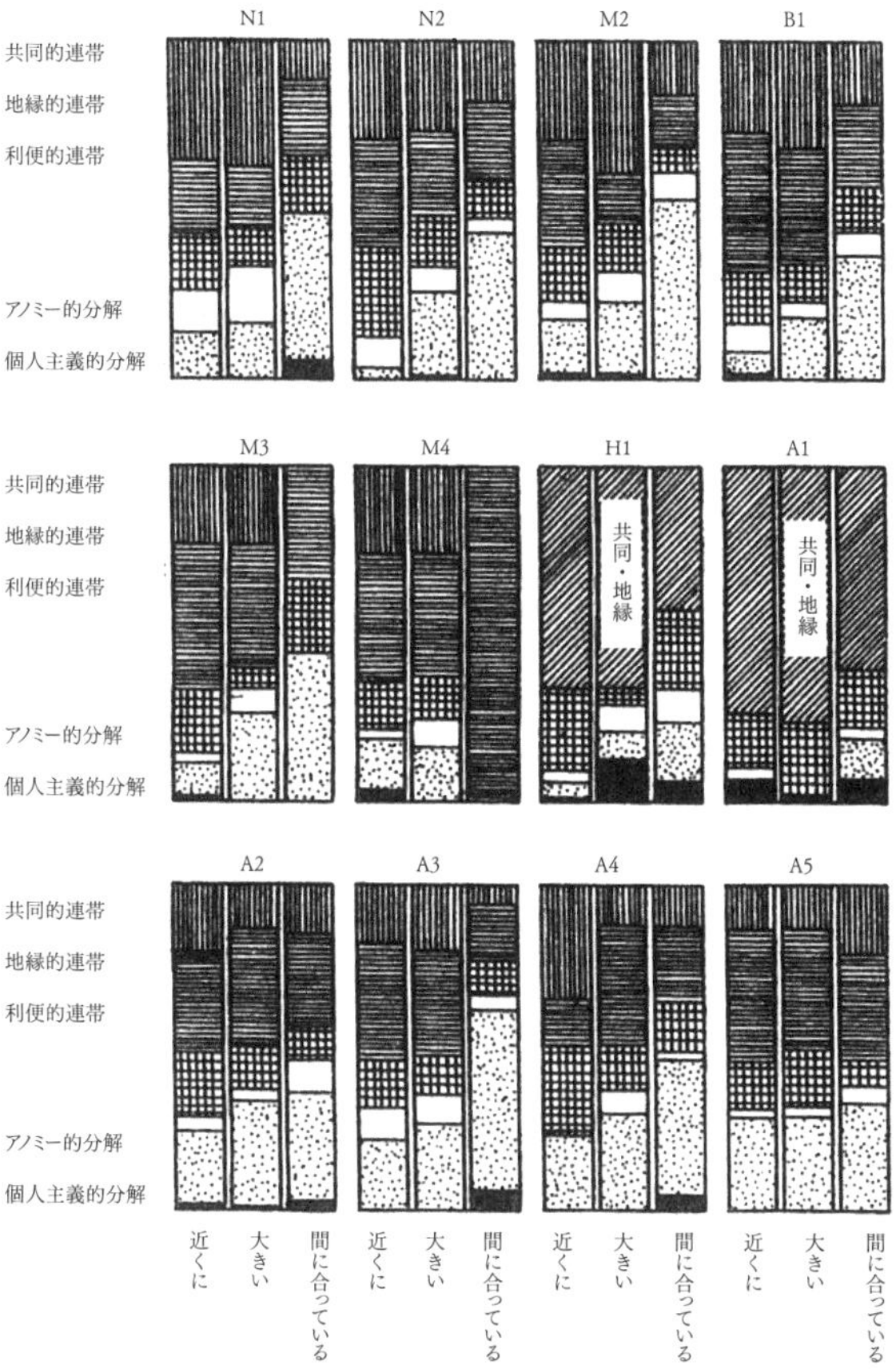

質的不整合を克服しておかなければならない」としたうえで、「「共同体的」視点から、近代的計画の各側面について問題となる点」として、「㈠合理主義的システムの問題点」、「㈡数量化にかかわる問題」、「㈢有限性の認識についての問題」、「㈣特殊性無視の問題」、「㈤個人化の問題」、「㈥運動論的側面から」の主体性の確立という六点を指摘している［同書、八二―八三頁］。

この高橋に代表されるような設計思想は、部落解放同盟が主導権をとったがゆえに、一見すると、「左翼的」、「革新的」であるかのようにみえるし、現に当時の多くの人びとはそう評価している。もっといえば、「戦前の社会事業／戦後の社会保障」あるいは「保守／革新」というレジームの対立の縮図として、「住吉計画」は「反都市的」な「共同体」として構想されていたのである。

内田［一九九三年］が指摘するように、住吉地区は「スクラップ・アンド・ビルド」による環境改善の典型事例である。一方で、その歴史をたどれば、住吉は戦前からさまざまに国の「計画」と行政や社会事業の介入を経験してきた稀《まれ》なエリアでもあった。[2] つまり、戦前からそれらによる諸資源の配分はすでに実施されており、生存保障・分配システムが存在してきたのである。しかしながら、逆説的にいえば、「スクラップ・アンド・ビルド」によって地域が跡形もなく生まれ変わったことで、病気や貧困といったこれまでの生存にかかわる歴史を振り返る術《すべ》を失い、人びとは資源に限りがあるということを考えなくても生きていけるようになった。加えて、これまでの生存保障・分配システムの効果を検証する機会をも失ってしまったのである。

# 高度経済成長という時代背景

一九七〇年代の「住吉計画」に代表される「同和地区のまちづくり」を構想可能とした背景として、まず高度経済成長という時代的特性が指摘できる。「戦後日本型社会保障システム」は、いわゆる二重構造を通じて、一九七〇年代の田中角栄《たなかかくえい》の政治においてその達成をみるのだが、以下、そこに至る過程について概説しておく。

### 二重構造の中での部落エリア

戦後レジーム[▼3]からみれば、部落をめぐる福祉・医療の体制化は、「周回遅れ」の社会政策として発見され捕捉され取り組まれてきたのだった。宮本［二〇一一年］が指摘しているように、この時期、日本は高度成長が始まったにもかかわらず、多くの農林漁業従事者、中小企業労働者、大企業周辺の不安定就業層の生活は改善されないままで、いわゆる二重構造が生じていた。「豊かな社会」が射程《しゃてい》に入った時に発展から取り残されることは、日本国民全員が経験した戦後直後の焼け跡のなかでの貧困とは、全く異なる困難さの経験である。それゆえ、保守合同［一九五五年十一月］を契機《けいき》に五五年体制がスタートを切った時、格差を是正《ぜせい》する社会保障は大きな争点となった。とくに合同後の自民党と社会党が初めて対峙した一九五八年の総選挙においては、両党はいずれも国民年金と国民健康保険を公約の中心に据えた。地方敬老《けいろう》年金を実施する自治体が増加し、これが好評を呼んだことも、社会保障に対する関心を高めることになったのである〔宮本、二〇一一年、六七頁〕。すなわち、保守合同を契機とする五五年体制になってようやく、豊かな社会から取り残された問題として「部落」が調査をつうじて再発見され始める。この再発見は、いまだ「焼け跡の中での貧困」に埋もれていた部落エリアの発掘作業でもあった。

### 戦後レジームにおける生存をめぐる政策

ここでは、戦後から一九六〇年代までの人びとの生存をめぐる政策の動向について概観しつつ、戦後直後の「焼野原状態」を経験したあと、部落エリアは、何をどのように参照することで発見・発掘されたのか、その参照点と参照枠組みを確認しておきたい。敗戦直後から復興、高度成長へと至るこの時期は、一九六九〔昭和四四〕年の同和対策事業特別措置法へと結実する準備期間として重要である。少なくとも、①対象地区の再発掘、②対象エリアの分類、③対象エリアと予算規模の見積もりが行われた。

つとに知られている通り、一九四六〔昭和二一〕年の戦後混乱期は、それまでの社会事業とGHQの政治的駆け引きのなかで、福祉・医療政策が展開された。「社会救済に関する覚書」〔SCAPIN 775〕

や「或種《あるしゅ》の政党、政治結社、協会及其他団体の廃止に関する覚書」〔SCAPIN 548〕が発令され、旧生活保護法が制定された。一方、厚生次官通知として「主要地方浮浪児《ふろうじ》保護要綱《ようこう》」が提示された。翌年の一九四七年には、災害救助法、児童福祉法が制定され、戦前より構想されていた労働基準法、労働者災害補償保険法、失業保険法もここで制定された。また、第一回社会事業大会において「社会事業指導精神の確立」（厚生大臣への答申）が提示され、GHQと社会事業とのせめぎ合いが続いた。一九四八年にも「浮浪児根絶緊急対策要綱」（厚生次官通知）がしめされ、社会保障予算削減案が提出されるなか、民生委員法が制定される。その翌年には「体系整備のための六原則」（GHQ・厚生省合同会議議事録）がしめされ、GHQの管理下のもと社会保障制度審議会がようやく設置された。また、身体障害者福祉法もこの年に制定されている。社会保障制度審議会は、一九五〇〔昭和二五〕年に政府に対して「社会保障制度に関する勧告」をおこなうが、同年、地方行政調査委員会議「行政事務再配分に関する勧告」も提出され、二つの勧告が並立する。そのさなか、一九五一年に社会福祉事業法が制定された。さらにこの翌年、戦傷病者戦没者遺族等援護法が制定される。

こういった時代背景のなか、建設省住宅局は、主要都市部を対象とした調査「不良住宅地区調査〈昭和二六年〉東京・大阪・京都・名古屋・神戸」を実施し、報告している〔建設省住宅局、一九五二年〕。

その報告書『昭和二六年不良住宅地区調査　東京・大阪・京都・名古屋・神戸』において「住宅政策は先《ま》ず貧民窟《ひんみんくつ》の改良」と述べられているように、「不良住宅地区改良法」を再評価している。一九二五［大正一四］年より財団法人同潤会《どうじゅんかい》は、東京において三〇〇戸の改良事業を開始したが、その最初の「スラムクリアランス」を一九二七［昭和二］年に法制化した法律が「不良住宅地区改良法」である。戦後部落エリア発見の第一の参照点は、ここにある。またこの調査は、五大都市を一つの基準によって不良《ふりょう》度《ど》を判定した戦後初めての調査であり、戦前の調査より精密であったとされている[4]。この際、大正期から始まった不良住宅改良事業とそれに付随《ふずい》する調査が、戦後、焼野原からの復興を契機として、ここに継承と発展を遂げたとみることもできるのである。

そしてここで「一定の地区不良判定基準」が定められ、「合理的に地区を指定することが必要と考えられ」たわけだが、重要なのは、この調査が住宅それ自体についてのみならず「住居の環境」をも視野に入れて実施された点である。つまり、一定の境界をもった範囲として「住居」を一つの基準によって判別するにとどまらず、「地区」をも不良度別に選り分けたのである。

なお、調査の目的については、「この調査は今次の戦争を契機として一変したわが国の主要都市――東京・大阪・京都・名古屋・神戸――における不良住宅地区の輪郭を明らかにし、その実態をつかみ、各都市、各地区の不良度を比較し、今後行われようとする不良住宅地区の改良事業の基礎資料をうることを目的とする」とし、その対象については「不良住宅地区の輪郭を明らかにするため地区の周辺地域も若干調査地域に含めた」という〔建設省住宅局、一九五二年、三六頁〕。すなわち実地調査によってその輪郭（境界）が曖昧《あいまい》なエリアも調査対象とし、不良住宅地区としての境界設定（地区指定）がおこなわれたのである。調査項目として「住居の不良度の判定項目」一〇項目を選び、また、「付帯《ふたい》項目として」一〇項目をあわせて調査したとされる。このなかには「居住する世帯数と人員」や「主世帯の職業」と「生活保護法の適用の有無」なども含まれていた。

この調査報告書によって、戦前からの不良住宅地区が戦後もある程度の連続性をもっていることがしめされた。また、関西では「過去において特殊部落と呼ばれてきたものが多く」、そうした地区は「隣保館、児童公園などの社会施設に恵まれ」ているとしている〔同書、三七頁〕。この指摘からうかがえるように、戦後初の調査結果から再び事業対象地区が特定化され、住宅のみならずそこに住む人と環境という「地区」までを調査対象とすることにより、戦前の「特殊部落」を下地としたエリアが「不良地区」として見出されている。ここに戦前と戦後の連続性が確認できるのである。▼5 しかしそのような「見出し」には、いくつかの難点が付きまとうことになる。

### 対象者の困難な選定

一九五三〔昭和二八〕年には、未帰還者留守家族等援護法、恩給法一部改正、母子福祉資金の貸付に関する法律が、翌年には厚生年金保険法が制定された。一九五五年「保守合同」を契機に五五年体制が始まる。「部落」再発見の第二の参照点は、この時機である。この章ではその資料として、厚生省社会局生活課が出した『地方改善生活実態調査報告』〔厚生省社会局生活課、一九五五年〕を検討する。これは、一九五三年に実施された戦後初めての大規模調査であり、労働科学研究所の藤本武《ふじもとたけし》が解析をおこなった。

この調査が興味深いのは、戦後の大規模調査として「最初」のものであったという点だけでなく、「調査対象地区の選定」がいかに困難であったのかがうかがい知れる点にある〔同書、はしがき〕。従来の「部落」あるいは「同和地区」を対象とした産業構造分類等による地域選定では対応しきれない現実が発生したということ、すなわち構造変動によって実態が大きく変化した中で、あらためて対象地区あるいは対象者を把握しなおす必要が生じたということが、この調査には如実にあらわれている。

まず指摘しておくべきこととして、この時期の社会運動の激化にともない、一般対策によって実施されていた同和事業を再び政府主導でおこなう必要が生じたことによって、早急な対象地区の把握が求められたという背景事情がある。そのようななかで、調査の必要性が再び急浮上し、その渦中《かちゅう》において事業の対象地区と対象者の再発見がなされていった、という点が銘記《めいき》されねばならない。

そんな事情を背景としたこの調査の特徴は、「部落」の住居の状況として「独立」「接続」「混在」「不明」という地理的類型化が試みられた点である。これは、地理的に部落の住居が独立しているもの、他と接続しているもの、混在しているもの、というように、実地調査で得られた情報に基づいて調査対象の特性を区分した上で分析がおこなわれたということである。すなわち、部落とそれ以外との住居の関係性を表わす指標の発見が試みられたのだった。なお、調査事項も「地区内社会諸施設、伝染病発症状況、結婚、離婚、学歴、就労日数等」と細部にわたった。

とりわけ地区を取り巻く地勢《ちせい》等の情報収集がなされ「独立」や「混在」が取り立てられたのは、事業実施にあたってより効率的かつ効果的な対策が目指されたためである。その実、事業実施という観点からみれば住居が「独立」していれば分かりやすかったのだが、「独立」と並ぶ数の「混在」という状態が見出されたのである。要するに、戦後調査においてある種の「厄介《やっかい》な問題」とみなされたのは、「混住化」という状態であった。

先の宮本〔二〇一一年〕も指摘するように、社会保障（国民年金と国民健康保険、地方敬老年金等）に対する関心の高まりを背景に「高度経済成長から取り残された問題」を発見することは、いわば瓦礫《がれき》の下から「ライン（境界線）」を見つけだす作業であった。そしてその作業こそ、藤本ら社会調査者にとって困難極まりない瓦礫の撤去作業でもあったのだ。▼6

**対象エリアの拡大**

一九五六〔昭和三一〕年一二月、石橋湛山《いしばしたんざん》「五つの誓《ちか》い」を経て、翌年二月に岸政権が誕生する。社会保障を争点とした総選挙を前に、全日本同和対策協議会は『同和関係現況調査集計表』〔一九五七年〕を報告する。第三の参照点がこれである。

この調査の目的は、「同和関係地区の最近の概況を明らかにすると共に、同和対策事業の種類、規模及び所要経費の概算等を調査し、もって政府の同和行政施策の企画立案に資すること」である。そして調査の対象は、「調査要領」〔全日本同和対策協議会、一九五七年、一頁〕によれば、戦前の「同和事業一〇ヵ年計画」[7]を実施した同和関係地区およびその後増加した地区であった。すなわち、戦前の融和事業の対象エリアがここでは参照されていたのである。だが、「調査集計状況」に明らかなように、一七都道府県から回答が得られ、これら回答のあった都道府県についでは同和行政施策の企画立案にとって十分すぎる情報が得られたといえるが、「調査困難又は該当のない府県」が一二都道府県あったほか、「回答のない府県」が六都道府県あったことから、この時期、やはり調査地区の選定の難しさがあったことがうかがえる。

さらにこの調査は、行政事業のための調査としてはこれまでのものから一歩進んでおり、「調査内容は「同和関係地区概況調査」と「同和対策の要望事業調査」に分かち、この調査対象地区について行った」とされる。要するに、事業対象地区および人口の確定と予算規模の見積もりが、具体的に提示されたのである。これを受け、総選挙前に、いわば「手を挙げた自治体」が汲み取った「要望事業」が見積もられ、実現性を帯びていく。それは戦後、自由民主党が掲げた「福祉国家の完成」を形づくるワンピースとなった。[8]

とはいえ、基本的に重要であった事業対象エリアおよび対象者の選定については、見積もられた予算の具体性に反して、曖昧《あいまい》なままであった。したがって、結果的には、戦前の「融和事業一〇《マ》ヵ《マ》年計画を実施した同和関係地区及びその後増加した同和地区」を対象とした相当な大判振る舞いとなった。これは、戦時に突入する直前の国家総動員体制の基準がここに参照され、復活をみたと評価することもできる。

### 住宅建設・教育問題・売春防止・授産所建設

国家主義的色彩の強い「福祉国家ナショナリズム」ともいえる政治路線と経済成長重視の福祉国家路線とを背景に、同和地区については「「融和事業完成十箇年計画」の対象エリア＋《プラス》その後増加した同和地区」という広範囲かつ曖昧な対象に対して事業が展開されていく。しかしながら、それら対象エリアにおいては、この時、戦前とはまったくといってよいほど、生じている問題の質が異なっていた。

一九五八〔昭和三三〕年には「経済白書（経済企画庁）」がしめされ、職業訓練法が制定されるなか、大阪の行政では、一九五九年に「不就学児童」や「売春」が問題化される。戦前の『融和事業研究』（第1章の節「**生存保障システムの体制化**」、第2章の節「**大阪特有の施策**」を参照）においては、ほとんど取りあげられることがなかったこれらの問題が、戦後のこの時期になってようやく社会問題化されるのである。

当時の自民党の周辺には、二つの福祉国家論の流れがあった〔田名部、二〇〇七年〕。一つは、経済企画庁流の議論とも呼応しつつ、さらに国家主義的なトーンを強めた岸信介《きしのぶすけ》らの福祉国家ナショナリズムである。そしてもう一つは、石橋湛山による生産主義的福祉論の系譜《けいふ》であり、これは後に経済成長それ自体で福祉を代替しようとした池田勇人《いけだはやと》に引き継がれる。〔宮本、二〇一一年、六九頁〕

ここで宮本が指摘しているように、「福祉国家ナショナリズム」と「生産主義的福祉論」[9]とを両輪としつつ、いわば「自由民主党的プラットホーム」が形成された。そして、その諸々の施策に関しては、戦前の「融和事業」の多くを参照しつつ展開されていった。換言《かんげん》すれば、「福祉国家の実現」を、戦後の経済成長を背景に雇用を与えることで生活を安定させていくと同時に、国民保険制度や住宅、教育等も含め、国家主導により、手広く総合的に展開する施策へと向かったのである。こうした「福祉国家ナショナリズム」と「生産主義的福祉論」では対処・解決できないような問題を内在する地域として、住吉地域は再発見されていったのである。

# 不良住宅地区改良法から住宅地区改良法へ

一九六〇〔昭和三五〕年、世間一般には「国民所得倍増計画」の閣議決定が注目され、社会福祉分野では「精神薄弱者福祉法」と「身体障害者雇用促進法」が制定されたこの年、「住宅地区改良法」が制定される。[10]これは戦前より施行されてきた「不良住宅地区改良法」の問題点が指摘された結果、新法としてできたものである。なお、この年に、旧建設省建設局住宅局長・稗田《ひえだ》治《おさむ》の監修のもと、同局の宅地課長・高橋弘篤《たかはしひろあつ》によって編まれた『住宅地区改良法の解説――スラムと都市の更新』が公刊されているのだが、ここではこれを資料として検討する。

同書解説によると、「住宅地区改良法の目的」について、「この法律は、不良住宅が密集して、保安上、災害防止上、衛生上いろいろの悪影響を与えている地区において、不良住宅をすべてとりこわし、その居住者のために改良住宅を建設することがねらいである」とし、「この目的を達成するため、改良事業の事業計画、改良地区の整備、改良住宅の建設等の規定を整備して改良事業の円滑な施行の確保を期している」とのことである〔高橋編、一九六〇年、六頁〕。

この新法においては、「不良住宅をすべてとりこわす」という方法上の刷新《さっしん》がしめされた。

また、施行主体は「原則として市町村」であり、「都道府県は市町村と協力」し、「補助金を交付できるように」し、「国もこの事業について助成措置を講ずるとともに監督処分、勧告等を行なうことによりこの事業の促進をはかる」と述べている。また、「施工者以外の者も、この地区の健全な住宅地区にするため、公共的住宅、道路、公園、共同浴場、隣保館などを建設して、この事業に協力できる」ことになっている〔同書、七頁〕。

なお、「改良地区の指定」については、申請主義を採り、具体的基準により指定されるものであり、国と都道府県、市町村、その他の役割分担が明確に規定され、事業に対して計画（性）が求められるものとなった。そして、隣保館《りんぽかん》建設も「健全な住宅地区にするため」に必要な施設として位置付けられているのである。

さらに、「事業計画は、単に改良住宅を建設するだけでなく、改良地区を健全で環境のよい住宅地区にするように作成され、地区内外をとわず、都市計画に適合するように定められなければならない」ことになっているほか、「この事業の社会福祉行政的な面を考慮して、改良地区の指定、事業計画の認可等にあたり、厚生大臣と協議すること」にもなっていた〔同書、九頁〕。ここに、本書が事例とする大阪住吉に代表される「スクラップ・アンド・ビルド方式」の「まちづくり」の原型（根拠）をみることができる。その実、この新法の主要対象エリアは同和地区であった。

なお、新法制定に向け、建設省住宅局に高山英華や有泉亨、磯村英一ら学識経験者からなる審議会が設けられ次の点がまとめられた〔同書、三三五頁〕。

一　新立法は、世界的な視野に立つて最近の欧米諸国で行われている都市再開発の手法をとり入れたスラム改善事業とすべきである。二　現地主義で行なうか非現地主義で行なうかにとらわれることなく、その都市の土地利用計画に応じた改良を行なうべきである。ただし、この場合、同和地区等においては一般に非現地主義は非常に困難であるのでこの点を配慮する必要がある。三　改良計画において、地区内の居住者を地区外に移転さす必要が生じた場合、職業的な支障がなく、かつ、居住権を保証すれば、強制移転の規定を設けることも不可能ではない。四　特殊な職業（バタヤ等）をもつ居住者の多い地区には、この事業として公営作業場又は共同作業場等の施設も同様に建設する必要がある。五　完全にスラム化していなくとも将来スラム化の可能性のある地区についても、何らかのスラム化防止の方法を考える必要がある。六　家賃問題と改良後のアフターケアについては、特別の配慮を考えるべきである。

予算的にも、「昭和三四年度において戦後はじめて地区の清掃費に対しても国の補助金（二分の一補助）が計上され、昭和三十五年度においては、改良住宅の建設と地区の清掃費を合わせたものが独立の予算（建設は三分の二補助、清掃は二分の一補助）として計上され、公営住宅法の予算から完全に分離され、この事業一本のもの」となっていた。この点は非常に重要であり、スラムに対するクリアランス（清掃）とビルド（建設）のいずれにも建設省予算が単独で計上されることになったのである。

ここに、スラム改善は方法の刷新、すなわち「近代化」をみたとされる。歴史的にはスラム改善は次の三つの考え方に基づく方策に分けられるとする〔同書、二三頁〕。第一は「軍事的国家的要求の強いもの」、第二は「宗教的人道的セツルメント主義によるもの」、第三は「住宅及び都市再開発（最近は都市更新《アーバン・リニューアル》といっている）の政策によるもの」であるという。そして、新法こそが第三の方法であるとし、それまでの水平社運動と部落解放同盟、同和対策協議会は第二の方法（「宗教的人道的セツルメント主義によるもの」）であったと指摘している。つまり、完全に欧米の新たな方法が採り入れられたのである。

### 地域における福祉問題の再発見

しかしながら、「社会福祉問題」を抱えた同和地区とりわけ大阪においては、この時期、都市更新《アーバン・リニューアル》によるスラムクリアランスの導入に対する反発《アレルギー》があったと推察される。すなわち、先にみた第二の方法に拘《こだわ》った方策が改めて地域に期待されたのだった。『大阪市同和地区における社会福祉問題の分布 昭和三六年度』において、岡村重夫《おかむらしげお》らにより、町会《ちょうかい》・社協《しゃきょう》が取り組むべき「社会福祉地図」として、同和地区の「福祉問題」が図示され、地域における福祉問題が細部にわたり再確認（再発見）された。この時期、岡村が同和地区に対して期待したのは「都市更新」によるスラムクリアランスという国家（官僚）主導的な方策に対するセツルメント主義であった。このことは、後述するが、翌一九六二〔昭和三七〕年の『同和地区における隣保館活動のあり方』にも明記されている。

なお、この一九六一年に、国レベルでは通算制度がスタートし、同年四月までに市町村に義務付けられていた国民健康保険が施行され、国民皆（医療）保険体制の実現をみたのだった。義務的にせよ自治体による努力によって保険体制を実現したという経験は、いわば地域における「支え合い」という政策を推進する根拠となった。また国家（官僚）主導によるスラムクリアランスへの対抗拠点として、自治体や同和地区隣保《りんぽ》事業が注視された時期であった。この時期の『同和行政の手引き』〔一九六二年〕においては、「都市更新によるスラムクリアランス」という方法ではなく、あくまで「隣保事業」を強調している。ここに、社会福祉問題のマッピングによる「問題の地域化」と、その方法として地域福祉の拠点施設としての「隣保館」がしめされることになる。

### 隣保館の復活と機能強化

一九六二年、「第一次全国総合開発計画（全総《ぜんそう》）」が政策として展開されるなか、岡村〔一九六二年〕は『同和地区における隣保館活動のあり方』を報告し、同和地区における「密住問題」を指摘し隣保事業の有効性について実証している。このなかで岡村は、とりわけ住吉での調査結果から部落内の社会関係について興味深い発見をしている。それは、極貧でありながら幸福であると回答する住民が多かった点である。岡村はここに特別な社会関係、すなわち「インフォーマル」な共同性を見出し、こうしたネットワークを活用する援助方法を提起するのである。このことは「住吉計画」を描いた高橋が「反都市」としての「共同性」を見出し、それを高く評価したことと類似している。岡村もまた、部落の共同体に期待を込めたのである。

翌一九六三年、「保守政党のビジョン」がしめされ老人福祉法が制定されるさなか、大阪府同和問題研究会は『隣保館活動推進の基盤』を報告し、隣保館の「公設民営《こうせつみんえい》を要望する理由」について述べている。岡村たちは、国家（官僚）主導の方策に対して、セツルメント主義に立脚した地域福祉の拠点としての同和地区隣保館のあり方として、公設民営を求めるのである。先にみたように、スラムクリアランスの方策として三つの選択肢があった。そのうち、とりわけ大阪では、第二の方法すなわち「宗教的人道的セツルメント主義による」方策が推奨され選択されていく。それは岡村たちセツルメント主義者が部落の共同体にみた「インフォーマル」な関係(性)への期待のあらわれでもあった。

なお、翌年の母子福祉法の制定によって、いわゆる「福祉六法」制度体系が完成した時期でもあった。これら法体系の整備により、すでに実施されていた同和対策事業と連結しつつ、地域の隣保館等を基盤に諸事業が展開されたのである。

同和対策事業には「B間接的同和対策事業」というカテゴリーがあり、たとえば、児童福祉法に基づく保育所や児童遊園は「特別の理由（例えばスラム、同和地区）」があれば認可されやすくなっており、いわば「間接的な補助制度」として運用されている。あるいは、水道法や公営住宅法、職業安定法、職業訓練法、日本育英会法、就学困難な児童および生徒に係る就学奨励についての国の援助に関する法律、学校給食法、学校保健法等は、この時期までにはすでに、同和事業との連動が制度化されてきていた。[11] この延長線上に、「福祉六法」制度がパッチワーク的に連結しつつ完成してゆく。

ここに、保守合同を契機とする五五年体制にスタートをみる「高度経済成長から取り残された問題」の具体的解決方策として、地域における「隣保館」を中心に据えて諸他の行政施策と連携するための、いわばハブとするという方向性が、「反都市・都市更新の合同」〔高橋編、一九六〇年、二二頁〕とも呼べる連合体により採択され確認されたのである。

**同和事業の効果測定**

一九六四〔昭和三九〕年一一月、第一次佐藤内閣が成立した。池田内閣から「高度経済成長」路線を継承したが、体制の歪《ひず》みが表面化しつつある時期でもあった。物価高騰《こうとう》、交通事故の頻発《ひんぱつ》、公害の続出、原子力問題、学生運動各派のゲバ騒乱事件、大学学園紛争等の社会不安が深刻化していた。

一九六五年八月に、政府はいわゆる同対審「答申《とうしん》」をしめした。これを機に、大阪においても、「同対審答申完全実施要求国民運動」が展開されていく。また、これまでの同和事業の効果をしめすことが強く求められ、同年中に大阪市同和問題研究室によって「大阪市における同和事業の効果測定（その一）」が実施される。調査項目は同和地区人口および同和地区関係人口の暮らしの細部にわたるものであった。

この効果測定と並んで重要性を増してくるのは、同和対策事業特別措置法成立のための条件整備であり、それがすなわち、同和事業の対象エリアと対象者を確定する方式の確立であった。大阪にあっては、全国に先駆け、「大阪府同和事業促進協議会」（以下、府同促協と略す）が一九五一［昭和二六］年に創立され、以降、府同促協が同和事業の実施機関として機能してきた。いわば運動よりも事業が先行する形態で展開されてきた。しかしながら、各地区別にみると、その定着までに相当な時間差がみられるのである。たとえば、すでにこれまでの章において見たように、住吉にあっては、その実質的な定着は一九六九［昭和四四］年の「天野事件」[12]を契機としているし、次項にみるように、「スラム改善」の効果はみられなかった。

### 住居と福祉の関係

この時期、住宅不足が社会問題として浮上する。その対応策が求められるなか、政府は「五ヶ年間計画で全国のスラム一掃」をスローガンとし、「要《よう》改良地区」を都道府県から報告させ「不良住宅地区」を再度申請させた。

一九六六年、スラム研究者である田代国次郎《たしろくにじろう》は、この時期に見出された「新しいスラム地区」を含めてスラムの再類型化を試み、各類型に応じた対策を求めた。すなわち、それまでのスラム改良が、「スラム」を一律に扱うことにより「再スラム化」してきたため、「スラムの型」と「対策の型」を合致させることにより実効的な対策を提起するのである。その際、田代はスラムを「同和型スラム」、「ドヤ型スラム」、「バタヤ型スラム」、「災害型スラム」、「老朽型スラム」、「木造密集型スラム」、「朝鮮人型スラム」、「農山漁村型スラム」に分類し、全国の現況数を報告した〔田代、一九六六年〕。

この時期、「実効的な」、「再スラム化」しないスラム対策、つまり、福祉と住宅を地域で捉える視角がとりわけ求められたのである。しかしその対応策は、田代のような詳細なスラム類型の析出とは裏腹に、特別措置によるエリア対策としておこなわれた。その結果、保守合同を契機とする五五年体制においてスタートを切った「豊かな社会から取り残された問題」は、「同和型スラム」を中心としたエリア対策、すなわち「同和対策」として実施されていった。

**福祉と部落問題**

この頃、福祉国家に対する疑念や批判がなかったかといえばそうではない。一九六八年、孝橋正一《こうはししょういち》は『部落問題研究』の論考「福祉国家の本質」のなかで、福祉国家と社会保障に対する強い疑念を表明している。

戦後の日本の社会では、とくにここ数年来、福祉国家の建設、社会保障の拡充、社会開発の促進、社会資本の充実、人づくりから期待される人間像まで、さまざまの政治的プログラムが打出されてきた。そのたびに人々は、なにかしら、社会と国民・市民にとって、より豊かな生活と楽しい生涯を、政府が約束してくれる保証をとりつけたかのような幻想をえがいてみるが、現実の生活は、いっこうに楽にならないばかりか、かえって物価の値上りによる生活の圧迫、社会のひずみへの落ちこみによって、労働者・国民大衆の生活実態はいっそう悪化している。高級電化製品の普及、マイ・カー族の増加、名目賃金の上昇、社会保障による所得再分配効果などを指標とする生活水準向上の幻想は、しょせん自由社会という名の不自由社会の土壌に咲いた必然のあだ花にほかならない。

〔孝橋、一九六八年、六六頁〕

また孝橋は、左翼的な社会運動の政策に対する「譲歩《じょうほ》」にも警告する。それは「福祉国家論は社会主義を期待する立場、とくにフェビアン主義や民主社会主義の立場からもなされる」と指摘し、それらは「社会主義を期待する福祉国家論」であるとして批判している。すなわち、それは「資本の自己崩壊を回避するためには、ある程度の譲歩はやむを得ないが――それが豊富な高水準の社会的施策、社会保障の整備拡充となってあらわれ、そのことを体裁よく福祉国家と名づけている――その譲歩の承認は、なんらかの方法での返礼の要求なしにはおこなわれない」という、福祉国家をめぐる社会運動の駆け引きに対する疑念でもあった〔同書、六六頁〕。

同じ時期、鈴木良《すずきりょう》も『部落』誌で「「明治百年」と部落問題」を報告している〔一九六八年〕。このなかで、鈴木もまた、ナショナリズムと近代国家形成が際《きわ》どく結びつきやすくなりつつあった当時の社会状況に鑑《かんが》み、「部落問題」を事例としつつ警告を発している。

そこで鈴木は、自由民主党政権が主張する「近代化政策」の背景にはナショナリズムがあり、それは戦前の政策を参照しながら適用されてきたのだと指摘している。これまでの章で述べてきた筆者の問題意識とも通底する指摘である。すなわち、戦後五五年体制にスタートした「豊かな社会から取り残された問題」が、その実、対応策として参照したのは、先にみたように、戦前の「融和事業完成十箇年計画」であった。これに関する鈴木の重要な指摘は、対象範囲として融和事業対象エリアを参照したというだけでなく、「部落だけではなしに、全体の農村に対する政策として出てまいりましたのが、この「自力更生」のスローガンと「経済更生」の運動であったわけです。それを「国民更生運動」と言っているわけですが、それはどんな狙いであったかというと、「犠牲的精神」と「愛国心」を発揚《はつよう》する運動」であったとする点である〔鈴木、一九六八年、一九頁〕。すなわち、あえて政府が戦前の「融和事業完成十箇年計画」を参照する意義として、犠牲的精神と愛国心を発揚する「国民更生運動」の再興への期待が政策に内包されたのである。したがって、ナショナリズムの高まりのなかで、部落を含む農村支配体制は「周回遅れ」の「豊かな社会から取り残された問題」にも再び適用されたわけである（図6－4）。

なお、馬原鉄男《まはらてつお》もまた、「「近代化」政策と部落の現状」のなかで、既に「二重構造論」を問題

図6-4　**農村部落モデル／都市部落モデル**

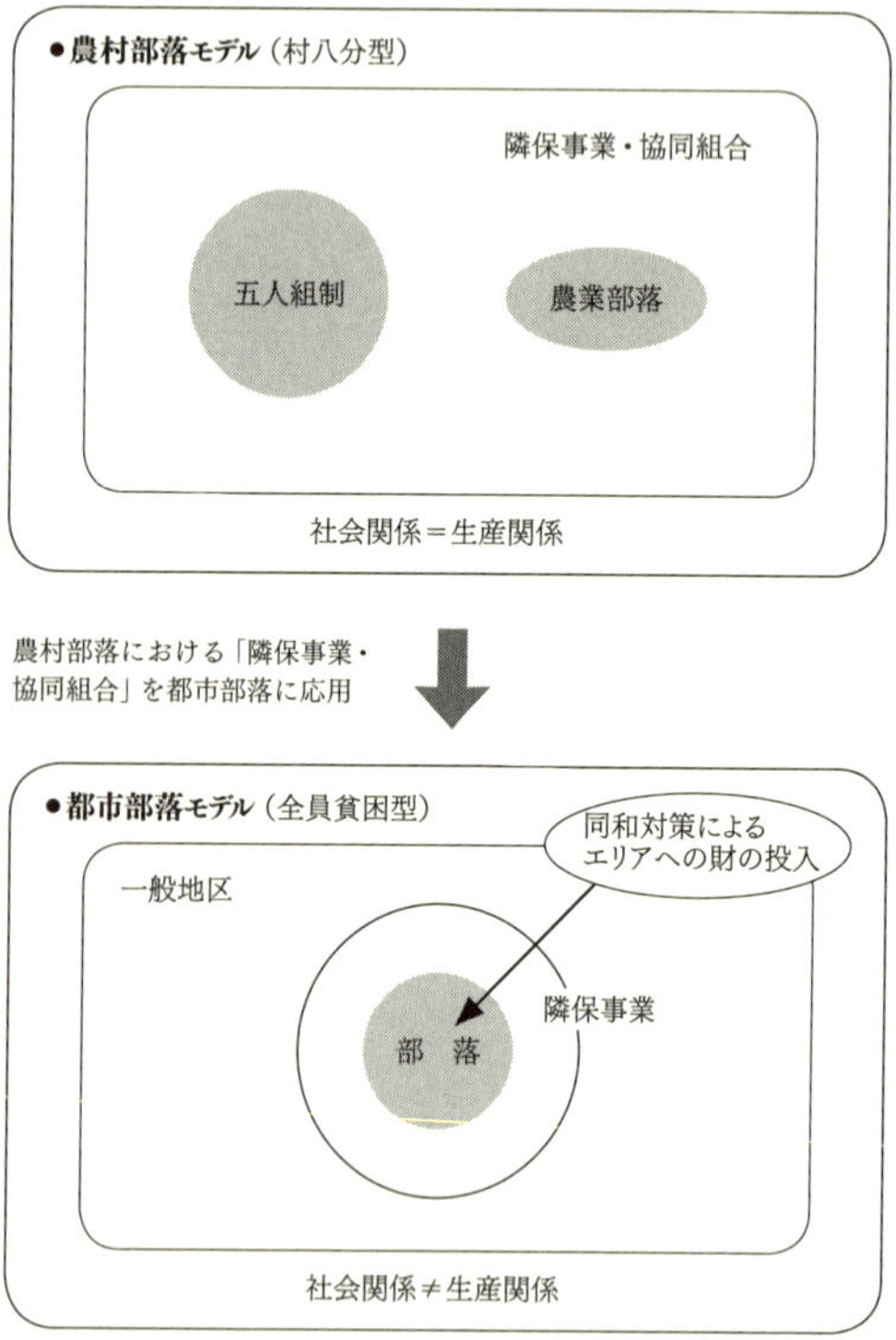

にしていた。すなわち、「周回遅れ」の「豊かな社会から取り残された問題」のひとつとしての「部落問題」は、いわば「自由民主党的プラットホーム」のなかでの「部落近代化政策」として実施されることにより、「そこから生じるさまざまな矛盾というものを取りつくろい、部落大衆の不満をそらすために、一層積極的に同和対策が進められていく、しかもその同和対策がいわゆる部落対策として、特別な枠組の中で行なわれていく限り、同じような貧困に苦しむ勤労人民との対立を深めていかざるを得ない。そういう意味からも、差別というのはかえって助長されていくのではないか」と問うている〔馬原、一九六八年、三六頁〕。この視角において、自民党的プラットホームにのっているかぎり、「差別問題」は無限のパラドックスであらざるを得なかったと思われるのである。

その実、自由民主党内部での福祉国家論をめぐる議論の範囲は「ナショナリズムの帰結として打ち出される格差是正論」〔宮本、二〇一一年、七〇頁〕であり、戦前のエリア対策、とりわけ「融和事業完成十箇年計画」を、その対象者特定においても方策においても参照し、再評価しつつ、「おくれた部分」に対する「近代化政策」として展開されたのである。それは同時に、戦後の日本型社会保障システムを構築する過程でもあった。こうしたなかで、孝橋や上田[13]らは福祉国家と社会保障の双方に対して、また、馬原や鈴木らは部落近代化政策に対して批判し、それらが「自由民主党的プラットホーム」の土壌において遂行されていることに、強い懸念を表明していたのである。

一九六九〔昭和四四〕年、「第一次全国総合開発計画（全総《ぜんそう》）」〔一九六二年〕に続く第二波として、「新全国総合開発計画（新全総《しんぜんそう》）」が開始された。それは、目標として「豊かな環境の創造」を掲げ、目標達成のための戦略として大規模開発プロジェクト方式を採用した政策群であった。すなわち、交通インフラ整備等の環境整備に最も資源が投入された時期である。この新全総においては「豊かな環境づくり」も重視され、住民の健康と医療に対する注視と問題提起が再びおこなわれた。一九一二〔明治四五・大正元〕年の富士《ふじ》川游《かわゆう》による著作『日本疾病史』が松田道雄《まつだみちお》の解説のもと刊行されたのもこの年である。

こうした「豊かな環境」をも視野に入れた高度経済成長が目指されるなか、部落における「豊かな社会から取り残された問題」群は、豊かさからますます取り残され続けた。たとえば、部落の高齢化が調査を通じて繰り返し問題となるのも、まさにこの時期からである。

## 部落と医療問題

部落の健康問題は、教育や住宅、環境、福祉と比してもなお、「周回遅れ」の「豊かな社会から取り残された問題」として取り扱われてきたといってもよい。南吉一《みなみよしかず》の『部落の健康手帳』〔一九七五年〕によれば、この問題を最初に世に問うたのは、一九五四〔昭和二九〕年の小林綾《こばやしあや》の『部落の女医』であるとされる。以後、部落における健康問題は、政府の「開発計画」が激しくなるにともない、南吉一と奥山昭《おくやまあきら》に代表される関西の医学者や衛生学者らを中心に、国内外において問題化されてきた。それは、いわば、高度成長政策を背景とする「開発」にともなう「公害・災害・荒廃」が、「部落の健康破壊」として表面化するという構図への問題提起であった。現在から振り返って、これらの視角がとりわけ重要であるのは、「豊かな環境づくり」という美名のもとに実施される国の開発政策に対して、人命や生存という人間に照準した視角からの問題提起であったからである。

＊　＊　＊

この章では、都市型部落の典型とされる大阪住吉を事例としつつ、いかにして「住吉計画」のような「まちづくり」の実践がうまれてきたのか、そして、この「まちづくり」によって何がもたらされ、何が問われなくなったのか、それを可能にした戦後日本型社会保障・分配システムにおける部落問題へのアプローチとはいかなるものであったのか、という点について、一九七〇年代に至る住居をめぐる諸制度、とりわけ福祉・医療の体制化を中心に考察してきた。

戦後日本型社会保障システムについて、「住居」「福祉・医療」をめぐる諸制度から抜け落ちた人たちがいかにして発見されたのか、彼らを発見するための枠組みとはどのようなものだったのか、そのなかでその人たちの問題をいかなるものとして捉え、その解決をどのように見出したのか、その際の「解決策」とされたものは何を継承・再評価・拡大したものであったのか、これらに着眼することにより、以下の諸点をまとめとして列挙したい。

第一に、戦後日本型生存保障・分配システムは福祉国家をめぐって揺れ動いてきたのだが、いずれも住宅だけでなく福祉や医療を内包する、いわば「〈住居〉をめぐる体制化」であった。戦後日本型社会保障システムは、都市計画や医療・福祉整備の施策といった、「ほんとうに支援を必要とする人」のための社会政策ではなく、その実、地域を経済的に活性化させるための資源投下による「まちづくり」(「ムラおこし」政策)であった。すなわち、「ほんとうに支援を必要とする人」に資源がゆき届きにくい政策が採られてきたために、「スラム(化)→地域対策→再スラム(化)→地域対策」という悪循環が生みだされてきたのである。

第二に、戦後のスラムクリアランスの解決策を詳細にみることにより、国家主導の都市更新に対する反発として、部落地域に特有の「福祉・医療」の問題のあり方を見てとることができよう。福祉においては岡村に代表される隣保館を拠点とする地域福祉の再構築が図られ、また医療においては「開発」の激化にともなう「公害・災害・荒廃」が「部落の健康破壊」として表面化しているという問題提起があった。すなわち戦後日本型社会保障システムは、国家(官僚)主導か民衆主導かというせめぎ合いのなかで、その土俵が地域に展開(着陸)していった。高橋にせよ岡村にせよ、部落における地域共同性すなわちインフォーマルなネットワークの活用にこそ抵抗の可能性を見出そうとしたのだった。しかし孝橋らが指摘していたように、戦後日本型社会保障・分配システムは、「自由民主党的プラットホーム」のもと、戦前の国家総動員体制に向かった融和政策における基準や方策を参照(採用)しつつ「大判振る舞《おおばん》い」なエリア対策として展開されたがゆえに、皮肉にも「ほんとうに支援を必要とする人」が地域に取り残され続けるという構造を産出した。これこそが「再スラム化」の不安の源泉であり、人びとの不安を駆動原理としつつ「自由民主党的プラットホーム」を維持する（再）生産構造なのである。[14] それは今日なお、スクラップ（廃棄）とビルド（建設）という方策により人間を無限に遺棄し続けている、いい、入出力可能なシステムなのである。

終章

# 支援を必要とする人のために——戦後部落解放運動を問い直す

これまでの章において、人びとの生存を左右してきた「地域なるもの」における、政治的・社会的な排除–包摂の力を述べてきた。

第1章「**生存保障システムの変遷**」では、生存保障システムの通史的な叙述をつうじて、前近代の身分制度が、どのように変奏されながら現代にまで継承されてきたのかを述べた。

ポイントの第一は、排除空間において、穢多や非人等の人びとを「活《い》かさず殺さず」に支配する秩序の管理人（関東では穢多頭《えたがしら》である弾左衛門《だんざえもん》、関西ではおそらく「非人頭《ひにんがしら》」）が存在していて、それぞれの世界を媒介する役割を担ってきた、という点であった。

第二に、前近代から近代国家への形成過程において伝染病の流行があり、旧穢多・非人の集落を伝染病の発生地としてみなす対策を国家が実施したことにより、近代以降も、旧穢多・非人の集落は排除空間として位置づけられることとなった。その際、伝染病対策が地域における衛生組合の組織化として展開されたがゆえに、地域有力者は、衛生組合活動をつうじてその統率力を発揮していった。この頃の地域有力者は衛生組合長であった。

第三に、近代資本主義システムが展開するにつれ、都市ではスラムが、地方では小作農の困窮《こんきゅう》が拡大する事態が生じ、部落改善が主要な政策課題として浮上するようになった。しかし米騒動が勃発する頃まで、部落改善に国家予算が計上されることは、ほとんどなかった。したがって人びとの生存保障は、方面《ほうめん》(=地域)委員などの自主的改善活動にゆだねられていた。この頃、地域において人びとの生存に深くかかわっていたのは方面委員であった。

第四に、部落改善から地方改善へと名称変更され、国家予算を大幅に増額した融和《ゆうわ》政策が展開されていく。各地域では、この政策の受け皿となる行政と融和団体が組織された。これによって地域では、融和団体と「融和ボス」が登場する。融和ボスの役目は、部落と地域を媒介する媒介者《メディエーター》としての役割である。国家から地域におりてきた資源を調整し分配(差配《さはい》)する役目を担った。したがって地域における融和ボスの力は絶大であり、人びとの生存に深く関与できた。そのため、戦時動員体制下においてはこの融和ボスが活用され、部落の人びとが戦争へとかりだされていったことは想像にむずかしくない。戦前の地域有力者の役目をあえて図式的にまとめてみると、「穢多頭」→「衛生組合長」→「方面（＝地域）委員」→「融和ボス」となる。いずれの役目も、人びとの生存に深くかかわる立場だったことが理解できる。

国家とそれに対応する地域組織は、さまざまな構造変動を経ながら、「変奏」によって継承されてきたことが、人びとの生存をめぐるローカル・ポリティクスを詳細にみることで、より明らかとなると考える。

戦争が大きな構造変動であったことはいうまでもない。地域有力者であった多くの方面委員や融和団体の活動家たちも、戦争の犠牲になった。しかしローカルな視角からとらえると、すべての地域が焼野原になり、人材やインフラを完全に失ったとはいいがたいのだ。地域によっては戦災をまぬがれ、地域有力者が戦後も力を保持し続けたケースもある。戦争によって、おおくの人びとの生存がおびやかされたのだが、戦前がそうであったように、人びとは、生存がおびやかされるほど地域有力者にすがるしかないのだ。戦前の地域有力者の特性は、人びとの生存に深く関与することをつうじてその力を保持し続けることであった。だとすれば、人びとの生存がおびやかされる大きな構造変動としての戦災こそ、地域有力者が人びとの生存にあらためてかかわりなおす機会でもあったのだ。

大阪住吉部落の人びとの生存に関与してきたアソシエーションをみてみると、そのことがよく理解できるだろう（**表7－1**）。まず、一九〇〇年代から一九八〇年代までの期間に、住吉地区に関与してきたアソシエーションは、少なくとも七二ある。大正期から昭和初期にかけて、民間のアソシエーション、①大阪府方面・民生委員、③仏教青年会、④道楽会、⑤住吉青年会、⑥住吉区赤十字奉仕団の再編・統合が活発化する。住吉の場合には、「③仏教青年会」と「④道楽会」が統合して「⑤住吉青年会」となり、その後「⑥住吉区赤十字奉仕団（戦後は住吉連合町会）」の傘下《さんか》となっていく。ここからわかるのは、人びとの生存にかかわるアソシエーションの多様性と階層性である。小さな部落でありながら、実に多くの組織・団体が関与し、最終的には「⑥住吉区赤十字奉仕団（戦後は住吉連合町会）」という大きなアソシエーションへと統合されていったのである。

また、国家主導のアソシエーションとして、「⑦地方改善部→⑧中央融和事業協会→⑨同和奉公会」という流れもあり、融和団体としての「⑩大阪府公道会住吉支部」、「⑪大阪府協和会住吉隣保館」、「㉓住吉町経済更生会（戦後は同和事業促進住吉地区協議会）」も存在してきた。このようにみてみると、主に、三つのアソシエーションの流れにまとめられてきたことがわかる。それは、①国家主導のアソシエーションとしての「⑦地方改善部→⑧中央融和事業協会→⑨同和奉公会」と、②「①」の下部組織である融和団体としての「⑩大阪府公道会住吉支部」、「⑪大阪府協和会住吉隣保館」、「㉓住吉町経済更生会（戦後は同和事業促進住吉地区協議会）」、③民間のアソシエーションとしての「①大阪府方面・民生委員」、「③仏教青年会→④道楽会→⑤住吉青

表7-1　**主な地域組織の成立と変遷**

| 機関・団体名称 | 1900s | 1910s | 1920s | 1930s | 1940s | 1950s | 1960s | 1970s | 1980s |
|---|---|---|---|---|---|---|---|---|---|
| (1)大阪府方面・民生委員 | | [1918.10]―――[1946.10]民生委員へ――― | | | | | | | |
| (2)大阪市民生委員連盟 | | | | | | [1951]――― | | | |
| (3)仏教青年会 | | [1912.12]―――(?) | | | | | | | |
| (4)道楽会 | | | | (?)―――[1951] | | | | | |
| (5)住吉青年会 | | | | | [1948](3)と(4)→住吉青年会へ]―(?) | | | | |
| (6)住吉区赤十字奉仕団 | | [1919](日赤奉仕団住吉第五分団)…… | | ……[1949](＝住吉連合町会・連合団)― | | | | | |
| (7)地方改善部 | | ―[1923]中央融和事業協会へ | | | | | | | |
| (8)中央融和事業協会 | | | [1925.9]――[1940]同和奉公会へ | | | | | | |
| (9)同和奉公会 | | | | [1940]― | | | | | |
| (10)大阪府公道会住吉支部 | | | | [1931]――― | | | | | |
| (11)大阪府協和会住吉隣保館 | | | | [1938.5]―(?) | | | | | |
| (12)財団法人住吉隣保館 | | | | | [1961.3]―[※住吉解放会館へ] | | | | |
| (13)住吉隣明会 | | | | | | [1960.6]――(?) | | | |
| (14)救済課 | | [1918.7]―[1920.4.2]社会部へ | | | | | | | |
| (15)社会部 | | | [1920.4.2]――[1942.6.11]市民局へ | | | | | | |
| (16)市民局 | | | | | [1942.6.11]―[1947.7.22]民生局へ | | | | |
| (17)大阪市民生局 | | | | | [1947.7.22]――― | | | | |
| (18)大阪府社会福祉協議会 | | | | | [1951.5]――― | | | | |
| (19)大阪市社会福祉協議会 | | | | | [1951.5]――― | | | | |
| (20)住吉区社会福祉協議会 | | | | | | | | ……[1992.7] | |
| (21)住吉区福祉事務所 | | | [1950](民生安定所)1952～福祉事務所――― | | | | | | |
| (22)同和問題研究室 | | | | | | [1955]――― | | | |
| (23)住吉町経済更生会 | | | | [1939]―――市同促へ(?) | | | | | |
| (24)市同促協住吉地区協議会 | | | | | | [1953.9.]――― | | | |
| (25)住吉子ども会 | | | | | | [1955.5.]――― | | | |
| (26)部落解放同盟住吉支部 | | | | | | [1956.4.]――― | | | |
| (27)住吉内職会 | | | | | | [1957.4.]――― | | | |
| (28)住吉「主婦の会」 | | | | | [1958.3.]―[1968.11.]婦人部へ | | | | |
| (29)住吉婦人部 | | | | | | | [1968.11.]――― | | |
| (30)住吉老人クラブ | | | | | | [1960.1.]――― | | | |
| (31)五月会 | | | | | | [1963.3.]――― | | | |
| (32)住宅要求組合 | | | | | | [1963.10.]――― | | | |
| (33)車友会 | | | | | | [1963.11.]――― | | | |
| (34)生業資金利用者組合 | | | | | | [1965.11.]――― | | | |
| (35)住吉輪読会 | | | | | | | [1966.7.]――― | | |

| | |
|---|---|
| (36) なにわ育英友の会 | [1967.7.]—————— |
| (37) 保育所母の会 | [1968.6.]————— |
| (38) 住吉同和教育推進協議会 | [1968.9.]————— |
| (39) 生活保護組合 | [1968.12.]————— |
| (40) 住宅入居者組合 | [1969.2.]———— |
| (41) 住之江教育懇談会 | [1969.3.]———— |
| (42) 身体障害者（児）組合 | [1969.12.]——— |
| (43) 御崎保育所父母の会 | [1970.3.]—— |
| (44) 総合計画小委員会 | [1970.4.]—— |
| (45) 住吉誠友老人会 | [1970.4.]—— |
| (46) 部落解放住吉支部青年部 | [1970.7.]— |
| (47) 住吉学童保育 | [1970.7.]— |
| (48) 部落解放住吉子ども会 | [1971.2.]— |
| (49) 職業要求者組合 | [1971.5.]— |
| (50) 職業要求タクシー部会 | [1972.7.]— |
| (51) 公務員部会 | [1973.2.]— |
| (52) 住吉区教育運動連絡協議会 | [1973.12.]— |
| (53) 企業者組合 | [1974.11.]— |
| (54) 解放会館運営委員会 | [1974.12.]— |
| (55) 保育労働者をめざす会 | [1975.3.]— |
| (56) 住吉の教育を考える会 | [1975.5.]— |
| (57) 大学友の会 | [1975.12.]— |
| (58) 御崎駐車場部会 | [1976.1.]— |
| (59) 婦人仕事要求者組合 | [1976.2.]— |
| (60) 壁画推進委員会 | [1976.2.]— |
| (61) 保育守る会 | [1976.5.]— |
| (62) 体育館指導員をめざす会 | [1976.6.]— |
| (63) 住吉生活協同組合 | [1976.8.]— |
| (64) 妊産婦守る会 | [1977.4.]— |
| (65) 郵政職員めざす会 | [1977.9.]— |
| (66) 教師めざず会 | [1977.11.]— |
| (67) 教育守る会 | [1978.8.]— |
| (68) 同推校13校連絡会 | [1978.6.]— |
| (69) 仕事要求者組合 | [1979.8.]— |
| (70) 住吉・住之江いのちとくらしを守る会 | [1979.8.]— |
| (71) 反戦・平和・人権を考える婦人の会 | [1980.8.]— |
| (72) 住宅管理人組合 | [1980.9.]— |

年会→⑥住吉区赤十字奉仕団」である。

第2章「**ローカルな生存保障**」で明らかにしてきたように、感化救済事業期における大阪住吉の人びとの生活状態は、人びとの自助的な努力だけでは（生活状態を測る一指標としての）乳児死亡率を低減させることができない状態にあった。こうした生活実態を背景に米騒動が起こり、社会政策としての融和政策が本格的に開始され、大阪では市社会部が設置されて方面委員を中心とする活動が展開されていった。

その効果については第3章「**乳児死亡率の低減**」で述べた。乳児死亡率にあらわされる生活指標を改善した要因として、大阪特有の施策としての貸付制度の展開があった。この生存保障システムとしての貸付制度をめぐって、民間と市社会部とのせめぎあいがあり、昭和恐慌を背景に市社会部が後退していくなかで、国家による融和事業としての融資制度が登場し、人びとの生存保障をおこなっていく。こうした貸付制度をめぐるせめぎあいがあったことから考えると、上述のそれぞれのアソシエーションは、人びとの生存をめぐって競合してきたことが考えられよう。いわば、融和団体にもバリエーションがあり、各団体間での窓口争いがあってもおかしくはないということである。

いずれにせよ、結果として、貸付制度や融資事業による救済方策によって「融和ボス」の指導力が強まり、人びとを戦争へと向かわせる仕組みとなってしまった。ローカルな人びとをどのようにして「活《い》かさず殺さず」に支配してこられたのかという生存保障システムの歴史――近現代の「融和ボス」は誰なのかという問題――は、近年までほとんど語られてこなかった。なぜなら、現代版「穢多頭」は継承され変奏されてきたからである。

第4章「**再分配システムの転換**」で明示したように、ながい歴史をもつ多様なアソシエーションを束ねあげることができた人物が、一九六〇年代前半の町内会と部落解放同盟の対立を契機に、その姿をあらわす。それが天野要であった。当時、彼が担っていた主な役職は、市議会議員（自民党支部長）、日赤奉仕団長、民生委員推薦準備委員会長であった。戦前から続いてきたアソシエーションは、戦後においてもローカルな地域有力者を支持してきたことが、彼の役職をみても明らかである。住吉部落地域の社会資源にかかわる摩擦に、天野市議が仲介人として登場したのは、これまでみてきたとおり、彼（天野家）が「融和＝同和ボス」として、人びとの生存にかかわってきたローカル・キャリア（経歴）があったからであった。

この頃すでに、戦前の国家による「融和事業完成十箇年計画」が、いわゆる「五五年体制」という自由民主党政権のもとで同和政策として復活・展開されていた。戦前の融和政策は、戦後の体制化のなかで、ふたたび地域において資源を分配する機関を設置し、最大限それを活用してきた。そして町内会＝日赤奉仕団がその役割を担った。こうした政策展開を背景に、天野市議は、戦後も地域において、人びとの生存にかかわる役職に就任してきたのである。戦前からの地域有力者によるまとめあげが、ローカルな地域において、戦後も引き続き継承されてきたということである。

戦後五五年体制による同和政策の復活は、「分配問題」という厄介な問題を復活させてしまった。そもそも戦後の大阪市行政は、同和事業をあつかうことに消極的だった。なぜなら、同和事業の対象とする「部落民とはだれか」という認定問題がつきまとうからである。漏れなく事業が必要な人にゆきとどくためには、行政が認定する方式が望ましいのか、あるいは、運動団体が認定する方式なのか、という議論が各自治体で起こった。大阪市の場合には、市同促協を地域に設置し、そこが認定をおこなう「市同促協」方式（第三セクター方式と呼ばれる）が採用された。いずれにせよ、分配のルールを地域にゆだねるという方式は、「地域ボス」に裁量《さいりょう》権をあたえることになる。地域のなかで広く社会関係（ローカル・ネットワーク）をもち、人びとから合意を調達することができるリーダーに資源分配のルールを託《たく》すという、行政にとっては楽な方式であった。結果、ローカルな住吉地域では、地元において同和事業の分配の主導権（窓口）をどこが握るのかをめぐって、町内会と部落解放同盟という二つのアソシエーションが激しく対立する。この対立を経て、既存の町会による同和事業の分配システム（「大阪市→町会→同和会→住民」）は、オルタナティヴな分配システム（「大阪市→市同促協→解放同盟→住民」）へと徐々に移行していった。つまり、部落の人びとの生存保障は、町内会による資源分配システムから、同促協による資源分配システムに委ねられるようになっていく。このことは後に重要な意味をもつことになる。旧来の資源分配システムから部落の人びとが離脱したことにより、一般施策と同和施策との切り分けが始まっていった。戦前から代々、地域ボスとしての地位を世襲してきた天野市議が担っていた役職は、同和事業だけではない。一般施策である生活保護を差配《さはい》できる立場にもあった。そのため、部落解放同盟住吉支部は、天野市議の日赤奉仕団長と民生委員推薦準備委員会長という役職をも奪取することをめざしていった。というのも、住吉地区では、保護受給者が多かったからである。

第5章「**再分配をめぐる闘争**」でみてきたとおり、一九六七〔昭和四二〕年から一九七一〔昭和四六〕年のわずか五年の間に、住吉地区の保護率が急激に伸びる。この背景には、部落解放同盟住吉支部の戦術が影響していた。同時期、部落解放同盟住吉支部は、福祉事務所交渉を展開し、保護申請を促進する運動を展開していたのである。保護受給とそれ以外の要求とを共に通しやすくするためには、天野市議が有する民生委員推薦準備委員会長という役職を辞任させる必要があったのである。そのため、部落解放同盟住吉支部が地域有力者である天野市議を糾弾《きゅうだん》する、いわゆる「天野事件」が起こったと考えられる。この事件をつうじて部落解放同盟は、天野市議を、日赤奉仕団長と民生委員推薦準備委員会長という役職から、引きずりおろした。そのうえで、生活保護申請と同和事業の窓口を隣保館《りんぽかん》に設置し、同和事業促進協議会という事業体と部落解放同盟住吉支部という運動体とが資源配分の基準をつくる生存保障システムを、地域に築いていったのである。結果的にこの体制は、部落における厄介な分配問題――誰が同和事業の対象となる部落民かを認定する問題――を地域において継承してしまうことになり、それゆえになおも、生存をめぐる人びとの対立が再燃しやすいままであった。つまり、部落民と認定された人とされなかった人とのあいだに軋轢《あつれき》が生じやすく、同和事業促進協議会＝部落解放同盟による分配システムは、人びとの連帯を阻害する要因になっていった。そして部落解放同盟組織は、二〇〇二〔平成一四〕年の特別措置法の終焉《しゅうえん》とともに衰退していくこととなった。同時に、人びとは、急激な生活後退を余儀なくされていった。

天野市議から地域ボスの座を奪取《だっしゅ》した部落解放同盟は、地域における資源分配システムとむすびついてしまったがゆえに、「融和＝同和ボス」の権限の影響を変奏しつつ継承してしまうことになったのである。[1] ではなぜ、部落解放同盟はこのようなことになってしまったのか。

この問いを検討したのが第6章「**再分配システムの果てに**」であった。「天野事件」によって地域における資源配分の主導権《イニシアティヴ》をもった部落解放同盟住吉支部が、一九七〇年代におこなった「まちづくり」について叙述した。ここでのポイントは、第一に、「まちづくり」を可能にした同和対策とはいかなる政策であったのか、という点である。第二に、この「まちづくり」を手掛けた建築学者・高橋恒のマスタープラン（「住吉計画」）に、部落解放同盟の要求はどのように反映されているのか、という点である。当時の部落解放同盟住吉支部の人びとは、何を要求し、何を実現しようとしていたのかが、この計画に表わされている。住吉計画を描いた高橋が、住吉部落の人びとの要望を集約したうえで住民たちに期待したのは、地域共和国を建設し、定住可能な「まちづくり」を構想することであった。都市部落やスラムの特徴は、不安定就業を背景とする社会移動の激しさであり、こうした実態を見据えたうえで、人びとがみずから地域に定着（定住）することを、高橋は「着陸」と名づけたのである。

しかしながら、「住吉計画」は彼の構想からかけはなれていった。この「まちづくり」のただなかにいる住民によって、何が問われ、何が問われなくなってしまったのか、このことが計画実現の鍵を握っていたのである。

戦後部落解放運動は、差別事件の糾弾《きゅうだん》に力を注いできた。それは、当時の時代背景からみれば、当然のことだったかもしれない。しかし、被差別運動側が獲得できた資源の分配のあり方や方法については、十分に自覚的ではなかった。「住吉計画」に代表される「まちづくり」が進むなかで問われなくなっていったのは、分配のあり方、資源分配システムの歴史（「穢多頭」→「衛生組合長」→「方面（＝地域）委員」→「融和ボス」→「同和ボス」）が、どのように変奏されつつ継承されてきたのかという問題である。もっといえば、そもそも人びとの生存がなにゆえ「地域なるもの」と密接に結びついてきたのか、生存にかかわる分配問題がなにゆえ部落の人びとにゆだねられてきたのかという、人びとの生存保障システムの体制化（排除＝包摂の構造化）の歴史について考えずに（問わずに）いられる状況が産出されたことに、気づくことができなかったのである。だからこそ、戦後部落解放運動は後退を余儀なくされてしまったのだ。質的にみれば、以前の体制より後の体制の方がよりよい配分がなされたと言うことは可能である。町会による地域社会資源の分配システムから同促協による分配システムに転換したことで、前者と比べて後者の方が、より民主的な分配方式となったのかもしれない。しかし、このような分配のあり方は後に、「透明性」といった基準によって、また、「既得権（益）」を得ているといった批判にさらされることによって、それにうまく応答することができないという事態をもたらした。

一九八〇年代以降、住民に対して、部落民としての自覚を保持させるための解放教育を強化していく。しかし部落解放運動が衰退している今日では、結果として、ふたたび町会や民生委員等の旧システム、あるいは新たな「首長《しゅちょう》」や宗教システムによるまとめあげがおこなわれるようになる。こうして、人びとの生存をめぐるローカル・ポリティクスは、戦前から絶えず展開してきたのだ。

本書で述べてきたように、戦前の融和政策がとくに注目したのは、地域ごとの産業構造と人口問題であった。中央融和事業協会が調査報告においては、地域を農村と都市というふたつの形態に大別し、部落とそれをとりまく産業構造と社会関係について詳細な研究をおこなっていた。例えば農村地域では、社会関係と生産関係とが分かちがたく結びついているために、社会関係から疎外されることは、生存にかかわる重大事（「差別問題＝排除問題」）となる。したがって、農村社会における融和政策は、疎外されている農村部落の人びとを五人組制に、接触させせ（隣保事業）、包摂させる（協同組合）ことであった。

一方、都市における人びとの生活構造は、社会関係と生産関係がダイレクトには結びついていないがゆえに、その生存は他の要因に依《よ》るところとなり、差別問題と排除問題とは分別された問題となる。こうした分析のもと、戦前の融和運動は、全国水平社を呑み込みながら広範囲に展開していくのである。すなわち、戦前の全国水平社が融和運動に大敗した要因として、全国水平社が都市部における社会関係（差別問題）に対してしかアプローチできなかったこと、それに対して国家主導の融和運動は、農村を中心に、生産関係（社会関係）に比重をおいてアプローチできたのである。融和政策は、差別撤廃の方法として、人びとの生産関係に注目し、膨大な政策研究にもとづいて諸事業を実行したのである。戦前の水平社の大敗を、単純に、イデオロギーの問題としてかたづけてしまってはならないのである。戦後の部落解放運動はそこから、なにかを学んできたはずであった。

しかし、こうした戦前の融和政策は、人びとの生存の細部におよぶ活動を展開したがゆえに、戦時動員体制のなかで人びとを根こそぎ総動員する装置として機能したといえる。さらには、この融和政策は、戦後の高度経済成長を背景とする「五五年体制」において、自由民主党政権によって復活され、現代の日本型福祉国家・生存保障システムを形成していったのである。

日本型福祉国家・生存保障システムは、つねに人びとを排除しつつ包摂し続けてきた。すなわち、人びとが徹底的に差別されながら最低限生きていくこと（「活かさず殺さず」）を可能にしていくのである。こうした文脈のなか、部落問題においても排除‐包摂が同時に起こってきたのではないだろうか。

＊＊＊

すでにこうした研究はおこなわれてきたし、[2] 二〇〇〇年代以降、日本でも排除に関する研究がさかんにおこなわれるようになった。とくに社会福祉においては、厚生省（当時）の「社会的援護を要する人びとに対する社会福祉のあり方」に関する専門委員会報告書〔二〇〇〇年〕のなかで、ホームレス、アルコール依存、自殺、社会的ストレス、若年層の不安定就労、孤独死などの社会問題についても、社会福祉が対応すべき課題として提起された。以後、社会福祉士や精神保健福祉士といったソーシャルワークに求められる知識や技術も見直されるようになる。

本書が扱ってきた一九七〇年代をふまえたうえで、一九八〇年代の「日本型福祉社会論」に至るまでのプロセスを領域別に整理してまとめてみたのが、**図**7‐1である。「自助」「自立」「扶養」などを基調とする日本型の福祉は、本書でみてきたように、生活困窮者をとりのこし続ける場所として「地域」を形成してきた。また、セーフティネットに見せかけた経済政策として、地域と地域に結びついた有力者とを、繰り返し利用してきた。日本型福祉国家・生存保障システムのなかで、ほんとうに支援を必要とする人びとに資源がゆき届きにくい地域対策が採《と》られてきたのである。そのため、「スラム（化）→地域対策→再スラム（化）→地域対策」という無限のループ（悪循環）をたどってきたのだ。このままいけば、おそらく人びとは、超高齢社会と住宅の老朽化にともない、かつてとおなじ窮乏《きゅうぼう》と差別を近い将来に経験し、国家（政府）はふたたび同和対策を投下するであろう。

排除地域をめぐる政策と仕組みの歴史について、私たち一人ひとりが、知り、学び、語り合うことこそが、いま現に生じている国家（政府）の暴走をストップさせる重要な取り組みであると考える。

図7-1　**再分配をめぐる領域別の見取り図**

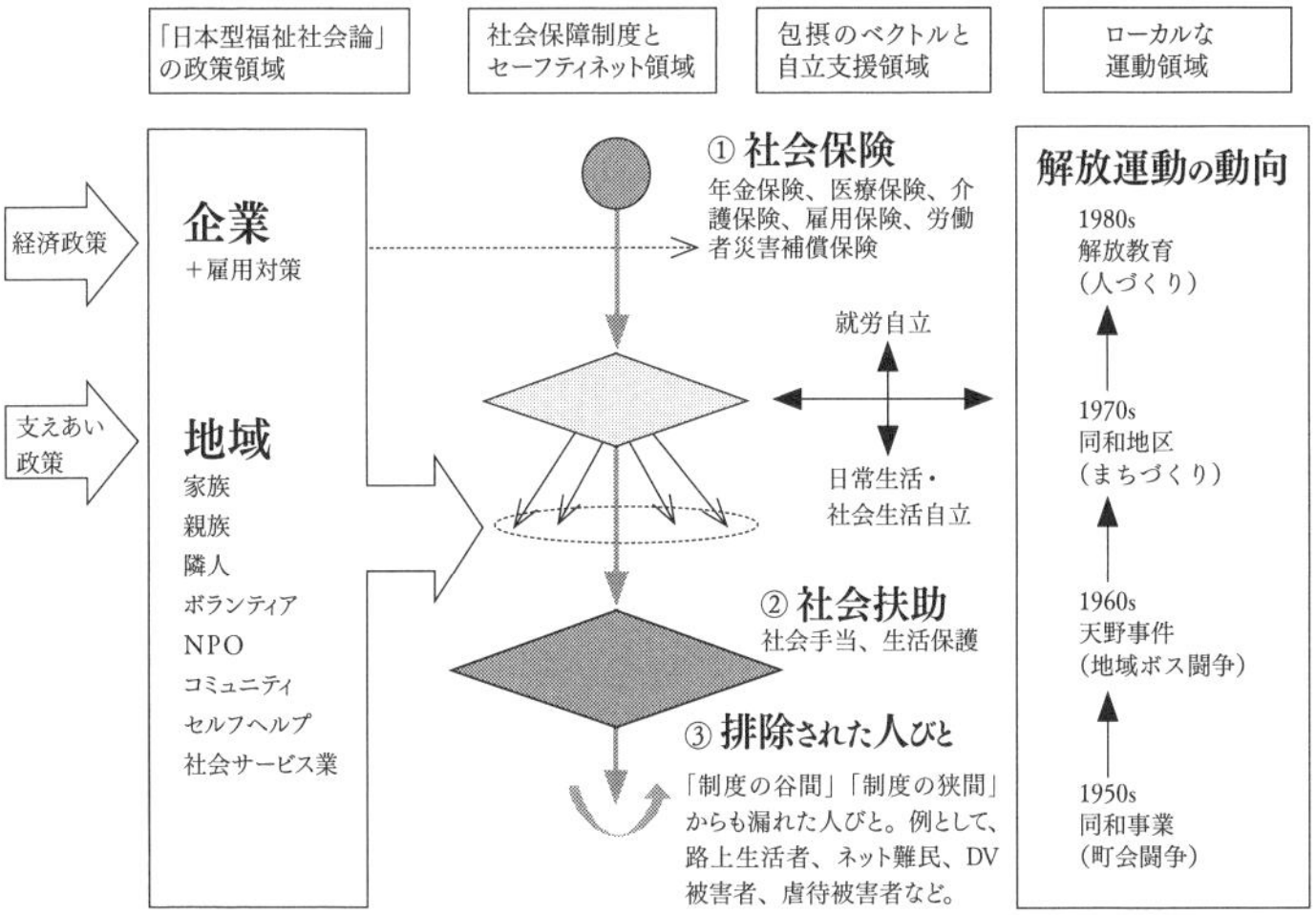

最後に、本書では十分に分析することができなかった論点について、今後の課題として提示しておきたい。

本書は、本来であれば、戦争という大きな構造変動のインパクトとして、戦中期から戦後期(一九四〇年代から一九五〇年代)という断絶面についても詳述すべきであったが、本書においては地域有力者の連続性(変奏と継承)について克明に明示したかったため、これらの時期への言及をあえてさけた。この点はご了承いただきたい。戦争という断絶面によってローカルな人びとの生存にいかなる影響があったのかについては、今後の課題としたい。融和運動の系譜《けいふ》を深めるため、部落史以外の諸研究、たとえば農民運動史や社会民主主義史、郷党社会制度史などについても読み解いていく必要があるだろう。また、今回は描けなかったが、一九八〇年代から現在について、とくに、「まちづくり」から「人づくり」への移行が本格化する一九八〇年代における「部落民アイデンティティ」の促進・教化について、個人給付のあり方や地対財特法、法期限後の都市型部落の変容、生活困窮者に対する施策・事業、差別・排除をめぐる下層社会全体の動向なども視野に置きつつ、研究をつづけていきたい。

# 本書でこれから述べていくこと

## 1

本書において、大阪市内一二地区のうち、住吉を主な事例とする理由として、①戦災被害にあわなかったため史料が残っていること、②都市型部落としては人口動態が相対的に安定しているため、ローカルな土地と人とのつながりがみえやすいこと、③他地区と異なり、何らかの力学の結果として水平社組織ができなかったこと、④一連の諸施策の対象地区となってきたこと、これらがあげられる。都市型部落のローカルな人びとの力学と地域政策の歴史をひもとくためのフィールドとして、住吉は最適であるといえる。詳しくは後の章でみるが、住吉地域のコミュニティ・プロフィールとして、主に次の特色が指摘できる。

第一に、戦前から国や自治体、村議会による介入を経験してきた部落地域であり、地方改善事業や不良住宅改良事業、「融和事業完成十箇《か》年計画」のモデル地区として選定され、さまざまな事業が実施されてきたこと、第二に、戦後も引き続き、同和対策特別措置法による諸事業と総合計画（まちづくり）による地域形成が展開されてきた地区であること、第三に、戦前からの諸事業をめぐって、当事者団体間の対立が頻繁に生じてきたこと、第四に、戦前戦後にかかわらず、他の部落地域と比べ地場産業がない地域であったために、行商や下駄直《げたなお》し等の不安定就業者が多く、仕事や住宅、公衆浴場等の生活維持にかかわる事柄を、公共事業に多分に依存せねばならず、それがために、早期から資源配分をおこなう組織や機関、団体が設置されて分配がおこなわれてきたこと、第五に、同和問題研究室（岡村重夫）や大阪市立大学（白澤正和）等の研究機関の関与があり、また、建築学者の内田雄造らによって「まちづくり」（環境整備事業）のモデルケース（都市部落の典型）として位置づけられ、都市社会政策の実験場として扱われてきたため、調査研究の相当な蓄積があることなどが挙げられる。

住吉のように、早期から国や自治体による政策的介入があり、諸事業の資源配分機関が設置されてきた部落地域は、大阪では稀《まれ》であった。しかし、日本経済が低迷するなかで二〇〇二年に特別措置法が終焉《しゅうえん》して以降、現在では、主に高齢者や障害者、低所得者などが人口を構成しており、再スラム化が懸念《けねん》されている。

このように、住吉というエリアは、過去の問題と現在の問題のいずれもが焦眉《しょうび》の課題となっている場所なのである。

2 ――大阪の部落史委員会編［二〇〇〇年］、加藤［二〇〇二年］、水内［二〇〇四年］、佐賀［二〇〇七年］、吉村［二〇〇九年］、広川［二〇〇九年］、水内［二〇一〇年］、酒井［二〇一一年］、吉村［二〇一二年］を参照されたい。

3 ――本書で住吉地域を事例とする理由と地域的特徴については先述したとおりである。人口動態や産業、世帯類型の現状については、住吉区制七十周年記念事業実行委員会［一九九六年］を参照されたい。また、筆者も関与した『同和問題の解決に向けた実態等調査住吉地区分析報告書』［二〇〇〇年］からは、世帯規模の縮小や少子高齢化、障害者手帳保有率と保護率の高さ等が確認できる。二〇〇〇年代には、内田龍史らによる聞き取り調査が実施され、若年層の不安定な就労状態が浮き彫りとなり、また、大阪市立大学を中心に住吉の若年層を対象とした労働実態調査も実施された。国勢調査を利用することで、若年層のみならず地区労働者の不安定な雇用状況が、量的に明らかとなった。

また、本書の執筆にさいしては、大阪市立大学人権問題研究資料センターに協力いただき、一次資料からの確認作業をおこなっている。

4 ――弾左衛門支配体制については、関東を中心に、西は名古屋あたりまで、その支配権が存在したことが確認されている。関西では、弾左衛門による支配体制はなかったが、名士等による何がしかの弾左衛門的な支配体制があったと考えうる。本書では、「ボスのまとめあげシステム」の継承と変奏をわかりやすく示すため、あえて「穢多頭＝弾左衛門の仕組み」と表現する。

5 ――むろん、イデオロギーや思想、統治技法など体制の質的な異なりはあった。ハード面重視のまちづくりからソフト面重視の人づくりへの移行がまさに質的な相違点である。それが明確にみられるのは一九八〇年代以降である。重要な論点であるため、本書では一九八〇年代以降については扱わず、別の機会にあらためて詳細に論じることにしたい。

6 ――一九七〇年代以降には解放同盟によって、「部落民アイデンティティ」を醸成《じょうせい》すべく、解放教育の徹底化がおこなわれていく。その影響が主にあらわれだすのは一九八〇年代からである。「人づくり」についてては本書では詳しくとりあげないが、質的な変化として重要なポイントである。カミングアウトだけでなく個人給付や地対財特法に関連する問題であるので、これにかんしても別の機会にあらためて詳述したい。

## 第1章 生存保障システムの変遷

1——山本尚友、一九九九年、『被差別部落史の研究——移行期を中心にして』、岩田書院。

2——北崎豊二編、二〇〇七年、『明治維新と被差別民』、解放出版社。

3——広川禎秀編、二〇〇九年、『近代大阪の地域と社会変動』、部落問題研究所。

4——今西一、二〇〇九年、『近代日本の地域社会』、日本経済評論社。

5——上杉聰、二〇一一年、『これでわかった！部落の歴史——私のダイガク講座』、解放出版社。

6——黒川みどり、二〇一一年、『近現代部落史——明治から現代まで』、平凡社新書。

7——部落（史）研究にあっては、前近代と近現代との連続面と断絶面を同時に扱った研究が少ない。その理由のひとつとして、前近代から近代への移行期における古文書の文字解読の難しさが指摘できる。警察史からアプローチした小路田泰直、近代大阪を扱った研究として広川［二〇〇九年］や今西［二〇〇九年］、町村合併の影響については福武編［一九五四年］や松沢［二〇〇九年］などの部分的な研究はおこなわれてきたが、全体的な移行期研究は、部落解放研究所編『史料集　明治初期被差別部落』［一九八六年］として部落史関係史料の一部の解読がおこなわれ刊行されてからである。北崎［一九九四年］、おなじく北崎編［二〇〇七年］等が代表的である。移行期研究の解説については上杉［二〇〇七年、二四九－二八二頁］に詳述されている。

8——中世にその起源を見出すこうした新たな研究は、「中世社会起源説」や「中世民衆起源説」と呼ばれている。

9——安保［一九八九年］、小林［二〇〇一年］、黒川［二〇〇四年］、佐賀［二〇〇八年］を参照されたい。

10――――加藤［二〇〇二年］、酒井［二〇一一年］、水内［二〇一〇年］、佐賀［二〇〇八年］を参照されたい。

11――――池本［一九九九年］を参照。

12――――安保［一九八九年、一六六頁］、野口［二〇〇〇年］を参照。

13――――速水融［二〇〇九年］を参照。

14――――経済システムを補完する役割として登場した、いわゆる「家制度」とは、どのような制度であったのだろうか。ひとことでまとめると、一八九八［明治三一］年に制定された民法に規定された日本の家族制度のことである。「家」は、戸主と家族から構成され、ひとつの「家」はひとつの戸籍に登録される。戸主は、家の統率者としての身分であり、戸籍上は筆頭に記載されることになる。戸籍の特定は、戸主の氏名と本籍でおこなわれるという仕組みである。制度上、戸主の義務は、家族に対する扶養義務等として規定され、戸主の権利は、家族の入籍同意権と入籍拒否権等であった。日本国憲法［一九四七（昭和二二）年］により戸主の権利は廃止されたが、戸主の義務はのこったのである。

15――――たとえば、行路死亡人が誰かわからないといった問題などがある。

16――――安保［一九八九年］、藤野［一九八四年］を参照。

17――――これらの点についても藤野［一九八四年］を参照されたい。実際に部落青年のなかには、日清戦争の後、日露戦争が起こることを願う者も少なくなかった。要するに、差別と隔離《かくり》の解決策を、軍拡による対外膨張・侵略（の最前線）に求める運動・政策であった。例えば、当時の島崎藤村の小説『破戒』［一九〇六年］の主人公は、差別から逃れるために海外へ渡る。ここにも当時の人びとの生存戦略としてのアイデンティティ管理［石川、一九九二年］がうかがえるのである。

18――――池本［一九九九年］、藤野［一九八四年］参照。

19――――室田［二〇〇六年］参照。

20――――これは、今まで論じられてきた部落史（国家の社会政策から見た部落史）と全く位相を異にする、部落における社会事業や社会運動、社会思想に関する視角である。藤野［一九八四年］参照。

21――――住吉で仏教青年会が組織されたのもこの時期である。後の章で述べる。

22――――藤野［一九八四年］、藤野［一九九九年］参照。

23――――杉原・玉井編［二〇〇八年］参照。

24――――この調査が戦後［一九七〇年代］に発見され

る「部落地名総監」のひとつとなっていくのである。ちなみに、一九七〇年代以降の部落解放運動の展開とともに発見された「部落地名総監」は、すくなくとも計一二種類存在している。主には、企業や学校などが購入し、採用試験などに利用（悪用）されてきた。また個人でも、婚姻予定者の身元調査に利用（悪用）されたりした。近年ではインターネットによって流出拡大をみている。

25——藤野・徳永・黒川［一九八八年］参照。

26——当時の草の根の民衆の動きをみると、一九二一［大正一〇］年に奈良県柏原に水平社創立事務所が設置され、その翌年には、全国水平社創立大会（於：京都）が開催された。以降、全国水平社は毎年、大会を開催し運動は全国に波及した。西光万吉らが起草した「水平社宣言」（日本初の人権宣言といわれている）が朗読されたのもこの創立大会の時である。また、一九二三［大正一二］年には、松本治一郎が九州水平社から全国水平社の委員長となる。彼は、後の一九三六年に衆議院議員に当選し、以後も参議院議員として差別問題にとりくんだ。戦後、部落解放同盟から「解放の父」とよばれるようになる人物である。このように、一九二〇年代と一九三〇年代は、失業問題を背景に労働争議が活発化し、社会政策と社会運動が展開した時期であった。

27——現在でも差別（かかわることを避ける行為や言動）はある。「差別」は人びとの（無）意識として、人びととの日常生活をいとなむ実践（生存戦略）として繰りかえされることによって、残存してきた。生存戦略（生き残るための作戦）、すなわちアイデンティティ戦略としてもちいられてきた。こうした生存戦略は、いつから人びとのあいだでもちいられてきたのか。そもそも、いかなるエージェント（国・地域・アソシエーション）が、私たちの（被）差別意識や習慣に影響してきたのか。筆者の関心事である。

28——吉見［二〇〇二年］参照。

29——小熊［一九九五年］参照。

30——草間［一九三六年］参照。

31——髙橋［一九六〇年］参照。

32——総務庁［一九九三年］参照。

33——同和事業促進協議会方式については、大阪府同和事業促進協議会編［一九七七年］を参照されたい。

34——付言すると、この方式は、「融和事業完成十箇年計画」の構想における山本正男に関する諸研究［大阪人権博物館編、二〇〇九年］からも看取できる。

第2章
## ローカルな生存保障

1――藤野［一九八四年］、池本［一九九四年］、佐賀［二〇〇七年］参照。
2――小河滋次郎の人物と思想については、大阪市民生局［一九七八年］と吉田［二〇〇〇年、二五二頁］を参照されたい。
3――方面委員制度の創設とその活動については、佐賀［二〇〇八年］を参照されたい。
4――乳幼児保護施設案と乳幼児保護事業の詳細については、大阪市民生局［一九七八年、三一－三二頁］を参照されたい。
5――この点については後にも再述するが、城間［一九八八年］らによる「部落台帳」の分析、社会部報告による貸付機関の利用状況、六〇年代の同和問題研究室による戸籍をつかった調査結果による乳児死亡率の動向からも明らかになる。
6――矢野［二〇一三年］と大阪市民生局［一九七八年、三二－三四頁］を参照されたい。
7――大阪市同和問題研究室理事長の岡村重夫のもと、小林茂によって執筆・編集された大阪市同和対策部『大阪市同和事業史（復刻）』［一九七九年、五一－五二頁］を参照されたい。
8――一九二二［大正一一］年には、井上正雄により『大阪府全志　巻之三』［大阪府全志発行所］も発行されている。
9――同年には、すでに全国的な規模をもち、後に同和対策の統一機関となる中央融和事業協会［一九二三～一九三六年］が『融和教育年表』を編纂・発行している。産業組合中央金庫が創設され、小作調停法が制定されたのもこの年である。
10――市設質舗［一九二四～一九四五年］の開設状況については、大阪市民生局［一九七八年、六〇－六一頁］を参照。
11――当時の大阪市内の各質舗の経営概況についても、大阪市民生局［一九七八年、六一頁］を参照。
12――吉田久一は小河の著書『社会事業と方面委

員制度』を高く評価し、次のように述べている。

小河滋次郎は救済事業の組織者であったが、この時期に『社会事業と方面委員制度』〔一九二四年〕を残し、日本方面委員制度の羅針盤となった。本著の特色は、①社会的道議論をとっている、②中産階級の重視がみられる、③「機能発揮の原動力」が「十則」にまとめられ、専門性より自然性が重視されている。小河には「十則」を通じての儒教《じゅきょう》倫理の民衆化がみられるが、それが井上友一らの官僚と相違するところであった。

〔吉田、二〇〇〇年、二五五頁〕

13―― この間の経緯は、大阪市の公式記録が次のように記している。

旧市部の東西南北の四区は、北・此花・東・西・港・天王寺・南・浪速の八区に分割せられ、拡張地域たる新市部には、西淀川・東淀川・東成・住吉・西成の五区が設けられて十三区とし、なお、地域拡大にして交通不便の地には、区役所出張所をおくこととなり、西淀川・東淀川の両区に各々一、東成及び住吉の両区に各々二、合計六カ所の区役所出張所を設置した。昭和七年四月、港区の人口が著しく増加したため、ここに一出張所を増設したが、同年九月二十日従来の港区・東成区を廃し、その区域をもって港区・大正区・東成区及び旭区を設置し、十五区制が十月一日から実施せられるに至った。〔大阪市役所編、一九五二年、七頁〕。

また、区割り再編の背景事情については、次のように記録されている。

新市の編入は本市将来の発展上必要であるばかりでなく、また併合市町村民の願望でもあった。これを併合町村の立場から見ると、当時の悩みの種であったものは、財政上の問題で、増加する人口に対して都市的施設を完備するには、町村の財政は余りにも貧弱であり、この難問を打開するには豊富な財力を有する本市に合併し、もって各般の行政事務を整理する外なかったのである。

〔大阪市役所編、一九五二年、六頁〕

さらに、一九二五〔大正一四〕年の第二次市域拡張による東西両成郡四四カ町村の併合に関しては、次のように説明されている。

併合当時においては、七千町歩に及ぶ耕地を市域内に包容していたことは、都市行政上空前のことで、自後他都市における市域拡張の先例となったのであるが、かくのごとき耕地を含む広大な地域の併合は、決して形式的市格の向上を策したものではなく、これを統一的一体として同一自治体の支配の下に置かなければ、今後の発展を期することができない情勢にあったからである。［中略］すなわち全国各地から本市に集住する人々は市域内に居住するよりも、家賃または地代の低廉《ていれん》な郊外に居を定め、また、大会社のごときも経費の関係上その工場を郊外に置くものが多く、その通勤者もまたその附近に居住することとなり、郊外の空地はたちまち人家と工場をもって満たされることとなった。［大阪市役所編、一九五二年、四頁］

14 ―― 大阪市同和対策部における融和運動と水平運動に対する評価については、大阪市同和対策部［一九七九年、五一－五二頁］を参照。

15 ―― 先にふれたように、方面委員から病院建設の要望が出されたり、医師会からボランタリーに医師が派遣要請されたりしたという事実は、もはや地域だけでは諸問題の解決が困難だったことを物語っている。

16 ――「窮民救助規則」の改正については、大阪市民生局［一九七八年］を参照。

17 ―― 愛隣信用組合についても、大阪市民生局［一九七八年、八〇頁］を参照。

18 ―― 松永以外にも、海野幸徳『隣保事業と融和問題』［一九二六年、中央融和事業協会］への言及がある。大北［二〇〇三年］は、窪田［一九七九年］を参照しつつ、海野［一九二六年］を中心的なテキストとして解読している。松永［一九九九年］や大北［二〇一三年］が中心的なテキストとする海野［一九二六年］の主張は、要するに、「常時接触」の重要性である。窪田［一九七九年］は雑誌『融和事業研究』を中心に隣保事業について述べており、都市における戦後の部落解放運動の視座からテキストが解読されている。

19 ―― 救護法の原案ともいうべき一般救護にかんする体系が第三回会議において承認されている。一九二七［昭和二］年、全国水平社も活動を展開しているが、その記録がわかるものとして『全国水平社大会議案書』［全国水平社、一九二七～一九三八年］が有益である。

20 ―― 大阪市に始まる公益質屋法の拡大について、

大阪市民生局［一九七八年、六一頁］に次の記述がある。

戦争時代に入るにおよんで利用者は増加し、一三年一〇月からは一口一〇〇円一世帯五〇〇円までに拡張した。質舗も一区一質舗を目標に開設され、一七年には一四ヵ所となっている。

21——一九二八［昭和三］年の社会部の構成として、一九二八［昭和三］年五月四日には保護課（庶務係、保護係）、福利課、調査課の三課となり、一九二八［昭和三］年五月四日の社会部全体の編成としてみると、これまでの「事業課」が「保護課」と「福利課」に分割され、一見すると福祉に比重を置いた体制となっている。「保護課庶務係」の事務分掌としては次のとおりである。①部員の進退・賞罰・給与その他身分、②公印の監守、部内の取締、③文書の収受・発送・編纂《へんさん》、④予算の調整、決算の調査、⑤慈恵救済その他社会事業の寄付、である。また、「保護課保護係」の事務分掌としては、①窮民・貧民の救助、②棄児・迷児・遺児、③軍事救護、④弘済会その他社会事業団体、⑤市民館、隣保事業、⑥託児所その他幼児保護、⑦融和事業、⑧職業紹介所、⑨雇傭《こよう》条件の改善、⑩失業保護、⑪職業少年の指導・保護、⑫労銀立替、⑬大阪市健康保険組合である。

22——大阪府公道会編『大阪府公道会要覧』［一九二八年］を参照されたい。

23——静岡県知事の訓令において「隣保館」があげられる。また、滋賀県「地方改善事業費補助並奨励内規」において隣保事業があげられる。近畿融和事業協議会で大谷派真身会が協議事項として「善隣運動と宗教運動に関する件」を提出している。

24——具体的には以下の諸論考があった。高田保馬「社會問題としての融和問題」、綿貫哲雄「融和運動の基本問題」、田中邦太郎「融和事業の教育方面」、葛岡斗思「民族混化と近畿地方」、留岡幸助「融和運動の回顧　二の機縁より」、相田良雄「融和問題の回顧」、藤田宇一郎「水平運動と融和運動の合流を主張す」。

25——この時期、まだ住吉に隣保館（市民館）は設置されていない。住吉における隣保館の登場は「協和事業としての隣保館」としてである。これはそれまでの「融和施設としての隣保館」とは目的が全く異なっていた。目的は朝鮮人の「日本人化」「帝国臣民化」であり、矯風会の結成につながるものである。戦後に設置される「住吉隣保館」とは別のものであった［矢野、二〇一三年］。

26――大阪民生局は、一九三〇〔昭和五〕年から始まるこの保健貯金会を医療保険の先駆的とりくみとして、次のように記述している。

北市民館はやくから保健事業に力をいれていた。大正一一年五月にはライオン歯磨の財政的援助と大阪歯科医師会の援助によって、児童歯科の診療が開始され、昭和三年にはこの事業は本館直営事業となり、一般歯科診療を行なうことになった。大正一五年には一般診療も始められ、さらに健康相談も行なわれている。昭和三年二月から結核予防相談、四年一一月からは性病相談も始められている。当時この附近には診療所もなく、病人が放置される状況にあったので、市民館の診療事業は非常に喜ばれた。ここでも志賀館長の協同組合主義の思想はあらわれ、保健貯金会を形成している。昭和五年七月からこの北市民館診療所で診療をうけたものは保健貯金会に入会させ、そのつど一〇銭を貯金させて将来に準備させ、一種の医療保険の性格をもたせている。これに関するくわしい情報は得られないが北市民館活動の重要な特色であろう。

〔大阪市民生局、一九七八年、九〇頁〕

27――とくに地方における経済更生が説かれた時期であり、一九三二〔昭和七〕年には中村憲「高知県下の部落の窮状とその対策」、一九三三年には伊藤藤次郎「部落経済と協同組合」、山本正男「部落経済更生運動の方策に関する一考察」、河上生「融和問題と教育に関する研究資料に就て」といった論文が掲載された。

28――協同組合については、伊藤〔一九三三年、一―四八頁〕、山本〔一九三三年、四九―六三頁〕が詳しい。

29――この点については、一九三六〔昭和一一〕年の『融和事業研究』で、成澤初男「小地区の問題とその更生方策」と津川公治「小地区対策の中心問題に就て」が問題としてとりあげている。成澤が指摘しているように、実態としては、戸数一〇戸以下の部落（小地区とよぶ）が四割にものぼった。

30――この年の『融和事業研究』の主要言説として次の論文と報告を参照されたい。京都府親和会綴喜郡支會児童融和教育研究部編「讀方科に於ける融和教材の着眼点」、溝口靖夫「我國社會史に現はれたる差別感情とタブー」、篠崎篤三「融和事業方法論の一つ　視野の変更、射角の是正を促す」、藤範晃「市町村の融和問題観」、中央融和事業協會「経済更生中堅青年研究協議大会の概況」。

31――窪田によれば、水平社による一九三六年度からの「融和事業完成十箇年計画」をめぐる評価は次のように記されている。

全国水平社一四回大会は一〇箇年計画に反対する。それはこの計画の欠陥を、①計画の観念的立案、②事業が天下り的で部落の要望が無視されている。③地元負担(これが最大の問題である)。④都市部落に対する政策の除外。⑤対一般的融和啓蒙の実質的放棄。⑥この計画の××的インチキ性であると指摘する。しかし融和運動乃至《ないし》融和事業に対する態度を「例へ欺瞞的にしろ、消極的にしろ斯る施設はわが被圧迫部落大衆の要求と圧力による獲得物として正当に評価し、之を伸長せしめるため、全国水平社はその運動における指導的地位に立たねばならない」としたのである。

〔窪田、一九七九年、一三二―一三三頁〕

32――大阪市における当時の授産所と内職会の状況については大阪市民生局〔一九七八年、三〇九―三一〇頁〕にくわしい。

33――大阪市民生局〔一九七八年〕では保育組合の公立化について、次のように評価している。

昭和一〇年に志賀館長は市社会部長に転じ、一三年には北市民館保育部として公立保育所に切りかえられた。これは全国的な趨勢であった。天王寺・大正・浪速・東・此花の各市民館も附設保育部をもち、その他の市立託児所を含めて二九の公立保育所をもつようになった。公立保育所になり、保育組合の経営でなくなったというのは一見母親の運動の勝利を思わせるのである。必ずしもこのように評価することはできない。当時の保育所は貧困母子対策であって、母親が働く時間その子供を「保管」するための施設であり、志賀部長がかつて考えた「新しい教育」のための施設でなく、また地域共同社会の表現でもなくなったことをしめすのである。大衆が大衆のためにおこなう社会福祉ではなくなったのである。ひとつの敗退であるといえる。〔大阪市民生局、一九七八年、九〇頁〕

34――この間の経緯は以下のように記されている。すでに北市民館のところでふれたように、大正一四年一一月に篤志家の寄附金一七三八〇円をもって生業資金貸付事業は開始されたのである。昭和一〇年八月室戸台風義捐金処分残高二一九〇〇〇円を基金に繰り入れ、基本金二三〇一八〇円をもって全市民を対象とする事業になった。その後、戦争時代に入り、軍人遺族援護のため貸付期間の延長、無利子などの途を開き、一三年一〇月には基金を五五万に増額し、当時の一二市民館で業務を行なった。しかし第二次世界大戦への参加とともに企業整備によってこの生業資金の貸付をうけるものは少なくなり、市民館も内職斡旋所に転用され、終戦時には事実上この事業は中止の状況であった。［大阪市民生局、一九七八年、三〇七頁］

こののち、一九四二年［昭和一七］八月までに二二の重要基幹産業部門に統制会が設立され、会長には財界人が就任し、企業整備令［一九四二年五月一三日公布］により中小企業の整理統合と下請企業化が推し進められ、ここにファシズム型戦時国家独占資本主義体制が完成した。国家が必要と認める場合には、いかなる職種の技能、技術者でも指定の職場に徴用でき（新規徴用）、また特定企業・業務の従業者を事業主もろとも徴用（現員徴用）することが可能となったのである。これにより、生業資金貸付の利用者は減少した。

35―― 同和奉公会大阪府本部［一九四二年］を参照。

36―― 一九四一［昭和一六］年六月一四日の社会部再編では、庶務課（庶務係、計理係、調査係）、保護課（保護係、児童係、職業係）、福利課（福利係、庶民金融係）、住宅課（住宅係、寮舎係）、庶務部、総動員部となる。

37―― 一九四一［昭和一六］年の同和奉公会に関する言及として、大阪市同和対策部［一九七九年］および秋定［二〇〇六年］を参照されたい。

38―― 質舗の消失状況については、大阪市民生局［一九七八年、六一頁］に詳しい。

39―― 大阪市行政区域変更調査委員会を設置し、区の境界変更に関する件を市会に諮問した。大阪市は当時の分増区の理由を次のように記録している。

（第一）人口増加が地域的に不均衡である。すなわち周囲部における激増、中心部における減少、中間地域における平均または平均以下の増加、従て制度的に見て、従来各区の地域拡大・交通不便の地に設けられた出張所の事務が、質量的に独立の区に劣らないようになり、出張所制度の維持が困難となり、独立の区と同様に取扱う必要が増した。よって区政を根本から改める必要が生じた。（第二）時局行政事務の円滑な運営上必要である。時局行政は、区役所の事務量にはなはだしい増加をきたし、更にそれが市区行政に質的変化を与え、市区行政が市民の日常生活に直接接触するに至った。防衛・兵事・物資配給・軍事援護・貯蓄・生活指導・健民運動等市民の日常生活に食い込み、日常生活自体の確保・規律指導を必要とする。この質的変化に伴い市区行政は、町会・隣組等の地域的結合の基礎の上に立ってのみ、その使命を全うし得る。しかるに、在来の境界は、かつての町村境界等によったものが多く、その後の発展により、現在においては市民の生活上の区分となし得ないような所で、分界をなしている所が少なくない。この点から単に区を、大きさの問題ばかりでなく、全市にわたって区の境界を是正適正ならしめ、町会整備を完成する必要が生じたのである。（第三）警察管区との不一致を是正する必要がある。市区行政ときわめて密接な関係があり、しかも最近町会・隣組をその基底組織とするに至った警察署の管轄《かんかつ》区域が、区の区域と合致せず、一区にして五署四署に関係し、一署にして三四の区あるいは区役所出張所にわたるものがあるため、その行政上の困難はもとより、市民に与える不利不便も決して少くはない。町会・隣組を通じて、区と警察管区との合致を図ることが、切実に要求せられるに至った。〔大阪市役所編、一九五二年、一一－一二頁〕

以上の基本目的にのっとり、分増区の基準として「一区の最低基準を十万以上」としたのである。

40 ―― 大阪市住吉区住吉町地区における戸籍の分析を通じて、都市部落の人口現象と婚姻および「家」制度などの実態解明を目的とした調査の結果を、本書に反映させている。

41 ―― 「本報告における資料は、明治五年のいわゆる壬申戸籍をはじめ、その後の除籍法および現在戸籍など戸籍法にかぎられている」との留意点がのべられている〔同和問題研究室一九六四年、一頁〕。

42 ―― 目次は、「まえがき」「一　人口」、「二　婚姻」、「三　「家」」、「四　社会圏――通婚と社会移動の範囲」「五　むすび」「（註）」であり、全四二頁から成る。

各項において、細部にわたる集計表（全三〇表）を明示した実証研究である。「一　人口」においては「第一表　年度別、転入、転出（合計）数および転入、転出率」、「第二表　年度別、出生、死亡数および出生、死亡率」、「第三表　年度別、転入、転出（合計）数および転入、転出率」、「第四表　年度別、自然増加率、社会増加数および増加率」、「第五表　年度別乳児死亡数および乳児死亡率」、「第六表　年度別、死亡年令別、死亡者数」の表が作成されている。「二　婚姻」では「第七　表　年度別、性別、婚姻年令別、婚入人口数および婚出人口数」、「第八表　年度別、事実婚と法律婚との誤差（婚入者の婚姻届出年月日と初子との年令差）」、「第九表　年度別、嫡出子、庶子私生子別、出生数」、「第一〇表　年度別、性別、認知による転出入人口」、「第一一表　表（一）夫と妻の婚姻年令（明五年～明三二年）」、「第一一表（二）夫と妻の婚姻年令（明治三三年～大一三年）」、「第一一表（三）夫と妻の婚姻年令（大一四年～昭二四年）」、「第一一表（四）夫と妻の婚姻年令（昭二五年～昭三八・八）」、「第一二表　夫と妻の年令差」、「第一三表　婚姻年度別、形態別、現住、非現住別同和婚事例数」が表として示されている。

「三　「家」」では「第一四表　戸籍上の地位別、性別、人口（明治五年）」、「第一五表　世代数別家族形態別戸数（明治五年）」、「第一六表　性別、年令別、人口数（明治五年）」、「第一七表　職業別戸数（明治五年）」、「第一八表　家、屋敷などの所有率（明治五年）」、「第一九表　所有田畑面積別戸数（明治五年）」、「第二〇表　年度別、戸籍上の「家」の増減」、「第二一表　出している分家数別原住（明五在村）家数」、「第二二表　分家年別戸主（親）との続柄別戸数」、「第二三表　分家年別分家戸主の分家年令別分家数」、「第二四表　本・分家・来住家別、現在の状況」、「第二五表　現住する家の戸籍上の地位」を作成している。「四　社会圏——通婚と社会移動の範囲」では「第二六表　年度別・性別・前住地別、婚入人口数および婚出地別婚出人口数」、「第二七表（一）年度別、性別、婚入前の本籍地別婚入人口数その他府下地区の内訳」、「第二七表（二）年度別、性別、婚出者の婚出地別婚出人口数（その他大阪府下地区の内訳）」、「第二八表　年度別、前住地別、転入人口数および転出地別転出人口数（一般転入）」、「第二九表（一）年度別、性別、前住地別、転入人口数（その他　大阪府下地区の内訳）」、「第二九表（二）年度別、性別、転出地別、転出人口（その他　大阪府下地区の内訳）」、「第二〇表　年度別、出生地別出生人口数および死亡地別死亡人口数」を作成している。

43——報告書の意義についてはその一頁を参照。

44——近年、「財団法人住吉隣保館五〇周年、故住田利雄さん生誕一〇〇年記念事業」において「自主解放」の精神を運動体が醸成してきたことが再確認された。ニード判定を当事者が自覚してみずからおこなうことの大切さは、調査主体や調査の位置づけにも反映される。

45——同報告書の記述は次のとおり。

第四表により、人口増加の原因が明らかとなる。すなわち、九一年間の平均増加率は一五・四であるが、自然増加率が（＋）一五・八に対して社会増加率は（－）〇・三を示しており、住吉地区における激しい人口増加の原因は、高い死亡率を上まわった出生率による自然増加であり、社会増加はむしろマイナスであるということができる。

［同和問題研究室、一九六四年、七－八頁］

46——同報告書においては、社会移動に関連して「二　婚姻」「三　「家」」で詳細な分析がなされている。

47——大阪を事例とした乳児死亡率の先駆的研究としては、速水［二〇〇九年］を参照。

48——和田［二〇〇五年］、樋上［二〇〇九年］参照。

49——保嬰館事業については、同書［大阪市民生局、一九七八年、三二頁］を参照。

## 第3章　乳児死亡率の低減

1——こうした点を住民の生活をめぐるせめぎあいから明らかにすることによって、保守／革新という二項対立の視角によって覆《おお》われた住吉の人びとの生存をめぐる争いの、歴史的－社会的意義を読み解けるだろう。

2——全国における地方改良の実例を紹介した資料である。『地方改良実例』［内務省地方局、一九一二年］の記述方針は明解である。主に、該当地域の実情がどれほど酷いものなのかが述べられた後、そこでの地域改良に携わった団体組織や篤志家による改良の成功事例が示されているのである。この発行も感化救済事業期［一九〇八年頃～一九一八年］である。なお、これに関連する言及として藤野［一九八四年、八三－八五頁］を参照されたい。

3———資料劣化のため読みとれない箇所については「□」記号を用いた。

4———その他の実例報告として大阪では、「南王子村と村営浴場（大阪府）」、「鳴瀧村と店舗の制限（大阪府）」、「南方部落と街路の拡張（大阪府）」、「西燈油部落と小西父子の働（大阪府）」、「新北町部落の開発と巡査の熱誠（大阪府）」が紹介されている。

5———大阪における養老事業及び大阪養老院［一九〇二年］については、鳥谷［二〇〇九年］を参照。

6———全国的な政策動向［一九一五～一九一九年］についてふれておくと、先にもみたように、この時期、政府にあっては、部落改善が主要な政策課題として初めて浮上する。内務大臣から部落改善を盛り込んだ一九一四［大正三］年の訓示が初めてなされた時期でもあった。また、その翌年には「帝国公道会」が設立され、各自治体に対しては地方公道会の設置も求められていた。その「主な活動は、被差別部落の巡回視察と講演・差別事件の調停・北海道移住の奨励実施」であった。しかしながら、部落改善政策に特別に予算が組まれたわけではなく、「帝国公道会は内務省や府県当局の政策を補完するものであった」にもかかわらず、低迷していくこととなる。一九一七［大正六］年度には「会の財政難から移住事業は打ち切られてしまう。また、この時期は、社会福祉の前史的把握として感化救済事業期［一九〇八年頃～一九一八年］と名づけられる時期でもある。藤原［二〇〇六年］によれば、感化救済事業期とは、「日露戦争後の国民統制と深く関係し、具体的事業の展開としては、感化事業の増加、施療救療事業の発展、宿泊・職業紹介などの防貧事業の勃興《ぼっこう》、保育事業を中心とする児童救済事業の発展などの特徴をもつ」とされ、「国家の経済負担を極力回避し、国民に対する「精神的」対応」や「国家に責任を持たせない道徳主義的救済行政の提起」を事業特徴としている期間である［同書、二四六頁］。したがって、部落改善の「訓示」に始まる帝国公道会の低迷も、国家の経済負担を極力回避するという、この事業期の特色と解せる。

7———詳細は、藤野［一九八四年、一一七頁］参照。

8———藤野［一九八四年、一一九－一二〇頁］参照。

9———藤野［一九八四年、一二〇頁］参照。

10――米騒動をめぐる言説としてさまざまなやり取りがある。友永［二〇一一年、二七頁］にくわしい。

11――この研究会は梶川國男氏を会長としつつ、会員として大川恵二や矢野悦二といった、差別糾弾・行政闘争を牽引《けんいん》する活動家も含まれている。そのため、天野事件を契機とする（反）差別のフレームワークにもとづき、住吉村によって実施された地区整理事業の評価が低く、対して大阪府公道会や住吉町経済更生会（後の同促協）を高く評価した記述が目立つ。米騒動時の記述に多くを割き、部落改善事業と融和事業の連続性がわかりにくいのがこの書物の特徴である。

12――「部落台帳」によれば、圧倒的に多くの住民が公民権（選挙権）を有していない。竹田は住吉部落の人びとの票により村会議員になったのではなく、住吉部落の改善実績を上げることにより部落以外の人びとから支持を得ることによって当選したと考えられる。

13――住吉部落歴史研究会によって編纂《へんさん》されたこのテキスト（地域の歴史を知りうる数少ないテキストとして、出版後は同和地区協議会講座等で使用され多くの住民に読まれてきた）は、住吉部落に関する膨大な資料を扱ってはいるものの、主として、当時の部落解放同盟の立場から記述されているために、重要な事柄に対して、妥当性を欠いた評価がなされていたり、差別問題と混同した解説がみられたりする。例えば、大正一二年度から昭和七年度に、一〇ヵ年計画継続事業で実施された地区整理事業については次のように評価されている。「地区整理事業は、その計画の六〇％ほどで完成とされ、しかも十一年間という計画を一年延長してこの達成率で……地区住民に対するゴマカシといえる内容でした」［住吉部落史研究会、一九八六年、八八頁］。あとにみる天野事件［一九六九年］を契機として、同年施行の同和対策特別措置法を背景に、一九七〇年代からは部落解放綜合計画を実施してきた部落解放同盟の活動家にとっては、それ以前の諸事業の成果については正当に認めたくなかったのだろう。すべてを運動によって「勝ち取ってきたものである」という当時の活動家の意識が、重要人物と住吉地区の人びととの歴史的－社会的関係性を覆ってしまうこととなった。それゆえ、部落解放運動の歴史的総括が求められる近年の社会状勢において、限られた視角からの情報資料にもとづいて今後の方向性を模索しなくてはならないのが現状である。また、地域において日常生活を営む人びとにあっても、ある種の「ギスギスした人間関係」を取りつくろいながら、危うさを孕《はら》んだインフォーマルな歴史的関係性については触れなくなっていった。

14――例えば、住吉村の人口一人あたり村費支出金額は二四一〇〇円というように、隣接町村の約二倍である。人口が少ないが歳出は高額である。データをみるかぎり、基本的には、三人に一人は「持ち家」であった。

15――国の事業で全国二〇カ所を対象に地方改善を実施するものである。

16――『住吉村誌』〔一九二七年〕では、住吉青年団の統合について好意的に述べているが、そもそもそれまでなぜ二つの青年会に分かれていたのだろうか。また、なぜそれが取り立てて喜ばしきこととして描かれるのだろうか。住吉部落研究会が紙幅を割いて記述していたように、米騒動〔一九一八年〕の影響は多分にあったとして、もう少し詳細にこの前後の人びとの生存をめぐる状況をみておく必要がある。

17――一九八〇年代の部落解放同盟住吉支部は、それまでの差別糾弾闘争の勝利の経験から、「差別／被差別」「保守／革新」という二項対立だけの視角から歴史を記述してきた。それは狭いフレームであるがゆえに、人びとの巧妙で微細な力動を捉えきれなかった。結果、自由民主党を中心とするバックラッシュが気づかないうちに生じてしまっている現状を、認識して解析するための情報が不足してしまったのである。

18――大阪市教育センターは、一九八四年から一九九二年までの期間に、大阪市内一二地区において聞き取り調査等を実施し、その結果を『地域の生活と文化（Ⅰ）〜（Ⅷ）』にまとめ刊行している。『教育新書Ⅳ 地域の生活と文化――前編』〔一九九四年〕では、戦前の部落の人びとの生活に関する項目についてまとめている。なお、職業については大正期を中心に分類している。

19――行商研究については、高向嘉昭「行商の研究――行商の歴史と行商人の源流」〔『商経論叢』二三号、鹿児島県立短期大学、一九七四年〕を参照されたい。

20――一八七〇〔嘉永三〕年の「竹皮値下げの闘い」では住吉部落も参加していることから「雪駄表づくり」〔大阪市教育センター、一九九四年、一四九頁〕は、当時の主要産業であったといわれている。また、大正中頃には、住吉地区(総戸数一三三戸)のうち、青物行商(四四戸)と下駄直し(三六戸)、土方(二〇戸)であり、他の地区にはない特徴的な職業として車夫(一二戸)がある[同書、一九九四年、一五一頁]。

21――大阪市教育センター[一九八八年]参照。

22――大阪市教育センター[一九八八年]参照。

23――同区の浅香では「むらでお金を発行」し、生活維持をおこなっている[大阪市教育センター、一九八八年、五五頁]。

24――「高利貸の吸着」の問題化については、大阪では矢田地区が最初であった。『大阪市東住吉区矢田部落調査報告』[大阪府同和問題研究会、一九六三年、三一六―三三七頁]では、この点にかんする実態調査の結果が報告されている。

25――大阪市社会部は一九一九[大正八]年一〇月より一九四二[昭和一七]年五月まで「労働調査報告・社会部報告」(計二六〇)を刊行している。

26――このうち、本書に関わる報告書として次の六点が挙げられる。①『労働調査報告』第四輯「二質屋ニ関スル調査」[一九二〇(大正九)年五月刊行]、②『労働調査報告』第四五輯「質屋ト金貸業」[一九二五(大正一五)年五月刊行]、③『社会部報告』第六二輯「各国に於ける貯蓄金庫事業」[一九二七(昭和二)年八月刊行]、④『社会部報告』第二一三輯「市設質舖の利用状況に関する調査」[一九三六(昭和一一)年八月刊行]、⑤『社会部報告』第二五八輯「庶民金融事情調査」[一九四二(昭和一七)年四月刊行]、⑥『社会部報告』第二六〇輯「生業資金による更生実話」[一九四二(昭和一七)年五月刊行]。

27――調査の背景として次のように述べている。最近に於《お》ける統制の強化、掛買制度の現金化、物価の騰貴、平和産業部門、労働者俸給生活者の生活の窮屈化は、勢ひ庶民金融問題の重要性を増大せしめつつあり、国民生活の確保が戦時下喫緊《きっきん》の要務なることに鑑《かんが》み、社会問題として忽諸に附するを許さざる現状にある。茲《ここ》に於《おい》て庶民金融事情を明らかにし、以《も》って本市社会事業運営上の参考資料を得べく、舊債整理の目的を以って、本市生業資本融通資金を借入せる者約三百名を対象とし、昭和十六年九月その舊債の内容につき調査を行ったのであるが、斯業関係者に対し裨益するところ少《すく》なからぬものがあると思はれるので、とりあへず本報告書を上梓《じょうし》する次第である。

［大阪市社会部、一九四二年、一頁］

28―― 利息については「利息割合について考察するに、質屋、庶民金庫等の如《ごと》く一定の法規により制約されたるもの以外は、貸主側の気儘《きまま》に定められたとも考えられるほどの高利貸が行われているのが普通である」［大阪市社会部、一九四二年、七頁］と記述されている。その計算方法は日歩、月利、年利の三種に限られているが、日歩の場合は殆んどなく、年利の場合も金額のやや高い金貸または親戚、知友人関係よりの借入金に限られておりその件数も極めて僅少《きんしょう》で、大部分は月利計算となっている。これは、質屋の取引と、金貸において月賦償還の債務が多数あるためであろう。

29―― 住吉部落歴史研究会編［一九八六年］参照。

30―― 調査項目は「利用者の職業」、「一世帯当たりの利用金額」、「利用者の分布」、「利用者の居住地と利用質舗との関係」、「質物に関する調査」、「質物の種別」、「一口当たり貸付金額」、「質物の受戻状況」、「流質物」、「質物一部抜出と元金一部弁済」である。

31―― この傾向は、おおむね各質舗に共通する傾向であると同報告書は指摘する。

32―― この点について、かならずしも志賀の思惑通りではなかった可能性が次のように指摘されている。昭和一〇年に志賀館長は市社会部長に転じ、一三年には北市民館保育部として公立保育所に切りかえられた。これは全国的な趨勢《すうせい》であった。天王寺・大正・浪速・東・此花の各市民館も附設保育部をもち、その他の市立託児所を含めて二九の公立保育所をもつようになった。公立保育所になり、保育組合の経営でなくなったというのは一見母親の運動の勝利を思わせるのである。必ずしもこのように評価することはできない。当時の保育所は貧困母子対策であって、母親が働く時間その子供を「保管」するための施設であり、志賀部長がかって《マヽ》考えた「新しい教育」のための施設でなく、また地域共同社会の表現でもなくなったことをしめすのである。大衆が大衆のためにおこなう社会福祉ではなくなったのである。ひとつの敗退であるといえる。［大阪市民生局、一九七八年、九〇頁］

33―― 佐賀［二〇〇八年］、池本［一九九九年］などを参照。

## 第4章 再分配システムの転換

1――現代のローカル・ポリティクスを扱った先行研究としては、主として、岩崎他編［一九八九年］、岩田［一九九五年］、玉野［二〇〇五年］、広川編［二〇〇九年］、小浜［二〇一〇年］など、各自治体レベルにおける諸研究が挙げられる。

2――吉原［二〇一三年］は、戦時の翼賛体制下に国民を民衆レベルから戦争に駆り立てていく上で強大な権限を有した町内会・部落会・隣組組織が、戦後も形を変えながら存続したことを、大阪を事例に明らかにしている。また大阪空襲研究会編［一九九〇年］では、戦時の町会の動員がいかに住民生活の細部におよんでいたかがわかる。

3――大阪府同和事業促進協議会編［一九七七年］によると生業資金問題は矢田から始まる。

4――この摩擦の経緯と詳細については、一次資料の解読を通じて本書で初めて明らかとなったため、可能なかぎり詳述しておく。なお、この項で用いた原資料については頁数がないため作者と年代のみ提示した。また、当時の市の財政状況について、民生事業と同和事業は年次報告が公開されている。ただし、町会財政状況は不明である。別稿の課題とする。

5――住田利雄は、大阪の部落解放運動と同和事業において、重要なポストを歴任してきた人物である。一九五六［昭和三一］年四月一七日に、大阪市同和事業促進協議会理事に就任。同年四月には、部落解放同盟大阪府連合会住吉支部を結成し支部長となった。翌年の一九五七［昭和三二］年には大阪市同和事業促進協議会理事に就任し、一九五九［昭和三四］年に大阪府同和事業促進協議会理事となる。一九六〇［昭和三五］年に住吉隣保館の初代館長（翌年からは理事長）に就任。一九六四［昭和三九］年、大阪市同和事業促進協議会の会長となる。

6――大阪市民生局［一九八三年］を参照。調停者である松本幸三郎は、昭和三二年四月四日から昭和三八年六月二六日まで民生局長を務めた人物である。なお、ここには天野時三郎［初代大阪市社会部長、大正九～大正一四年］という名前も見られるが、彼と天野要らとの関係性については定かではない。

7――一九六一年に大阪府同和事業促進協議会理事を務めた人物である。大阪府同和事業促進協議会編〔一九七七年〕を参照されたい。

8――著名な文学博士である三浦周行によって執筆されている。

9――「有力」と見なす指標として土地所有状況が指摘できる。詳しくは、住吉部落歴史研究会編〔一九八六年〕、宮本〔二〇〇六年〕を参照。

10――天野事件が区政にかかわる問題にまで拡大したのは、天野要が地域の人びとの暮らしにかかわる役職を兼任し、地域において有力な地位についていたためである。詳しくは矢野〔二〇一三年〕参照。

11――天野要が選出された大阪市会議員選挙は次のとおり。一九五五〔昭和三〇〕年四月（再選）、一九五九〔昭和三四〕年四月（三選）、一九六三〔昭和三八〕年四月（四選）、一九六七〔昭和四二〕年四月（五選）、一九七一〔昭和四六〕年四月（六選）、一九七五〔昭和五〇〕年四月（七選）、一九七九〔昭和五四〕年四月（八選）。なお、天野事件〔一九六九年〕の翌年一九七〇〔昭和四五〕年七月には大阪市議会議長〔第六五代〕に任命されている。このことから考えると、天野事件が天野の市会議員としての評価に与えた影響に関してのみ言えば、さほど大きくなかったようである。

12――なお、諸活動に対する社会的評価として、住吉学園の記念誌『はなびし』によれば、一九七〇〔昭和四五〕年六月には「教育の振興に寄与した故をもって、藍綬褒章を賜る」。一九七五〔昭和五〇〕年五月には「在職二五年の故をもって大阪市会議長表彰を受ける」。一九七五年九月には「地方自治功労の故をもって藍綬褒章を賜る（飾版）」とある。

13――天野正儀は、一九一一〔明治四四〕年三月に大阪府天王寺師範学校本科第一部を卒業し、同年三月には大阪府東成郡住吉尋常小学校訓導に就く。米騒動の年である一九一八〔大正七〕年五月には大阪府東成郡田辺尋常小学校訓導兼校長の職にあった。その後も、大阪府下の校長を歴任した後、一九二九〔昭和四〕年には基督教にもとづく宗教教育の必要性を説いた『宗教教育の心理學《がく》的根據《こんきょ》』〔天野、一九二九年〕を、一九三三〔昭和八〕年には、とりわけ貧困家庭の児童に対する教育方法を実証的に明らかにした『學童を持つ世の「母に捧ぐ」』〔天野、一九三三年〕を執筆する。一九三三年三月には、これらの功績がたたえられ、大阪府知事より教育功労者として表彰されたほか、同年六月には叙正八位が授与された。一九三七〔昭和一二〕年六月には大阪市会議員に〔昭和一二年四月まで〕、一九三九〔昭和一四〕年九月からは大阪府会議員となり〔昭和二二年四月まで〕、一九四七〔昭和二二〕年四月の天野要の府会議員当選とともに政界を引退した。本書ではこれ以上の詳述はさけるが、略歴をみるかぎりにおいて、戦前から戦後の大阪と住吉におけるローカル・ポリティクスを考えるうえで主要人物のひとりである。

14―― 詳細は、住吉區教育會〔一九二七年〕、大阪府社會課〔一九三一年〕、住吉区役所編〔一九五三年〕、住吉学園創立五〇周年記念誌編集委員会編〔一九九〇年〕を参照。戦前と戦後の政治的地盤の連続性が確認できる。

15―― 大阪府社會課〔一九三一年〕によれば、住吉区住吉方面における「住吉方面事務所」は住吉区安立町六丁目一五番地に設置されている。住吉との関連で興味深いのは以下の点である。①質商の佐野磯松（上住吉町六）が公同委員、教化委員を務めていること。上住吉（現・住吉地区の飛び地）に私設質商があり、佐野磯松は区会議員として当選してきた人物である。②住吉町においては、竹田駒治郎（酒商）が教化委員を、上田清治郎が公同委員を、務めていること。③前田小三郎（上住吉町一二六）といった名前もあること。なお、住吉區教育會〔一九二七年〕では、方面委員をつとめる佐野磯松は区会議員として当選してきたことが記載されている。また、区議として木下爲藏ら土地所有者の名前もある。

16―― 国レベルにおける町内会再編の概要（大枠）については、岩崎他編〔二〇一三年〕参照。

17―― 敗戦直後の一九四六年一二月に、南海地震が発生する。これをうけ、翌年の一〇月、災害救助法により日赤の使命と協力義務が規定された。

18―― 大阪の場合、戦前から、「町内会」ではなく、行政の補助機関であることを強調するために「町会」と呼ばれてきた。詳細は大阪市役所編〔一九四二年〕を参照。

19―― 大阪市役所編〔一九四二年〕、大阪空襲研究会編〔一九九〇年〕、岩崎他編〔二〇一三年〕より作成。

20―― 町会幹部の権威強化については岩崎他編〔二〇一三年〕参照。

21―― 行政と町内会とが相互依存関係になる理由

についても岩崎他編［二〇一三年］参照。

22――むろん、五五年体制からの自由民主党の票田として、雇用のあてがいによって地域の人間関係が維持されてきたことも忘れてはならない点である。

## 第5章 再分配をめぐる闘争

1――一九七〇年度に大阪市が実施した調査結果（「部落における生活保護状況（Ⅱ）」）によると、「世帯保護率」が二五・三五％、「保護人員」が一七・九九％と、いずれも他の部落と比較してみても高い数値をしめしている。また、別表の「大阪市内の同和地区別生活保護率の推移」（民生局福祉部保護課調べ）によると、住吉地区にあっては、一九六七年調査時点における保護率は同区の浅香地区と大差はなく七二・八パーミルであった。しかしながら、その五年後の一九七一年調査時点の住吉地区の保護率は一六〇・八パーミルと倍以上の数値となり急激な伸び率をしめしている。

2――山中［一九九八年］はゾルド（Zold, M.N.）とマッカーシー（McCarthy, J.D.）の資源動員論の理論的有効性について指摘している。主に民族集団と民族組織について述べられているが、理論的には部落問題においても適用可能であると筆者は考える。

3――「同対審答申」を背景として、大阪においては「府同促協［大阪府同和事業促進協議会］方式」という方式を採用することになる。「運動と事業の関係については、運動は事業を要求・獲得するだけで、その執行は行政にまかせるべきだとする方式を京都方式、運動が獲得した事業はすべて運動体みずからが配分するとする方式を岡山方式といい、これに対して事業の配分を運動でも行政でもない第三セクターにまかせるとする方式を大阪方式または府同促協方式とよんでいる」［金井、一九九六年、四八二頁］。大阪の同和行政の特徴はこの「府同促協方式」というかたちで運営されてきた点があげられる。

4――友永［二〇一一年、二九頁］は、住吉における部落解放運動の展開として、隣保館占拠事件における闘争を「第一次民主化闘争」、つづく天野市議糾弾闘争を「第二次民主化闘争」とよぶ。

5――藤谷［一九七二年］は、「窓口一本化」の概念規定として、行政の側と、行政対象の側との両面から見なければならないという。今日問題となっているのは、無数の住民要求をいくつかに絞る、組織を通して住民要求をまとめるという方法がとられ、それを行政に反映してまとまった問題についてだけ行政を実施する。その実施に当たってはその組織がただ一つの窓口とされることであると述べている。

6――この点については先の項目でみた「部落における生活保護状況（Ⅱ）」の表を参照されたい。

7――内容は次のとおりである。「一、同対審「答申」に明記された福祉行政をおこなうこと。そのために部落問題の研修会を定期的に行うこと」、「二、生活保護白書をつくり、同和対策の一環としての生活保護体制を確立すること」、「三、区の福祉行政に同和予算を組むこと」、「四、病人や老人が多いので、保護費の支給は隣保館でおこなうこと」、「五、毎月、保護費支給額の内容明細を出すこと」、「六、生活保護基準額を増額せよ。そのために、市、国に要請せよ」、「七、特別制度の説明と、その適用範囲を広げよ」、「八、医療費の立替えについては、支給せよ」、「九、衣類、その他の支給は本人と相談せよ」、「一〇、手続きを簡単にし、応対も親せつ、ていねいにせよ」、「一一、就職者は世帯分離せよ」、「一二、ケースワーカーを増員し、部落問題の研修を特に徹底せよ」、「一三、ケースワーカーを隣保館に出張させよ」、「一四、隣保館との連絡を密接にし、隣保館を通じて申請したものは許可せよ」、「一五、部落解放の立場にたった民生委員を選び、民生委員の部落問題研修をおこなうこと」、「一六、民生（児童）委員の推せん制度を民主的に改善せよ」、「一七、レクレエーションの時期を、春、秋の二回にし、全生保者が参加できるように生活保護組合独自の取組をせよ」、「一八、レクレエーションに参加できなかった者に、おみやげを出せ」、「一九、希望する医師にかかれるようにせよ」、「二〇、保育所、小、中学校の必需物品は卒業まで完全保障せよ」、「二一、医療手帳」、「二二、老人ホームを部落の内につくれ、そのための土地を早く確保せよ」。

8――内田［一九九三年］は、当時の「地区総合計画の要件」について定義した上で、当該計画が結果的には大阪を中心に都市部落に限定された事を指摘するとともに、住吉の総合計画ケースについても詳述している。地区総合計画とまちづくりについては内田［一九九三年］を参照されたい。

9――学校法人住吉学園は、一九四一年に天野正儀氏により創立された私立高等学校である。

10――なお、同年四月の「住吉警察不当逮捕事件」とその抗議行動については天野氏との関連（性）が明確でないため、今後の課題としたい。

11――運動面では部落大衆の参加と高揚をみた重要な契機（転換点）であった。部落解放同盟住吉支部員が闘争前の二六〇名からいっきに四〇〇名に、二ヵ月後には、五〇〇名にまで拡大した。

12――同様の「生活保護問題」は、住吉に限らず、他県においても早期から解放同盟と自治体労働運動との共同闘争として展開されている。この点については馬原［一九六二年］を参照されたい。

## 第6章 再分配システムの果てに

1――内田［一九九三年］参照。

2――矢野［二〇一三年］参照。

3――楠［二〇〇六年］、小熊［二〇〇九年］、石川・山口［二〇一〇年］参照。

4――戦前の不良住宅改良事業や調査については祐成［二〇〇八年］を参照されたい。

5――田代［一九六六年］参照。

6――関西では領家［一九五六年］による詳細な調査がある。

7――ここには「同和」と記述されているが、運用面で実際にいつから変換されたのかは今後の研究をまちたい。

8――宮本［二〇一一年］参照。

9――石橋［一九七〇年］参照。

10――高橋編［一九六〇年］参照。

11――厚生省内同和事業事務研究会［一九六一年］参照。

12――矢野［二〇一三年］参照。

13――上田［一九六九年］参照。

14――今後の課題として、同和対策と過疎対策および離島対策の関連についても考察する必要がある。というのも、それらの対象は多分に重複しているからである。そしていずれも「自由民主党プラットホーム」

のもと展開されてきたのだ。なお、紙幅の関係上、同和対策特別措置法と部落解放運動の展開、府同促協方式による仕事や住宅の保障、『融和事業研究』の内実については、充分な議論を示せなかった。別の機会に論じたい。

終章

# 支援を必要とする人のために

1——住吉では、天野要と住田利雄という二大ボスの対立があった。住田側の勝利によって、地域社会資源を管理・分配する基準づくりの権限が委譲されたことは人びとの生存保障という側面からみれば歴史的に画期的な出来事であったといえる。住田利雄のリーダーシップによって部落の人びとの「まとめあげ」がおこなわれていたうちはよかったが、後の、住田の権力の衰退にともない、組織は劣化していった。解放同盟組織内部の対立と勃発については複雑であるためここでの詳述はさけ別稿に委ねることにする。住田のリーダーシップと倫理（観）については、財団法人住吉隣保館設立50年、故住田利雄さん生誕100年記念事業実行委員会編、二〇一一、『忘れてはならない自主解放　財団法人住吉隣保館設立50年、故住田利雄さん生誕100年を踏まえて』を参照されたい。

2——その代表的な研究成果として、『ホームレス／現代社会／福祉国家——「生きていく場所」をめぐって』［岩田正美、二〇〇〇年］、『社会的排除——参加の欠如・不確かな帰属』［同、二〇〇八年］や、『社会的排除／包摂と社会政策』［福原宏幸編、二〇〇七年］、『グローバル化と社会的排除——貧困と社会問題への新しいアプローチ』［アジット・S・バラ／フレデリック・ラペール、二〇〇五年］があげられる。これらは、EUやイギリス、フランスにおける排除概念を日本社会の文脈においていかに理解するかという点に主眼をおいたものである。また、経済学や社会政策学からだけでなく、社会学においても、社会的排除をめぐる議論が展開されていった。「シティズンシップと社会的排除」［亀山俊朗、二〇〇七年］や、「現代社会における社会的排除のメカニズム——積極的労働政策の内在的ジレンマをめぐって」［樋口明彦、二〇〇四年］などがある。さらに、個別具体的な事象を扱った研究として、若年層をめぐる排除問題に焦点化した『排除される若者たち——フリーターと不平等の再生産』〔部落解放・人権研究所編、二〇〇五年〕や、貧困・排除現象を地理学の視角からとらえた「貧困現象を空間的視点からとらえると見えるもの」〔水内俊雄、二〇〇八年〕などもある。岩田〔二〇〇八年〕にまとめられているように、排除論は一定のパースペクティヴを構成し、日本社会を鋭く分析する概念として定着したといえるし、具体的な社会問題と社会政策にアプローチしてきたといえる。

# 文献一覧

本書では、読者の読みやすさを考え、いくつかの場合を除き、文献名および引用文中の旧漢字・旧かなづかいを、新字・新かなにあらためている。


相田良雄、一九二八、「融和問題の回顧」、『融和事業研究』(復刻版、一九七三、部落解放研究所発行)、中央融和事業協会、第二号、五六－六七頁。

秋定嘉和、一九九六、「記録された「被差別」の姿を読む」、『日本近代都市社会調査資料集成3　大阪市社会部調査報告書(昭和二年~昭和一七年)別冊 解説』。

秋定嘉和、二〇〇六、『近代日本の水平運動と融和運動』、解放出版社。

天田城介、二〇一二、「ポスト経済成長時代の超高齢社会における夢から覚めて」、『現代思想』(九月号)、青土社、四〇(一〇)、一七〇－一八六頁。

天野正儀、一九二九、『宗教教育の心理學的根據』、光學堂。

――、一九三三、『學童を持つ世の「母に捧ぐ」』、日本ノート學用品株式會社。

安保則夫、一九八九、『ミナト神戸　コレラ・ペスト・スラム――社会的差別形成史の研究』、学芸出版社。

池本美和子、一九九九、『日本における社会事業の形成――内務行政と連帯思想をめぐって』、法律文化社。

石川　准、一九九二、『アイデンティティ・ゲーム――存在証明の社会学』、新評論。

石川真澄・山口二郎、二〇一〇、『戦後政治史』(第三版)、岩波書店。

石橋湛山、一九七〇、『石橋湛山全集』(第十四巻)、東洋経済新聞社。

伊藤藤次郎、一九三三、「部落経済と協同組合」、『融和事業研究第二五号』(復刻版、一九七三、部落解放研究所発行)、中央融和事業協会、一－四八頁。

井上清・渡部徹、二〇〇九、『米騒動の研究』、有斐閣。

井上正雄、一九二二、『大阪府全志　巻之三』、大阪府全志発行所。

今西　一、二〇〇九、『近代日本の地域社会』、日本経済評論社。

岩田正美、一九九五、『戦後社会福祉の展開と大都市最底辺』、ミネルヴァ書房。

――――、二〇〇〇、『ホームレス／現代社会／福祉国家――「生きていく場所」をめぐって』、明石書店。

――――、二〇〇八、『社会的排除――参加の欠如・不確かな帰属』、有斐閣。

岩田正美・西澤晃彦編、二〇〇五、『貧困と社会的排除――福祉社会を蝕むもの』、ミネルヴァ書房。

岩崎信彦・上田惟一・広原盛明・鯵坂学・高木正朗・吉原直樹編、二〇一三、『増補版　町内会の研究』、御茶の水書房。

上杉　聰、二〇〇七、「部落の「異民族起源説」と用語「特殊部落」発生の再検討」、北崎編『明治維新と被差別民』、解放出版社。

――――、二〇一〇、『これでなっとく！　部落の歴史――続・私のダイガク講座』、解放出版社。

――――、二〇一一、『これでわかった！　部落の歴史――私のダイガク講座』、解放出版社。

上田千秋、一九六九、「報告2　福祉政策と人権」（国家権力と部落問題、第6回部落問題研究者全国集会報告、現状と政策分科会）、『部落問題研究』、二二号、部落問題研究所、八八‐九六頁。

右田紀久恵・高澤武司・古川孝順編、二〇〇四、『社会福祉の歴史　新版』、有斐閣。

内田雄造、一九九三、『同和地区のまちづくり論――環境整備事業に関する研究』、明石書店。

海野幸徳、一九二六、『隣保事業と融和問題』、中央融和事業協会。

大北規句雄、二〇一三、『隣保館　まちづくりの拠点として』、解放出版社。

大阪空襲研究会編、一九九〇、『太平洋戦争期の町会・防空資料』、大阪府平和祈念戦争資料室。

大阪市参事会編、一九一一‐一九一五、『大阪市史』（第一‐五巻）、大阪市参事会。

大阪市立中央図書館、一九六七、『大阪編年史』(第一-一四巻)、大阪市立中央図書館。

大阪市、一九二〇、『労働調査報告』、第四号。

――――、一九二六、『労働調査報告』、第四五号。

――――、一九三四、『明治大正大阪市史』(第四巻　経済篇下)、日本評論社。

――――、一九三四、『明治大正大阪市史』(第一巻　概説篇)、日本評論社。

――――、一九三五、『明治大正大阪市史』(第二巻　経済篇上)、日本評論社。

――――、一九五八、『大阪市戦災復興史』、大阪市役所。

――――、一九八八-一九九六、『新修　大阪市史』(一-一〇巻)、大阪市。

――――、二〇〇〇、『同和問題の解決に向けた実態等調査　住吉地区分析報告書』。

大阪市教育研究所、一九七九、『融和政策と融和運動――資料編Ⅱ』(研究紀要第一六四号)、大阪市教育研究所。

大阪市教育センター、一九八八、『研究紀要第一七号　地域の生活と文化Ⅳ』、大阪市教育センター。

――――、一九九四、『教育新書四　地域の生活と文化』(前編)、大阪市教育センター。

――――、一九九五、『教育新書四　地域の生活と文化』(後編)、大阪市教育センター。

大阪市社会部、一九三六、『社会部報告』、第二一三号。

――――、一九四二、『社会部報告』、第二五八号。

大阪市赤十字奉仕団、一九五六、『大阪市赤十字奉仕団役員名簿(連合団長以上名簿)』、大阪市赤十字奉仕団。

――――、一九五九、『昭和三四年一〇月二八日　大阪市赤十字奉仕団大会』、大阪市赤十字奉仕団。

――――、一九六〇、『大阪市赤十字奉仕団大会』(昭和三五年一〇月一三日)、大阪市赤十字奉仕団。

――――、一九六一、『大阪市赤十字奉仕団大会』(昭和三六・一一・一三)、大阪市赤十字奉仕団。

大阪市地域振興会　大阪市赤十字奉仕団、一九八六、『大阪市地域振興会　大阪市赤十字奉仕団役員改選要綱』、大阪市地域振興会大阪市赤十字奉仕団。

大阪市同和事業住吉地区協議会、一九六二a、『予算と役員の民主化に関する決議』、大阪市立大学人権問題研究資料センター。

――、一九六二b、『調停書』、大阪市立大学人権問題研究資料センター。

――、一九六九a、『要求書』、大阪市立大学人権問題研究資料センター。

――、一九六九b、『同和会にはいってバカを見ないように』、大阪市立大学人権問題研究資料センター。

――、一九六九c、『町民のみなさん! 同和会にだまされるな』、大阪市立大学人権問題研究資料センター。

――、一九六九d、『ビラ№2 町民のみなさん 又、だまされんように』、大阪市立大学人権問題研究資料センター。

――、一九六九e、『住吉区民の皆さんに訴えます――わたくしたちの運動に御協力、御支援おねがいいたします』、大阪市立大学人権問題研究資料センター。

――、一九六九f、『町民のみなさんに訴えます!――生活保護者をバカにした、町民をバカにした、差別者、天野市会議員の責任を追及する!』、大阪市立大学人権問題研究資料センター。

――、一九六九g、『町内のみなさん 又だまされないように』、大阪市立大学人権問題研究資料センター。

――、一九六九h、『町民のみなさん! 長い間町民をダマシつづけてきた差別者 天野市会議員を町民みんなで糾弾しよう!!』、大阪市立大学人権問題研究資料センター。

――、一九六九i、『天野市議員(住吉学園理事長)には教育者としての資格はない!』、大阪市立大学人権問題研究資料センター。

――、一九六九j、『天野市議 四月一九日に会うことを約束する! 我々は部落差別をなくし、区の民主化のために最後までたたかう!!』、大阪市立大学人権問題研究資料センター。

――、一九六九k、『住吉区民のみなさんに訴えます!――福祉行政を私物化し、生活保護者の生き血を吸う天野市会議員に抗議する！――「部落民の相談は受け付けられない」という、差別者天野市会議員を糾弾する！』、大阪市立大学人権問題研究資料センター。

――、一九六九l、『天野市会議員　差別を認め、部落解放運動に協力すると約束』、大阪市立大学人権問題研究資料センター。

――、一九六九m、『住吉警察不当逮捕事件』、大阪市立大学人権問題研究資料センター。

――、一九六九n、『差別をみとめ、部落問題の理解の不十分さを告白す』、大阪市立大学人権問題研究資料センター。

――、一九六九o、『天野要市会議員糾弾闘争の経過と今後の課題』、大阪市立大学人権問題研究資料センター。

――、一九六九p、『要旨文書』、大阪市立大学人権問題研究資料センター。

――、一九八二、『住吉地区協三〇年の歩み』、大阪市同和事業住吉地区協議会。

大阪府同和問題研究会、一九六二、『同和地区における隣保館活動のあり方』、大阪市同和問題研究室。

――、一九六三、『隣保館活動推進の基盤』、大阪市同和地区隣保事業運営委員会。

――、一九六四、『都市部落の人口と家族――大阪市住吉地区における戸籍の研究』、大阪市同和問題研究室
――、一九六五、『大阪市における同和事業の効果測定（その一）』、大阪市同和問題研究室。

――、一九六五－一九六六年、『大阪市における同和事業の効果測定』、大阪市同和問題研究室。

――、一九七九、『大阪市同和事業史』（復刻）、大阪市同和対策部。

大阪市民生委員制度七十年史編集委員会編、一九八七、『大阪市方面委員民生委員制度七十年史』、大阪市・大阪市民生委員連盟。

大阪市民生局、一九五五、『昭和三十年度　同和地区実態調査集計分析資料　住吉区住吉地区、東淀川区日之出地区』、大阪市民生局。

――――、一九五八、『民生事業概要　昭和三三年版』、大阪市民生局。

――――、一九六〇、『昭和三十五年度　地区改善事業概要』、大阪市民生局。

――――、一九六二、『大阪市の同和事業　昭和三七年度』、大阪市民生局。

――――、一九六四、『民生事業概要　昭和三九年度』、大阪市民生局。

――――、一九七八、『大阪市民生事業史』、大阪市民生局。

――――、一九八三、『大阪市民生事業史年表　昭和五八年三月』（民生局報告第二四〇号）、大阪市民生局総務部調査課。

大阪市民生局厚生課 大阪市同和問題研究室、一九六一、『大阪市同和地区における社会福祉問題の分布』（昭和三六年度）、大阪市民生局厚生課 大阪市同和問題研究室。

大阪市民生委員制度七十年史編集委員会編、一九八八、『大阪市方面委員民生委員制度七十年史』、大阪市・大阪市民生委員連盟。

大阪市民生局福祉課編、一九五九、『婦人相談員の手記』、大阪市民生局。

――――、一九五九、『大阪の売春小史』、大阪市民生局。

大阪社会労働運動史編集委員会、一九八四、『大阪社会労働運動史』（第一巻）、大阪社会運動協会。

――――、一九八六、『大阪社会労働運動史』（第一巻、前篇・上）、有斐閣。

――――、一九八七、『大阪社会労働運動史』（第三巻）、有斐閣。

――――、一九八九、『大阪社会労働運動史』（第二巻、戦前篇、下巻）、有斐閣。

――――、一九九一、『大阪社会労働運動史』（第四巻、高度成長期、上巻）、有斐閣。

――――、一九九四、『大阪社会労働運動史』（第五巻、高度成長期、下巻）、有斐閣。

大阪社会福祉協議会、一九五八、『大阪府委託　大阪府社会事業史』、社会福祉法人大阪社会福祉協議会。

大阪市役所、一九五一、『昭和大阪市史　概説篇』、大阪市役所。

――、一九五四、『昭和大阪市史　経済篇上』、大阪市役所。

――、一九五八、『大阪市戦災復興誌』、大阪市役所。

――編、一九四二、『大阪市町會指導業書　大阪市町會事務必携』、大阪市役所。

――編、一九五二、『昭和大阪市史　行政篇』、大阪市役所。

大阪市立大学社会学研究室、二〇一〇、『二〇〇九年住吉地域労働実態調査報告書』、大阪市立大学社会学研究室。

大阪人権博物館編、二〇〇八、『山本政夫著作集』、解放出版社。

――、二〇〇九、『近現代の部落問題と山本政夫』、解放出版社。

大阪の部落史委員会編、二〇〇〇、『大阪の部落史』（第七巻、史料編、現代一）、部落解放・人権研究所。

大阪府学務部社會課内同和奉公会大阪府本部、一九四一、『同和奉公会要覧』、同和奉公会。

大阪府学務部社会課編、一九三一、『方面カード登録家庭の生活状態』、大阪府学務部社会課。

大阪府教育委員会指導課、一九五九、『義務教育諸学校における不就学及び長期欠席児童生徒対策について』、大阪府教育委員会指導課。

大阪府公道会編、一九二八、『大阪府公道会要覧』、大阪府公道会。

大阪府社会課、一九二五、『融和の体験と其感激』、大阪府社会課。

――、一九三一、『方面事業年報』、大阪府社会課。

大阪府同和事業促進協議会、一九八四、『同和行政入門』、大阪府同和事業促進協議会。

――編、一九七七、『大阪府同和事業促進協議会史』、大阪府同和事業促進協議会。

――、一九九一、『大阪府同和事業促進協会四〇年史』、財団法人大阪府同和事業促進協議会。

――、二〇〇一、『大阪同和事業五十年史――大阪府同和事業促進協議会創立五十周年記念』、大阪府同和事業促進協議会。

大阪府同和問題研究会、一九六三、『大阪市東住吉区矢田部落調査報告』、大阪府同和問題研究会。

大阪府東成郡役所、一九二二、『東成郡史』、大阪府東成郡役所。

岡村重夫、一九五七、「社会福祉事業からみた同和事業対策について」、『同和問題研究』、創刊号、大阪市民生局、三－八頁。

小熊英二、一九九五、『単一民族神話の起源――「日本人」の自画像の系譜』、新曜社。

――、二〇〇九、『一九六八〈上巻〉――若者たちの叛乱とその背景』、『一九六八〈下巻〉――叛乱の終焉とその遺産』、新曜社。

掛谷宰平、一九九九、「一九二〇年代の融和運動」（上巻）、部落問題研究所編『戦後部落問題論集』（第五巻、歴史研究Ⅱ、近代）、部落問題研究所、四二八－四五二頁。

葛岡斗思、一九二八、「民族混化と近畿地方」、『融和事業研究』（復刻版、一九七三、部落解放研究所発行）、中央融和事業協会、第一号、一二六－一三三頁。

加藤政洋、二〇〇二、『大阪のスラムと盛り場――近代都市と場所の系譜学』、創元社。

金井宏司、一九九六、「戦後・同和行政の変遷」、『新修　大阪の部落史』（下巻）、解放出版社。

亀山俊朗、二〇〇七、「シティズンシップと社会的排除」、福原宏幸編『社会的排除／包摂と社会政策』、法律文化社。

河上　生、一九三三、「融和問題と教育に関する研究資料に就て」、『融和事業研究第二五号』（復刻版、一九七三、部落解放研究所発行）、中央融和事業協会、一七〇－一七六頁。

姜尚中、一九九九、「報告Ⅲ 日本の植民地主義と「内的国境」」、花田達朗・吉見俊哉・コリンスパークス編『カルチュラル・スタディーズとの対話』、二七六－二八五頁。

岸　政彦、二〇一〇、「「複合下層」としての都市型部落――二〇〇九年度大阪市日之出地区実態調査から」、『部落解放』、六二八号、解放出版社、七二－八一頁。

岸政彦・齋藤直子・村澤真保呂、二〇一一、「複合下層の変容――都市型被差別部落における高齢化問題を中心に」、『国際社会文化研究所紀要』、一三号、一－一五頁。

北崎豊二、一九九四、『近代大阪の社会史的研究』、法律文化社。

――編、二〇〇七、『明治維新と被差別民』、解放出版社。

喜田貞吉、一九二六、『融和資料第一輯　融和促進』、中央融和事業協会。

京都府親和会綴喜郡支會児童融和教育研究部編、一九三五、「讀方科に於ける融和教材の着眼点」、『融和事業研究第三三号』（復刻版、一九七三、部落解放研究所発行）、中央融和事業協会、付録一－一三二頁。

草間八十雄、一九三六、『どん底の人達』、玄林。

窪田享信、一九七九、「戦前における同和地区隣保事業の歴史」（上巻）、『部落解放研究』、一九号、部落解放・人権研究所、四三－六七頁。

――、一九八〇、「戦前における同和地区隣保事業の歴史」（下巻）、『部落解放研究』、二二号、部落解放・人権研究所、一一六－一三五頁。

楠精一郎、二〇〇六、『大政翼賛会に抗した四〇人 自民党源流の代議士たち』、朝日新聞社。

楠原祖一郎、一九二九、「過密地域に於ける社会問題」、『融和事業研究』（復刻版、一九七三、部落解放研究所発行）、中央融和事業協会、七号、六三－八〇頁。

黒川みどり、二〇〇四、『つくりかえられる徴――日本近代・被差別部落・マイノリティ』、部落解放人権研究所。

――、二〇一一、『近現代部落史――明治から現代まで』、平凡社。

建設省住宅局、一九五二、『昭和二六年不良住宅地区調査 東京・大阪・京都・名古屋・神戸』、建設省住宅局。

公益財団法人世界人権問題研究センター、二〇一五、『（公財）世界人権問題研究センター　二〇一五年共同研究開催報告書』、（公財）世界人権問題研究センター。

――編、二〇一四、『人権問題研究叢書10　研究第二部近現代・現状班共同研究報告書　部落実態調査の書誌的研究』、公益財団法人世界人権問題研究センター。

厚生省、一九五三、『地方改善生活実態調査報告』、厚生省。

厚生省社会局生活課、一九五五、『地方改善生活実態調査報告』、厚生省社会局生活課。

厚生省内同和事業事務研究会、一九六一、『同和行政の手引き』、同和事業事務研究会。

孝橋正一、一九六八、「福祉国家の本質」、『部落問題研究』。

小浜ふみ子、二〇一〇、『都市コミュニティの歴史社会学――ロンドン・東京の地域生活構造』、御茶の水書房。

小林　綾、一九五四、『部落の女医』、岩波新書。

小林丈広、二〇〇一、『近代日本と公衆衛生――都市社会史の試み』、雄山閣出版。

小路田泰直、二〇一五、『日本近代の起源――三・一一の必然を求めて』、敬文舎。

財団法人大阪都市協会編、一九九六、『住吉区史』、住吉区制七十周年記念事業実行委員会。

財団法人住吉村常盤会、一九二七、『住吉村誌』、財団法人住吉村常盤会。

財団法人住吉隣保館設立五〇年、故住田利雄さん生誕一〇〇年記念事業実行委員会編、二〇一一、『忘れてはならない自主解放　財団法人住吉隣保館設立五〇年、故住田利雄さん生誕一〇〇年を踏まえて』、財団法人住吉隣保館設立五〇年、故住田利雄さん生誕一〇〇年記念事業実行委員会。

齋藤直子、二〇一〇、「都市型被差別部落への転入と定着――A地区実態調査から」、『人権問題研究』、一〇号、五七‐七一頁。

佐伯祐正、一九二九、「融和事業の一方法としての隣保運動」、『融和事業研究』（復刻版、一九七三、部落解放研究所発行）、中央融和事業協会、五号、一一‐一八頁。

佐賀　朝、二〇〇七、『近代大阪の都市社会構造』、日本経済評論社
――――、二〇一二、「近代大阪における都市下層社会の展開と変容――一九三〇年代の下層労働力供給の問題を素材に」、『桃山学院大学経済経営論集』、五三（三）、一五九‐一九二頁。

酒井隆史、二〇一一、『通天閣――新・日本資本主義発達史』、青土社。

篠崎篤三、一九三五、「融和事業方法論の一つ――視野の変更、射角の是正を促す」、『融和事業研究第三五号』

（復刻版、一九七三、部落解放研究所発行）、中央融和事業協会、三五号、一一‐一二三頁。

下村春之助、一九二九、「融和事業體系論」、『融和事業研究』（復刻版、一九七三、部落解放研究所発行）、中央融和事業協会、四号、四‐四八頁。

城間哲雄遺稿・回想集刊行委員会、一九八八、『城間哲雄部落解放史論集』、城間哲雄遺稿・回想集刊行委員会。

杉原薫・玉井金五編、二〇〇八、『大正・大阪・スラム――もうひとつの日本近代史』、新評論。

祐成保志、二〇〇八、『〈住宅〉の歴史社会学――日常生活をめぐる啓蒙・動員・産業化』、新曜社
鈴木　良、一九六八、「「明治百年」と部落問題」、『部落』。

――、一九九九、「地域支配と部落問題――その歴史的諸段階」、部落問題研究所編『戦後部落問題論集』（第五巻、歴史研究Ⅱ、近代）、部落問題研究所、四三‐五七頁。

住田一郎、二〇一二、「部落解放運動における隣保事業の役割」、『関西大学人権問題研究室紀要』（第六三号）、関西大学人権問題研究室。

住田利雄、一九六一、「米騒動に於ける住吉部落の動き――その真相と、井上清・渡部徹編『米騒動の研究』の記録とのちがいはどこからきたのだろうか」、『部落』、一三七号、部落問題研究所。

住吉学園創立五〇周年記念誌編集委員会編、一九九〇、『住吉学園創立五〇周年記念誌　はなびし』、学校法人住吉学園。

住吉區教育會、一九二七、『住吉區會誌』、住吉區教育會。

住吉区制七十周年記念事業実行委員会、一九九六、『住吉区史』、大阪都市協会。

住吉区役所編、一九五三、『住吉区誌』、住吉区分区十周年記念事業委員会。

住吉部落歴史研究会編、一九八六、『住吉のなりたちとあゆみ』（第一集）、部落解放同盟大阪府連合会住吉支部。

――、一九九三、『私たちの町住吉――反差別・福祉と人権の町づくり』、住吉部落歴史研究会。

全日本同和対策協議会、一九五七、『同和関係現況調査集計表』、全日本同和対策協議会。

全国水平社、一九二七－一九三八、『全国水平社大会議案書』、全国水平社。

総務庁長官官房地域改善対策室、一九九三、『同和問題の現況〈平成五年版〉』、中央法規出版。

副田義也編、二〇一三、『闘争性の福祉社会学――ドラマトゥルギーとして』、東京大学出版会。

高橋　恒、一九九三、『地域へ――着陸の計画論』、近代文藝社。

高橋弘篤、一九六〇、『住宅地区改良法の解説――スラムと都市の更新』、全国加除法令出版。

高田保馬、一九二八、「社会問題としての融和問題」、『融和事業研究第一号』（復刻版、一九七三、部落解放研究所発行）、中央融和事業協会、一－三五頁。

高向嘉昭、一九七四、「行商の研究（一）――行商の歴史と行商人の源流」、『商経論叢』、第二三号、三三－四九頁。

田代国次郎、一九六六、『福祉問題研究』（第二巻）、童心社。

田中邦太郎、一九二八、「融和事業の教育方面」、『融和事業研究第一号』（復刻版、一九七三、部落解放研究所発行）、中央融和事業協会、一〇三－一一七頁。

玉野和志、二〇〇五、『東京のローカルコミュニティ』、東京大学出版会。

中央融和事業協会、一九二六、『融和資料』、中央融和事業協会。

――――、一九二六、『隣保事業と融和問題』、中央融和事業協会。

――――、一九二六－一九四一、『融和事業年鑑』、中央融和事業協会。

――――、一九二八－一九四二、『融和事業研究』、中央融和事業協会。

――――、一九三三、『部落産業経済概況』、中央融和事業協会。

――――、一九三三、『融和事業功労者事蹟』、中央融和事業協会。

――――、一九三五、「経済更生中堅青年研究協議大会の概況」、『融和事業研究第三五号』（復刻版、一九七三、部落解放研究所発行）、中央融和事業協会、一〇七－一一〇頁。

――――、一九三七、「部落の職業並生活状態調査統計表」、『融和事業研究』（復刻版、一九七三、部落解放研究所発行）、第四十三号、財団法人中央融和事業協会、八八－一〇二頁。

――――、一九三九、『融和事業関係地区産業並ニ職業転換状況』、中央融和事業協会。

津川公治、一九三七、「小地区対策の中心問題に就て」、『融和事業研究』（復刻版、一九七三、部落解放研究所発行）、第四十三号、財団法人中央融和事業協会、六－一〇頁。

都留民子・小笠原浩一・岩田正美・庄谷玲子・布川日佐史・中村健吾・阿部彩、二〇〇二、「特集　社会的排除――概念と各国の動き」、『海外社会保障研究』、一四一号、国立社会保障・人口問題研究所。

同和行政史編集委員会編、二〇〇二、『同和行政史』、総務省大臣官房地域改善対策室。

同和事業事務研究会、一九六一、『同和事業の手引き』、同和事業事務研究会。

同和奉公会大阪府本部、一九四二、『同和奉公会大阪府本部事業執行概要』、同和奉公会大阪府本部。

留岡幸助、一九二八、「融和運動の回顧　この機縁より」、『融和事業研究第二号』（復刻版、一九七三、部落解放研究所発行）、中央融和事業協会、五三－五五頁。

友永健三、二〇一一、「差別なく、すべての人が人として尊重される住吉のまちづくりをめざして」、財団法人住吉隣保館設立五〇年、故住田利雄さん生誕一〇〇年記念事業実行委員会編、『忘れてはならない自主解放　財団法人住吉隣保館設立五〇年、故住田利雄さん生誕一〇〇年を踏まえて』、財団法人住吉隣保館設立五〇年、故住田利雄さん生誕一〇〇年記念事業実行委員会。

鳥谷美香、二〇〇九年、「戦前の養老院における入所者処遇――救護法施行下の実践を中心に」、『文京学院大学人間学部研究紀要Vol.11』、No.1、一三一－一四六頁。

内務省社会局、一九二〇、『全国部落所在地調』、内務省社会局。

――――、一九二一、『部落改善の概況』、内務省社会局。

――――編、一九二二、『部落改善の概況』、内務省。

内務省地方局、一九一二年、『地方改良実例　細民部落改善其二』、内務省地方局。

中川清・埋橋孝文編、二〇一一、『生活保障と支援の社会政策』、明石書店。

中村孝太郎、一九三七、「中堅人物修練道場の開設方」、『融和事業研究』(復刻版、一九七三、部落解放研究所発行)、第四十三号、財団法人中央融和事業協会、一一-一八頁。

中村　悳、一九三二、「高知県下の部落の窮状とその対策」、『融和事業研究第二三号』(復刻版、一九七三、部落解放研究所発行)、中央融和事業協会、八三-一〇一頁。

成澤初男、一九三六、「小地区の問題とその更生方策」、『融和事業研究』(復刻版、一九七三、部落解放研究所発行)、第四十三号、財団法人中央融和事業協会、二-五頁。

日本工業大学建築学科高橋恒研究室編、二〇〇一、『資料版　住吉計画』、
野口道彦、二〇〇〇、『部落問題のパラダイム転換』、明石書店。

速水　融、二〇〇九年、『歴史人口学研究――新しい近世日本像』、藤原書店
Bhalla, Ajit S. and Lapeyre, Frédéric, 2004, *Poverty and Exclusion in a Global World*, 2nd Edition. Palgrave Macmillan.［アジット・S・バラ、フレデリック・ラペール、二〇〇五、『グローバル化と社会的排除――貧困と社会問題への新しいアプローチ』、福原宏幸・中村健吾監訳、昭和堂］

樋上恵美子、二〇〇九年、「戦間期大阪における乳児死亡について」、大阪市立大学経済学研究科〈修士論文〉。

樋口明彦、二〇〇四、「現代社会における社会的排除のメカニズム――積極的労働政策の内在的ジレンマをめぐって」、『社会学評論』、二一七号。

広川禎秀編、二〇〇九、『近代大阪の地域と社会変動』、部落問題研究所。

福武直編、一九五四、『日本農村社会の構造分析――村落の社会構造と農政滲透』、東京大学出版会。

福原宏幸編、二〇〇七、『社会的排除/包摂と社会政策』、法律文化社。

富士川游・松田道雄、一九八七、『日本疾病史』、平凡社。

藤田宇一郎、一九二八、「水平運動と融和運動の合流を主張す」、『融和事業研究』(第二号)、中央融和事業協会、

一一二—一一七頁。

藤谷俊雄、一九七二、「窓口一本化問題の本質」、『部落』、二九二号。

——、一九九八、「窓口一本化問題の本質」、部落問題研究所編『戦後部落問題論集』（第三巻、現状・行政論）、一二〇—一二八頁。

藤野　豊、一九八四、『同和政策の歴史』、解放出版社。

——、一九九九、「一九一九年代の融和運動——帝国公道会を中心にして」、部落問題研究所編『戦後部落問題論集』（第五巻、歴史研究Ⅱ、近代）、部落問題研究所、四一〇—四二七頁。

藤野豊・徳永高志・黒川みどり、一九八八、『米騒動と被差別部落』、雄山閣。

藤範　晃、一九三五、「市町村長の融和問題観」、『融和事業研究第三五号』（復刻版、一九七三、部落解放研究所発行）、財団法人中央融和事業協会、二四—三一頁。

——、一九三七、「融和事業上より観たる體位問題」、『融和事業研究』（復刻版、一九七三、部落解放研究所発行）、第四十三号、財団法人中央融和事業協会、三四—四四頁。

藤原正範、二〇〇六、「感化事業と公私問題」、『近代日本の慈善事業』、社会福祉形成史研究会、二四六—二七六頁。

部落解放大阪府企業連合会編、一九七八、『大阪における部落企業の歴史と現状』、部落解放大阪府企業連合会。

部落解放研究所編、一九七九、『大阪市同和事業史』（続編）、大阪市同和対策部。

——、一九八六、『史料集 明治初期被差別部落』、部落解放研究所。

部落解放・人権研究所編、二〇〇五、『排除される若者たち——フリーターと不平等の再生産』、解放出版社。

部落解放同盟住吉支部・部落解放住吉子ども会三〇周年記念事業実行委員会編、一九八六、『統一と団結』、部落解放同盟大阪府連合会住吉支部。

部落解放同盟大阪府連合会住吉支部、一九七四、『住吉地区実態調査分析結果』、部落解放同盟大阪府連合会住吉支部。

――――編、一九七五、『住吉部落の歴史――解放運動前史』、部落解放同盟大阪府連合会住吉支部。

部落問題研究所編、一九七九、『大阪市同和事業史』（続編）、大阪市同和対策部。

――――、一九九八、『部落問題論集』（第三巻、現状・行政論）、部落問題研究所。

――――、一九九八、『戦後部落問題論集』（第四巻、歴史研究Ⅰ、前近代）、部落問題研究所。

松沢裕作、二〇〇九、『明治地方自治体制の起源――近代社会の危機と制度変容』、東京大学出版会。

――――、二〇一三、『町村合併から生まれた日本近代――明治の経験』、講談社。

松木　淳、一九三四、「全国地区にセツルメントを持たう」、『融和事業研究第三〇号』、財団法人中央融和事業協会、八六‐八九頁。

松永真純、一九九九、「大阪市の隣保事業と被差別民衆」、大阪市人権博物館紀要第三号。

馬原鉄男、一九六二、「融和政策の本質と自治体闘争――一九六一年度の同和事業の問題点」、『部落』、一四六号。

――――、一九六八、「近代化政策と部落の現状」、『部落』、第二三号、二六‐三六頁。

――――、一九七〇、「支配政策と部落問題」、『部落問題研究』（第二六輯）、部落問題研究所。

――――、一九九九、「資本主義の成立と部落問題」、部落問題研究所編『戦後部落問題論集』（第五巻、歴史研究Ⅱ、近代）、部落問題研究所、五八‐七七頁。

水内俊雄、二〇〇四、「スラムの形成とクリアランスから見た大阪市の戦前・戦後」、『立命館大学人文科学研究所紀要』、№83、立命館大学人文科学研究所、二三‐六九頁。

――――、二〇〇八、「貧困現象を空間的視点からとらえると見えるもの」、『貧困研究』（一号）、明石書店。

――――、二〇一〇、「石井記念愛染園を中心とする草創期社会事業の空間的展開」、一〇〇周年記念誌委員会編『石井十次の残したもの　愛染園セツルメントの一〇〇年』、石井記念愛染園隣保館、三一一‐三三七頁。

水内俊雄・加藤政洋・大城直樹、二〇〇八、『モダン都市の系譜――地図から読み解く社会と空間』、ナカニシヤ出版。

南　吉一、一九七五、『部落の健康手帳』、部落問題研究所。

溝口靖夫、一九三五、「我國社会史に現はれたる差別感情とタブー」、『融和事業研究第三四号』（復刻版、一九七三、部落解放研究所発行）、財団法人中央融和事業協会、一－二〇九頁。

宮本太郎、二〇一一、『福祉政治――日本の生活保障とデモクラシー』、有斐閣。

宮本又郎、二〇〇六、『地籍台帳・地籍地図（大阪）一九一一年』、柏書房。

室田保夫、二〇〇六、『人物でよむ近代日本社会福祉のあゆみ』、ミネルヴァ書房。

矢野　亮、二〇〇九、「被差別部落高齢者の生活変化に関する調査・研究――大阪市内住吉地区を事例に」、『大阪ガスグループ福祉財団研究報告書二二』、

――――、二〇一三a、「一九六〇年代の住吉における部落解放運動の分岐点――「天野事件」を中心に」、『Core Ethics』vol. 9、立命館大学先端総合学術研究科、二二一－二三二頁。

――――、二〇一三b、「大阪における『地域に残された人びと』の発見――大阪住吉地区における「老人問題」の問題化の歴史を事例にして」、『立命館人間科学研究』No.28、六七－八三頁。

――――、二〇一三c、「大阪における隣保事業の歴史的展開過程に関する社会学的研究――大阪住吉地区を事例として」、『第一一回福祉社会学会査録集』、福祉社会学会。

――――、二〇一五、「戦後の大阪住吉におけるローカル・ポリティクス――天野事件を通じて」、『Core Ethics』、vol.11、立命館大学先端総合学術研究科、一八三－一九四頁。

山田　素、一九三七、「特に重視すべき事項」、『融和事業研究』（復刻版、一九七三、部落解放研究所発行）、第四十三号、財団法人中央融和事業協会、三〇－三二頁。

山中速人、一九九八、『エスニシティと社会機関――ハワイ日系人医療の形成と展開』、有斐閣。

山本崇記、二〇一一、「地域社会と融和運動における「崇仁教育」の位置――中嶋源三郎の足跡から考える」、『ノートル・クリティーク』（第四号）、九六－一一二頁。

――、二〇一五、『（公財）世界人権問題研究センター 二〇一五年共同研究開催報告書（二月例会報告）』、（公財）世界人権問題研究センター。

山本尚友、一九九九、『被差別部落史の研究――移行期を中心にして』、岩田書院。

山本正男、一九三三、「部落経済更生運動の方策に関する一考察」、『融和事業研究第二五号』（復刻版、一九七三、部落解放研究所発行）、中央融和事業協会、四九－六三頁。

――、一九三四、「経済更生に関する地区指導上の諸問題」、『融和事業研究第三二号』（復刻版、一九七三、部落解放研究所発行）、一－一五頁。

――、一九三四、「経済更正運動に関する理論的考察」、『融和事業研究第二九号』（復刻版、一九七三、部落解放研究所発行）、三四－五七頁。

吉田久一・岡田英己子、二〇〇〇、『社会福祉思想史入門』、勁草書房。

吉見俊哉、二〇〇二、『一九三〇年代のメディアと身体』、青弓社。

吉村智博、二〇〇九、「恐慌から戦時体制へ」、『大阪の部落史』（第十巻）、解放出版社。

――、二〇一二、『近代大阪の部落と寄せ場――都市の周縁社会史』、明石書店。

領家　穣、一九五七、「未解放部落に関する調査研究の一考察」、『部落』（第九巻・第一号）

綿貫哲雄、一九二八、「融和運動の基本問題」、『融和事業研究第一号』（復刻版、一九七三、部落解放研究所発行）、三六－五六頁。

和田典子、二〇〇五、「大阪の乳幼児保護施策と公的保育の成立（一）――大正期大阪の社会事業を背景として」、『近畿福祉大学紀要』、No.８－１。

# あとがき

私が子どものころ……　寺の鐘の音、路面電車と急行電車がレールを軋《きし》ませながら走る音……。古い音と新しい音が交錯する地点。住吉。

大八車の八百屋のおじいさん、銭湯にいた背中が入れ墨だらけのおじいさん、止まった時計をいつもつけていたおばあさん、お経の詠《よ》めないお坊さん、必ず一駅前で下車して帰宅するおばさん、団地の入り口のベンチで一日中座り「いってらっしゃい」「おかえり」と住民に挨拶するおばあさん、煙草を燻《くゆ》らせながら、ずっと電車の通過を眺めているおじさん、「内緒やで」と言いながら、こっそりとオヤツをくれた「子ども会」の調理員のおばさん、盆踊りのときだけ元気になるおばあさん、道で出くわすと話が止まらなくなるおじさん、手を合わせてから地蔵盆のご飯を毎日もっていく路上生活のおじさん、そのことをわかっていながら地蔵盆に毎日ご飯を供《そな》えるおばあさんたち、公園での紙芝居に集う子どもたち……　そんな人びとが織《お》りなす日々の生活世界が住吉にはあった。

細くて暗いトンネルのような路地、鉄筋住宅に囲まれた古い木造のお米屋さん、子どもの泣き声、「泣くな」と大声で子どもを叱《しか》る母親の声、その叱り方に注意する人たちの声。かつて住民たちが日掛積立で維持してきた銭湯、車イスの利用者が多かった駅前の生活協同組合……　いまはもう跡かたもない。子どもたちの声が聴こえてこなくなった青少年会館、水溜まりと化したプール……　意味を削ぎ落とされた場所。みんな、ばらばらになった。

なぜそうなったのか。だれも説明しない。

できなかったのだ。

不安感、焦燥感、無力感に苛《さいな》まれるような、生存にかかわる出来事を、私たちは、日々の暮らしのただなかで経験している。そのつど、そのつど、とりあえずの「処方箋」を手にしては安堵《あんど》し、生きんがために耐えたり葛藤したりする。また、腑《ふ》に落ちない気持ちを、少数派の人びとや社会的に弱い立場におかれている人たちに向けてぶちまけたり、直截《ちょくせつ》または匿名《とくめい》で攻撃したりする人もいる。あるいは、自分が攻撃にどこかで加担してしまっているのではないか、黙認《もくにん》してしまっているのではないか、自分にも攻撃の芽があるのではないかと、不信や不安に揺らぐこともある。人びとの差別意識、忌避《きひ》意識は、連綿《れんめん》と続いているのである。

本書で伝えたかったのは、部落問題にみられるような、構造的な社会問題（群）は、いまだなお、解決していないということである。

かつて私は、修士課程時代にお世話になった、故・安保則夫先生から、「自由民主党が、なぜこれほど長期にわたって、政権をとれてこられたのだろうか」と、何度も問いを投げかけられた。当時の私は、「差別する側／される側」という二項図式を念頭に、とくに「差別される側」からしか問題を捉えることができなかった。いまになって思うと、安保先生がおっしゃりたかったのは、社会問題の政策的側面をふまえないかぎり、社会関係における「支配のメカニズム」は解明できないのではないかという、私への示唆だったのかもしれない。先生の言葉を独り呑み込みするならば、私たちが営んでいる日々の生活世界における社会関係には、すでにつねに、政策的介入の影響が内在しているのではないか、という指摘をしてくださっていたのかもしれない。しかし残念ながら当時の私には、先生に授けられたこの示唆と視角を、うまく理解することができなかった。ようやくそのごく一端を痛感できたのは、二〇〇二年三月に同和対策特別措置法が期限切れを迎えて以降のことであり、先生が他界されてからだった。

「なんで、こんなにも急に生活がきびしくなるんや？」という、部落の高齢者の方からの問いかけに、私は、返答する言葉もなく、ただただ沈黙するしかなかった。

あれから十年以上の歳月が過ぎてしまった。当時、私の研究にご協力くださり、たくさんのことを教えてくださった、識字《しきじ》学級の高齢者の方々の多くが、お亡くなりになられた。一人ひとりの生活史と言葉が、いまだ鮮明に私の脳裏にやきついて離れない。無数のかけがえのない言葉がなければ、私の研究はなしえなかったと思う。なによりも、まず、私の研究にご協力くださり、私を育ててくれた、識字学級のおかあちゃんたちに感謝を申し上げたい。そして、残念でならないが、お亡くなりになられた方々のご冥福を深くお祈り申し上げたい。

本書は、二〇一五年三月に、立命館大学大学院先端総合学術研究科から博士号を授与された論文『同和政策の社会学的研究——戦後都市大阪を中心に』を、全面的に修正と加筆をおこなったものである。

博士論文を提出するまでには、かなりの歳月を要してしまった。この間、研究者として未熟な私に、辛抱強くご指導をくださった天田城介先生には、感謝してもしきれないくらいである。言葉ではとうてい表わしようがないが、しかしここにあらためて、深く感謝を申し上げたい。

立命館大学大学院先端総合学術研究科に在籍していた当初、当事者研究のみに没頭していた私に対して、天田先生は、「負担のエコノミー」という視角を示唆してくださった。それは、「当事者」が生存にかかわるどのような苦悩や葛藤、不安を経験しているのかを捉えるだけでなく、「当事者」の「語ること／語らないこと」を生成している磁場《じば》がいかにして形づくられてきたのか、その磁場に政策と運動がどのように介在してきたのか——そのような負担の歴史性までをも解明する広い視角であった。天田先生との出会いをきっかけに、私の研究は飛躍的に進展した。先生のご指導のもと、日本学術振興会特別研究員DC2（二〇〇九年～二〇一〇年度）に採択され、博士論文につながる研究課題（「被差別部落における政策的展開と当事者運動の錯綜に関する歴史社会学的研究」）に取り組むことができたのである。そしてこの研究が、故・安保則夫先生が私に授けてくださった問い——なぜ自由民主党が長期政権を保持できたのか——の理由の、ほんのわずかでも、把握することができていたならと切に願っている。

これまでの研究では、立命館大学と大阪市立大学、関西学院大学をはじめ、多くの研究センターと先生方、研究員の方々のお世話になった。とりわけ史料については、大阪市立大学人権問題研究センター、立命館大学生存学研究センター、社団法人部落解放・人権研究所図書室りぶら、公益財団法人住吉隣保事業推進協会、京都部落問題研究資料センター、公益財団法人世界人権問題研究センターに、甚大なるご協力をいただいた。また、「二〇一五年度立命館大学大学院先端総合学術研究科出版助成制度」に採択され、本書を出版することができた。この場をおかりし、感謝を申し上げる。

また、本書を刊行するにあたり、洛北出版の竹中尚史さんには、きわめてタイトなスケジュールのなかでご尽力いただいた。

さいごに、私の研究活動をいつも支えてくれた、天田城介先生、山本崇記先生、梁陽日先生にお礼を申し上げるとともに、私を育ててくれた二人の祖母に感謝の意を表したい。

皆様、ありがとうございました。

二〇一六年三月

矢野　亮

## ら

# ま



# や

# な



# は

## た

## さ

# か

# 索引

同一事項の別表記やまとまりは／で
つなぎ、関連事項は→で示している。

## あ

# 矢野 亮 Yano Ryo

1976年、大阪の住吉に生まれ育つ。専門は、福祉社会学、社会福祉学。関西学院大学院総合政策研究科総合政策専攻博士課程［前期］修了（総合政策修士）。大阪府立大学大学院人間社会学研究科社会福祉学専攻博士課程［後期］中退。立命館大学院先端総合学術研究科一貫性博士課程3年次編入・修了（博士［学術］）。日本学術振興会特別研究員（DC2）、大阪国際福祉専門学校社会福祉士養成通信課程専任講師を経て、現在、龍谷大学・関西大学ほか非常勤講師、（公財）世界人権問題研究センター専任研究員。ソーシャルワーカー（社会福祉士・精神保健福祉士）。


## しかし、誰《だれ》が、どのように、分《ぶん》配《ぱい》してきたのか　同《どう》和《わ》政策《せいさく》・地域《ちいき》有力者《ゆうりょくしゃ》・都《と》市《し》大阪《おおさか》


2016年3月31日　初版第1刷発行　　四六判・総頁数332頁（全体336頁）

発行者　竹中尚史

本文組版・装幀　洛北出版編集

著者　矢野 亮

発行所　洛北出版

606-8267

京都市左京区北白川西町87-17

tel / fax　075-723-6305

info@rakuhoku-pub. jp

http://www. rakuhoku-pub. jp

郵便振替　00900-9-203939

印刷　シナノ書籍印刷





ISBN978-4-903127-24-8 C0036

## 親密性

レオ・ベルサーニ ＋ アダム・フィリップス 著　檜垣達哉 ＋ 宮澤由歌 訳

四六判・上製・252頁　定価（本体2,400円＋税）

暴力とは異なる仕方で、ナルシシズムを肥大させるのでもない仕方で、他者とむすびつくことは可能なのか？　クィア研究の理論家ベルサーニと、心理療法士フィリップスによる、「他者への／世界への暴力」の廃棄をめぐる、論争の書。

## シネキャピタル

廣瀬 純 著　四六判・上製・192頁　定価（本体1,800円＋税）

シネキャピタル、それは、普通のイメージ＝労働者たちの不払い労働にもとづく、新手のカネ儲けの体制！ それは、どんなやり方で人々をタダ働きさせているのか？ それは、「金融／実体」経済の対立の彼方にあるものなのか？　オビの推薦文＝蓮實重彥。

## 密やかな教育　〈やおい・ボーイズラブ〉前史

石田美紀 著　四六判・上製・368頁　定価（本体2,600円＋税）

竹宮惠子のマンガ、栗本薫／中島梓の小説、そして雑誌『JUNE』の創刊と次世代創作者の育成……「やおい・ボーイズラブ」というジャンルもなかった時代にさかのぼり、新たな性愛表現の誕生と展開の歴史を描ききる。図版、多数収録。

## 妊 娠　あなたの妊娠と出生前検査の経験をおしえてください

柘植あづみ・菅野摂子・石黒眞里 共著

四六判・並製・650頁　定価（本体2,800円＋税）

胎児に障害があったら……さまざまな女性の、いくつもの、ただ一つの経験――この本は、375人の女性にアンケートした結果と、26人の女性にインタビューした結果をもとに、いまの日本で妊娠するとはどんな経験なのかを丁寧に描いています。

## NO FUTURE　イタリア・アウトノミア運動史

フランコ・ベラルディ（ビフォ）著　廣瀬 純・北川眞也 訳・解説

四六判・並製・427頁　定価（本体2,800円＋税）

1977年――すべての転回が起こった年。イタリアでは、労働を人生のすべてとは考えない若者たちによる、激しい異議申し立て運動が爆発した。77年の数々の反乱が今日の私たちに宛てて発信していた、革新的・破壊的なメッセージを、メディア・アクティヴィストであるビフォが描きだす。

## 釜ヶ崎のススメ

原口 剛・稲田七海・白波瀬達也・平川隆啓 編著

四六判・並製・400頁　定価（本体2,400円＋税）

日雇い労働者のまち、単身者のまち、高齢化するまち、福祉のまち、観光のまち ……このまちで、ひとは、いかに稼いできたのか？　いかに集い、いかに作り、いかにひとを灯しているのか？　このまちの経験から、いまを生き抜くための方法を学ぶ。

## 排除型社会　後期近代における犯罪・雇用・差異

ジョック・ヤング 著　青木秀男・岸 政彦・伊藤泰郎・村澤真保呂 訳

四六判・並製・542頁　定価（本体2,800円＋税）

「包摂型社会」から「排除型社会」への移行にともない、排除は3つの次元で進行した。⑴労働市場からの排除。⑵人々のあいだの社会的排除。⑶犯罪予防における排除的活動——新たな形態のコミュニティや雇用、八百長のない報酬配分をどう実現するか。

## 立身出世と下半身　男子学生の性的身体の管理の歴史

澁谷知美 著　　四六判・上製・605頁　定価（本体2,600円＋税）

少年たちを管理した大人と、管理された少年たちの世界へ——。大人たちは、どのようにして少年たちの性を管理しようとしたのか？　大人たちは、少年ひいては男性の性や身体を、どのように見ていたのか？　この疑問を解明するため、過去の、教師や医師による発言、学校や軍隊、同窓会関連の書類、受験雑誌、性雑誌を渉猟する。

## 主婦と労働のもつれ　その争点と運動

村上 潔 著　　四六判・上製・334頁　定価（本体3,200円＋税）

「働かざるをえない主婦」、そして「勤めていない主婦」は、戦後の日本社会において、どのように位置づけられてきたのか／こなかったのか？　当事者たちは、どのように応答し、運動してきたのか？　「主婦的状況」の過去と現在を問う。

## レズビアン・アイデンティティーズ

堀江有里 著　四六判・並製・364頁　定価（本体2,400円＋税）

生きがたさへの、怒り——「わたしは、使い古された言葉〈アイデンティティ〉のなかに、その限界だけでなく、未完の可能性をみつけだしてみたい。とくに、わたし自身がこだわってきたレズビアン（たち）をめぐる〈アイデンティティーズ〉の可能性について、えがいてみたい。」——たった一度の、代替できない、渾身の、一冊。